A VIÚVA
NEGRA

DANIEL SILVA

A VIÚVA NEGRA

Tradução
Laura Folgueira

Rio de Janeiro, 2019

TÍTULO ORIGINAL: THE BLACK WIDOW

Copyright © Daniel Silva, 2016

Copyright da tradução © Casa dos Livros, 2017

Direitos de edição da obra em língua portuguesa no Brasil adquiridos pela Casa dos Livros Editora LTDA. Todos os direitos reservados. Nenhuma parte desta obra pode ser apropriada e estocada em sistema de banco de dados ou processo similar, em qualquer forma ou meio, seja eletrônico, de fotocópia, gravação etc., sem a permissão do detentor do copyright.
Esta é uma obra de ficção. Os nomes, personagens e incidentes nele retratados são frutos da imaginação da autora. Qualquer semelhança com pessoas reais, vivas ou não, eventos ou locais é uma coincidência.

Contatos:
Rua da Quitanda, 86, sala 218 – Centro – 20091-005
Rio de Janeiro – RJ – Brasil
Tel.: (21) 3175-1030

CIP-Brasil. Catalogação na Publicação
Sindicato Nacional dos Editores de Livros, RJ

S579v

Silva, Daniel, 1960-
    A viúva negra / Daniel Silva ; tradução Laura Folgueira. – 1. ed. – Rio de Janeiro : HarperCollins, 2017.
    il.

    Tradução de: The black widow
    ISBN: 9788595080195

    1. Ficção americana. I. Folgueira, Laura. II. Título.

17-40628   CDD: 813
                 CDU: 821.111(73)-3

Para Stephen L. Carter, pela amizade e fé.
E, como sempre, para minha esposa, Jamie, e
meus filhos, Lily e Nicholas.

Os estandartes negros virão do Oriente, conduzidos por homens fortes com longos cabelos e barbas, cujos sobrenomes derivam de suas cidades natais.

— HADITH

Dê-me uma jovem em idade influenciável, e ela será minha para sempre.

— MURIEL SPARK, *A PRIMAVERA DA SRTA. JEAN BRODIE*

PREFÁCIO

Comecei a trabalhar neste romance antes de o grupo terrorista islâmico conhecido como ISIS (Estado Islâmico do Iraque e do Levante, na sigla em inglês) promover uma onda de tiroteios e bombardeios em Paris e Bruxelas que deixou mais de 160 mortos. Depois de considerar brevemente abandonar o manuscrito, decidi terminá-lo da forma como foi concebido originalmente, como se esses eventos trágicos ainda não tivessem acontecido no mundo imaginário em que meus personagens vivem e trabalham. As similaridades entre os ataques reais e os fictícios, incluindo as ligações com o bairro de Molenbeek, em Bruxelas, são completamente acidentais. Não tenho orgulho de minha clarividência. Desejaria, apenas, que o terrorismo assassino e milenar do Estado Islâmico existisse somente nas páginas desta história.

PARTE UM

RUE DES ROSIERS

1

O MARAIS, PARIS

Toulouse acabaria sendo a ruína de Hannah Weinberg. Naquela noite, ela telefonou para Alain Lambert, um contato no Ministério do Interior, e disse que, desta vez, alguma coisa teria de ser feita. Alain prometeu uma resposta imediata. A reação seria corajosa, garantiu ele a Hannah — coragem era a resposta padrão de um *fonctionnaire* que, na realidade, não planejava fazer nada. Na manhã seguinte, o próprio ministro fez uma visita ao local do ataque e emitiu um vago chamado "ao diálogo e à recuperação". Aos pais das três vítimas, ofereceu apenas lamentos.

— Faremos melhor — disse, antes de voltar apressadamente a Paris. — *Temos* de fazer melhor.

As vítimas, dois meninos e uma menina, tinham 12 anos de idade e eram todas judias, apesar de a mídia francesa não ter mencionado a religião nas primeiras notícias. Também não se deu ao trabalho de mostrar que os seis agressores eram muçulmanos, disse apenas que se tratava de jovens residentes da periferia, de uma *banlieue* localizada a leste do centro da cidade. A descrição do ataque foi vaga a ponto de ficar incorreta. Segundo as rádios francesas, ocorrera alguma espécie de discussão em frente a uma *pâtisserie*. Três pessoas ficaram feridas, uma delas em estado grave. A polícia estava investigando. Ninguém havia sido preso.

Na verdade, não fora uma discussão, mas uma emboscada bem planejada. E os agressores não eram jovens, mas homens de 20 e poucos anos que tinham se aventurado no centro de Toulouse em busca de judeus para ferir. O fato de suas vítimas serem crianças não parecia incomodá-los. Eles chutaram, cuspiram e depois espancaram os dois meninos, imobilizaram a garota contra o asfalto e cortaram seu rosto com uma faca. Antes de fugirem, os seis agressores se viraram para um grupo de observadores em choque e gritaram: "*Khaybar, Khaybar, ya-Yahud!*". As testemunhas não sabiam, mas o canto árabe era uma referência à conquista pelos muçulmanos, no século VII, de um oásis judeu próximo à cidade sagrada de Medina. Sua mensagem era inconfundível. "Os exércitos de Maomé", diziam os seis homens, "estavam chegando para atacar os judeus da França".

Infelizmente, o ataque em Toulouse teve precedentes e ampla advertência. A França estava, naquele momento, nas garras do pior espasmo de violência contra judeus desde o Holocausto. Sinagogas tinham sido bombardeadas; lápides, derrubadas; lojas, saqueadas; casas, vandalizadas e marcadas com pichações ameaçadoras. Ao todo, mais de quatrocentos ataques haviam sido documentados só no ano anterior; cada um deles cuidadosamente registrado e investigado por Hannah e sua equipe no Centro Isaac Weinberg para o Estudo do Antissemitismo na França.

O centro, cujo nome homenageava o avô paterno de Hannah, abrira suas portas dez anos antes, sob pesado esquema de segurança. Agora era a instituição do tipo mais respeitada da França, e Hannah Weinberg era considerada a maior cronista da nova onda de antissemitismo no país. Seus apoiadores se referiam a ela como "militante da memória", uma mulher que estava disposta a tudo para pressionar a França a proteger sua sitiada minoria judaica. Já seus detratores eram bem menos generosos. Consequentemente, Hannah há muito deixara de ler as coisas escritas sobre ela na imprensa ou nos esgotos da internet.

O Centro Weinberg ficava na rue des Rosiers, a rua mais importante do bairro judeu mais notório da cidade. O apartamento de Hannah ficava logo na esquina, na rue Pavée. A placa de identificação no interfone dizia "MADAME BERTRAND", uma das poucas precauções que ela tomava para sua segurança. Hannah morava sozinha, cercada pelas posses de três gerações de sua família, incluindo uma coleção modesta de pinturas e várias centenas de lunetas antigas, sua paixão secreta. Aos 55 anos, era solteira e não tinha filhos. Ocasionalmente, quando o trabalho deixava, ela se permitia um amante. Alain Lambert, seu contato no Ministério do Interior, fora uma distração agradável durante um período particularmente tenso de incidentes contra judeus. Ele ligou para a casa de Hannah já tarde, depois da visita de seu chefe a Toulouse.

— Grande coragem, hein? — disse ela, ácida. — Ele devia ter vergonha.

— Fizemos o melhor possível.

— Seu melhor não foi bom o suficiente.

— Num momento como este, é melhor não jogar lenha na fogueira.

— Foi isso que disseram no verão de 1942.

— Não vamos exagerar.

— Vocês não me deixam escolha a não ser divulgar uma declaração. ·

— Escolha suas palavras com cuidado. Somos a única coisa entre vocês e eles.

Hannah desligou o telefone. Então, abriu a primeira gaveta da escrivaninha e tirou dali uma chave que destrancava a porta no fim do corredor. Atrás dessa porta, havia um quarto de criança, o quarto de Hannah congelado no tempo. Uma cama de dossel forrado de renda. Prateleiras cheias de bichos de pelúcia e brinquedos. Um pôster desbotado de um ator americano galã. E, acima da penteadeira rústica francesa, invisível na escuridão, uma pintura de Vincent van Gogh. *Marguerite Gachet à sua penteadeira...* Hannah passou levemente o dedo sobre as pinceladas e pensou no homem que executara a primeira e única restauração do quadro. Como ele reagiria num momento como este? Não, pensou, sorrindo. Não adiantaria.

Ela deitou em sua cama de infância e, para sua surpresa, caiu em um sono sem sonhos. E, quando acordou, estava decidida.

Durante a maior parte da semana seguinte, Hannah e sua equipe trabalharam duramente em condições rígidas de segurança operacional. Abordaram secretamente participantes em potencial, exerceram pressão, recorreram a doadores. Duas das fontes de financiamento mais confiáveis de Hannah hesitaram, pois, como o ministro do Interior, achavam melhor não *jeter de l'huile sur le feu* — jogar lenha na fogueira. Para compensar o déficit, Hannah foi obrigada a usar suas economias pessoais, que eram consideráveis. Isso também era alimento para seus inimigos.

Por fim, havia a pequena questão de como chamar esse empreendimento de Hannah. Rachel Lévy, chefe do departamento de publicidade do centro, achou que a melhor abordagem seria a suavidade e um traço de obscuridade, mas Hannah passou por cima da decisão dela. Quando havia sinagogas queimando, disse, a cautela era um luxo a que elas não podiam se dar. Hannah desejava acionar um alarme, soar as trombetas de um chamado à ação. Ela rabiscou algumas palavras em um pedaço de papel e colocou-o na mesa atulhada de Rachel.

— Isso deve chamar a atenção deles.

Até aquele momento, ninguém de alguma importância tinha concordado em participar — só um enfadonho blogueiro e comentarista de tevê a cabo americano que aceitaria até um convite para seu próprio funeral. Mas, então, Arthur Goldman, renomado historiador de antissemitismo de Cambridge, disse que talvez estivesse disposto a fazer a viagem até Paris — desde que, é claro, Hannah concordasse em hospedá-lo por duas noites em sua suíte favorita no Crillon. Com a confirmação de Goldman, Hannah atraiu Maxwell Strauss, de Yale, que nunca perdia uma oportunidade de aparecer no mesmo palco que seu rival. O resto dos participantes rapidamente se resolveu. O diretor do Museu Memorial do Holocausto dos Estados Unidos aceitou, bem como dois importantes memorialistas da sobrevivência e um especialista no Holocausto francês do Yad Vashem. Uma romancista foi incluída mais por sua imensa popularidade que por sua percepção histórica, junto com um político da extrema direita francesa que raramente tinha palavras gentis a dizer sobre alguém. Vários líderes espirituais e da comunidade muçulmana foram convidados. Todos recusaram. O ministro do Interior também recusou. Alain Lambert deu a notícia a Hannah pessoalmente.

— Você achou mesmo que ele participaria de uma conferência com um título tão provocativo?

— Deus nos livre de seu mestre fazer qualquer coisa provocativa, Alain.

— E a segurança?

— Sempre nos cuidamos.

— Sem israelenses, Hannah. Eles vão fazer a coisa toda cheirar mal.

Rachel Lévy soltou o release para a imprensa no dia seguinte. A mídia foi convidada a cobrir a conferência; um número limitado de assentos foi disponibilizado para o público. Algumas horas mais tarde, em uma rua movimentada no vigésimo *arrondissement*, um judeu religioso foi atacado por um homem com uma machadinha e ficou gravemente ferido. Antes de fugir, o agressor brandiu a arma cheia de sangue e gritou: "*Khaybar, Khaybar, ya-Yahud*!". Disseram que a polícia estava investigando.

Tanto por pressa quanto por segurança, um período de apenas cinco dias úteis separou o release para a imprensa do começo da conferência. Consequentemente, Hannah esperou até o último minuto para preparar seu discurso de abertura. Na véspera do encontro, ela sentou-se sozinha em sua biblioteca, a caneta arranhando furiosamente um bloco de notas amarelo.

Era um local apropriado para escrever esse documento, pensou, já que a biblioteca fora de seu avô. Nascido na cidade de Lublin, na Polônia, ele fugira para Paris em 1936, quatro anos antes da chegada do *Wehrmacht* de Hitler. Na manhã de 16 de julho de 1942 — o dia conhecido como Jeudi Noir, ou Quinta-Feira Negra —, policiais franceses carregando pilhas de cartões azuis de deportação prenderam Isaac Weinberg e sua esposa, junto com cerca de 13 mil outros judeus estrangeiros. Isaac Weinberg conseguiu esconder duas coisas antes da temida batida na porta: seu filho único, um menino chamado Marc, e o Van Gogh. Marc Weinberg sobreviveu à guerra escondendo-se, e, em 1952, conseguiu reaver o apartamento na rue Pavée da família francesa que o havia ocupado depois do Jeudi Noir. Milagrosamente, a pintura estava onde Isaac Weinberg a deixara, escondida sob as tábuas do assoalho da biblioteca, embaixo da escrivaninha onde agora Hannah estava sentada.

Três semanas após sua prisão, Isaac Weinberg e sua esposa foram deportados para Auschwitz e enviados para a câmara de gás na chegada. Eles foram apenas dois dos mais de 75 mil judeus da França que morreram em campos de concentração da Alemanha nazista, uma mancha permanente na história francesa. Mas isso poderia acontecer de novo? E será que era hora de os 475 mil judeus da França, a terceira maior comunidade judaica do mundo, fazerem as malas e irem embora? Essa era a questão colocada por Hannah no título de sua conferência. Muitos judeus já tinham abandonado o país: 15 mil tinham imigrado para Israel no ano anterior, e outros iam embora a cada dia. Hannah, porém, não tinha planos de se juntar a eles. Independentemente do que diziam seus inimigos, ela se considerava francesa, em primeiro lugar, e judia, em segundo. A ideia de viver em qualquer lugar que não fosse o quarto *arrondissement* de Paris lhe era abominável. Mas ela se sentia obrigada a avisar seus companheiros judeus franceses sobre a tempestade que se formava. O risco ainda não era de vida. Mas quando um prédio está em chamas, escrevia então Hannah, o melhor procedimento é encontrar a saída mais próxima.

Ela terminou o primeiro rascunho pouco antes da meia-noite. Era estridente demais, pensou, e talvez um pouco raivoso demais. Suavizou as partes mais duras e adicionou várias estatísticas deprimentes para sustentar seu argumento. Então, digitou-o em seu laptop, imprimiu uma cópia e conseguiu ir para a cama às duas. O alarme a acordou às sete. Ela bebeu uma caneca de café com leite a caminho do chuveiro. Depois, sentou-se à penteadeira em seu roupão atoalhado e olhou seu rosto no espelho. Certa vez, seu pai, em um momento de sinceridade brutal, disse sobre sua filha única que Deus fora generoso ao dar-lhe inteligência, mas parcimonioso na beleza. O cabelo dela era ondulado e escuro, riscado de fios brancos, cujo avanço ela permitia sem resistir. O nariz era saliente e aquilino; os olhos, grandes e castanhos. Nunca fora um rosto especialmente belo, mas ninguém jamais a tinha tomado por tola. Num momento como este, pensou, sua aparência era uma vantagem.

Ela passou um pouco de maquiagem para esconder as olheiras e arrumou o cabelo com mais cuidado que o normal. Depois, vestiu-se rapidamente — uma saia e um pulôver de lã escura, meias escuras, um par de *escarpins* de salto baixo — e desceu as escadas. Depois de cruzar o pátio interior, abriu alguns centímetros do portão principal do prédio e deu uma olhada na rua. Eram alguns minutos depois das oito. Parisienses e turistas caminhavam a passos rápidos pela calçada sob um cinzento céu de começo de primavera. Aparentemente, não havia ninguém esperando que uma mulher de 50 e poucos anos com cara de inteligente emergisse de seu prédio no número 24.

Foi o que ela fez, passando por uma fileira de lojas de roupas chiques até chegar à rue des Rosiers. Nos primeiros passos, parecia uma rua comum em um bairro bastante elegante de Paris. Então, Hannah passou por uma pizzaria *kosher* e várias barracas de falafel com placas escritas em hebraico, e a verdadeira personalidade da rua se revelou. Ela imaginou como devia ter sido na manhã do Jeudi Noir, daquela sexta-feira trágica. Os presos, indefesos, subindo com dificuldade nos caminhões abertos, segurando sua única mala permitida. Os vizinhos olhando das janelas; alguns em silêncio e envergonhados, outros quase incapazes de conter sua alegria ante a desgraça de uma minoria ultrajada. Hannah se apegou a essa imagem — a imagem de parisienses dando adeus a judeus condenados — enquanto caminhava na luz chapada, os saltos batendo ritmicamente nas pedras do pavimento.

O Centro Weinberg ficava na ponta tranquila da rua, em um prédio de quatro andares que, antes da guerra, abrigara um jornal em iídiche e uma fábrica de casacos. Uma fila de várias dezenas de pessoas saía da porta, onde dois seguranças de ternos escuros, jovens de 20 e poucos anos, estavam revistando minuciosamente quem desejava entrar. Hannah passou por eles e se dirigiu ao andar de cima para a recepção VIP. Arthur Goldman e Max Strauss estavam se olhando com desconfiança em lados opostos da sala, tomando xícaras de café *américain* fraco. A romancista famosa estava conversando seriamente com um dos memorialistas; o chefe do Museu do Holocausto trocava ideias com o especialista do Yad Vashem, seu amigo de longa data. Só o comentador americano enfadonho parecia não ter com quem conversar. Ele estava empilhando croissants e brioches em seu prato como se não visse comida há dias.

— Não se preocupe — disse Hannah, sorrindo. — Estamos planejando um intervalo para o almoço.

Ela passou uns minutos ou mais com cada um dos debatedores antes de se encaminhar para seu escritório no fim do corredor. Sozinha, releu seu discurso de abertura até que Rachel Lévy colocou a cabeça pela porta e apontou para seu relógio de pulso.

— Como está a plateia? — perguntou Hannah.

— Mais gente do que conseguimos dar conta.

— E a mídia?

— Veio todo mundo, inclusive o *The New York Times* e a BBC.

Nesse momento, o celular de Hannah apitou. Era uma mensagem de Alain Lambert, do Ministério do Interior. Ao ler, franziu as sobrancelhas.

— O que é? — perguntou Rachel.

— É só Alain sendo o Alain.

Hannah colocou o celular na mesa, juntou seus papéis e saiu. Rachel Lévy esperou até que ela saísse antes de pegar o celular e digitar o código não tão secreto de Hannah. A mensagem de Alain Lambert apareceu, com três palavras.

CUIDADO, MINHA QUERIDA...

O Centro Weinberg não tinha espaço suficiente para um auditório formal, mas a sala em seu último andar era uma das melhores do Marais. Uma fileira de janelas do chão ao teto dava uma vista maravilhosa dos telhados até o Sena, e nas paredes estavam penduradas várias fotografias em preto e branco grandes mostrando a vida no bairro antes da manhã do Jeudi Noir. Todos que apareciam nelas haviam morrido no Holocausto, incluindo Isaac Weinberg, fotografado em sua biblioteca três meses antes da tragédia. Passando pela foto, Hannah acariciou sua superfície com um dedo, da mesma forma como tocara as pinceladas do Van Gogh. Só ela sabia da ligação secreta entre a pintura, seu avô e o centro que levava seu nome. Não, pensou, de repente. Não era bem verdade. O restaurador também sabia dessa ligação.

Uma longa mesa retangular havia sido colocada em cima de uma plataforma elevada em frente às janelas, e duzentas cadeiras tinham sido organizadas na sala aberta como soldados em um desfile. Cada uma delas estava ocupada, e mais cerca de cem espectadores se enfileiravam junto à parede do fundo. Hannah tomou seu devido lugar — ela se oferecera para servir como uma barreira de separação entre Goldman e Strauss — e ouviu Rachel Lévy instruir a plateia a silenciar seus celulares. Finalmente, chegou sua vez de falar. Ela ligou o microfone e baixou os olhos para a primeira frase de seu discurso. "É uma tragédia nacional que uma conferência como esta esteja acontecendo…" E, então, ouviu o som na rua, um estalo como o estouro de bombinhas, seguido de um homem gritando em árabe.

— *Khaybar, Khaybar, ya-Yahud!*

Hannah desceu da plataforma rapidamente em direção às janelas.

— Meu Deus — sussurrou.

Virando-se, ela gritou para os debatedores se afastarem das janelas, mas o estrondo da detonação engoliu seu aviso. Instantaneamente, a sala virou um tornado em que voavam vidro, cadeiras, alvenaria, roupas e membros humanos. Hannah percebeu que estava tombando para a frente, mas não tinha noção se estava subindo ou caindo. Em determinado momento, pensou ter vislumbrado Rachel Lévy girando como uma bailarina. Depois, Rachel, e tudo o mais, se apagou.

Por fim, ela parou, talvez de costas, talvez de lado, talvez na rua, talvez em um túmulo de tijolo e concreto. O silêncio era opressor. A fumaça e a poeira também. Ela tentou tirar a areia dos olhos, mas seu braço direito não respondia. Então, Hannah percebeu que não tinha braço direito. Parecia também não ter uma perna direita. Ela virou um pouco a cabeça e viu um homem deitado ao seu lado.

— Professor Strauss, é você?

Mas o homem não disse nada. Estava morto. Logo, pensou Hannah, estarei morta também.

De repente, ela ficou com um frio terrível. Supôs que fosse a perda de sangue. Ou, talvez, o sopro de vento que clareou brevemente a fumaça negra na frente de seu rosto. Percebeu, então, que ela e o homem que podia ser o professor Strauss estavam deitados juntos em meio aos escombros na rue des Rosiers. E, parada acima deles, olhando através do cano de um rifle automático de estilo militar, estava uma figura vestida toda de preto. Uma balaclava cobria seu rosto, mas os olhos estavam visíveis. Eram impressionantemente belos, dois caleidoscópios de castanho e cobre.

— Por favor — disse Hannah, suavemente, mas os olhos atrás da máscara apenas brilharam com ardor.

Então, houve um flash de luz branca, e Hannah se viu caminhando por um corredor, com seus membros que havia perdido restaurados. Ela passou pela porta de seu quarto de infância e apalpou na escuridão procurando o Van Gogh. Mas parecia que a pintura já não estava lá. E, em um instante, Hannah também não.

2

RUE DE GRENELLE, PARIS

Mais tarde, as autoridades francesas determinariam que a bomba pesava mais de quinhentos quilos. Ela fora escondida em uma van Renault Trafic branca e detonada, segundo diversas câmeras de segurança por toda a rua, precisamente às dez horas, horário agendado para o início da conferência no Centro Weinberg. Os responsáveis pelo ataque, aparentemente, eram muito pontuais.

Em retrospecto, a arma era desnecessariamente grande para um alvo tão modesto. Os especialistas franceses concluíram que um carregamento de talvez duzentos quilos teria sido mais que suficiente para derrubar os andares e matar ou ferir todos que estivessem neles. Com quinhentos quilos, porém, a bomba fez ruir prédios e quebrou janelas por toda a extensão da rue des Rosiers. A onda de choque foi tão violenta — Paris registrou um terremoto pela primeira vez em mais tempo do que qualquer um era capaz de lembrar — que os danos se estenderam para o subsolo. Encanamentos centrais de água e esgoto em todo o *arrondissement* racharam, e um trem do metrô saiu dos trilhos quando se aproximava da estação Hôtel de Ville. Mais de duzentos passageiros ficaram feridos, muitos de forma grave. Primeiro, a polícia de Paris pensou que o trem também tinha sido bombardeado e reagiu ordenando uma evacuação de todo o sistema de metrô. A vida na cidade rapidamente foi interrompida. Para os criminosos, isso foi uma sorte inesperada.

A enorme força da explosão abriu uma cratera de seis metros de profundidade na rue des Rosiers. Não sobrou nada da Renault Trafic, a não ser a porta traseira esquerda, que foi encontrada curiosamente intacta, boiando no Sena perto da Notre-Dame, tendo viajado uma distância de quase um quilômetro. Mais tarde, os investigadores determinariam que aquele veículo fora roubado em Vaulx-en-Velin, um sombrio subúrbio de maioria muçulmana em Lyon. Ele fora levado até Paris na véspera do ataque — quem estava dirigindo, nunca se soube — e deixado do lado de fora de uma loja de utilidades domésticas no boulevard Saint-Germain, onde ficou até as oito e dez da manhã seguinte, quando um homem o recolheu. Ele estava sem barba, tinha mais ou menos 1,78 metro de altura e usava um boné de aba reta e óculos escuros. Dirigiu pelas ruas centrais de Paris sem rumo — ou, pelo menos, era o que parecia — até as nove e vinte, quando pegou um cúmplice na frente da Gare du Nord. Inicialmente, a polícia francesa e os serviços de inteligência trabalharam com a suposição de que o segundo criminoso também era homem. Depois, após analisar todas as imagens de vídeo disponíveis, concluíram que, na verdade, era uma mulher.

Quando a Renault chegou ao Marais, ambos os ocupantes já tinham escondido o rosto com máscaras balaclava. Quando saíram do veículo na frente do Centro Weinberg estavam pesadamente armados, com fuzis de assalto, revólveres e granadas. Os dois seguranças do centro foram mortos instantaneamente, bem como quatro outras pessoas que ainda não tinham sido admitidas no prédio. Um pedestre tentou intervir, com bravura, e foi cruelmente massacrado. Outras pessoas que ainda estavam na estreita rua, sabiamente, fugiram.

O tiroteio do lado de fora do Centro Weinberg terminou às 9:59:30, e os dois criminosos mascarados andaram calmamente pela rue des Rosiers na direção oeste até a rue Vieille-du-Temple, onde entraram em uma popular *boulangerie*. Oito clientes esperavam em uma fila organizada. Todos foram mortos, além da mulher atrás do balcão, que implorou por sua vida antes de levar vários tiros.

Foi naquele instante, quando a mulher estava caindo ao chão, que a bomba dentro da van explodiu. A força da explosão estilhaçou as janelas da *boulangerie*, mas o resto do prédio ficou intacto. Os dois criminosos não fugiram imediatamente da carnificina que haviam infligido. Em vez disso, voltaram à rue des Rosiers, onde uma única câmera de segurança sobrevivente os gravou andando meticulosamente em meio aos escombros, executando os feridos e atirando nos moribundos. Entre as vítimas estava Hannah Weinberg, em quem atiraram duas vezes, ainda que ela não tivesse quase nenhuma chance de sobreviver. Os criminosos eram tão cruéis quanto competentes. A mulher foi vista limpando calmamente um cartucho emperrado em seu Kalashnikov antes de matar um homem gravemente ferido que, momentos antes, estivera sentado no quarto andar do prédio.

Por várias horas depois do ataque, o Marais ficou cercado com cordão de isolamento, inacessível a todos, exceto à equipe de emergência e aos investigadores. Finalmente, quando o último foco de incêndio foi extinguido e certificou-se não haver mais explosivos secundários, já no fim da tarde, o presidente francês chegou. Depois de andar pelo ambiente devastado, ele declarou o lugar "um Holocausto no coração de Paris". O comentário não foi recebido favoravelmente em algumas das *banlieues* mais nervosas. Em uma delas, irrompeu uma celebração espontânea, rapidamente abafada pela tropa de choque. A maioria dos jornais ignorou esse incidente. Um policial sênior se referiu ao acontecimento como "um desvio desagradável" da tarefa imediata, que era encontrar os culpados.

A fuga do Marais, como todo o resto da operação, fora meticulosamente planejada e executada. Uma motocicleta Peugeot Satelis esperava por eles estacionada em uma rua próxima, junto a um par de capacetes pretos. Foram em direção ao norte, com o homem dirigindo e a mulher segurando em sua cintura, passando sem ser notados pelo fluxo de viaturas e ambulâncias que se aproximavam do local. Uma câmera de trânsito os fotografou pela última vez perto do vilarejo de Villeron, na divisão de Val-d'Oise. Ao meio-dia, já eram alvos da maior caçada da história francesa.

Ficaram a cargo da Polícia Nacional e da Gendarmaria os bloqueios das estradas, as checagens de identidade, as janelas quebradas de armazéns abandonados e os cadeados danificados de esconderijos suspeitos. Mas dentro de um gracioso prédio antigo localizado na rue de Grenelle, 84 homens e mulheres estavam engajados em uma busca bem diferente. Conhecidos apenas como Grupo Alpha, eles eram membros de uma unidade secreta da DGSI, a Direção Geral de Segurança Interna da França. O Grupo, como era conhecido informalmente, havia sido formado seis anos antes, na esteira de um atentado suicida jihadista em frente a um restaurante famoso na avenue des Champs-Élysées. Sua especialidade era a infiltração de homens do vasto movimento clandestino jihadista na França, e o Grupo tinha autorização para tomar "medidas ativas" para tirar de circulação potenciais terroristas islâmicos antes que estes conseguissem tomar medidas ativas contra a república ou seus cidadãos. Dizia-se que Paul Rousseau, chefe do Grupo Alpha, tinha planejado mais atentados que Osama bin Laden, uma acusação que ele não contestava, apesar de sempre explicar rapidamente que nenhuma de suas bombas explodira de fato. Os oficiais do Grupo Alpha eram habilidosos praticantes da arte da farsa. E Paul Rousseau era seu líder incontesto, sua estrela-guia.

Com suas jaquetas de *tweed*, seus cabelos grisalhos e seu onipresente cachimbo, Rousseau parecia mais adequado para o papel de professor distraído que o de policial secreto implacável — e por um bom motivo. A carreira dele tinha começado na academia, e era para lá que, em momentos sombrios, ele por vezes desejava retornar. Pesquisador respeitado de literatura francesa do século XIX, Rousseau fazia parte do corpo docente da Universidade Paris-Sorbonne quando um amigo da inteligência francesa o convidou para assumir um cargo na DST, a Direção de Segurança Territorial, responsável pelo serviço de segurança interna da França. Era 1983, e o país fora tomado de assalto por uma onda de bombardeios e assassinatos executados pelo grupo terrorista de esquerda conhecido como Ação Direta. Rousseau se juntou a uma unidade dedicada à destruição da Ação Direta e, com uma série de operações brilhantes, derrubou o grupo.

Ele continuou na DST, lutando contra ondas sucessivas de terrorismo de grupos de esquerda e do Oriente Médio até 2004, quando sua amada esposa Collette morreu, depois de uma longa batalha contra a leucemia. Inconsolável, ele recolheu-se à sua modesta *villa* em Luberon e começou a trabalhar em uma biografia de Proust com vários volumes. Então, aconteceu o atentado na Champs-Élysées. Rousseau concordou em largar a caneta, mas sob uma condição: não tinha interesse em rastrear suspeitos de terrorismo, ouvir suas conversas ao telefone nem ler seus devaneios maníacos na internet. Queria atacar. O chefe concordou, o ministro do Interior também, e assim o Grupo Alpha nasceu. Em seus seis anos de existência, a organização tinha frustrado mais de uma dezena de grandes ataques em solo francês. Rousseau via o atentado ao Centro Weinberg não apenas como uma falha de inteligência, mas também como uma derrota pessoal. Naquela tarde, com a capital francesa em polvorosa, ele ligou para o chefe da DGSI a fim de oferecer sua demissão. O chefe, é claro, recusou.

— Mas, como punição — disse —, você vai encontrar o monstro responsável por esse ultraje e me trazer a cabeça dele em uma bandeja.

Rousseau não gostou da alusão, pois não tinha intenção nenhuma de emular a conduta das próprias criaturas contra quem lutava. Mesmo assim, ele e sua unidade se lançaram à tarefa com uma devoção que só encontrava par no fanatismo religioso de seus adversários. A especialidade do Grupo Alpha era o que havia de humano nesses grupos, e foi com os humanos que eles buscaram informações. Em cafés, estações de trem e becos por todo o país, os oficiais de Rousseau se encontravam secretamente com seus agentes de infiltração — os pregadores, os recrutadores, os vigaristas das ruas, os moderados com boas intenções, as almas perdidas de olhar vazio que tinham encontrado um lar na Umma, a mortífera nação global do islã. Alguns espionavam para apaziguar sua consciência; outros espionavam por dinheiro. E havia aqueles que espionavam porque Rousseau e seus agentes não lhes tinham dado nenhuma outra escolha. Ninguém declarou saber que um ataque estava sendo planejado — nem os vigaristas, que diziam saber tudo, especialmente quando havia dinheiro envolvido. Nenhum dos informantes do Grupo Alpha tampouco foi capaz de identificar os dois culpados. Era possível que estes últimos fossem agentes independentes, lobos solitários, seguidores de um jihad sem líder que tinham construído uma bomba de quinhentos quilos embaixo do nariz da inteligência francesa e depois a levaram habilmente até seu alvo. É possível, pensou Rousseau, mas muito improvável. Em algum lugar, certamente, havia um mentor operacional, um homem que concebera o ataque, recrutara os agentes e os guiara competentemente até o alvo. E era a cabeça desse homem que Paul Rousseau entregaria ao seu chefe.

Assim, enquanto toda a segurança francesa procurava os dois responsáveis pelo ataque ao Centro Weinberg, o olhar de Rousseau já estava resolutamente fixado em um ponto distante. Como todos os grandes capitães em tempos de tormenta, ele permaneceu na proa de seu navio, que, no caso de Rousseau, era seu escritório no quinto andar. Um ar de bagunça acadêmica pairava no cômodo, junto com o aroma frutado do tabaco do cachimbo de Rousseau, um hábito que ele se permitia, violando diversos decretos sobre fumar em escritórios governamentais. Embaixo de suas janelas à prova de balas — insistência de seu chefe — ficava o cruzamento da rue de Grenelle e da tranquila e pequena rue Amélie. O prédio em si não tinha entrada de pedestres, apenas um portão preto que dava para um pequeno pátio e estacionamento. Uma placa de cobre discreta anunciava que ali ficava algo chamado Sociedade Internacional para a Literatura Francesa, um toque especialmente rousseauniano. Pelo bem do disfarce da unidade, a Sociedade tinha uma publicação trimestral de poucas páginas, que Rousseau insistia em editar pessoalmente. Na última contagem, havia 12 leitores. Todos tinham sido meticulosamente investigados.

Dentro do prédio, porém, todo o subterfúgio acabava. A equipe de apoio técnico ocupava o porão; os observadores, o térreo. No segundo andar ficava o transbordante arquivo do Grupo Alpha — Rousseau preferia dossiês antiquados de papel a arquivos digitais —, e o terceiro e quarto andares eram território dos funcionários que lidavam com agentes. A maioria deles ia e vinha pelo portão da rue de Grenelle, a pé ou em carro oficial. Outros entravam por uma passagem secreta que ligava o prédio e a desmazelada loja de antiguidades vizinha, de propriedade de um francês idoso que servira secretamente durante a guerra na Argélia. Paul Rousseau era o único membro do Grupo Alpha que tivera permissão de ler o arquivo chocante do lojista.

Quem visitasse o quinto andar seria capaz de confundi-lo com o escritório de um banco suíço privado. Era um lugar sóbrio, escuro e silencioso, exceto pelo Chopin que ocasionalmente saía pela porta aberta de Paul Rousseau. Sua secretária de longa data, a incansável *madame* Treville, ocupava uma mesa organizada na antessala, e na ponta oposta de um corredor estreito ficava a sala do vice de Rousseau, Christian Bouchard. Este homem era tudo o que Rousseau não era: jovem, em forma, elegante e bonito demais para seu próprio bem. Acima de tudo, Bouchard era ambicioso. O chefe da DGSI o tinha empurrado para Rousseau, e todos supunham que ele, um dia, seria o chefe do Grupo Alpha. Rousseau só ficava ressentido por ele um pouco, pois Bouchard, apesar de seus óbvios defeitos, era muitíssimo bom no que fazia. E era implacável. Quando havia serviço sujo burocrático, inevitavelmente era Bouchard que se encarregava disso.

Três dias depois do bombardeio ao Centro Weinberg, com os terroristas ainda soltos, houve uma reunião de chefes de departamento no Ministério do Interior. Rousseau detestava esses encontros — eles inevitavelmente viravam concursos de quem tem mais poder político —, então mandou Bouchard em seu lugar. Eram quase oito horas da noite quando o vice finalmente voltou à rue de Grenelle. Ele entrou no escritório de Rousseau e, sem falar nada, colocou duas fotografias sobre a mesa. Elas mostravam uma mulher de pele cor de oliva, de 20 e poucos anos, com um rosto oval e olhos como caleidoscópios de castanho e cobre. Na primeira foto, o cabelo estava na altura do ombro, penteado liso para trás da testa sem marcas. Na segunda, estava coberto por um hijab de seda preta sem adornos.

— Ela está sendo chamada de viúva negra — disse Bouchard.

— Sugestivo — respondeu Rousseau, franzindo a testa. Pegou a segunda foto, na qual a mulher estava vestida devotamente, e olhou para aqueles olhos insondáveis. — Qual o nome verdadeiro dela?

— Safia Bourihane.

— Argelina?

— Mas nascida em Aulnay-sous-Bois.

Aulnay-sous-Bois era uma *banlieue* ao norte de Paris. Suas habitações de baixa renda assoladas pelo crime — conhecidas na França como HLMs ou *Habitations à Loyer Modéré* — eram as mais violentas do país. A polícia raramente se aventurava por lá. Até Rousseau aconselhava seus agentes a se encontrarem com as fontes baseadas em Aulnay em territórios menos perigosos.

— Ela tem 29 anos e nasceu na França — descreveu Bouchard. — Mas sempre se descreveu como muçulmana, em primeiro lugar, e francesa, em segundo.

— Quem a encontrou?

— O Lucien.

Lucien Jacquard era o chefe da divisão contraterrorismo da DGSI. Formalmente, o Grupo Alpha estava sob controle dele. Na prática, porém, Rousseau passava por cima de Jacquard e reportava ao chefe. Para evitar possíveis conflitos, ele comunicava Jacquard sobre os casos ativos do Grupo Alpha, mas guardava possessivamente os nomes de suas fontes e os métodos operacionais da unidade. O Grupo Alpha era, portanto, um serviço dentro de outro serviço, e Lucien Jacquard desejava colocá-lo firmemente sob seu controle.

— Quanto ele sabe sobre ela? — perguntou Rousseau, ainda olhando nos olhos da mulher.

— Ela apareceu no radar do Lucien há uns três anos.

— Por quê?

— Por causa do namorado.

Bouchard colocou outra fotografia na mesa, mostrando um homem de 30 e poucos anos com cabelo escuro curto e barba delgada típica de um muçulmano devoto.

— Argelino?

— Tunisiano, na verdade. Ele era bom pra valer. Sabia mexer com eletrônicos. E com computadores também. Passou um tempo no Iraque e no Iêmen antes de seguir para a Síria.

— Al-Qaeda?

— Não — disse Bouchard. — ISIS.

Rousseau olhou para cima de repente.

— Onde ele está agora?

— No Paraíso, aparentemente.

— O que aconteceu?

— Foi morto em um ataque aéreo da coalizão.

— E a mulher?

— Viajou para a Síria no ano passado.

— Quanto tempo ficou lá?

— Pelo menos seis meses.

— Fazendo o quê?

— Obviamente, um pouco de treinamento de armas.

— E depois que ela voltou a Paris?

— Lucien a colocou sob vigilância. E depois… — Bouchard deu de ombros.

— Ele parou?

Bouchard assentiu.

— Por quê?

— Os motivos de sempre. Alvos demais, recursos de menos.

— Ela era uma bomba-relógio.

— Lucien não achava. Aparentemente, ela se endireitou quando voltou para a França. Não estava se associando a radicais conhecidos, e suas atividades na internet eram inofensivas. Parou até de usar o hijab.

— Que é exatamente o que o homem que concebeu o ataque a mandou fazer. Ela obviamente fazia parte de uma rede sofisticada.

— Lucien concorda. Ele, inclusive, avisou o ministro de que é só uma questão de tempo para nos atacarem de novo.

— Como o ministro recebeu essa notícia?

— Mandando o Lucien entregar todos os arquivos para nós.

Rousseau se permitiu um breve sorriso à custa de seu rival.

— Eu quero tudo, Christian. Especialmente os relatórios de observação depois de ela ter voltado da Síria.

— Lucien prometeu enviar os arquivos logo pela manhã.

— Que generoso — Rousseau olhou para a fotografia da mulher que estavam chamando de *la veuve noire*, a viúva negra. — Onde você acha que ela está?

— Se eu tivesse que adivinhar, diria que de volta na Síria, junto com o cúmplice.

— É de se imaginar por que eles não quiseram morrer pela causa — Rousseau juntou as três fotos e as devolveu a seu vice. — Alguma outra notícia?

— Um desenvolvimento interessante em relação à tal de Weinberg. Parece que a coleção de arte dela incluía um quadro perdido de Vincent van Gogh.

— É mesmo?

— E adivinha para quem ela decidiu deixá-lo.

Com sua expressão, Rousseau deixou claro que não estava a fim de jogos, então Bouchard rapidamente informou o nome.

— Achei que ele estivesse morto.

— Parece que não.

— Por que ele não veio ao funeral?

— E quem garante que não?

— Já o avisamos sobre o quadro?

— O ministro preferiria que permanecesse na França.

— Então a resposta é não?

Bouchard ficou em silêncio.

— Alguém deveria lembrar ao ministro que quatro das vítimas do atentado ao Centro Weinberg eram cidadãs do Estado de Israel.

— E daí?

— Suspeito que em breve teremos notícias dele.

Bouchard se retirou, deixando Rousseau sozinho. Ele diminuiu a luz do abajur de sua mesa e ligou o sistema de som em sua prateleira. Em um momento, as notas de abertura do *Concerto para piano nº 1 em mi menor*, de Chopin, irromperam no silêncio. O trânsito corria pela rue de Grenelle e, a leste, acima das margens do Sena, brilhavam as luzes da Torre Eiffel. Rousseau não estava vendo nada disso; em seus pensamentos, assistia a um jovem atravessando agilmente um pátio com uma arma na mão esticada. Era uma lenda, esse homem, um impostor e assassino talentoso que lutava contra terroristas há mais tempo até do que Rousseau. Seria uma honra trabalhar com ele, em vez de contra ele. Logo, pensou Rousseau com confiança.

Logo...

3

BEIRUTE

Paul Rousseau ainda não sabia, mas as sementes de tal união operacional já tinham sido plantadas. Pois, naquela mesma noite, enquanto Rousseau estava andando para seu triste e pequeno apartamento de solteiro na rue Saint-Jacques, um carro acelerava pela estrada ao longo do penhasco à beira-mar em Beirute. A cor do carro era preta; seu fabricante, alemão; seu tamanho, imponente. O homem no banco de trás era alto e esbelto, tinha a pele pálida e os olhos cor de gelo glacial. Sua expressão projetava um ar de tédio profundo, mas os dedos de sua mão direita, batucando levemente o descanso de braço, traíam o verdadeiro estado de suas emoções. Ele vestia um par de jeans justos, um pulôver de lã escura e uma jaqueta de couro. Enfiada dentro da cintura das calças, por baixo da jaqueta, estava uma pistola belga 9 mm que ele coletara com um contato no aeroporto — não faltavam armas, grandes ou pequenas, no Líbano. No bolso interno da jaqueta havia uma carteira cheia de dinheiro, junto com um passaporte canadense bastante viajado que o identificava como David Rostov. Como a maioria das coisas sobre ele, o passaporte era uma mentira. Seu nome verdadeiro era Mikhail Abramov, e ele era funcionário do serviço secreto de inteligência do Estado de Israel, cujo nome longo e capcioso tinha muito pouco a ver com a natureza real do trabalho. Homens como Mikhail se referiam a ele apenas como o "Escritório", nada mais.

Ele olhou no espelho retrovisor e esperou que os olhos do motorista encontrassem os seus. O nome do motorista era Sami Haddad, e ele era maronita,* ex--membro da milícia das Forças Cristãs Libanesas e empregado terceirizado do Escritório há muito tempo. Tinha os olhos gentis e clementes de um padre e as mãos inchadas de um lutador profissional. Era velho o suficiente para se lembrar

---

* Alguém que segue a religião católica de rito oriental, especialmente no Líbano e na Síria. [N.T.]

de quando Beirute era a Paris do Oriente Médio — e também para ter lutado na longa guerra civil que despedaçara seu país. Não havia nada que Sami Haddad não soubesse sobre o Líbano e sua perigosa política, e nada em que ele não fosse capaz de colocar as mãos rapidamente — armas, barcos, carros, drogas, mulheres. Certa vez, conseguira de última hora um puma porque um alvo de recrutamento do Escritório, um príncipe alcoólatra de uma dinastia do Golfo Árabe, admirava gatos selvagens. A lealdade de Sami ao Escritório era inquestionável. Seus instintos para o perigo também.

— Relaxe — disse Sami Haddad, encontrando os olhos de Mikhail no retrovisor. — Não estamos sendo seguidos.

Mikhail olhou por cima do ombro para as luzes do trânsito que os seguia pela estrada. Qualquer um daqueles carros podia conter uma equipe de matadores ou sequestradores do Hezbollah ou de uma das organizações jihadista extremistas que tinham se estabelecido nos campos de refugiados palestinos do sul — organizações que faziam os membros do grupo al-Qaeda parecerem moderados islâmicos fora de moda. Era a terceira visita dele a Beirute no último ano. Toda vez, entrava no país com o mesmo passaporte, protegido pelo mesmo disfarce. Ele era David Rostov, um empresário itinerante de descendência russo-canadense que comprava antiguidades ilícitas no Oriente Médio para uma clientela majoritariamente europeia. Beirute era um de seus locais favoritos para garimpo, pois ali tudo era possível. Certa vez, tinham oferecido a ele uma estátua romana de dois metros de altura, incrivelmente intacta, de uma amazona ferida. O custo da peça era dois milhões de dólares, com frete incluso. Depois de incontáveis xícaras de café turco doce, ele convenceu o vendedor, um comerciante influente de família conhecida, a diminuir o preço para meio milhão. E então foi embora, ganhando a fama de negociante astuto e cliente difícil, uma reputação boa de ter em um local como Beirute.

Ele olhou o horário em seu celular Samsung. Sami Haddad notou. Sami Haddad notava tudo.

— A que horas ele está esperando você?

— Às dez.

— Tarde.

— O dinheiro nunca dorme, Sami.

— Nem me diga.

— Vamos direto para o hotel ou quer dar uma volta antes?

— Você decide.

— Vamos para o hotel.

— Sem problema.

Sami Haddad saiu da estrada para uma rua repleta de prédios coloniais franceses. Mikhail a conhecia bem — doze anos antes, enquanto servia nas forças especiais Sayeret Matkal, ele matou um terrorista do Hezbollah que dormia na cama de um esconderijo secreto. Ser membro dessa unidade de elite era o sonho de todo garoto israelense, e foi uma conquista especialmente notável para um menino de Moscou. Um menino que tivera de lutar todos os dias de sua vida porque seus ancestrais por acaso eram judeus. Um menino cujo pai, um importante acadêmico soviético, tinha sido trancado em um hospital psiquiátrico porque ousara questionar a sabedoria do Partido. O menino chegou a Israel com 16 anos. Aprendeu a falar hebraico em um mês e, dentro de um ano, perdeu todos os traços de seu sotaque russo. Era como os milhões que haviam chegado antes dele, os pioneiros sionistas que tinham fugido da Palestina para escapar da perseguição dos pogroms do Leste Europeu, os destroços humanos que saíram cambaleando dos campos de concentração depois da guerra. Livrara-se da bagagem e das fraquezas de seu passado. Era uma nova pessoa, um novo judeu. Era israelense.

— Ainda está tudo limpo — disse Sami Haddad.

— Então está esperando o quê? — respondeu Mikhail.

Sami fez o retorno para voltar à estrada e seguiu para a marina. Acima dela estavam as torres de vidro e metal do Hotel Four Seasons. Sami guiou o carro até a entrada e olhou no retrovisor para receber instruções.

— Ligue para mim quando ele chegar — disse Mikhail. — E me avise se ele tiver um amigo.

— Ele nunca vai a lugar nenhum sem um amigo.

Mikhail pegou a maleta e a mala de mão do assento oposto ao dele e abriu a porta.

— Tome cuidado lá — disse Sami Haddad. — Não fale com estranhos.

Mikhail saiu do carro e, assoviando desafinadamente, passou direto pelos mensageiros no *lobby*. Um segurança de terno escuro o encarou com desconfiança, mas permitiu que entrasse sem revista. Mikhail cruzou um carpete grosso que engolia suas pegadas e se apresentou no imponente balcão de recepção atrás do qual, iluminada por um cone de luz acima de sua cabeça, estava uma mulher bonita de cabelos escuros e 20 e cinco anos. Mikhail sabia que ela era palestina e que seu pai, um combatente de antigamente, tinha fugido do Líbano com Arafat em 1982, muito antes de ela nascer. Vários outros empregados do hotel também tinham ligações perigosas. Dois membros do Hezbollah trabalhavam na cozinha, e havia vários jihadistas conhecidos na governança. Mikhail considerava que cerca de dez por cento da equipe o mataria se fosse informada de sua verdadeira identidade e profissão.

Sorriu para a mulher, que sorriu friamente de volta.

— Boa noite, senhor Rostov. Que bom vê-lo novamente — as unhas pintadas dela batucavam em um teclado, e Mikhail começou a ficar tonto com o cheiro de azaleias velhas. — Você fica conosco por apenas uma noite, certo?

— É uma pena — disse Mikhail, com outro sorriso.

— Precisa de ajuda com suas malas?

— Eu me viro.

— Fizemos um *upgrade* para um quarto *deluxe* com vista para o mar. Fica no 14º andar — ela entregou a ele o conjunto de chaves do quarto e fez um gesto em direção aos elevadores como se fosse uma aeromoça apontando a localização da saída de emergência. — Bem-vindo de volta.

Mikhail levou a mala e a maleta para o *hall*, onde um elevador vazio aguardava, de portas abertas. Ele entrou e, agradecendo pela solidão, apertou o botão do 14º andar. Mas, quando as portas estavam se fechando, uma mão se enfiou na brecha entre elas e um homem entrou. Era corpulento, com um sulco profundo acima da sobrancelha e um maxilar feito para aguentar um soco. Seus olhos encontraram brevemente os de Mikhail no reflexo das portas. Ambos trocaram um aceno de cabeça, mas não houve palavras. O homem apertou o botão do vigésimo andar, quase como se até então nem tivesse pensado nisso, e cutucou o dedão enquanto o elevador subia. Mikhail fingiu checar o e-mail no celular e, enquanto fazia isso, discretamente tirou uma fotografia do homem de cabeça chata. Ele enviou a foto ao boulevard Rei Saul — localização da sede anônima do Escritório em Tel Aviv —, enquanto andava pelo corredor até seu quarto. Um olhar rápido pelo batente da porta não revelou sinais de invasão. Desbloqueou a porta com o cartão e, protegendo-se de um ataque, entrou.

Foi recebido pelo som de Vivadi — um dos favoritos de contrabandistas de armas, traficantes de heroína e terroristas do mundo todo, pensou, enquanto desligava o rádio. A cama já tinha sido preparada, e havia um chocolate no travesseiro. Foi até a janela e viu o carro de Sami Haddad estacionado na estrada do penhasco. Para além do automóvel, havia a marina e, atrás dela, a escuridão do Mediterrâneo. Em algum lugar dali estava sua escapatória. Ele não tinha mais permissão de vir a Beirute sem uma saída de emergência em alto-mar. O novo chefe tinha planos para ele — ou assim ele tinha ouvido nos corredores do Escritório. Para uma instituição segura, tratava-se de um lugar notoriamente fofoqueiro.

Naquele momento, o celular de Mikhail acendeu. Era uma mensagem do boulevard Rei Saul dizendo que os computadores não tinham conseguido identificar o homem que esteve com ele no elevador. Aconselhava-o a proceder com cautela, o que quer que aquilo significasse. Fechou a cortina blecaute e desligou as luzes do quarto, uma por uma, até que a escuridão fosse absoluta. Então, sentou ao pé da cama, com o olhar focado no fino feixe de luz abaixo da porta, e esperou o telefone tocar.

Não era incomum a fonte se atrasar. Como fazia questão de mencionar a Mikhail em cada oportunidade, tratava-se de um homem muito ocupado. Portanto, não foi surpresa quando já havia passado das dez horas sem a ligação de Sami Haddad. Finalmente, quinze minutos depois, o celular apitou.

— Ele está entrando no *lobby*. Está com dois amigos, ambos armados.

Mikhail cortou a ligação e continuou sentado por mais dez minutos. Depois, com a arma na mão, foi até o *hall* de entrada e colocou a orelha contra a porta. Não ouvindo nada do lado de fora, enfiou a arma de volta na parte de trás da cintura da calça e saiu para o corredor, que estava deserto, com exceção de um único membro da equipe de governança — sem dúvida, um dos jihadistas. Lá em cima, o bar do terraço estava como sempre — libaneses ricos, emiradenses vestindo robes brancos fluidos, executivos chineses ruborizados pelo álcool, traficantes, prostitutas, apostadores, aventureiros, tolos. O vento do mar bagunçava os cabelos das mulheres e fazia pequenas ondas na piscina. A música pulsante, tocada por um DJ profissional, era um crime sônico contra a humanidade.

Mikhail caminhou até o canto mais afastado do terraço, onde Clovis Mansour, descendente da dinastia de vendedores de antiguidades, estava sentado sozinho em um sofá branco de frente para o Mediterrâneo. A pose era de alguém sendo fotografado para uma revista, com uma taça de champanhe em uma mão e um cigarro soltando fumaça na outra. Ele vestia um terno italiano escuro e uma camisa de colarinho aberto, feita sob medida para ele por um homem em Londres. Seu relógio de pulso dourado era do tamanho de um relógio de sol. Seu perfume flutuava ao seu redor como uma capa.

— Está atrasado, *habibi* — disse, enquanto Mikhail se sentava no sofá oposto.
— Eu estava prestes a ir embora.

— Não estava não.

Mikhail examinou o interior do bar. Os dois guarda-costas de Mansour estavam beliscando uma tigela de pistaches em uma mesa adjacente. O homem do elevador estava encostado contra a balaustrada, fingindo admirar a vista do mar enquanto segurava um celular à orelha.

— Conhece? — perguntou Mikhail.

— Nunca vi na vida. Uma bebida?

— Não, obrigado.

— É melhor se você beber.

Mansour chamou um garçom que passava e pediu uma segunda taça de champanhe. Mikhail tirou um envelope amarelado do bolso de seu casaco e colocou-o em cima da mesa baixa.

— O que é isso?

— Um símbolo de nosso apreço.

— Dinheiro?

Mikhail assentiu.

— Eu não trabalho para você porque preciso de dinheiro, *habibi*. Afinal, tenho bastante dinheiro. Trabalho para você porque quero continuar nos negócios.

— Meus superiores preferem que haja dinheiro trocando de mãos.

— Seus superiores são chantagistas mesquinhos.

— Eu olharia dentro do envelope antes de dizer que são mesquinhos.

Foi o que Mansour fez. Ele levantou uma sobrancelha e deslizou o envelope para dentro do bolso interno de seu paletó.

— O que você tem para mim, Clovis?

— Paris — disse o vendedor de antiguidades.

— O que tem Paris?

— Eu sei quem foi.

— Como?

— Não posso garantir — disse Mansour —, mas é possível que eu tenha ajudado a pagar pelo ataque.

4

BEIRUTE – TEL AVIV

Eram duas e meia da manhã quando Mikhail finalmente voltou ao seu quarto. Não havia evidências que sugerissem que o lugar havia sido invadido em sua ausência; até o pequeno chocolate embrulhado em papel-alumínio continuava exatamente no mesmo ângulo em cima do travesseiro. Depois de cheirar para ver se tinha traços de arsênico, ele mordeu pensativamente um pedaço. Então, em um ataque de nervos atípico, arrastou todos os móveis que não estavam pregados no chão para o *hall* de entrada e empilhou-os contra a porta. Com a barricada completa, abriu as cortinas e o blecaute e procurou seu esconderijo entre as luzes dos navios no Mediterrâneo. Instantaneamente, repreendeu-se por ter esse tipo de pensamento. A saída de emergência só deveria ser utilizada em caso de urgência extrema. A posse de uma informação não se enquadrava nessa categoria, mesmo que a informação tivesse o potencial de prevenir outra catástrofe em Paris.

Ele é chamado de Saladin...

Mikhail se esticou na cama com as costas contra a cabeceira, a arma ao seu lado, e fitou o volume indistinto de suas fortificações. Pensou que era uma visão realmente humilhante. Ligou a televisão e surfou pelas ondas aéreas de um Oriente Médio enlouquecido até o tédio levá-lo para as portas do sono. Para se manter alerta, bebeu com goles grandes uma Coca-Cola do frigobar e pensou em uma mulher que tolamente deixara escapar. Era uma linda americana de linhagem impecavelmente protestante que trabalhara para a CIA e, ocasionalmente, para o Escritório. Ela agora morava em Nova York, onde supervisionava uma coleção especial de quadros no Museu de Arte Moderna. Ele ficara sabendo que ela estava namorando seriamente com um homem, um operador do mercado financeiro, por incrível que parecesse. Pensou em ligar para ela só para ouvir o som da sua voz, mas decidiu que isso não seria sensato. Como a Rússia, ele também a tinha perdido.

Qual é o verdadeiro nome dele, Clovis?

Não sei se ele já chegou a ter um.

De onde ele é?

Talvez tenha sido do Iraque algum dia, mas hoje é filho do califado...

Finalmente, o céu na janela de Mikhail ficou azul-escuro com a proximidade do amanhecer. Ele colocou o quarto em ordem e, trinta minutos depois, entrou curvado e de olhos vermelhos no banco detrás do carro de Sami Haddad.

— Como foi? — perguntou o libanês.

— Perda de tempo total — respondeu Mikhail, ao mesmo tempo em que dava um elaborado bocejo.

— Para onde vamos agora?

— Tel Aviv.

— Não é um caminho muito fácil, meu amigo.

— Então, talvez você devesse me levar ao aeroporto mesmo.

O voo era às oito e meia. Ele passou tranquilamente pelo controle de passaporte como um canadense sorridente e um pouco sonolento, e se acomodou em uma poltrona da primeira classe de um avião da Middle East Airlines com destino a Roma. Para evitar contato com seu vizinho, um vendedor turco de aparência infame fingiu ler os jornais da manhã. Na verdade, estava considerando todas as possíveis razões pelas quais uma aeronave operada pelo governo do Líbano poderia não chegar sã e salva ao seu destino. Pela primeira vez, pensou taciturnamente, sua morte teria consequências, pois a informação morreria com ele.

De quanto dinheiro estamos falando, Clovis?

Quatro milhões, talvez cinco.

Qual dos dois?

Mais para cinco...

O avião pousou em Roma sem incidentes, mas Mikhail levou quase duas horas para se livrar da debandada que era o controle de passaporte no aeroporto de Fiumicino. Sua estadia na Itália foi breve, apenas o tempo suficiente para trocar de identidade e embarcar em outro avião, um voo da El Al com destino a Tel Aviv. Um carro do Escritório esperava no Ben Gurion e o despachou rapidamente para o boulevard Rei Saul. O prédio no extremo oeste da rua era, como o posto avançado de Paul Rousseau na rue de Grenelle, uma fraude em plena vista. Não havia placa em sua entrada, nenhum letreiro de cobre proclamava a identidade de seu ocupante. Na verdade, nada sugeria se tratar da sede de um dos serviços de inteligência mais temidos e respeitados do mundo. Uma inspeção mais atenta da estrutura, porém, revelaria a existência de um prédio dentro do prédio, com seu próprio fornecimento de energia, sua própria tubulação de água e esgoto e seu próprio sistema seguro de comunicação. Os funcionários tinham duas chaves. Uma delas abria uma porta sem identificação no *lobby*; a outra operava o elevador. Aqueles que cometiam o pecado imperdoável de perder uma ou ambas eram banidos para o Deserto da Judeia, e nunca mais se via ou ouvia falar deles.

Como a maior parte dos agentes de campo, Mikhail entrou no prédio pela garagem subterrânea e subiu até o andar executivo. Como já era tarde — as câmeras de segurança registraram o horário como nove e meia —, o corredor estava tão silencioso quanto uma escola sem alunos. Da porta entreaberta no fim do corredor saía um feixe de luz esguio em forma de losango. Mikhail bateu suavemente e, sem ouvir resposta, entrou. Enfiado em uma cadeira de executivo feita de couro, atrás de uma mesa de vidro escurecido, estava Uzi Navot, futuro ex-chefe do Escritório. Ele estava olhando com ar de preocupação para um arquivo aberto, como se fosse uma conta que ele não tinha dinheiro para pagar. Ao lado de seu cotovelo estava uma caixa aberta de biscoitos amanteigados vienenses, sua fraqueza nada secreta. Só tinha dois biscoitos sobrando — um mau sinal.

Finalmente, Navot levantou os olhos e, com um movimento de mão indiferente, instruiu Mikhail a se sentar. O chefe vestia uma camisa listrada feita para um homem mais magro e um par de óculos sem aro do tipo apreciado por intelectuais alemães e banqueiros suíços. Seu cabelo, outrora loiro-avermelhado, era grisalho e ralo; seus olhos azuis estavam avermelhados. Ele arregaçou as mangas, expondo os enormes antebraços, e contemplou Mikhail por um longo momento com uma hostilidade mal disfarçada. Não era bem a recepção que Mikhail esperava, mas, bem, naqueles dias nunca se podia saber o que esperar ao encontrar Uzi Navot. Havia boatos de que o sucessor dele pretendia que ele continuasse em alguma função — uma blasfêmia em um serviço que via a rotatividade no topo quase como uma doutrina religiosa —, mas, oficialmente, seu futuro era incerto.

— Algum problema na saída de Beirute? — perguntou Navot, enfim, como se a questão lhe tivesse ocorrido de repente.

— Nenhum — respondeu Mikhail.

Navot pegou uma migalha de biscoito perdida com a ponta de um gordo dedo indicador.

— Vigilância?

— Nada que pudéssemos ver.

— E o homem que entrou no elevador com você? Chegou a vê-lo de novo?

— No bar do terraço.

— Algo suspeito?

— Todo mundo em Beirute parece suspeito. Beirute é isso.

Navot jogou a migalha no prato. Depois, tirou uma fotografia do arquivo e a deslizou pela mesa na direção de Mikhail. Nela, havia um homem sentado no banco da frente de um carro de luxo, à margem de um boulevard à beira-mar. As janelas do carro estavam estilhaçadas. O homem era uma massa sangrenta e esfarrapada e estava obviamente morto.

— Reconhece? — perguntou Navot.

Mikhail apertou os olhos, concentrando-se.

— Olhe bem para o carro.

Mikhail olhou. E então entendeu. O homem morto era Sami Haddad.

— Quando o pegaram?

— Não muito depois que ele deixou você no aeroporto. E estavam só começando.

Navot jogou outra foto na mesa, um prédio em ruínas numa rua elegante no centro de Beirute. Era a Gallerie Mansour, na rue Madame Curie. Membros e cabeças espalhados pela calçada. Para variar, dessa vez a carnificina não era humana. Era o magnífico inventário profissional de Clovis.

— Eu tinha esperanças — continuou Navot depois de um momento — de que meus últimos dias como chefe passariam sem incidentes. Em vez disso, tenho que lidar com a perda do nosso melhor terceirizado em Beirute e de um informante que levamos muito tempo e esforço para recrutar.

— Melhor que um agente de campo morto.

— Isso sou eu quem tem que julgar — Navot aceitou as duas fotografias e as devolveu ao arquivo. — O que Mansour tinha para você?

— O homem por trás de Paris.

— Quem é ele?

— Ele é chamado de Saladin.

— Saladin. Bom — disse Navot, fechando o arquivo —, pelo menos é um começo.

Navot continuou no escritório muito depois de Mikhail pedir licença e sair. A mesa estava vazia, exceto pelo bloco de notas com capa de couro em que ele rabiscou uma única palavra. *Saladin...* Só um homem com muita autoestima usaria um codinome desses; só um homem com muita ambição. O verdadeiro Saladin tinha unido o mundo muçulmano sob a dinastia Ayyubid e recapturado Jerusalém dos cruzados. Talvez esse novo Saladin tivesse as mesmas inclinações. Para sua estreia, ele destruíra um alvo judeu no meio de Paris, atacando, assim, dois países, duas civilizações, ao mesmo tempo. Certamente, pensou Navot, o sucesso do ataque só estimulara seu apetite pelo sangue de infiéis. Era uma questão de tempo até ele atacar novamente.

Por enquanto, Saladin era um problema francês. Mas o fato de quatro cidadãos israelenses terem morrido no ataque dava a Navot uma posição em Paris, bem como o nome que Clovis Mansour sussurrara no ouvido de Mikhail em Beirute. Aliás, com um pouco de lábia, só o nome já poderia ser suficiente para garantir que o Escritório tivesse um lugar na mesa de operações. Navot confiava em seus poderes de persuasão. Ex-agente de campo e recrutador de espiões, ele tinha a habilidade de transformar palha em ouro. A questão era: quem cuidaria dos interesses do Escritório em uma missão franco-israelense? Navot só tinha um candidato em mente, um agente de campo lendário que realizava operações em solo francês desde que era um garoto de 20 e dois anos. Além disso, o agente em questão havia conhecido Hannah Weinberg pessoalmente. Infelizmente, o primeiro-ministro tinha outros planos para ele. Navot checou o horário; eram dez e quinze. Ele alcançou o telefone e ligou para o departamento de viagens.

— Preciso voar a Paris amanhã pela manhã.

— No voo das seis ou no das nove?

— No das seis — respondeu Navot, desanimado.

— Quando você vai voltar?

— Amanhã à noite.

— Feito.

Navot desligou e fez uma última ligação. A pergunta era uma que ele já tinha feito muitas vezes antes.

— Quanto tempo até ele terminar?

— Está perto.

— Perto quanto?

— Talvez hoje, no máximo amanhã.

Navot desligou e deixou seu olhar vagar pelo espaçoso escritório que logo não seria mais dele.

No máximo amanhã...

Talvez sim, pensou, ou talvez não.

MUSEU DE ISRAEL, JERUSALÉM

No canto mais afastado do laboratório de conservação e restauro, uma cortina preta se estendia do teto branco até o chão. Atrás dela estava um par de cavaletes italianos de carvalho, duas lâmpadas halógenas, uma câmera Nikon montada em cima de um tripé, uma paleta, um pequeno fardo de algodão, um antigo *CD player* manchado com várias cores diferentes de tinta e um carrinho de mão cheio de pigmentos, líquidos para aplicação de pigmentos secos, solventes, cavilhas de madeira e vários pincéis de cerdas de zibelina Winsor & Newton Série 7. Durante a maior parte dos últimos quatro meses, o restaurador trabalhou ali sozinho, às vezes tarde da noite, às vezes bem antes do amanhecer. Ele não usava credencial do museu, pois seu local de trabalho verdadeiro era outro. A equipe de conservadores tinha sido avisada para não mencionar a presença dele nem falar seu nome. Também não se podia discutir a grande pintura apoiada nos cavaletes, um retábulo de um velho mestre italiano. O quadro, como o restaurador, tinha um passado perigoso e trágico.

O homem tinha altura menor que a média — 1,73 metro, talvez, não mais — e era esguio. Tinha a testa alta e o queixo estreito, com maçãs do rosto largas e proeminentes e o nariz longo e ossudo, que parecia ter sido talhado em madeira. O cabelo escuro era cortado curto e manchado de cinza nas têmporas, os olhos tinham um tom anormal de verde. A idade dele era um dos segredos mais bem guardados de Israel. Há não muito tempo, quando seu obituário aparecera em jornais do mundo todo, nenhuma data de nascimento confiável chegara às páginas. Os relatos de sua morte tinham sido parte de uma operação elaborada para enganar seus inimigos em Moscou e Teerã. Eles tinham acreditado na história, um erro de cálculo que permitiu que o restaurador se vingasse deles. Pouco depois de seu retorno a Jerusalém, sua esposa deu à luz um casal de gêmeos: a menina foi chamada Irene, em homenagem à mãe dele, e o menino, Raphael. Eram, agora

— mãe, filha, filho —, três das pessoas mais bem protegidas do Estado de Israel. O restaurador também. Ele ia e vinha em uma SUV blindada de fabricação americana, acompanhado por um guarda-costas com olhos de corça que já matara vinte e cinco pessoas e ficava sentado do lado de fora do laboratório sempre que o restaurador estava presente.

A aparição dele no museu, em uma quarta-feira escura e úmida de dezembro, poucos dias antes do nascimento de seus filhos, fora um choque — e um profundo alívio — para o resto da equipe de conservação. Todos tinham sido avisados de que o restaurador não gostava de ser observado enquanto trabalhava. Ainda assim, frequentemente colocavam a cabeça através da pequena gruta formada pela cortina só para ver de relance o retábulo com seus próprios olhos. Verdade seja dita, não dava para culpá-los. A pintura, *Natividade com São Francisco e São Lourenço*, era possivelmente a obra de arte desaparecida mais famosa do mundo. Roubada do Oratorio di San Lorenzo, em Palermo, em outubro de 1969, ela estava agora formalmente na posse do Vaticano. A Santa Sé decidira sabiamente adiar a notícia da recuperação do quadro até que a restauração estivesse finalizada. Como muitos dos anúncios do Vaticano, a versão oficial dos acontecimentos tinha pouca semelhança com a verdade. Não mencionava o fato de que um lendário agente de inteligência israelense chamado Gabriel Allon achara o quadro pendurado em uma igreja na cidade de Brienno, no norte da Itália. Nem mencionava que o mesmo lendário agente de inteligência tinha sido incumbido da tarefa de restaurá-la.

Durante sua longa carreira, ele executara diversas restaurações incomuns — certa vez reparara um retrato de Rembrandt rasgado por uma bala —, mas o retábulo de Caravaggio apoiado em seus cavaletes era, sem dúvida, a tela mais danificada que ele já havia visto. Pouco se sabia sobre sua longa jornada do Oratorio di San Lorenzo para a igreja onde Gabriel a encontrara. As histórias, porém, eram inúmeras. O quadro tinha sido guardado por um chefe da máfia como prêmio e exibido em reuniões importantes de seus asseclas. Tinha sido comido por ratos, danificado em uma enchente e queimado em um incêndio. Gabriel só tinha certeza de uma coisa: os ferimentos da pintura, embora graves, não eram fatais. Mas Ephraim Cohen, chefe de conservação e restauro do museu, tinha suas dúvidas. Ao ver o quadro pela primeira vez, aconselhou que Gabriel ministrasse a extrema unção e devolvesse o retábulo ao Vaticano no mesmo caixão de madeira em que tinha chegado.

— Homem de pouca fé — dissera Gabriel.

— Não — respondera Cohen. — Homem de talento limitado.

Cohen, como os outros membros da equipe, ouvira as histórias — as histórias de prazos perdidos, de encomendas abandonadas, de reaberturas de igreja adiadas. O ritmo de tartaruga dos hábitos de trabalho de Gabriel era lendário, quase tanto quanto suas proezas nos campos de batalha secretos da Europa e do Oriente Médio. Mas todos logo descobriram que a lentidão era voluntária, não instintiva. A arte da restauração, explicou ele a Cohen uma noite, enquanto agilmente reparava a dilacerada face de são Francisco, era um pouco como fazer amor: melhor quando feito lentamente e com atenção aos mínimos detalhes, com pausas ocasionais para descanso e hidratação. Mas, em último caso, se o artesão e seu tema fossem suficientemente íntimos, uma restauração podia ser feita em velocidade extraordinária, com mais ou menos o mesmo resultado.

— Você e Caravaggio são velhos amigos? — perguntou Cohen.

— Já colaboramos no passado.

— Os boatos são verdadeiros, então?

Gabriel estava pintando com a mão direita. Agora, passou o pincel para a esquerda, trabalhando com a mesma destreza.

— Que boatos seriam esses? — perguntou, depois de um momento.

— Que foi você que restaurou a *Deposição* para os museus do Vaticano há alguns anos.

— Você nunca deveria dar ouvidos a boatos, Ephraim, especialmente quando dizem respeito a mim.

— Ou a notícias — disse Cohen, em tom sombrio.

Seus horários de trabalho eram erráticos e imprevisíveis. Um dia inteiro podia passar sem sinal dele e, então, Cohen chegava ao museu e descobria uma grande parte da tela milagrosamente restaurada. Certamente, pensava, ele tinha um ajudante secreto. Ou, talvez, o próprio Caravaggio estivesse entrando às escondidas no museu à noite, espada em uma mão, pincel na outra, para ajudar com o trabalho. Depois de uma sessão noturna — uma visita particularmente produtiva durante a qual a Virgem foi restaurada à sua antiga glória —, Cohen se deu ao trabalho de checar as gravações de segurança. Descobriu que Gabriel tinha entrado no laboratório às dez e meia da noite e saído às sete e vinte da manhã seguinte. Nem o guarda-costas com olhos de lince estivera com ele. Talvez fosse verdade, pensou Cohen, enquanto assistia à figura fantasmagórica se movendo um *frame* por segundo ao longo de um corredor à meia-luz. Talvez ele fosse mesmo um arcanjo.

Quando ele estava presente durante o horário regular de trabalho, sempre havia música. *La Bohème* era uma das favoritas. De fato, ele a tocava tanto que Cohen, que não falava uma palavra de italiano, logo era capaz de cantar *Che gelida manina* de cor. Uma vez que entrava em sua gruta acortinada, Gabriel nunca reaparecia antes de a sessão ter terminado. Nada de passeios pelo jardim de esculturas do museu para arejar a cabeça, nada de idas ao refeitório dos funcionários para uma dose de cafeína. Só a música, o suave *tap-tap-tap* do pincel e o clique ocasional de sua câmera Nikon registrando o progresso incansável. Antes de sair do laboratório, ele limpava os pincéis e a paleta e arrumava o carrinho — precisamente, notou Cohen, para que pudesse detectar se alguém tocasse em algo durante sua ausência. Então, a música silenciava, as lâmpadas halógenas escureciam e, com pouco mais que um cordial aceno de cabeça aos outros, ele ia embora.

No início de abril, com as chuvas de inverno já na memória e os dias quentes e claros, ele estava se arremessando impetuosamente em direção a uma linha de chegada que só ele conseguia ver. Só faltava o anjo alado do Senhor, um menino de pele de marfim que flutuava no alto da composição. Era uma escolha curiosa para deixar para o final, pensou Cohen, pois o menino-anjo sofrera ferimentos graves. Seus membros tinham cicatrizes de grandes perdas de tinta, sua roupa branca estava em farrapos. Apenas a mão direita, apontada para o céu, estava intacta. Gabriel restaurou o anjo em uma maratona de sessões consecutivas. Elas eram notáveis pelo silêncio — não havia música tocando durante esse período — e pelo fato de que, enquanto ele reparava o cabelo castanho-avermelhado do anjo, uma grande bomba explodiu em Paris. Gabriel parou por muito tempo em frente à pequena televisão do laboratório, a paleta secando lentamente, assistindo aos corpos sendo retirados dos escombros. E, quando a fotografia de uma mulher chamada Hannah Weinberg apareceu na tela, ele se sobressaltou como se tivesse sido atingido por um golpe invisível. Depois disso, sua expressão escureceu e seus olhos verdes pareceram queimar de raiva. Cohen ficou tentado a perguntar se a lenda conhecia a mulher, mas decidiu não fazê-lo. Podia-se falar sobre pinturas e o tempo, mas, quando bombas explodiam, era melhor manter distância.

No último dia, o dia da viagem de Uzi Navot a Paris, Gabriel chegou ao laboratório antes do alvorecer e permaneceu em sua pequena gruta muito depois de o museu ter fechado. Ephraim Cohen arrumou uma desculpa para ficar até mais tarde porque sentia que o fim estava próximo e queria estar presente para testemunhá-lo. Pouco depois das oito horas, ouviu o som familiar da lenda deitando seu pincel — um Winsor & Newton Série 7 — na bandeja de alumínio de seu carrinho. Cohen espiou furtivamente pelo vão fino da cortina e viu-o parado em frente à tela, uma mão no queixo, a cabeça inclinada levemente para o lado. Ele permaneceu na mesma posição, tão imóvel quanto as figuras no quadro, até o guarda-costas com olhos de corça entrar no laboratório e colocar de forma urgente um celular na mão dele. Relutantemente, levou-o à orelha, ouviu em silêncio e murmurou algo que Cohen não conseguiu entender bem. Um momento depois, tanto ele quanto o guarda-costas se foram.

Sozinho, Ephraim Cohen deslizou pela cortina e parou em frente à tela, quase incapaz de respirar. Por fim, pegou o pincel Winsor & Newton do carrinho e o escondeu no bolso de seu avental. Não era justo, pensou, enquanto apagava as lâmpadas halógenas. Talvez ele realmente fosse mesmo um arcanjo.

6

MA'ALE HAHAMISHA, ISRAEL

O antigo *kibutz* de Ma'ale Hahamisha ocupava um cume de morro estratégico nos escarpados caminhos que levavam a Jerusalém pelo oeste, não muito longe da cidade árabe de Abu Ghosh. Fundado durante a Revolta Árabe de 1936–39, era um dos cinquenta e sete chamados assentamentos de torre e muro erigidos às pressas na Palestina governada pelos britânicos, em uma tentativa desesperada de assegurar o empenho sionista e, por fim, retomar o antigo reino de Israel. Seu nome e sua própria identidade derivavam de um ato de vingança. Traduzido, Ma'ale Hahamisha significa "a ascensão dos cinco". Era um lembrete não tão sutil da morte de um terrorista árabe de um vilarejo próximo pelas mãos de cinco judeus do *kibutz*.

Apesar das circunstâncias violentas de sua criação, o *kibutz* cresceu próspero com suas couves-flores, seus pêssegos e seu charmoso hotel de montanha. Ari Shamron, duas vezes ex-chefe do Escritório e *éminence grise* da inteligência israelense, frequentemente usava o hotel como local de encontro quando o boulevard Rei Saul ou um apartamento seguro não eram suficientes. Um desses encontros ocorreu em uma tarde iluminada de setembro. Naquela ocasião, o convidado relutante de Shamron era um jovem artista promissor chamado Gabriel Allon, que Shamron pinçara da Academia Bezalel de Arte e Design. O grupo terrorista palestino Setembro Negro acabara de assassinar onze atletas e treinadores israelenses nos Jogos Olímpicos de Munique, e Shamron queria que Gabriel, falante nativo de alemão que tinha passado um tempo na Europa, servisse como seu instrumento de vingança. Gabriel, com a rebeldia da juventude, dissera para Shamron encontrar outra pessoa. E Shamron, não pela última vez, o submetera à sua vontade.

O codinome da operação era Ira de Deus, expressão escolhida por Shamron para dar à sua empreitada um verniz de sanção divina. Durante três anos, Gabriel e um pequeno time de agentes perseguiram suas presas por todo o Leste Europeu e Oriente Médio, matando à noite e em plena luz do dia, vivendo com medo de, a qualquer momento, serem presos pelas autoridades locais e julgados como assassinos. Ao todo, doze membros do Setembro Negro morreram nas mãos deles. Gabriel matou pessoalmente seis terroristas com uma pistola Beretta .22. Sempre que possível, atirava em suas vítimas onze vezes — uma bala para cada judeu assassinado. Quando finalmente voltou a Israel, o estresse e a exaustão tinham deixado suas têmporas grisalhas. Shamron as chamou de manchas de cinzas do príncipe no fogo.

A intenção de Gabriel era retomar sua carreira como artista, mas cada vez que ficava em frente a uma tela só via os rostos dos homens que matara. Assim, com a bênção de Shamron, viajou a Veneza como um italiano expatriado chamado Mario Delvecchio para estudar restauração. Quando seu aprendizado estava completo, voltou ao Escritório e aos braços abertos de Ari Shamron. Posando como restaurador de arte talentoso, ainda que taciturno, ele eliminou alguns dos inimigos mais perigosos de Israel — incluindo Abu Jihad, o talentoso vice de Yasir Arafat, que matara na frente de sua mulher e de seus filhos em Tunis. Arafat devolveu o *favor* ordenando que um terrorista colocasse uma bomba embaixo do carro de Gabriel em Viena. A explosão matou seu filho pequeno, Daniel, e feriu seriamente Leah, sua primeira esposa. Ela agora morava em um hospital psiquiátrico do outro lado da cordilheira de Ma'ale Hahamisha, trancada em uma prisão de memórias e em um corpo destruído pelo fogo. O hospital ficava no antigo vilarejo árabe de Deir Yassin, onde combatentes judeus das organizações paramilitares Irgun e Lehi haviam massacrado mais de cem palestinos na noite de 9 de abril de 1948. Era uma ironia cruel que a destroçada esposa do anjo de vingança de Israel morasse entre os fantasmas de Deir Yassin, mas assim era a vida na Terra Duas Vezes Prometida. Era impossível escapar do passado. Árabes e judeus estavam unidos pelo ódio, pelo sangue e pela condição de vítimas. E, como punição, seriam obrigados a viver juntos como vizinhos inimigos por toda a eternidade.

Os anos seguintes ao bombardeio em Viena foram, para Gabriel, anos perdidos. Ele viveu como um ermitão em Cornwall, vagou pela Europa silenciosamente, restaurando pinturas, e tentou esquecer. Por fim, Shamron o chamou novamente, e o laço entre Gabriel e o Escritório foi renovado. Agindo a mando de seu mentor, ele executou algumas das operações mais bem-sucedidas da história da inteligência israelense. Sua carreira era o modelo segundo o qual todas as outras seriam medidas, especialmente a de Uzi Navot. Como os árabes e os judeus da Palestina, Gabriel e Navot estavam inextricavelmente atados. Eram os filhos de Ari Shamron, os confiáveis herdeiros do serviço que este construíra e cultivara. Gabriel, o filho mais velho, tinha certeza do amor do pai, mas Navot sempre lutara para conseguir sua aprovação. Ganhara o emprego de chefe só porque Gabriel recusara esse posto. Agora, casado outra vez, pai novamente, Gabriel finalmente estava pronto para assumir seu lugar de direito na suíte executiva do boulevard Rei Saul. Para Uzi Navot, era uma *nakba*, palavra usada pelos árabes para descrever a catástrofe de sua fuga da terra da Palestina.

O antigo hotel em Ma'ale Hahamisha ficava a menos de dois quilômetros da fronteira de 1967, e de seu restaurante no terraço era possível ver as luzes amarelas enfileiradas dos assentamentos judeus esparramados morro abaixo até a Cisjordânia. O terraço estava escuro, exceto por algumas poucas velas açoitadas pelo vento tremulando fracamente. Navot estava sentado sozinho em um canto distante, o mesmo lugar em que Shamron tinha esperado naquela tarde de setembro de 1972. Gabriel sentou ao lado dele e levantou o colarinho de sua jaqueta de couro para se proteger do frio. Navot estava em silêncio. Olhava para baixo em direção às luzes de Har Adar, o primeiro assentamento israelense para lá da Linha Verde.

— *Ma\zel tov* — disse, enfim.

— Pelo quê?

— A pintura — disse Navot. — Ouvi dizer que está quase terminada.

— Onde você ouviu uma coisa dessas?

— Estive monitorando seu progresso. O primeiro-ministro também — Navot examinou Gabriel através de seus pequenos óculos sem aro. — Está pronto mesmo?

— Acho que sim.

— O que isso quer dizer?

— Quer dizer que quero olhar mais uma vez pela manhã. Se gostar do que vir, vou aplicar uma camada de verniz e mandar de volta para o Vaticano.

— E só dez dias depois do prazo.

— Na verdade, 11. Mas quem está contando?

— *Eu* estava — Navot deu um sorriso triste. — Gostei da folga, ainda que breve.

Um silêncio desceu sobre eles. A conversa estava longe de ser amigável.

— Caso você tenha esquecido — disse Navot, enfim —, é hora de assinar seu novo contrato e se mudar para o meu escritório. Na verdade, eu estava planejando empacotar minhas coisas hoje, mas tive que fazer uma última viagem como chefe.

— Para onde?

— Eu tinha uma informação que precisava compartilhar com nossos irmãos franceses sobre o atentado ao Centro Weinberg. Também queria garantir que eles estivessem perseguindo os culpados com o vigor apropriado. Afinal, cidadãos israelenses foram mortos, sem falar em uma mulher que certa vez fez um favor bem grande para o Escritório.

— Eles sabem da nossa ligação com ela?

— Os franceses?

— É, Uzi, os franceses.

— Mandei uma equipe ao apartamento dela para dar uma olhada depois do ataque.

— E?

— A equipe não encontrou nenhuma menção a certo oficial de inteligência israelense que uma vez tomou emprestado o Van Gogh dela para encontrar um terrorista. Também não havia referência a certo Zizi al-Bakari, gerente de investimentos da Casa de Saud e CEO da Jihad, Incorporated. — Navot fez uma pausa, e então continuou: — Que descanse em paz.

— E o quadro?

— Estava no lugar de sempre. Pensando bem, a equipe devia tê-lo levado embora.

— Por quê?

— Como você, sem dúvida, lembra, nossa Hannah nunca se casou. Também não tinha irmãos. O testamento dela era bem explícito em relação ao quadro. Infelizmente, a inteligência francesa chegou ao advogado dela antes que ele conseguisse fazer contato conosco.

— Do que você está falando, Uzi?

— Parece que a Hannah só confiava em uma pessoa no mundo para cuidar do Van Gogh.

— Quem?

— Você, é claro. Mas tem um probleminha — adicionou Navot. — Os franceses fizeram o quadro de refém. E estão pedindo um resgate bem alto.

— Quanto?

— Os franceses não querem dinheiro, Gabriel. Os franceses querem *você*.

MA'ALE HAHAMISHA, ISRAEL

Navot colocou uma fotografia sobre a mesa, uma rua em Beirute onde estavam espalhados os destroços antigos de uma galeria de antiguidades.

— Suponho que tenha notado isto.

Gabriel assentiu lentamente. Ele havia lido sobre a morte de Clovis Mansour nos jornais. Devido aos acontecimentos em Paris, o atentado em Beirute recebeu pouca cobertura da imprensa. Nem um único veículo de comunicação tentou ligar os dois acontecimentos, nem houve sugestão alguma na mídia de que Clovis Mansour estivesse na folha de pagamentos de qualquer serviço de inteligência estrangeiro. Na realidade, ele recebera dinheiro de pelo menos quatro: a CIA, o MI6, o Departamento Geral de Inteligência (DGI) da Jordânia e o Escritório. Gabriel sabia disso porque, preparando-se para assumir como chefe, estivera devorando livros de *briefings* sobre todas as operações e os informantes atuais.

— Clovis era uma de nossas melhores fontes em Beirute — estava dizendo Navot —, especialmente em questões que envolviam dinheiro. Nos últimos tempos, ele estava vigiando o envolvimento do ISIS no comércio de antiguidades ilícitas, e foi por isso que pediu uma reunião de emergência um dia depois que a bomba explodiu em Paris.

— Quem você mandou?

Navot respondeu.

— E desde quando Mikhail lida com agentes?

Sem dizer nada, Navot colocou outra fotografia sobre a mesa. Ela havia sido tirada por uma câmera de segurança e tinha qualidade média. Mostrava dois homens sentados a uma mesa redonda. Um deles era Clovis Mansour. Como sempre, estava vestido impecavelmente, mas o homem à sua frente parecia que tinha pegado uma roupa emprestada para a ocasião. No centro da mesa, apoiada em algo como uma faixa de pano felpudo, estava uma cabeça em tamanho real, os olhos parados vazios no espaço. Gabriel reconheceu a origem romana. Imaginou que o homem malvestido tinha mais partes da estátua, talvez a peça toda. A cabeça perfeitamente intacta era apenas seu cartão de boas-vindas.

— Não tem data nem horário.

— Foi no dia 22 de novembro, às dezesseis horas e quinze minutos da tarde.

— Quem é o amigo com a cabeça romana?

— O cartão de visitas identificava-o como Iyad al-Hamzah.

— Libanês?

— Sírio — respondeu Navot. — Aparentemente, chegou à cidade com um carregamento de antiguidades para vender — peças gregas, romanas, persas; todas de alta qualidade, várias com sinais indicadores de escavação recente. Entre os lugares em que tentou desovar os produtos estava a Gallerie Mansour. Clovis demonstrou interesse em vários itens, mas, depois de fazer algumas perguntas, decidiu passar.

— Por quê?

— Porque se dizia por aí que o senhor sírio estava vendendo antiguidades saqueadas para levantar dinheiro para o Estado Islâmico. Evidentemente, o dinheiro não seria dirigido para o fundo geral do ISIS. O senhor sírio estava trabalhando em nome de um líder do alto escalão do ISIS que está construindo uma rede de terror capaz de atacar alvos no Ocidente.

— Esse líder do ISIS tem um nome?

— Ele é chamado de Saladin.

Gabriel levantou os olhos da fotografia:

— Que grandioso.

— Não poderia concordar mais.

— Suponho que Clovis não tenha conseguido descobrir o nome real dele.

— Não tivemos essa sorte.

— De onde ele é?

— Todos os comandantes seniores do ISIS são iraquianos. Para eles, os sírios são burros de carga.

Gabriel olhou de novo para a fotografia:

— Por que Clovis não nos contou isso antes?

— Parece que ele esqueceu.

— Ou está mentindo.

— Clovis Mansour? Mentindo? Como você ousa sugerir uma coisa dessas?

— Bem, ele é um comerciante de antiguidades libanês.

— Qual é sua teoria? — perguntou Navot.

— Tenho uma intuição de que Clovis ganhou bastante dinheiro vendendo aquelas antiguidades. E, quando a bomba explodiu no coração de Paris, ele achou que podia ser inteligente minimizar seus riscos. Aí, veio até nós com uma linda história sobre como era honrado demais para lidar com gente como o pessoal do ISIS.

— Essa linda história — disse Navot — custou ao Clovis sua vida.

— Como você sabe?

— Porque eles também mataram o Sami Haddad. Vou poupá-lo da foto.

— Por que só o Clovis e o Sami? Por que não o Mikhail também?

— Estive me perguntando a mesma coisa.

— E?

— Não sei por quê. Só estou feliz de não o terem matado. Teria acabado com minha festa de despedida.

Gabriel devolveu a fotografia:

— Quanto você contou aos franceses?

— O suficiente para saberem que o plano contra o Centro Weinberg se originou no califado. Eles não ficaram surpresos. Na verdade, já estavam cientes do envolvimento sírio. Ambos os criminosos viajaram para lá no último ano. Um deles é uma francesa de ascendência argelina. O cúmplice dela é um cidadão belga do distrito de Molenbeek, em Bruxelas.

— Bélgica? Que chocante — disse Gabriel, ironicamente.

Milhares de muçulmanos da França, Inglaterra e Alemanha tinham viajado à Síria para lutar ao lado do ISIS, mas a minúscula Bélgica ganhara a duvidosa distinção de ser a maior fornecedora *per capita* de mão de obra para o califado na Europa.

— Onde eles estão agora?

— Em alguns minutos, o ministro do Interior francês anunciará que voltaram para a Síria.

— E como chegaram lá?

— Pelo voo da Air France para Istambul; com passaportes emprestados.

— Mas é claro — houve um silêncio. Finalmente, Gabriel perguntou: — O que isso tem a ver comigo, Uzi?

— Os franceses estão preocupados que o ISIS tenha conseguido construir uma rede sofisticada em solo francês.

— Ah, jura?

— Os franceses também estão preocupados — disse Navot, ignorando o comentário — que essa rede pretenda atacar novamente, em breve. Obviamente, gostariam de fechar o caso antes do próximo ataque. E gostariam que você os ajudasse.

— Por que eu?

— Parece que você tem um admirador no serviço de segurança francês. O nome dele é Paul Rousseau. Ele é responsável por uma pequena unidade operacional chamada Grupo Alpha. Quer que você voe a Paris amanhã de manhã para uma reunião.

— E se eu não for?

— Aquele quadro nunca sairá do território francês.

— Tenho uma reunião com o primeiro-ministro amanhã. Ele vai contar para o mundo que eu não morri naquele atentado em Brompton Road. Vai anunciar que sou o novo chefe do Escritório.

— Sim — disse Navot, seco. — Eu sei.

— Talvez *você* devesse trabalhar com os franceses.

— Eu sugeri isso.

— E?

— Eles só querem você — Navot pausou, depois completou: — A história da minha vida.

Gabriel tentou, mas não conseguiu evitar um sorriso.

— Tem um lado bom nisso — continuou Navot. — O primeiro-ministro acha que uma operação conjunta envolvendo os franceses vai ajudar a reparar nossas relações com um país que já foi um aliado valioso e confiável.

— Diplomacia via serviço secreto?

— Por assim dizer.

— Bom — disse Gabriel —, parece que você e o primeiro-ministro já resolveram tudo.

— A ideia foi do Paul Rousseau, não nossa.

— Foi mesmo, Uzi?

— O que você está sugerindo? Que eu engendrei tudo isso para segurar meu emprego um pouco mais?

— Você fez isso?

Navot abanou a mão como se estivesse dispersando um cheiro ruim.

— Aceite a operação, Gabriel. Se não por outro motivo, ao menos pela Hannah Weinberg. Entre na rede. Descubra quem realmente é Saladin e o que ele está operando. E aí acabe com ele antes que outra bomba exploda.

Gabriel olhou para o norte, na direção da distante massa negra de montanhas que separava Israel do que restava da Síria.

— Você não sabe nem se ele existe mesmo, Uzi. Ele é só um boato.

— Alguém planejou aquele ataque e colocou as peças no lugar embaixo do nariz dos serviços de segurança franceses. Não foi uma mulher de 20 anos das *banlieues* e o amigo dela de Bruxelas. E não foi um boato.

O telefone de Navot acendeu-se como um fósforo na escuridão. Ele o levou brevemente à orelha antes de entregá-lo a Gabriel.

— Quem é?

— O primeiro-ministro.

— O que ele quer?

— Uma resposta.

Gabriel olhou para o telefone por um momento.

— Diga a ele que primeiro preciso falar com a pessoa mais poderosa do Estado de Israel. Diga que ligo para ele logo pela manhã.

Navot transmitiu a mensagem e desligou.

— O que ele disse?

Navot sorriu:

— Boa sorte.

8

RUA NARKISS, JERUSALÉM

O ronco da SUV de Gabriel perturbou a calma resoluta da rua Narkiss. Ele desceu do banco detrás, passou por um portão de metal e subiu pelo passeio no jardim até a entrada de um prédio de apartamentos revestido de pedra calcária, típico de Jerusalém. No fim da escada do terceiro andar, encontrou a porta de seu apartamento levemente entreaberta. Abriu-a lenta e silenciosamente e, à meia-luz, viu Chiara sentada em uma ponta do sofá branco, um bebê ao seu peito. A criança estava enrolada em um cobertor. Só quando chegou mais perto Gabriel conseguiu ver que era Raphael. O menino tinha herdado o rosto do pai e de um meio-irmão que nunca conheceria. Gabriel brincou com a penugem de cabelo escuro e se abaixou para beijar os lábios quentes de Chiara.

— Se você o acordar — sussurrou ela —, eu mato você.

Sorrindo, Gabriel tirou os mocassins de camurça e, de meias, andou pelo corredor até o quarto dos bebês. Havia dois berços enfileirados e encostados contra uma parede coberta de nuvens. Elas tinham sido pintadas por Chiara e, depois, apressadamente repintadas por Gabriel em sua volta a Israel após o que deveria ter sido sua última operação. Ele parou ao lado da grade de um dos berços e contemplou a criança dormindo nele. Não ousou tocá-la. Raphael já dormia a noite toda, mas Irene era uma criatura noturna que aprendera como chantagear seus pais para dormir na cama deles. Era menor e mais magra que seu irmão corpulento, mas muito mais teimosa e determinada. Gabriel achava que ela tinha as características de uma perfeita espiã, embora ele jamais fosse permitir isso. Médica, poeta, pintora — qualquer coisa, menos espiã. Ele não teria sucessor, não haveria dinastia. A casa de Allon acabaria com a morte dele.

Gabriel olhou para cima em direção ao local em que pintara o rosto de Daniel entre as nuvens; mas a imagem estava invisível na escuridão. Saiu do quarto, fechando a porta silenciosamente atrás de si, e foi para a cozinha. O aroma da carne cozinhando lentamente em vinho tinto e ervas pairava no ar de modo suntuoso. Espiou pela janela do forno e viu, no meio da grade, uma caçarola laranja coberta. Ao lado do fogão, organizados como se para um livro de receitas, estavam os ingredientes do famoso risoto de Chiara: arroz arbório, parmesão ralado, manteiga, vinho branco e uma xícara medidora grande cheia de caldo de frango caseiro. Havia também uma garrafa fechada de *syrah* da Galileia. Gabriel sacou a rolha, serviu uma taça e voltou à sala de estar.

Silenciosamente, sentou-se na poltrona em frente a Chiara. E pensou, não pela primeira vez, que o apartamento no antigo bairro de Nachlaot era pequeno demais para uma família de quatro pessoas e longe demais do boulevard Rei Saul. Seria melhor ter uma casa no cinturão de subúrbios seculares ao longo da Planície Costeira ou um apartamento grande em uma das elegantes torres novas, que pareciam brotar da noite para o dia à beira-mar em Tel Aviv. Mas, há muito tempo, Jerusalém, a cidade partida de Deus no topo de um morro, o enfeitiçara. Ele amava os prédios em pedra calcária, e o cheiro de pinheiros, e o vento frio, e as chuvas no inverno. Amava as igrejas, e os peregrinos, e os judeus ultraortodoxos que gritavam com ele porque ele dirigia uma moto no Sabbath. Amava até os árabes da Cidade Velha que o olhavam com desconfiança quando ele passava por suas barracas no *souk*, como se de alguma forma soubessem que era ele quem tinha eliminado tantos de seus santos padroeiros do terror. E, ainda que não fosse religioso praticante, amava entrar no bairro judeu e parar em frente às pesadas pedras de cantaria do Muro das Lamentações. Gabriel estava disposto a aceitar acordos territoriais para garantir uma paz duradoura e viável com os palestinos e o mundo árabe em geral, mas, particularmente, considerava o Muro das Lamentações inegociável. Nunca mais haveria uma fronteira cortando o coração de Jerusalém, e nunca mais os judeus precisariam pedir permissão para visitar seu local mais sagrado. O Muro era agora parte de Israel e assim permaneceria até que o país deixasse de existir. Nesse canto volátil do Mediterrâneo, reinos e impérios iam e vinham como as chuvas de inverno. Um dia, a reencarnação moderna de Israel também deixaria de existir. Mas não enquanto Gabriel estivesse vivo, e certamente não enquanto ele fosse chefe do Escritório.

Ele bebeu um pouco do *syrah* terroso e com notas de pimenta, e fitou Chiara e Raphael como se fossem figuras de sua natividade particular. O bebê tinha soltado o peito da mãe e estava deitado embriagado e saciado em seus braços. Chiara olhava para ele, seu longo cabelo encaracolado com luzes castanhas e avermelhadas caindo por cima de um ombro, seu nariz angular e seu maxilar meio de lado. O rosto de Chiara era de uma beleza atemporal. Nele, Gabriel via traços da Arábia, e do Norte da África, e da Espanha, e de todos os outros lugares pelos quais os ancestrais dela tinham vagado antes de pararem no antigo gueto judeu de Veneza. Foi ali, dez anos antes, em um pequeno escritório perto da ampla *piazza* do gueto, que Gabriel a vira pela primeira vez — a linda, teimosa e estudada filha do principal rabino da cidade. Gabriel não sabia, mas ela também era agente de campo do Escritório, uma *bat leveyha*, agente que posava como acompanhante. Ela se revelou a ele pouco tempo depois, em Roma, após um incidente envolvendo um tiroteio e a polícia italiana. Preso sozinho com Chiara em um apartamento seguro, Gabriel desesperadamente quis tocá-la, mas esperou até que o caso estivesse resolvido e eles estivessem de volta a Veneza. Ali, em uma casa à beira do canal em Cannaregio, fizeram amor pela primeira vez, em uma cama preparada com lençóis novos. Foi como fazer amor com uma figura pintada pelas mãos de Veronese.

Ela era jovem demais para ele, e ele era velho demais para ser pai de novo — ou assim pensava até o momento que seus dois filhos, primeiro Raphael e depois Irene, saíram em um borrão do corte no útero de Chiara. Instantaneamente, tudo o que viera antes passou a parecer paradas em uma viagem até esse local: o bombardeio em Viena, os anos de exílio autoimposto, o longo dilema hamletiano sobre se era apropriado que ele se cassasse e começasse uma nova família. A sombra de Leah sempre pairaria sobre aquela pequena casa no coração de Jerusalém, e o rosto de Daniel sempre olharia por seus meios-irmãos de seu posto divino na parede do quarto. Mas, depois de anos vagando no deserto, Gabriel Allon, o eterno estranho, o filho perdido de Ari Shamron, estava finalmente de volta a casa. Ele bebeu mais do *syrah* cor de sangue e tentou compor as palavras que usaria para contar a Chiara que estava indo para Paris porque uma mulher que ela nunca tinha conhecido deixara para ele um quadro de Van Gogh que valia mais de cem milhões de dólares. A mulher, como muitas outras que ele conhecera em sua jornada, estava morta. E Gabriel encontraria o homem responsável.

Ele é chamado de Saladin...

Chiara colocou um dedo sobre os lábios. Então, levantando-se, carregou Raphael para o quarto. Voltou um momento depois e tirou a taça de vinho da mão de Gabriel. Levando-a ao nariz, respirou profundamente seu rico aroma, mas não bebeu.

— Não vai fazer mal para eles se você der um golinho.

— Em breve — ela devolveu a taça a Gabriel. — Terminou o quadro?

— Sim — respondeu ele. — Acho que sim.

— Que bom — ela sorriu. — E agora?

— Você pensou na possibilidade — perguntou Chiara — de ser tudo uma trama elaborada por Uzi para ficar com o emprego um pouco mais?

— Pensei.

— E?

— Ele jura que foi ideia do Paul Rousseau.

Cética, Chiara misturou a manteiga e o parmesão ao risoto. Com uma colher, distribuiu o arroz em dois pratos e, em cada um, adicionou um pedaço grosso de ossobuco à milanesa.

— Mais caldo — disse Gabriel. — Eu gosto do caldo.

— Não é um ensopado, meu bem.

Gabriel arrancou um pedaço de pão e passou no fundo da caçarola.

— Plebeu — provocou Chiara.

— Venho de uma longa linhagem de plebeus.

— Você? Você é o mais burguês de todos.

Chiara diminuiu as luzes e eles se sentaram a uma pequena mesa à luz de velas na cozinha.

— Velas? Por quê?

— É uma ocasião especial.

— Minha última restauração.

— Por um tempo, suponho. Mas você sempre pode restaurar pinturas depois que se aposentar como chefe.

— Vou ser velho demais para segurar um pincel.

Gabriel espetou o garfo na vitela, e a carne se descolou do grande osso. Preparou com cuidado a garfada — quantidades iguais de carne e risoto molhados no rico suco da medula — e a colocou reverentemente na boca.

— Como está?

— Digo para você depois que recuperar a consciência.

A luz das velas estava dançando nos olhos de Chiara. Eles eram cor de caramelo, pontilhados de mel, uma combinação que Gabriel nunca conseguira reproduzir em tela. Ele preparou outra garfada de risoto e vitela, mas se distraiu com uma imagem na televisão. Revoltas haviam irrompido em muitas *banlieues* de Paris depois da prisão de vários homens acusados de terrorismo; nenhum tinha ligação direta com o ataque ao Centro Weinberg.

— O ISIS deve estar adorando isso — disse Gabriel.

— As revoltas?

— Não me parecem revoltas. Parecem...

— O quê, meu bem?

— Uma intifada.

Chiara desligou a televisão e aumentou o volume da babá eletrônica. Projetado pelo departamento de tecnologia do Escritório, o aparelho tinha um sinal altamente criptografado para que os inimigos de Israel não pudessem espreitar a vida doméstica de seu principal espião. No momento, emitia apenas uma baixa vibração elétrica.

— Então, o que você vai fazer? — ela perguntou.

— Vou comer cada pedaço dessa comida deliciosa. E depois vou lamber cada gota de caldo naquela panela.

— Eu estava falando de Paris.

— Obviamente, temos duas escolhas.

— Você tem duas escolhas, meu bem. Eu tenho dois filhos.

Gabriel deitou o garfo e olhou para sua bela jovem mulher de igual para igual.

— De qualquer forma — disse ele, depois de um silêncio conciliatório —, minha licença-paternidade acabou. Posso assumir meu posto como chefe ou posso trabalhar com os franceses.

— E assim se apropriar de um quadro de Van Gogh que vale pelo menos cem milhões de dólares.

— Tem isso — disse Gabriel, pegando de novo o garfo.

— Por que você acha que ela decidiu deixá-lo para você?

— Porque sabia que eu nunca faria nenhuma besteira com ele.

— Tipo o quê?

— Colocar à venda.

Chiara fez uma careta.

— Nem pense nisso.

— Podemos sonhar, não?

— Só sobre ossobuco e risoto.

Levantando-se, Gabriel foi ao balcão e serviu a si mais uma porção. Depois, jogou caldo no arroz e na carne até o prato correr o risco de transbordar. Às suas costas, Chiara soltou um ruído de desaprovação.

— Tem mais uma coisa — disse ele, com um gesto em direção à caçarola.

— Ainda tenho que perder mais cinco quilos.

— Gosto de você desse jeito.

— Falou como um verdadeiro marido italiano.

— Não sou italiano.

— Em que língua está conversando comigo agora?

— É a comida falando.

Gabriel sentou-se novamente e atacou a vitela. Do monitor, veio o choro curto de um bebê. Chiara encostou um ouvido vigilante no aparelho e ouviu atentamente, como se estivesse prestando atenção aos passos de um intruso. Então, após um intervalo de silêncio satisfatório, ela relaxou de novo.

— Então, você pretende pegar o caso, é isso que está dizendo?

— Estou tendendo a isso — respondeu Gabriel, prudentemente.

Chiara balançou lentamente a cabeça.

— O que eu fiz agora?

— Você faz qualquer coisa para evitar assumir o Escritório, né?

— Qualquer coisa, não.

— Liderar uma operação não é exatamente um emprego em que você possa bater cartão.

— Liderar o Escritório também não é.

— Mas o Escritório é em Tel Aviv; a operação é em Paris.

— Paris está a quatro horas de avião.

— Quatro e meia — corrigiu ela.

— Além disso — continuou Gabriel —, só porque a operação começa em Paris, não quer dizer que vai terminar lá.

— Vai terminar onde?

Gabriel inclinou a cabeça à esquerda.

— No apartamento da senhora Lieberman?

— Na Síria.

— Já esteve lá?

— Só em Majdal Shams.

— Não me diga.

Majdal Shams era uma cidade drusa* nas Colinas de Golã. Em sua fronteira norte, havia uma cerca com espirais de arame farpado em cima, e para além da cerca estava a Síria. Jabhat al-Nusra, uma afiliada do grupo al-Qaeda, controlava o território na fronteira, mas a duas horas de carro para o nordeste estavam o ISIS e o califado. Gabriel imaginava como o presidente americano se sentiria se o ISIS estivesse a duas horas de Indiana.

— Achei — disse Chiara — que fôssemos ficar de fora da guerra civil síria. Achei que fôssemos sentar e não fazer nada enquanto nossos inimigos se matavam.

— O próximo chefe do Escritório acha que essa política não seria inteligente em longo prazo.

— Acha, é?

— Já ouviu falar de um homem chamado Arnold Toynbee?

— Eu tenho um mestrado em história. Toynbee era um historiador e economista britânico, um dos grandes de sua época.

— E Toynbee — disse Gabriel — acreditava que havia dois grandes eixos no mundo que influenciavam acontecimentos muito além de suas fronteiras. Um era a bacia dos rios Amu Dária e Sir Dária, no atual Paquistão, ou Af-Pak, como gostam de chamar nossos amigos americanos.

— E o outro?

Novamente, Gabriel inclinou a cabeça à esquerda.

— Esperávamos que os problemas com a Síria ficassem na Síria, mas infelizmente *esperança* não é uma estratégia aceitável de segurança nacional. Enquanto ficamos sem fazer nada, o ISIS estava construindo uma sofisticada rede de terror

---

* O povo druso é parte de uma comunidade religiosa maometana fundada no Líbano e existente hoje em partes de Israel, Síria, Jordânia e Turquia. Não são considerados muçulmanos, embora sejam árabes e seguidores de Maomé. [N.T.]

com a capacidade de atacar o coração do Ocidente. Talvez ela seja liderada por um homem que se intitula Saladin; talvez por outra pessoa. De qualquer forma, vou destroçar a rede, de preferência antes de eles conseguirem atacar de novo.

Chiara começou a responder, mas foi interrompida pelo choro de um bebê. Era Irene; seu grito de duas notas era tão familiar para Gabriel quanto o som de uma sirene francesa em uma noite úmida de Paris. Ele começou a se levantar, mas Chiara já estava de pé.

— Termine seu jantar — disse ela. — Ouvi dizer que a comida em Paris é horrível.

Gabriel ouviu a voz dela no monitor, falando suavemente em italiano com um bebê que já não chorava. Sozinho, ele ligou a televisão e terminou de jantar enquanto, a quatro horas e meia a noroeste por avião, Paris queimava.

Por meia hora ela não voltou. Gabriel lavou a louça e secou os balcões da cozinha com cuidado, para que Chiara não achasse necessário reprisar seus esforços, o que costumava acontecer. Colocou água e café na cafeteira automática e foi sorrateiramente pelo corredor até o quarto do casal. Ali, encontrou sua esposa e sua filha — Chiara de costas na cama, Irene deitada de bruços nos seios da mãe; ambas dormindo profundamente.

Gabriel ficou à porta, com o ombro apoiado contra o batente, e permitiu que seus olhos passeassem lentamente pelas paredes do quarto. Estavam cheias de quadros — três pintados pelo avô de Gabriel, os únicos três que ele conseguira rastrear, e vários outros por sua mãe. Havia também um grande retrato de um jovem com têmporas prematuramente grisalhas e um rosto abatido e cansado, atemorizado pela sombra da morte. Um dia, pensou Gabriel, seus filhos perguntariam sobre o jovem atormentado do quadro e sobre a mulher que o tinha pintado. Não era uma conversa pela qual ele ansiava. Desde já, sentia medo da reação deles. Será que teriam pena? Sentiriam medo dele? Pensariam que era um monstro, um assassino? Não importava; ele tinha que contar. Era melhor ouvir os detalhes infelizes de uma vida da boca do homem que a vivera do que ficar sabendo deles por outra pessoa. Mães frequentemente pintavam pais em uma luz favorável demais. Obituários quase nunca contavam a história toda, especialmente quando seus personagens viviam vidas secretas.

Gabriel pegou a filha dos seios de Chiara e levou-a ao quarto. Colocou-a gentilmente no berço, cobriu-a com um cobertor e parou por um momento até ter certeza de que ela estava acomodada. Enfim, voltou ao quarto do casal. Chiara ainda dormia profundamente, vigiada pelo jovem taciturno do retrato. Não sou eu, diria a seus filhos. É só alguém que tive que me tornar. Não sou um monstro nem um assassino. Vocês existem neste lugar, dormem em paz nesta terra hoje por causa de pessoas como eu.

O MARAIS, PARIS

À s dez e vinte da manhã seguinte, Christian Bouchard estava no saguão de desembarque do Charles de Gaulle, vestindo uma capa de chuva marrom sobre seu terno elegante, segurando um aviso em papel, que dizia SMITH. Até Bouchard o achava pouco convincente. Ele estava observando o fluxo de pessoas sendo despejadas no saguão depois de passarem pelo controle de passaporte — os fornecedores internacionais de bens e serviços, os que procuravam asilo e emprego, os turistas que tinham vindo ver um país que já não existia. O trabalho da DGSI era peneirar essa inundação diária, identificar os possíveis terroristas e agentes de inteligência estrangeira, e monitorar seus movimentos até que eles saíssem do território francês. Era uma tarefa quase impossível. Mas, para homens como Christian Bouchard, significava que não faltava trabalho ou oportunidades para avançar na carreira. Para o bem e para o mal, a segurança era uma das poucas indústrias que cresciam na França.

Naquele momento, o celular de Bouchard vibrou no bolso do casaco. Era uma mensagem de texto dizendo que o motivo de sua visita ao Charles de Gaulle acabara de ser admitido à França com um passaporte israelense em nome de Gideon Argov. Dois minutos depois, Bouchard viu o mesmo *monsieur* Argov — jaqueta de couro preta, mala de mão de nylon preta — à deriva na corrente de passageiros que chegavam. Bouchard o tinha visto em fotografias de vigilância — havia aquela famosa imagem tirada na Gare de Lyon alguns segundos antes da explosão —, mas nunca vira a lenda ao vivo. Teve de admitir que ficou amargamente decepcionado. O israelense mal tinha 1,70 metro e talvez, talvez, 68 quilos. Ainda assim, havia uma leveza predatória em seu andar, e as pernas eram levemente arqueadas para fora, sugerindo velocidade e agilidade na juventude, que, pensou Bouchard com uma arrogância descabida, já tinha passado há algum tempo.

A dois passos atrás dele estava um homem muito mais jovem, de altura e peso quase idênticos: cabelo escuro, pele escura, olhos escuros alertas de um judeu cujos ancestrais tinham vivido em terras árabes. Um funcionário da Embaixada de Israel estava lá para recebê-los e, juntos, os três homens — a lenda, o guarda-costas e o funcionário da embaixada — marcharam em fila para um carro que os esperava lá fora. O carro se dirigiu diretamente ao centro de Paris seguido por um segundo carro, no qual Bouchard era o único passageiro. Ele tinha previsto que suas presas iriam direto para o apartamento de *madame* Weinberg na rue Pavée, onde Paul Rousseau estava esperando no momento. Em vez disso, a lenda fez uma parada na rue des Rosiers. No extremo oeste da rua havia uma barricada e, atrás, as ruínas do Centro Weinberg.

Pelo relógio de Bouchard, o israelense permaneceu na barricada por três minutos. Então, caminhou pela rua na direção leste, seguido por seu guarda-costas. Depois de alguns passos, parou numa vitrine — um truque rudimentar, mas eficaz de espionagem que fez Bouchard, que o seguia discretamente, ter de se refugiar na loja em frente. No mesmo instante, um vendedor insistente encostou nele; quando Bouchard conseguiu se desvencilhar, o israelense e seu guarda-costas tinham desaparecido. Bouchard ficou paralisado por um momento, olhando para cima e para baixo da rua. Então, virou-se e viu o israelense parado atrás dele, com uma mão no queixo e a cabeça inclinada para o lado.

— Cadê seu aviso? — ele perguntou, finalmente, em francês.

— Meu o quê?

— Seu aviso. Aquele que você estava segurando no aeroporto — Os olhos verdes o examinaram. — Você deve ser Christian Bouchard.

— E você deve ser...

— Devo ser — interrompeu, com a dureza de um martelo. — E me garantiram que não haveria vigilância.

— Eu não estava vigiando você.

— Então estava fazendo o quê?

— Rousseau me pediu para garantir que você chegasse em segurança.

— Você está aqui para me proteger, é isso que está dizendo?

Bouchard ficou em silêncio.

— Permita-me deixar uma coisa clara desde o começo — disse a lenda. — Não preciso de proteção.

Eles andaram lado a lado pela calçada — Bouchard com seu terno e sua capa de chuva; Gabriel com sua jaqueta de couro e sua tristeza — até chegarem à entrada do apartamento no número 24. Quando Bouchard abriu a porta externa, abriu inadvertidamente uma porta para a memória de Gabriel também. Era dez anos atrás, começo da noite, uma chuva leve caía do céu. Gabriel viera a Paris porque precisava de um Van Gogh como isca para infiltrar um agente na comitiva de Zizi al-Bakari, e, por meio de um velho amigo em Londres, um *marchand* excepcionalmente excêntrico chamado Julian Isherwood, ele ficara sabendo que Hannah Weinberg possuía um. Ele a abordara sem se apresentar no exato local onde agora estava com Christian. Ela segurava um guarda-chuva com uma mão e, com a outra, colocava uma chave na fechadura.

— Sinto muito decepcioná-lo — mentiu ela, com compostura admirável —, mas não tenho um Van Gogh. Se você quiser ver algumas pinturas de Vincent, sugiro que visite o Museu de Orsay.

A memória se dissipou. Gabriel seguiu Bouchard pelo pátio interno até um saguão de entrada, e subiram pelas escadas acarpetadas. No quarto andar, uma fraca luz metálica vazava por uma janela suja, iluminando duas imponentes portas de mogno uma em frente à outra, como jogadores ante o tabuleiro de xadrez que era o piso do corredor. A porta da direita não tinha uma placa com nome de alguém. Bouchard a destrancou e, dando um passo para o lado, fez um gesto para Gabriel entrar.

Ele parou no *hall* de entrada formal e examinou os arredores como se pela primeira vez. O cômodo estava decorado precisamente como na manhã da Quinta-Feira Negra: majestosos móveis de brocado, pesadas cortinas de veludo, um relógio de ouropel no consolo da lareira ainda batendo cinco minutos atrasado. Novamente, a porta da memória de Gabriel se abriu, e ele viu Hannah sentada no sofá, vestindo uma blusa de lã desleixada e um casaco grosso. Ela tinha acabado de entregar a ele uma garrafa de Sancerre e estava observando atentamente enquanto ele tirava a rolha — observando as mãos dele, lembrou, as mãos do vingador.

— Sou muito boa em guardar segredos — ela estava dizendo. — Diga-me por que você quer meu Van Gogh, *monsieur* Allon. Talvez possamos chegar a algum tipo de acordo.

Da biblioteca adjacente veio o som distante de papel, como se alguém estivesse virando uma página. Gabriel espiou lá dentro e viu uma figura amarrotada diante de uma estante de livros segurando um volume bastante grosso encapado em couro.

— Dumas — disse a figura, sem levantar os olhos. — E muito valioso.

Ele fechou o livro, devolveu-o à prateleira e estudou Gabriel como se estivesse contemplando uma moeda rara ou um pássaro numa gaiola. Gabriel devolveu o olhar, sem expressão. Esperava outra versão de Bouchard, um babaca ardiloso e arrogante que tomava vinho no almoço e saía do escritório pontualmente às cinco para poder passar uma hora com a amante antes de voltar para a esposa. Paul Rousseau, portanto, foi uma boa surpresa.

— É um prazer conhecê-lo finalmente — disse ele. — Só gostaria que as circunstâncias fossem diferentes. *Madame* Bouchard era sua amiga, não era?

Gabriel ficou em silêncio.

— Alguma coisa errada? — perguntou Rousseau.

— Digo quando vir o Van Gogh.

— Ah, sim, o Van Gogh. Está no quarto ao final do corredor — disse Rousseau. — Mas suponho que você já soubesse disso.

Ela mantinha uma chave, lembrou Gabriel, na primeira gaveta da escrivaninha. Obviamente, Rousseau e seus homens não a tinham descoberto, porque a fechadura do quarto tinha sido desmontada. De resto, tudo estava como Gabriel lembrava: a mesma cama com dossel rendado, os mesmos brinquedos e bichos de pelúcia, a mesma penteadeira rústica acima da qual estava pendurado o mesmo quadro, *Marguerite Gachet à sua penteadeira*, óleo sobre tela, de Vincent van Gogh. Gabriel executara a única restauração do quadro em uma casa vitoriana segura nos arredores de Londres, pouco antes de sua venda — privada, é claro — para Zizi al-Bakari. O trabalho, pensou, tinha se mantido bem. A pintura estava perfeita, exceto por uma fina linha horizontal perto do topo da imagem, traço que Gabriel não tentara restaurar. A linha era culpa de Vincent, que tinha apoiado outra tela na pobre Marguerite antes que ela estivesse suficientemente seca. Zizi al-Bakari, *connoisseur* de arte e terrorista do jihad, tinha considerado que a linha era prova da autenticidade do quadro — e da autenticidade da bela jovem americana que o vendera a ele, uma historiadora da arte formada em Harvard.

Paul Rousseau não sabia nada disso. Ele estava olhando não para o quadro, mas para Gabriel, seu pássaro na gaiola, sua raridade.

— É de se imaginar por que ela escolheu pendurar aqui e não na sala — disse, depois de um momento. — E por que, na morte, decidiu deixá-lo logo para você.

Gabriel tirou os olhos do quadro e fixou-os diretamente no rosto de Paul Rousseau.

— Talvez devêssemos deixar uma coisa clara desde o começo — disse ele. — Não estamos aqui para resolver rusgas antigas. Nem vamos relembrar velhas histórias.

— Ah, não — concordou Rousseau, apressadamente —, não temos tempo para isso. Mas seria um exercício interessante, mesmo que só por diversão.

— Tome cuidado, *monsieur* Rousseau. As velhas histórias estão espreitando.

— Pois estão — Rousseau sorriu docilmente.

— Tínhamos um acordo — disse Gabriel. — Eu venho a Paris, você me dá o quadro.

— Não, *monsieur* Allon. Primeiro, você me ajuda a encontrar o homem que bombardeou o Centro Weinberg e *depois* eu lhe dou o quadro. Fui bem claro com seu amigo Uzi Navot — Rousseau olhou inquisitivamente para Gabriel. — Ele é seu amigo, não é?

— Costumava ser — respondeu Gabriel, friamente.

Caíram em um silêncio confortável, ambos olhando o Van Gogh, como estranhos em uma galeria.

— Vincent deve tê-la amado muito para pintar algo tão belo — disse Rousseau, enfim. — E logo pertencerá a você. Estou tentado a dizer que você é um homem muito sortudo, mas não vou. Sabe, *monsieur* Allon — completou, com um sorriso triste —, eu li seu arquivo.

10

RUE PAVÉE, PARIS

Serviços de inteligência de nações diferentes não cooperam porque querem. Cooperam porque, como pais divorciados de crianças pequenas, às vezes acham necessário trabalhar juntos para o bem maior. Antigas rivalidades não desaparecem da noite para o dia. Elas repousam sob a superfície como feridas de uma traição, aniversários esquecidos, necessidades emocionais negligenciadas. O desafio de dois serviços de inteligência é criar uma zona de confiança, um lugar onde não haja segredos. Fora desse lugar, eles têm a liberdade de ir atrás de seus próprios interesses. Mas, uma vez ali, cada um tem a obrigação de desnudar suas fontes e seus métodos mais estimados para o outro. Gabriel tinha muita experiência nessa seara. Com seu talento natural de restaurador, tinha reparado as relações do Escritório tanto com a CIA quanto com o serviço secreto de inteligência da Inglaterra. A França, porém, era um caso mais difícil. O país era há muito uma importante arena operacional para o Escritório, e especialmente para Gabriel, que tinha uma longa lista de pecados secretos em solo francês. Além disso, a França apoiava abertamente muitos dos inimigos mais implacáveis de Israel. Em resumo, os serviços de inteligência israelense e francês não gostavam muito um do outro.

Nem sempre foi assim. A França havia fornecido armas a Israel em seus primórdios, e sem a ajuda francesa, Israel nunca teria desenvolvido as armas nucleares de intimidação que permitiram sua sobrevivência no hostil Oriente Médio. Mas, nos anos 1960, depois da desastrosa guerra na Argélia, Charles de Gaulle resolveu restaurar as relações estremecidas da França com o mundo árabe — e, quando Israel, usando muitas das aeronaves francesas, começou a Guerra dos Seis Dias com um ataque-surpresa no espaço aéreo egípcio, De Gaulle condenou o país. Ele se referiu aos judeus como "um povo elitista, arrogante, dominador", e a ruptura foi total.

Agora, tomando café na sala do apartamento da família Weinberg na rue Pavée, Gabriel e Rousseau começavam a reparar, pelo menos temporariamente, esse legado de desconfiança. O primeiro item da agenda era elaborar um acordo operacional básico, um plano de como os dois serviços trabalhariam juntos, uma divisão de trabalho e de autoridade, as regras do jogo. Deveria ser uma parceria verdadeira, embora, por motivos óbvios, Rousseau fosse manter a primazia sobre quaisquer aspectos da operação em território francês. Em troca, Gabriel receberia acesso total aos volumosos arquivos da França sobre milhares de extremistas islâmicos que viviam dentro das fronteiras do país: os relatórios de observação, as interceptações de e-mail e telefone, os registros de imigração. Só isso, admitiria ele muito depois, já tinha valido o preço da sua estadia na França.

Houve obstáculos no caminho, mas, em sua maior parte, as negociações foram mais simples do que Gabriel ou Rousseau poderiam ter imaginado. Talvez porque os dois não fossem tão diferentes. Eram homens das artes, homens de cultura e estudo que tinham devotado suas vidas a proteger seus concidadãos daqueles que derramavam o sangue de inocentes por ideologia ou religião. Ambos tinham perdido uma esposa — um para a doença; o outro para o terror — e ambos eram muito respeitados por seus pares em Washington e Londres. Rousseau não era nenhum Gabriel Allon, mas estava lutando contra terroristas há quase tanto tempo quanto, e tinha as cicatrizes para provar.

— Algumas pessoas no meio político francês — disse Gabriel — gostariam de me ver atrás das grades por causa das minhas atividades anteriores.

— É o que ouvi dizer.

— Se eu vou trabalhar aqui sem cobertura, exijo um documento que me conceda imunidade total, agora e para sempre, amém.

— Vou ver o que posso fazer.

— E eu vou ver se consigo achar Saladin antes de ele atacar de novo.

Rousseau franziu o cenho.

— Uma pena que não foi você quem negociou o acordo nuclear iraniano.

— Pena mesmo — concordou Gabriel.

Já estava se aproximando das quatro da tarde. Rousseau se levantou, bocejou de forma elaborada, espreguiçou-se e sugeriu uma caminhada.

— Ordens médicas — disse. — Parece que estou gordo demais para meu próprio bem.

Eles passaram pela entrada do prédio de Hannah e, com os guarda-costas de Bouchard e Gabriel logo atrás, caminharam à beira do Sena em direção à Notre-Dame. Eram um par desconjuntado: o ex-professor da Sorbonne rechonchudo e vestido de *tweed* e a figura pequena vestida de couro que parecia flutuar levemente acima da superfície do calçamento. O sol estava baixo no horizonte, brilhando através de uma fenda nas nuvens. Rousseau cobriu os olhos.

— Onde pretende começar?

— Com os arquivos, é claro.

— Vai precisar de ajuda.

— Obviamente.

— Quantos oficiais pretende trazer para o país?

— O número exato de que preciso.

— Posso dar-lhe uma sala na nossa sede na rue de Grenelle.

— Prefiro uma coisa mais privativa.

— Posso arranjar um esconderijo secreto.

— Eu também posso.

Gabriel parou em uma banca de jornal. Na primeira página do jornal *Le Monde* estavam as duas fotografias de Safia Bourihane, a francesa de ascendência muçulmana, a assassina velada do califado. A manchete tinha uma palavra: CATÁSTROFE!

— A catástrofe é responsabilidade de quem? — perguntou Gabriel.

— A investigação inevitável sem dúvida descobrirá que elementos do meu serviço cometeram erros terríveis. Mas somos os verdadeiros culpados? Nós, os humildes funcionários secretos que tentam conter a avalanche? Ou a culpa está em outro lugar?

— Onde?

— Em Washington, por exemplo — Rousseau seguiu caminhando pela margem do rio. — A invasão do Iraque transformou a região em um caldeirão. E quando o novo presidente americano decidiu que tinha chegado a hora de se retirar, o caldeirão transbordou. E aí teve aquela insanidade que chamamos de Primavera Árabe. Fora, Mubarak! Fora, Gaddafi! Fora, Assad! — balançou a cabeça. — Foi uma loucura, uma loucura absoluta. E agora ficamos com isso. O ISIS controla uma porção de território do tamanho do Reino Unido, bem às portas da Europa. Nem o Bin Laden teria ousado sonhar com uma coisa dessas. E o que o presidente americano tem para nos dizer? O ISIS não é islâmico. O ISIS é um time da série B — franziu o cenho. — O que isso quer dizer? Série B?

— Acho que tem alguma coisa a ver com esportes.

— E o que esportes têm a ver com um assunto tão sério quanto a ascensão do califado?

Gabriel apenas sorriu.

— Ele acredita mesmo nessa baboseira ou é *ignorantia affectata*?

— Ignorância voluntária?

— Isso.

— Você teria que perguntar para ele.

— Você o conhece?

— Já nos encontramos.

Rousseau obviamente estava tentado a perguntar sobre as circunstâncias desse encontro único com o presidente americano, mas, em vez disso, seguiu com sua palestra sobre o ISIS.

— A verdade — disse ele — é que o ISIS é, sim, islâmico. E tem muito mais em comum com Maomé e seus primeiro seguidores, *al salaf al salih*, do que os chamados especialistas gostariam de admitir. Ficamos horrorizados quando lemos relatos do ISIS usando crucificação. Dizemos que são ações de bárbaros, não de homens de fé. Mas o ISIS não crucifica só porque é cruel. Crucifica porque, segundo o Corão, a crucificação é uma das punições prescritas para os inimigos do islã. Crucifica porque *deve*. Nós, ocidentais civilizados, achamos isso quase impossível de compreender.

— *Nós* não achamos.

— Porque vocês vivem na região. São um povo da região — adicionou Rousseau. — E sabem muito bem o que vai acontecer se gente como o ISIS for solta dentro dos muros de vocês. Vai ser...

— Um holocausto — completou Gabriel.

Rousseau concordou, pensativo. Então, atravessou a Pont Notre-Dame com Gabriel, até a Île de la Cité.

— Então, nas palavras de Lênin — perguntou —, que fazer?

— Sou um mero espião, *monsieur* Rousseau, não um general nem um primeiro-ministro.

— E se fosse?

— Cortaria o mal pela raiz. Eu os transformaria em perdedores, em vez de vencedores. Tome a terra — explicou Gabriel — e não pode haver um Estado Islâmico. E, se não houver Estado, o califado vai, mais uma vez, perder-se na história.

— A invasão não funcionou no Iraque nem no Afeganistão — argumentou Roussau — e não vai funcionar na Síria. É melhor enfraquecê-los pelo ar, e com ajuda de aliados regionais. Enquanto isso, conter a infecção para que ela não se espalhe para o resto do Oriente Médio e da Europa.

— É tarde demais para isso. O contágio já chegou aqui.

Eles atravessaram outra ponte, a Petit Pont, e entraram no Quartier Latin. Rousseau, ex-professor, conhecia bem o bairro latino e caminhava agora com um propósito maior que sua saúde pelo boulevard Saint-Germain, entrando em uma rua estreita, até que, enfim, parou do lado de fora do portão de um prédio de apartamentos. Era tão familiar a Gabriel quanto a entrada do prédio de Hannah Weinberg na rue Pavée, apesar de fazer muitos anos desde sua última visita. Olhou rapidamente o interfone. Alguns nomes ainda eram os mesmos. Naquele momento, a porta se abriu e duas pessoas, um homem e uma mulher de vinte e poucos anos, saíram. Rousseau segurou a porta antes que ela se fechasse e levou

Gabriel até a meia-luz do *hall* de entrada. Uma passagem dava no pátio interno sombreado, onde Rousseau parou pela segunda vez e apontou para uma janela no andar mais alto.

— Minha mulher e eu morávamos bem ali. Quando ela morreu, eu me desfiz do apartamento e fui para o sul. Havia memórias demais, fantasmas demais — ele apontou para uma janela que dava para o lado oposto do pátio. — Uma ex-aluna minha morava ali. Ela era muito inteligente. Muito radical, também, como a maioria dos meus alunos naqueles dias. O nome dela — completou, olhando pelo canto do olho para Gabriel — era Denise Jaubert.

Gabriel fitou Rousseau sem expressão, como se o nome não significasse nada para ele. Na verdade, ele suspeitava saber mais sobre Denise Jaubert do que seu antigo professor. Ela era, de fato, *radical*. Mais importante, era amante ocasional de um tal Sabri al-Khalifa, líder do grupo terrorista palestino Setembro Negro, responsável pelo massacre nas Olimpíadas de Munique.

— Certa vez, num fim de tarde — continuou Rousseau —, eu estava trabalhando em minha escrivaninha quando ouvi risadas no pátio. Era a Denise. Ela estava com um homem. Cabelo preto, pele branca, muitíssimo bonito. Poucos passos atrás deles estava um camarada mais baixo, de cabelo curto. Não dava para ver bem o rosto dele. É que, apesar do tempo nublado, ele estava de óculos escuros.

Rousseau olhou para Gabriel, mas ele, em seus pensamentos, estava atravessando um pátio parisiense, poucos passos atrás do homem por quem o Escritório passara sete anos procurando.

— Não fui o único que notou o homem de óculos escuros — disse Rousseau, depois de um momento. — O companheiro bonito da Denise também notou. Ele tentou sacar um revólver, mas o homem mais baixo sacou primeiro. Nunca vou esquecer a forma como ele andou para a frente enquanto atirava. Foi... lindo. Houve dez tiros. Aí, ele inseriu um pente novo na arma, apoiou o cano do revólver contra o ouvido do homem e deu o último tiro. É estranho, mas não me lembro dele indo embora. Ele parecia ter desaparecido — Rousseau olhou para Gabriel. — E agora está ao meu lado.

Gabriel não disse nada. Estava olhando para os paralelepípedos do pátio, os paralelepípedos que ficaram vermelhos com o sangue de Sabri al-Khalifa.

— Tenho que admitir — disse Rousseau — que, por muito tempo, pensei que você era um assassino. O mundo civilizado condena suas ações. Mas agora o mundo civilizado se vê na mesma luta, e está usando as mesmas táticas. Drones, mísseis, homens de preto no meio da noite — ele fez uma pausa, e completou: — Parece que a história absolveu seus pecados.

— Não cometi pecados — respondeu Gabriel. — E não preciso ser absolvido.

Então, o celular de Rousseau vibrou no bolso do casaco, seguido, alguns segundos depois, pelo de Gabriel. Mais uma vez, foi Gabriel quem sacou primeiro.

Era uma mensagem prioritária do boulevard Rei Saul. A DGSI enviara uma mensagem similar a Rousseau.

— Parece que o ataque ao Centro Weinberg foi só o começo — Rousseau devolveu o telefone ao bolso do casaco e fitou os paralelepípedos onde Sabri al-Khalifa caíra. — Vai acabar assim também para o homem que chamam de Saladin?

— Se tivermos sorte.

— Quando você pode começar?

— Hoje à noite.

AMSTERDÃ-PARIS

Mais tarde, ficaria provado quase com certeza que as bombas de Paris e Amsterdã eram produtos letais do trabalho de um mesmo homem. Mais uma vez, a forma de entrega fora uma van branca; mas, em Amsterdã, a van era uma Ford Transit, em vez de uma Renault. A bomba foi detonada precisamente às quatro e meia, no centro do agitado Mercado Albert Cuyp. O veículo entrara no mercado cedo naquela manhã e permanecera ali, sem ser detectado, durante todo o dia, enquanto milhares de compradores passeavam inocentemente ao sol pálido de primavera. A motorista da van era uma mulher de aproximadamente 30 anos, cabelos loiros, pernas compridas, quadris estreitos, jeans azul, um moletom de capuz, um colete de lã. Isso ficou estabelecido não com a ajuda de testemunhas, mas pelas câmeras de segurança de circuito fechado. A polícia não encontrou ninguém, entre os vivos, que pudesse se lembrar de tê-la visto.

O mercado, considerado o maior da Europa, fica localizado no lado antigo da cidade. Fileiras de barracas frente a frente se espalham pela rua e, atrás das barracas, há terraços de casas de tijolo marrom, com lojas e restaurantes no térreo. Muitos dos vendedores são do Oriente Médio e do Norte da África, fato que diversos repórteres e analistas de terrorismo destacaram rapidamente nas primeiras horas da cobertura. Todos viam isso como evidência de que os culpados foram inspirados por alguma crença que não o islamismo radical, embora, quando pressionados a mencionar que crença seria essa, não fossem capazes de achar uma. Finalmente, uma pesquisadora do islã, em Cambridge, explicou o aparente paradoxo. Os muçulmanos de Amsterdã, disse ela, viviam em uma cidade de drogas e prostituição legalizadas, onde as leis dos homens eram mais fortes que as leis de Alá. Aos olhos dos muçulmanos extremistas, aqueles eram apóstatas. E a única punição para apóstatas é a morte.

As testemunhas se recordariam não do urro trovejante da explosão, mas do profundo e gélido silêncio que se seguiu. Depois de um tempo, houve um gemido, um soluço de criança e a vibração eletrônica de um celular implorando para ser atendido. Por vários minutos, a grossa fumaça negra escondeu, benevolente, o horror. Depois, gradualmente, a fumaça se dissipou e a devastação foi revelada: os decepados e os mortos, os sobreviventes cobertos de fuligem vagando tontos e parcialmente nus pelos escombros, os sapatos que estavam sendo vendidos espalhados entre os sapatos dos mortos. Por todos os lados, havia frutas esparramadas e sangue derramado e o cheiro, repentinamente nauseante, de cordeiro assado temperado com cominho e cúrcuma.

As reivindicações de responsabilidade não demoraram. A primeira veio de uma célula obscura na Líbia, país sem lei; a ela seguiu-se ao da organização al--Shabaab, grupo baseado na Somália que aterrorizava a África Oriental. Por fim, apareceu em uma popular rede social um vídeo em que um homem de capuz preto que falava inglês com um sotaque do leste de Londres declarou que o ataque era obra do ISIS, e que havia mais ataques a caminho. Então, embarcava, misturando inglês e árabe, em uma homília divagante sobre os exércitos de Roma e um vilarejo sírio chamado Dabiq. Os comentaristas de televisão estavam perplexos. A especialista de Cambridge, não.

A reação variou de ira a descrença a recriminações presunçosas. Em Washington, o presidente americano condenou o atentado como "um ato temerário de assassinato e barbárie", mas, curiosamente, não mencionou os motivos dos culpados nem o islã, radical ou não. Seus oponentes no Congresso rapidamente o culparam diretamente pelo ataque. Se ele não tivesse retirado as tropas americanas do Iraque precipitadamente, disseram, o ISIS nunca teria se enraizado na Síria. O porta-voz do presidente descartou as sugestões de que era hora de o Exército dos Estados Unidos combater o ISIS diretamente.

— Temos uma estratégia — disse ele. Depois, com toda a seriedade, completou: — Ela está funcionando.

Na Holanda, porém, as autoridades não tinham interesse em distribuir culpa, pois estavam ocupadas demais procurando por sobreviventes entre os escombros e pela mulher de aproximadamente 30 anos, cabelos loiros, pernas compridas, quadris estreitos, jeans azul, moletom de capuz e colete de lã que dirigira a bomba até o mercado. Por dois dias, o nome dela permaneceu um mistério. Então, apareceu na mesma rede social o segundo vídeo, narrado pelo mesmo homem que falava com sotaque do leste de Londres. Dessa vez, ele não estava sozinho. Duas mulheres cobertas com véus estavam ao seu lado. Uma ficou em silêncio; a outra falou. Ela se identificou como Margreet Janssen, originalmente da cidade costeira de Noordwijk, na Holanda, convertida ao islã. Ela plantara a bomba, disse, para punir os blasfemadores e infiéis em nome de Alá e Maomé, que a paz esteja com ele.

Mais tarde naquele mesmo dia, o AIVD, serviço de segurança e inteligência holandês, confirmou que Margreet Janssen viajara à Síria dezoito meses antes, permanecera lá por cerca de seis meses e tivera permissão de voltar à Holanda depois de convencer as autoridades holandesas de que tinha renunciado às suas ligações com o ISIS e o movimento jihadista global. O serviço de segurança a mantivera sob vigilância eletrônica e física, mas logo desistira, pois ela não exibia sinais de envolvimento com atividades islâmicas radicais. Obviamente, disse um porta-voz do AIVD, fora um erro de julgamento.

Dentro de minutos, as salas de internet do califado digital foram incendiadas com conversas animadas. De repente, Margreet Janssen era o novo símbolo do jihad global, uma ex-cristã de um país europeu que agora era membro letal da comunidade de fiéis. Mas quem era a outra mulher no vídeo? A que não falou? A resposta veio não de Amsterdã, mas de um prédio que parecia uma fortaleza no subúrbio de Levallois-Perret, em Paris. A segunda mulher, disse o chefe da DGSI, era Safia Bourihane, uma das culpadas pelo ataque ao Centro Weinberg.

Antes de parar de vigiar Margreet Janssen, o AIVD reunira um denso dossiê de relatórios de observação, fotografias, e-mails, mensagens de texto e históricos de internet, junto com arquivos secundários sobre amigos, familiares, associados e colegas viajantes do movimento jihadista global. Paul Rousseau recebeu uma cópia do dossiê durante uma reunião na sede do AIVD em Haia e, ao voltar a Paris, entregou-o a Gabriel em uma *brasserie* tranquila na rue de Miromesnil, no oitavo *arrondissement*. O dossiê tinha sido digitalizado e guardado em um pen drive seguro. Rousseau deslizou o objeto pela mesa por baixo de um guardanapo, e isso com a discrição de um tiroteio em uma capela vazia. Não importava; a *brasserie* estava deserta, a não ser por um homenzinho careca vestindo um terno bem-cortado e uma excêntrica gravata cor de lavanda. Ele bebia uma taça de Côtes du Rhone e lia uma cópia do jornal *Le Figaro*, cheio de notícias de Amsterdã. Gabriel colocou o pen drive no bolso de seu casaco sem fazer esforço para esconder a ação, e perguntou a Rousseau sobre o clima na sede do AIVD.

— Algo entre pânico e resignação — respondeu Rousseau. — Estão aumentando a vigilância a extremistas islâmicos conhecidos e procurando o homem que construiu a bomba e outros elementos da rede — baixou a voz e completou: — Queriam saber se eu tinha alguma ideia.

— Você mencionou Saladin?

— Talvez eu tenha esquecido — disse Rousseau, com um sorriso dissimulado. — Mas, em algum momento, vamos ter que falar oficialmente com nossos amigos aqui da Europa.

— São seus amigos, não meus.

— Você tem um histórico com os serviços holandeses?

— Nunca tive o prazer de visitar os Países Baixos.

— Por algum motivo, acho difícil de acreditar — Rousseau olhou para o homenzinho careca sentado do outro lado da *brasserie*. — Amigo seu?

— Ele é dono de uma loja do outro lado da rua.

— Como você sabe?

— Eu o vi saindo e trancando a porta.

— Que observador — Rousseau olhou para a rua escura. — Antiquités Scientifiques?

— Microscópios antigos e coisas assim — explicou Gabriel.

— Interessante — Rousseau contemplou sua xícara de café. — Parece que não fui o único visitante estrangeiro no AIVD ontem. Um americano passou lá também.

— Agência?

Rousseau assentiu.

— Local ou Langley?

— A última.

— Ele tinha nome?

— Não que meus amigos holandeses quisessem dividir comigo. Sugeriram, porém, que o interesse americano no caso era grande.

— Que reconfortante.

— Aparentemente, a Casa Branca está preocupada que um ataque em solo americano bem no fim do segundo mandato do presidente seja prejudicial ao legado dele. A Agência está sofrendo muita pressão para garantir que isso não aconteça.

— Parece que o ISIS não é o time da série B, afinal.

— Para isso — continuou Rousseau —, a Agência espera cooperação total e irrestrita dos amigos e parceiros dos Estados Unidos aqui na Europa. O homem de Langley deve chegar a Paris amanhã.

— Pode ser bom você passar um tempo com ele.

— Meu nome já está na lista de convidados.

Gabriel entregou a Rousseau um pedaço de papel dobrado em quatro.

— O que é isto?

— Uma lista dos outros arquivos de que precisamos.

— Mais quanto tempo?

— Pouco — disse Gabriel.

— Foi o que você disse ontem e anteontem — Rousseau guardou a lista no bolso interno de seu paletó de *tweed*. — Vai me dizer onde você e seus ajudantes estão trabalhando?

— Quer dizer que vocês ainda não descobriram?

— Não tentamos.

— Por algum motivo — disse Gabriel —, acho difícil de acreditar.

Ele se levantou sem dizer mais nada e foi para a rua. Rousseau o observou caminhando pela calçada escura, seguido discretamente por dois dos melhores homens de vigilância do Grupo Alpha. O homenzinho careca com a gravata cor de lavanda colocou algumas notas na mesa e saiu, deixando Rousseau sozinho na *brasserie* tendo como única companhia seu celular. Cinco minutos se passaram antes de ele finalmente ter uma luz. Era uma mensagem de Christian Bouchard.

— *Merde* — disse Rousseau, suavemente. Allon os tinha despistado novamente.

12

PARIS

Com algumas medidas de contravigilância — uma mudança de rota em uma rua de mão única, uma parada breve em um bistrô com uma saída de serviço pela cozinha —, Gabriel despistou os melhores observadores do Grupo Alpha de Paul Rousseau. Depois, ele foi a pé, de metrô e de táxi até um pequeno prédio nos arredores do Parque Bois de Boulogne. Segundo o painel do interfone, o apartamento 4B era ocupado por alguém chamado Guzman. Gabriel apertou o botão, esperou o clique das fechaduras automáticas e entrou.

No andar superior, Mikhail Abramov destrancou a porta para ele. O ar tinha um cheiro amargo de fumaça. Gabriel espiou a cozinha e viu Eli Lavon tentando extinguir um incêndio que ele mesmo tinha começado no micro-ondas. Lavon era uma figura diminuta, com cabelos esparsos e um rosto nada memorável. Sua aparência, como a maioria das outras coisas nele, enganava. Camaleão e predador natural, Lavon era considerado o melhor artista de vigilância de ruas já produzido pelo Escritório. Ari Shamron certa vez dissera que Lavon era capaz de desaparecer enquanto estava apertando sua mão. Isso não estava longe de ser verdade.

— Quanto tempo você levou para despistá-los dessa vez? — perguntou Lavon enquanto jogava uma massa disforme de plástico tostado na pia.

— Menos do que você levou para incendiar o apartamento seguro.

— Uma confusãozinha com o ajuste de tempo. Você me conhece, nunca fui bom com números.

O que não era verdade. Lavon também era, por acaso, um investigador financeiro habilidoso que conseguira sozinho rastrear milhares de dólares de bens saqueados durante o Holocausto. Arqueólogo de formação, ele era um escavador natural.

Gabriel entrou na sala de estar. Yaakov Rossman, veterano em cooptar agentes e fluente em árabe, parecia estar considerando cometer uma violência contra seu notebook. Yossi Gavish e Rimona Stern estavam jogados no sofá, como se fossem universitários. Yossi era um oficial de alto nível no departamento de Pesquisa, nome pelo qual o Escritório se referia à sua divisão de análise. Alto e careca, gostava de vestir *tweed*, tinha lido todos os clássicos na Faculdade All Souls, em Oxford, e falava hebraico com um forte sotaque inglês. Também tinha atuado um pouco — principalmente em peças shakespearianas — e era um violoncelista talentoso. Rimona servia na unidade do Escritório responsável por espionar o programa nuclear do Irã. Tinha cabelo loiro puxado para o bege, quadris largos e um temperamento herdado de Ari Shamron, seu tio. Gabriel a conhecia desde que ela era criança. Suas lembranças mais afetuosas de Rimona eram de uma garota destemida em uma lambreta, descendo descontroladamente pela entrada íngreme da casa do tio famoso.

Os cinco agentes de campo e analistas eram membros de uma equipe de elite conhecida como Barak, palavra hebraica para raio, pois tinham a habilidade de se reunir e atacar rapidamente. Todos tinham lutado e, por vezes, sangrado juntos em uma série de campos de batalha de Moscou ao Caribe e, no processo, executado algumas das mais lendárias operações da história da inteligência israelense. Gabriel era fundador e líder da equipe, mas um sexto membro, Dina Sarid, era a consciência e memória institucional do grupo. Dina era a principal especialista em terrorismo do Escritório, uma base de dados humana capaz de recitar horário, local, criminosos e número de vítimas de cada atentado terrorista palestino ou islâmico contra Israel e o Ocidente. Seu talento especial era ver ligações onde outras pessoas viam apenas uma tempestade de nomes, números e palavras.

Ela era baixa e tinha um cabelo preto-carvão que caía ao redor de um rosto suave e infantil. No momento, estava parada em frente a uma colagem aparentemente aleatória de fotos de vigilância, e-mails, mensagens de texto e conversas telefônicas. Estava na mesma posição de três horas antes, quando Gabriel saíra do apartamento para seu encontro com Paul Rousseau. Dina estava tomada pela febre, pela aterradora ira criativa que a dominava cada vez que uma bomba explodia. Muitas vezes, Gabriel já induzira essa febre que, a julgar pela expressão dela, estava prestes a ceder. Ele atravessou a sala e parou ao lado de Dina.

— O que você está olhando? — perguntou após um momento.

Dina deu dois passos para a frente, mancando levemente, e apontou para uma foto de vigilância de Safia Bourihane tirada antes da primeira viagem à Síria, em um café de estilo árabe na *banlieue* de Saint-Denis, altamente povoada por imigrantes. Safia tinha adotado o véu recentemente. Sua companheira, uma jovem, também estava coberta. Havia várias outras mulheres no café, além de quatro homens, argelinos e marroquinos, dividindo uma mesa próxima ao balcão. Outro homem, de rosto angular, barba feita, meio fora de foco, estava sentado sozinho. Vestia um terno sem gravata e trabalhava em um notebook. Podia ser árabe — ou podia ser francês ou italiano. Naquele momento, Dina Sarid não estava preocupada com ele. Estava olhando, hipnotizada, para o rosto de Safia Bourihane.

— Ela parece normal, não parece? Feliz, até. Ninguém suspeitaria que passou a manhã toda falando com um recrutador do ISIS pela internet. O recrutador pediu que ela deixasse a família e viajasse à Síria a fim de ajudar a construir o califado. E o que você acha que a Safia respondeu?

— Que queria ficar na França. Respondeu que queria se casar com um garoto legal de uma boa família e ter filhos que seriam criados como cidadãos franceses totalmente integrados à sociedade. Respondeu que não queria fazer parte de um califado governado por homens que decapitam, crucificam e queimam vivos seus inimigos.

— Que lindo imaginar isso — Dina balançou a cabeça lentamente. — O que deu errado, Gabriel? Por que mais de quinhentas jovens ocidentais se juntaram às tropas do ISIS? Por que homens barbados são as novas estrelas do islã? Por que assassinos viraram descolados?

Dina dedicara a vida a estudar o terrorismo e o extremismo islâmico, mas mesmo assim não tinha respostas.

— Achamos que a violência do ISIS causaria repulsa. Estávamos errados. Supusemos que a assimilação era a resposta, porém, quanto mais assimilam, menos elas gostam do que veem. Por isso, quando um recrutador do ISIS bate à porta digital delas, estão vulneráveis.

— Você é generosa demais, Dina.

— São crianças — ela pausou. E então completou: — Crianças influenciáveis.

— Nem todas.

— É verdade. Várias são formadas e estudaram muito mais do que os homens que se juntaram ao ISIS. As mulheres são proibidas de lutar, então assumem papéis de apoio importantes. Em vários sentidos, são elas que estão realmente construindo o califado. Muitas vão ter um marido, e um marido que, provavelmente, logo será um mártir. Uma em cada quatro mulheres se tornará viúva. Viúvas negras — adicionou. — Doutrinadas, amarguradas, vingativas. E só é necessário um bom recrutador ou um olheiro talentoso para transformá-las em bombas-relógios — ela apontou para o homem meio fora de foco sentado sozinho no café de estilo árabe. — Como ele. Infelizmente, os franceses nunca o notaram. Estavam ocupados demais olhando para a amiga da Safia.

— Quem é ela?

— Uma garota que assistiu a alguns vídeos de decapitação na internet. É uma perda de tempo, dinheiro e mão de obra. Mas a Safia, não. A Safia era uma tragédia prestes a acontecer — Dina deu um passo para a direita e indicou uma segunda fotografia. — Três dias depois que a Safia tomou um café com a amiga em Saint-Denis, ela veio para o centro de Paris fazer umas compras. Esta foto foi tirada quando ela estava andando pelas arcadas da rue de Rivoli. E olha quem está andando uns passos atrás dela.

Era o mesmo homem do café — o homem barbeado com rosto angular que podia ser árabe, francês ou italiano.

— Como não o viram?

— Boa pergunta. E não o viram aqui, também.

Dina apontou para uma terceira fotografia, tirada no mesmo dia, uma hora depois. Safia Bourihane estava saindo de uma loja de roupas femininas na Champs-Élysées. O mesmo homem estava esperando na calçada, fingindo consultar um guia de turismo.

— Envie as fotos para o boulevard Rei Saul — instruiu Gabriel. — Veja se aparece alguma coisa.

— Já enviei.

— E?

— O boulevard Rei Saul nunca foi apresentado a ele.

— Talvez isso ajude — Gabriel mostrou o pen drive.

— O que é?

— Vida e época de Margreet Janssen.

— Imagino quanto tempo vai demorar para encontrar o admirador nem tão secreto da Safia.

— Eu me apressaria, se fosse você. Os americanos também têm o arquivo dela.

— Vou ser mais rápida que eles — disse ela. — Sempre sou.

Dina levou menos de meia hora para encontrar a primeira fotografia de vigilância de Margreet Janssen com o homem que seguia Safia Bourihane em Paris. Uma equipe do AIVD tirara a fotografia em um excêntrico restaurante italiano no centro de Amsterdã onde Margreet, tendo saído de sua triste casa em Noordwijk, servia mesas recebendo um salário de morrer de fome. Não foi difícil encontrá-lo; ele estava jantando sozinho, com um livro de Sartre como proteção. Dessa vez, a câmera conseguiu focalizá-lo, mas sua aparência estava um pouco diferente. Um par de óculos redondos suavizava sua fisionomia brusca; um cardigã emprestava a ele um ar amigável de bibliotecário. Margreet era sua garçonete e, a julgar pelo largo sorriso, ela o achava atraente — tão atraente, aliás, que concordou em encontrar-se com ele para uns drinques mais tarde em um bar próximo ao bairro da luz vermelha. A noite terminou com um tapa bem dado por Margreet com a mão direita na bochecha esquerda do homem, testemunhado pela mesma equipe de vigilância. Era um belo truque, pensou Gabriel. Os holandeses descartaram o homem como sendo um grosseirão e nunca tentaram descobrir a identidade dele.

Mas qual era a ligação entre as duas mulheres, fora o homem que podia ser árabe, francês ou italiano? Dina também a encontrou. Tratava-se de um site hospedado no emirado do Qatar, no Golfo Pérsico, que vendia roupas para muçulmanas devotas e de bom gosto. Safia Bourihane tinha navegado nele três semanas antes da visita do homem a Paris. Margreet Janssen entrara ali apenas dez dias antes do tapa em Amsterdã. Dina suspeitava que o site contivesse uma sala criptografada em que recrutadores do ISIS podiam convidar jovens promissoras para um bate-papo em particular. Até agora, essas salas tinham se provado quase impenetráveis aos serviços de inteligência de Israel e do Ocidente. Até a poderosa Agência de Segurança Nacional, o onisciente serviço de inteligência de sinais dos Estados Unidos, tinha dificuldade de acompanhar o ritmo da hidra digital do ISIS.

Não há sentimento pior para um espião profissional do que tomar conhecimento, por um agente de outro serviço, de algo que ele mesmo já devia saber. Paul Rousseau aguentou essa humilhação em um pequeno café na rue Cler, uma rua fechada para pedestres, mas cheia de lojas da moda perto da Torre Eiffel. A polícia francesa erguera barricadas nos cruzamentos e estava checando as bolsas e mochilas de todos que ousavam entrar ali. Até Gabriel, que só tinha em sua posse um envelope amarelado cheio de fotografias, foi inteiramente revistado antes de ter a permissão para passar.

— Se isso viesse a público — disse Rousseau —, seria profundamente embaraçoso para meu serviço. Cabeças rolariam. Lembre, estamos na França.

— Não se preocupe, Paul, seu segredo está seguro comigo.

Rousseau folheou de novo as fotos de Safia Bourihane e do homem que, por dois dias, a seguira por Paris sem ser detectado pela DGSI.

— O que você acha que ele estava fazendo?

— Observando-a, é claro.

— Por quê?

— Para garantir que ela era o tipo certo de garota — disse Gabriel. — A questão é: você consegue encontrá-lo?

— Essas fotografias foram tiradas há mais de um ano.

— Sim? — perguntou Gabriel, sondando.

— Vai ser difícil. Afinal — explicou Rousseau —, ainda não conseguimos descobrir onde sua equipe está trabalhando.

— É porque somos melhores do que ele.

— Na verdade, o histórico dele também é muito bom.

— Ele não foi até o café em Saint-Denis em um tapete mágico — disse Gabriel. — Ele pegou um trem, um ônibus ou andou por uma rua com câmeras de segurança.

— Nossa rede de câmeras de circuito fechado não é nem de perto tão extensa quanto a de vocês ou a dos britânicos.

— Mas existe, especialmente em um lugar como Saint-Denis.

— Sim — concordou Rousseau. — Existe.

— Então, descubra como ele chegou lá. E, depois, descubra quem ele é. Mas independentemente do que fizer — adicionou Gabriel —, faça discretamente. E não mencione nada disso para nosso amigo de Langley.

Rousseau consultou seu relógio de pulso.

— A que horas vai vê-lo?

— Às onze. O nome dele é Taylor, aliás. Kyle Taylor. Ele é subchefe do Centro de Contraterrorismo da CIA. Aparentemente, o *monsieur* Taylor é muito ambicioso. Já mandou muitos drones atrás de terroristas. Se mais uma cabeça rolar, ele pode ser o próximo diretor de operações. Pelo menos, é o que dizem.

— Seria novidade para o diretor atual.

— O Adrian Carter?

Gabriel assentiu com a cabeça.

— Sempre gostei do Adrian — declarou Rousseau. — Ele tem um bom coração, honesto demais para um espião. É de se imaginar como um homem desses pode sobreviver há tanto tempo em um lugar como Langley.

Como esperado, o Grupo Alpha de Rousseau levou apenas quarenta e oito horas para descobrir que o homem do café em Saint-Denis tinha viajado a Paris de Londres em um trem de alta velocidade da Eurostar. Fotografias de vigilância o mostraram desembarcando na Gare du Nord no fim da manhã, e embarcando no metrô poucos minutos depois, em direção aos subúrbios do norte de Paris. Ele foi embora de Paris na manhã seguinte, depois de ser fotografado na rue de Rivoli e na Champs-Elysée, também a bordo de um trem Eurostar, em direção a Londres.

Ao contrário da maioria dos trens internacionais na Europa Ocidental, o Eurostar exige que os passageiros passem pelo controle de passaporte antes de embarcar. O Grupo Alpha rapidamente descobriu o homem nas listas de passageiros. Ele era Jalal Nasser; nascido em Amã, na Jordânia, em 1984, atualmente morando no Reino Unido, endereço desconhecido. Rousseau enviou uma mensagem ao MI5 em Londres, perguntando, na linguagem mais neutra possível, se o serviço de segurança britânico sabia o local de residência de certo Jalal Nasser, e se havia motivos para suspeitar de seu envolvimento com qualquer forma de extremismo islâmico. O endereço dele chegou duas horas depois: 33 Chilton Street, Bethnal Green, zona leste de Londres. E não, disse o MI5, não havia evidência sugerindo que Nasser fosse qualquer coisa além do que dizia ser: um estudante de economia da King's College, na qual estava matriculado, entre idas e vindas, há sete anos.

Gabriel despachou Mikhail para Londres junto com dois agentes do tipo faz-tudo chamados Mordecai e Oded. Algumas horas depois de chegarem, eles conseguiram um pequeno apartamento na Chilton Street. Também conseguiram tirar uma fotografia de Jalal Nasser, o eterno estudante, andando pela Bethnal Green Road com uma sacola de livros em um dos ombros. A foto apareceu no celular de Gabriel naquela noite, enquanto ele estava no quarto dos bebês em seu apartamento em Jerusalém observando as duas crianças, que dormiam em paz nos berços.

— Eles sentiram muita saudade — disse Chiara. — Mas se acordá-los...

— O quê?

Ela sorriu, pegou-o pela mão e o levou ao quarto deles.

— Em silêncio — sussurrou ela, enquanto abria os botões da camisa. — Silêncio total.

13

AMÃ, JORDÂNIA

Bem cedo na manhã seguinte, Gabriel saiu silenciosamente do apartamento enquanto Chiara e os bebês ainda estavam dormindo, e entrou no banco detrás de sua SUV blindada. O comboio dela era composto de dois veículos adicionais cheios de agentes de segurança do Escritório muito armados. E, em vez de irem para o oeste, em direção a Tel Aviv e ao boulevard Rei Saul, contornaram as muralhas otomanas da Cidade Antiga e desceram os morros da Judeia até as planícies implacáveis da Cisjordânia. As estrelas estavam pregadas no céu sem nuvens acima de Jerusalém, indiferentes ao sol que subia baixo e ardente atrás das fendas do vale do Jordão. Alguns quilômetros antes de Jericó ficava a saída para a ponte Allenby, passagem histórica entre a Cisjordânia e o Reino Hachemita da Jordânia, criado pelos ingleses. O trânsito na metade israelense tinha sido segurado para a chegada de Gabriel; do outro lado, esperava um comboio impressionante de veículos Chevrolet Suburban cheios de soldados beduínos bigodudos. O chefe de segurança de Gabriel trocou algumas palavras com seu colega jordaniano. Então, os dois comboios se mesclaram e atravessaram o deserto em direção a Amã.

O destino era a sede do Departamento Geral de Inteligência da Jordânia, também conhecido como Mukhabarat, palavra árabe usada para descrever o serviço secreto onipresente que guardava os frágeis reinos, emirados e repúblicas do Oriente Médio. Gabriel, cercado por anéis concêntricos de homens de segurança, com uma maleta de aço inoxidável em uma mão, passou rapidamente pelo *lobby* de mármore e subiu um andar de escadas curvas até o escritório de Fareed Barakat, chefe do DGI. Era um cômodo vasto, quatro ou cinco vezes maior que a suíte do diretor no boulevard Rei Saul, e decorado com cortinas sóbrias, lotado de cadeiras e sofás, tapetes persas luxuosos e bibelôs caros, todos presenteados a Fareed por espiões e políticos admiradores do mundo todo. Era o tipo de lugar, pensou Gabriel, onde favores eram trocados; julgamentos, emitidos; e vidas, destruídas.

Para a ocasião, ele caprichara em relação a seu traje de sempre, trocando os jeans e o couro por um terno cinza elegante e uma camisa branca. Mesmo assim, a roupa parecia trivial perto das esplendorosas vestimentas de fio de lã que adornavam o corpo esguio de Fareed Barakat. Os ternos de Fareed eram feitos a mão para ele por Anthony Sinclair, em Londres. Como o atual rei da Jordânia, homem que jurara proteger, ele tivera uma educação cara na Grã-Bretanha. Falava inglês como um apresentador de televisão da BBC.

— Gabriel Allon, enfim — os pequenos olhos negros de Fareed brilhavam como ônix polido. O nariz era como o bico de uma ave de rapina. — Que bom finalmente conhecê-lo. Depois de ler aquelas histórias sobre você no jornal, eu me convenci de que tinha perdido minha chance.

— Repórteres — disse Gabriel, com desdém.

— De fato — concordou Fareed. — É sua primeira visita à Jordânia?

— Infelizmente, sim.

— Nada de visitas secretas a Amã com passaporte emprestado? Nem operações contra um de seus muitos inimigos?

— Eu nem sonharia com isso.

— Sábio — disse Fareed, sorrindo. — É melhor jogar conforme as regras. Você descobrirá em breve que posso ser muito útil.

Israel e Jordânia tinham mais em comum que uma fronteira e um passado colonial britânico. Ambos eram países ocidentalizados tentando sobreviver num Oriente Médio que estava saindo perigosamente de controle. Tinham lutado duas guerras, em 1948 e 1967, mas formalmente feito as pazes após os acordos de paz de Oslo. Mesmo antes disso, porém, o Escritório e o DGI mantinham laços estreitos, ainda que cautelosos. A Jordânia universalmente era considerada o mais frágil dos Estados árabes, e o trabalho do DGI era manter a cabeça do rei nos ombros e o caos da região à distância. Israel queria a mesma coisa, e o DGI encontrara um parceiro de negócios competente e confiável. O DGI era um pouco mais civilizado que seus colegas iraquianos e egípcios, mas não por isso menos ubíquo. Uma vasta rede de informantes vigiava o povo jordaniano e monitorava todas as suas palavras e todos os seus atos. Até um comentário isolado cruel sobre o rei ou sua família podia resultar em uma estadia de duração indeterminada no labirinto de centros de detenção secretos do DGI.

Uzi Navot avisara Gabriel sobre os rituais que acompanhavam qualquer visita ao covil banhado a ouro de Fareed: as infindáveis xícaras de café árabe doce demais; os cigarros; as longas histórias sobre as muitas conquistas de Fareed, tanto profissionais quanto românticas. Fareed sempre falava como se não conseguisse acreditar na própria sorte, o que só aumentava seu considerável charme. Se alguns homens se abatiam com o peso da responsabilidade, Fareed prosperava. Era o senhor de um vasto império de segredos. Era um homem profundamente satisfeito.

Durante todo o monólogo de Fareed, Gabriel conseguiu manter firme no rosto um sorriso plácido e atento. Riu nos momentos certos e fez uma ou duas perguntas, mas o tempo todo seus pensamentos vagavam para as fotografias contidas na maleta de aço inoxidável trancada que descansava a seus pés. Ele nunca antes carregara uma maleta — pelo menos não intencionalmente, mas só por disfarce. Parecia um grilhão, uma âncora. Talvez devesse achar alguém que a carregasse para ele. Mas, por dentro, temia que isso pudesse criar em si um gosto por privilégios, o que, inevitavelmente, levaria a um manobrista, um degustador de comida e um horário regular em um cabeleireiro de Tel Aviv. Já sentia falta da pequena emoção de dirigir seu próprio carro pelas pistas íngremes como a pista de esqui da Highway 1. Fareed Barakat certamente teria achado esses sentimentos curiosos. Dizia-se que ele, certa vez, prendera seu próprio mordomo por permitir que seu chá Earl Grey ficasse em infusão por um minuto a mais.

Após um longo tempo, Fareed levou o assunto da conversa para a situação no boulevard Rei Saul. Ouvira falar da promoção iminente de Gabriel e da desgraça iminente de Uzi Navot. Também ouvira — recusou-se a dizer onde — que Gabriel pretendia manter Navot em alguma função. Achava essa ideia péssima, horrenda, por sinal, e disse isso a Gabriel.

— Melhor limpar tudo e começar do zero.

Gabriel sorriu, elogiou Fareed por sua astúcia e sabedoria, e não disse nada mais sobre o assunto. O jordaniano também ouvira falar que Gabriel recentemente se tornara pai novamente. Apertando um botão, chamou um ajudante, que entrou no escritório segurando duas caixas de presente embrulhadas, uma enorme e a outra bem pequena. Fareed insistiu que Gabriel abrisse ambas em sua presença. Na caixa grande, havia um carrinho de brinquedo motorizado da Mercedes; na segunda caixa, a menor, um colar de pérolas.

— Espero que não esteja ofendido pelo carro ser alemão.

— Nem um pouco.

— As pérolas são da Mikimoto.

— Bom saber — Gabriel fechou a caixa. — Não posso aceitar isso.

— Precisa aceitar. Senão, ficarei profundamente ofendido.

Gabriel de repente se arrependeu de ter vindo a Amã sem presentes de sua parte. Mas o que se podia dar a um homem que prendera seu mordomo por manejar de forma errada um bule de chá? Gabriel só tinha as fotografias, que pegou da maleta. A primeira mostrava um homem caminhando por uma rua do leste de Londres com uma bolsa de livros no ombro; um homem que podia ser árabe, francês ou italiano. Sem falar nada, Gabriel entregou a fotografia a Fareed Barakat, que a olhou de relance.

— Jalal Nasser — disse, devolvendo a fotografia a Gabriel com um sorriso. — Por que demorou tanto, meu amigo?

14

SEDE DO DGI, AMÃ

Fareed Barakat sabia mais sobre o ISIS do que qualquer outro oficial de inteligência no mundo, e por bons motivos. As origens do movimento eram o subúrbio de Zarqa, em Amã, onde, num sobrado com vista para um cemitério abandonado, vivera um homem chamado Ahmad Fadil Nazzal al-Khalayleh, que bebia muito, participava de violentas brigas de rua e tinha tantas tatuagens que as crianças do bairro o chamavam de "homem verde". A mãe dele, uma muçulmana devota, acreditava que só o islã poderia salvar seu filho atormentado. Matriculou-o em aulas de religião na Mesquita al-Hussein Bin Ali, onde al-Khalayleh encontrou sua vocação. Ele rapidamente se tornou um inimigo radical e dedicado da monarquia jordaniana, que estava determinado a derrubar à força. Passou vários anos dentro das prisões secretas do DGI, incluindo uma temporada na notória fortaleza desértica de al-Jafr. O líder desse bloco de celas era Abu Muhammad al-Maqdisi, pregador ativista que foi um dos teóricos mais importantes do jihadismo. Em 1999, um jovem rei ascendeu ao trono após a morte de seu pai, e decidiu libertar mais de mil criminosos e presos políticos, em um gesto tradicional de boa vontade. Entre os homens que ele libertou estavam al-Maqdisi e seu violento pupilo de Zarqa.

Naquela época, o antigo brigão com tatuagens demais já era conhecido como Abu Musab al-Zarqawi. Pouco depois de sua libertação, viajou até o Afeganistão e jurou lealdade a Osama bin Laden. Em março de 2003, na iminência da invasão norte-americana ao Iraque, foi para Bagdá e formou as células de resistência que acabariam conhecidas como al-Qaeda no Iraque. A onda de decapitações e atentados extremistas espetaculares executados por Zarqawi e seus associados levou o país à beira de uma guerra civil. Ele era o protótipo de um novo tipo de extremista islâmico disposto a usar formas de violência horríveis para chocar e aterrorizar. Até Ayman al-Zawahiri, segundo mais poderoso da organização al-Qaeda, o repreendeu.

Um ataque aéreo americano acabou com a vida de Zarqawi em junho de 2006, e, no fim da década, a rede al-Qaeda no Iraque tinha sido dizimada. Mas, em 2011, dois acontecimentos conspiraram para ressuscitar sua missão: a eclosão da guerra civil na Síria e a retirada das forças americanas do Iraque. Agora conhecido como ISIS, o grupo renasceu das cinzas e se precipitou no vácuo de poder na fronteira Síria-Iraque. O território sob seu controle ia do berço da civilização à soleira da Europa. O Reino Hachemita da Jordânia estava diretamente em sua mira. Israel também.

Entre os milhares de jovens muçulmanos do Oriente Médio e da Europa atraídos pelo canto da sereia do ISIS, havia um jovem jordaniano chamado Jalal Nasser. Assim como Zarqawi, Nasser também era de uma tribo proeminente da Transjordânia, a Bani Hassan; mas sua família tinha bem mais dinheiro que os Khalayleh de Zarqa. Fez o segundo grau em uma escola particular em Amã e frequentou a King's College, em Londres. Logo depois da eclosão da guerra na Síria, porém, se encontrou com um recrutador do ISIS em Amã, e perguntou sobre como ir para o califado. Mas o recrutador explicou a Jalal que ele podia ser mais útil em outro lugar.

— Na Europa? — perguntou Gabriel.

Fareed assentiu.

— Como você sabe disso?

— Fontes e métodos — explicou Fareed, indicando que não tinha interesse em responder à pergunta de Gabriel.

— Por que não tirá-lo das ruas?

— Jalal é de uma boa família, leal à monarquia há muito tempo. Se o prendêssemos, causaríamos problemas — ele deu um sorriso cuidadoso. — Dano colateral.

— Então, vocês o colocaram em um avião para Londres e deram tchau.

— Não exatamente. Cada vez que ele volta a Amã, nós o trazemos para uma conversinha. E o observamos de vez em quando na Inglaterra, para garantir que não esteja tramando contra nós.

— Contaram sobre ele aos ingleses?

Silêncio.

— E a seus amigos em Langley?

Mais silêncio.

— Por que não?

— Porque não queríamos transformar um probleminha em um problemão. Hoje em dia, parece ser o que os americanos fazem.

— Cuidado, Fareed. Nunca se sabe quem está ouvindo.

— Não aqui — disse ele, olhando em torno de seu amplo escritório. — É perfeitamente seguro.

— Quem disse?

— Langley.

Gabriel sorriu.

— Então, por que você está tão interessado em Jalal?

Gabriel entregou outra fotografia a Fareed.

— A mulher do ataque em Paris?

Gabriel fez que sim. Então, pediu que Fareed olhasse atentamente para o homem sentado sozinho no canto do café com um laptop aberto.

— Jalal?

— Em carne e osso.

— Alguma chance de ser coincidência?

Gabriel entregou ao jordaniano mais duas fotos: Safia Bourihane e Jalal Nasser na rue de Rivoli. Safia Bourihane e Jalal Nasser na Champs-Élysées.

— Pelo jeito, não.

— Tem mais.

Gabriel mostrou mais duas fotos a Fareed: Jalal Nasser com Margreet Janssen em um restaurante em Amsterdã; Jalal Nasser segurando seu rosto recém-esbofeteado em uma rua do bairro da luz vermelha.

— Merda — disse Fareed, baixinho.

— O Escritório concorda.

Fareed devolveu as fotos.

— Quem mais sabe disso?

— Paul Rousseau.

— Do Grupo Alpha?

Gabriel assentiu.

— Eles são bem bons.

— Já trabalhou com eles?

— Algumas vezes — Fareed deu de ombros. — Em geral, os problemas da França vêm de outras partes do mundo árabe.

— Não mais — Gabriel colocou as fotos de volta em sua maleta.

— Suponho que esteja vigiando Jalal.

— Desde ontem à noite.

— Já conseguiu espiar aquele laptop?

— Ainda não. Você?

— Nós o esvaziamos da última vez que trouxemos Jalal para uma conversa. O computador estava imaculado. Mas isso não quer dizer nada. Jalal é muito bom com computadores. Todos eles são muito bons. E estão melhorando a cada dia.

Fareed começou a acender um de seus cigarros ingleses, mas parou. Aparentemente, a aversão de Gabriel a tabaco era bem conhecida no DGI.

— Imagino que não tenha mencionado nada disso aos americanos.

— Quem?

— E aos ingleses?

— De passagem.

— Não existe isso em relação aos ingleses. Além do mais — continuou Fareed com sua formalidade de âncora de jornal —, sei muito bem que eles estão apavorados, temendo ser o próximo alvo.

— Eles têm razão de estarem apavorados.

Fareed acendeu seu isqueiro dourado e aproximou seu cigarro da chama esguia.

— E qual era a ligação de Jalal com Paris e Amsterdã?

— Ainda não tenho certeza. Talvez ele seja só um recrutador ou um caça-talentos. Ou, talvez, seja o gerente de projetos.

Gabriel ficou em silêncio por um momento.

— Ou talvez — disse, enfim — seja aquele que é chamado de Saladin.

Fareed Barakat olhou para ele com severidade.

— Obviamente — disse Gabriel —, você já ouviu o nome.

— Sim — concordou Fareed. — Já ouvi.

— É ele?

— De jeito nenhum.

— Ele existe?

—Saladin? — Fareed assentiu lentamente. — Sim, ele existe.

— Quem é ele?

— É nosso pior pesadelo. Fora isso — disse Fareed —, não tenho a menor ideia.

15

SEDE DODGI, AMÃ

obre o xará do terrorista, porém, o chefe do DGI sabia bastante. Salah ad-Din Yusuf ibn Ayyub, ou Saladin, tinha nascido em uma família importante de curdos, na cidade de Tikrit, em aproximadamente 1138. O pai dele era um mercenário. O jovem Saladin viveu por certo tempo em Baalbek, onde hoje fica o Líbano, e em Damasco, onde bebeu vinho, seduziu mulheres e jogou polo à luz de velas. Dentre todas, Damasco era a cidade que ele mais gostava. Mais tarde, descreveria o Egito, centro financeiro de seu império, como uma prostituta que tentara separá-lo de sua fiel esposa Damasco.

O reino dele ia do Iêmen à Tunísia e ao norte da Síria, e era governado por uma miscelânea de príncipes, emires e parentes gananciosos, todos unidos pelas habilidades diplomáticas e pelo considerável carisma de Saladin. Ele usava a violência para conseguir seus propósitos, mas a achava repugnante. Certa vez, comentou com seu filho favorito, Zahir: "Aconselho-o a não derramar sangue, a não tirar prazer disso, nem fazer disso um hábito, pois o sangue nunca dorme."

Ele era aleijado e doente, cuidado constantemente por uma equipe de 21 médicos, incluindo Maimônides, filósofo e estudioso do Talmude e nomeado seu médico da corte no Cairo. Sem vaidades pessoais — em Jerusalém, ele certa vez deu uma sonora gargalhada quando um cortesão derrubou lama em seus robes de seda —, tinha pouco interesse em riquezas pessoais ou prazeres terrenos. Seus momentos mais felizes eram quando estava rodeado de poetas e homens de saber; porém o que mais o consumia era o conceito de jihad, ou guerra santa. Construiu mesquitas e centros de ensino islâmico por todo o seu território, e gastou dinheiro e favores com pregadores e estudiosos da religião. Seu objetivo era recriar o fervor que permitira que os primeiros seguidores do islã conquistassem metade do mundo conhecido. E, uma vez reavivada a ira sagrada, ele focou no prêmio que lhe escapava: Jerusalém.

Um posto avançado não muito grande alimentado por nascentes, a cidade ocupava um terreno alto estratégico no cruzamento de três continentes, pecado geográfico pelo qual seria punida por muitas eras. Sitiada, saqueada, capturada e recapturada, Jerusalém fora governada por jebuseus, egípcios, assírios, babilônios, persas, gregos, romanos, bizantinos e, é claro, judeus. Quando Omar al-Khattab, confidente íntimo de Maomé, conquistou Jerusalém em 639 d.C. com um pequeno bando de cameleiros de Hejaz e do Iêmen, a cidade era predominantemente cristã. Quatro séculos e meio depois, o papa Urbano II despacharia uma força expedicionária de vários milhares de cristãos europeus para retomar Jerusalém dos muçulmanos, que ele considerava um povo "estranho a Deus". Os soldados cristãos, que viriam a ser conhecidos como cruzados, romperam as defesas da cidade na noite de 13 de julho de 1099 e massacraram seus habitantes, incluindo três mil homens, mulheres e crianças que tinham se abrigado dentro da grande Mesquita de al-Aqsa, no Monte do Templo.

Seria Saladin filho de um mercenário curdo de Tikrit, que devolveria o favor. Tendo humilhado os sedentos cruzados na Batalha de Hattin, perto de Tiberíades — o próprio Saladin cortou o braço de Reinaldo de Châtillon —, os muçulmanos retomaram Jerusalém depois de uma rendição negociada. Saladin arrancou a grande cruz erigida no topo do Domo da Rocha, lavou os pátios com água de rosas para remover os últimos traços imundos dos infiéis e vendeu milhares de cristãos como escravos ou para haréns. Jerusalém continuaria sob controle islâmico até 1917, quando os britânicos a tomaram dos turcos otomanos. E, quando o Império Otomano caiu, em 1924, caiu também o último califado.

Mas, agora, o ISIS declarava um novo califado, que, por enquanto, incluía apenas porções do oeste do Iraque e do leste da Síria, tendo Raqqa como capital. E Saladin, o novo Saladin, era o chefe de operações externas do ISIS —ou assim acreditavam Fareed Barakat e o Departamento Geral de Inteligência jordaniano. Infelizmente, o DGI não sabia quase mais nada sobre ele, nem sequer seu nome verdadeiro.

— Ele é iraquiano?

— Pode ser. Ou pode ser tunisiano, saudita, egípcio, inglês ou qualquer um dos outros lunáticos que correram para a Síria a fim de viver nesse novo paraíso islâmico deles.

— Certamente, o DGI não acredita nisso.

— Não acreditamos — confessou Fareed. — Achamos que ele é, provavelmente, um ex-oficial militar iraquiano. Quem sabe? Talvez seja de Tikrit, como Saladin.

— E como Saddam.

— Ah, sim, não podemos esquecer Saddam — Fareed exalou uma baforada de fumaça em direção ao teto alto de seu escritório. — Tivemos nossos problemas com Saddam, mas avisamos que os americanos iam amaldiçoar o dia em que o derrubassem. Eles não ouviram, claro. Também não ouviram quando pedimos que fizessem algo a respeito da Síria. "Não é problema nosso", disseram. "Estamos deixando o Oriente Médio para trás. Chega de guerras americanas em terras muçulmanas." E agora veja a situação. Quase trezentos mil mortos; outras centenas de milhares fugindo para a Europa; a Rússia e o Irã trabalhando juntos para dominar o Oriente Médio — ele balançou lentamente a cabeça. — Esqueci alguma coisa?

— Esqueceu Saladin — respondeu Gabriel.

— O que quer fazer sobre isso?

— Suponho que poderíamos não fazer nada e ter esperança de que ele vá embora.

— Ficar na esperança foi o que o deixou chegar até aqui, para começo de conversa — disse Fareed — Esperança e arrogância.

— Então, vamos tirá-lo dali. Antes tarde do que nunca.

— E os americanos?

— O que têm eles? — perguntou Gabriel.

— Vão querer uma função.

— Não vão ter; pelo menos não agora.

— A tecnologia deles seria útil.

— Nós também temos tecnologia.

— Não como a dos americanos — disse Fareed. — Eles são *donos* de redes de internet, celular e satélite.

— Essas coisas não querem dizer nada se você não souber o nome real do seu alvo.

— É bem verdade. Então, trabalhamos juntos? O Escritório e o DGI?

— E os franceses — completou Gabriel.

— Quem é o dono da brincadeira?

Quando Gabriel não respondeu, Fareed franziu o cenho. O jordaniano não gostava de imposições, mas também não estava a fim de uma discussão com o homem que, muito provavelmente, seria o chefe do Escritório por um longo tempo.

— Não vou ser tratado como um empregado doméstico. Entendeu? Já aguento isso com os americanos. Eles estão acostumados demais a pensar em nós como uma filial de Langley.

— Eu nem sonharia com isso, Fareed.

— Muito bem — ele deu um sorriso de *concierge*. — Então, por favor, diga-me como o DGI pode servir.

— Você pode começar me dando tudo o que tem sobre Jalal Nasser.

— E depois?

— Pode ficar bem longe dele. Jalal agora me pertence.

— É todo seu. Mas sem dano colateral — o jordaniano deu um tapinha no dorso da mão de Gabriel. — Vossa Majestade não gosta de danos colaterais. E eu também não.

Quando Gabriel chegou ao boulevard Rei Saul, encontrou Uzi Navot sozinho em sua sala, comendo sem alegria um almoço composto por peixe branco no vapor e vegetais murchos verde-acinzentados. Usava um par de pauzinhos envernizados em vez de garfo e faca, porque isso o fazia comer mais devagar e, teoricamente, tornava mais satisfatória a refeição nada apetitosa. Era Bella, sua esposa exigente, que lhe infligia essa humilhação. Bella monitorava todos os pedaços de comida que entravam na boca do marido e acompanhava o peso dele com a atenção de uma geóloga assistindo a um vulcão entrando em erupção. Duas vezes por dia, quando ele acordava e antes de se deitar, Navot tinha de subir na precisa balança de banheiro de Bella. Ela registrava as flutuações de peso em um diário de couro, e o punia ou recompensava segundo as anotações. Quando Navot se comportava bem durante um período de tempo apropriado, tinha permissão de comer estrogonofe, *goulash*, *schnitzel* ou um dos outros pratos pesados do Leste Europeu que tanto desejava. E, quando se comportava mal, tinha peixe grelhado e pauzinhos. Claramente, pensou Gabriel observando-o, Navot estava pagando o preço de uma escapada alimentícia.

— Me parece que você e Fareed se deram muito bem — disse depois que Gabriel descreveu a visita a Amã. — A única coisa que Fareed já me deu foi bala e *baklava*. Bella sempre sabe quando eu fui vê-lo. Quase nunca vale a viagem.

— Tentei devolver as pérolas, mas ele não quis nem ouvir.

— Registre com o RH. Deus sabe que você é completamente incorruptível, mas não queremos ninguém com a ideia errada sobre seu novo caso de amor com o DGI.

Navot empurrou o prato. Não sobrara nada comestível. Gabriel estava surpreso que ele não tivesse comido os pauzinhos e o envelope de papel em que eles vinham.

— Você acha mesmo que o Fareed vai desistir de Jalal Nasser?

— Nem em um milhão de anos.

— Ou seja, a inteligência jordaniana vai ter um assento de primeira fila na sua operação.

— Com visão parcial.

Navot sorriu.

— O que você vai fazer?

— Vou me infiltrar na rede de Saladin. Vou descobrir quem ele realmente é e onde está operando. E depois vou jogar uma bomba bem grande na cabeça dele.

— Isso significa mandar um agente para a Síria.

— Sim, Uzi, é lá que está o ISIS.

— O novo califado é um reino proibido. Se você enviar um agente para lá, ele vai ter sorte se retornar com a cabeça ainda presa ao pescoço.

— *Ela* — respondeu Gabriel. — Saladin obviamente prefere mulheres.

Navot balançou a cabeça com ar sério.

— É perigoso demais.

— É perigoso demais não fazer isso, Uzi.

Depois de um silêncio beligerante, Navot perguntou:

— Uma das nossas ou uma das deles?

— Das nossas.

— Idiomas?

— Francês e árabe. E quero alguém que tenha algo a oferecer. O ISIS já tem perdedores demais — Gabriel pausou, depois perguntou: — Você conhece alguém assim, Uzi?

— Talvez — disse Navot.

Uma das muitas melhorias que ele fizera à suíte do diretor era uma parede de vídeo altamente tecnológica com monitores nos quais canais de notícias de todo o mundo ficavam ligados dia e noite. No momento, estavam cheios de sofrimento humano, boa parte emanando dos restos destruídos de uma antiga terra chamada Síria. Navot olhou a tela por um longo instante antes de girar o cadeado de combinação de seu cofre particular. Removeu dois itens: uma pasta de arquivo e uma caixa fechada de biscoitos amanteigados vienenses. Entregou a pasta a Gabriel. Os biscoitos ficaram com ele. Na hora em que Gabriel levantou os olhos de novo, os biscoitos já tinham acabado.

— Ela é perfeita.

— Sim — concordou Navot. — E, se alguma coisa acontecer com ela, a responsabilidade é sua, não minha.

16

CENTRO MÉDICO HADASSAH, JERUSALÉM

Ninguém lembrava precisamente quando começara. Podia ter sido com o motorista árabe que atropelou três adolescentes judeus perto de um assentamento da Cisjordânia, ao sul de Jerusalém. Ou com o comerciante árabe que esfaqueou dois estudantes de um seminário rabínico perto do Portão de Damasco, na Cidade Antiga. Ou com o trabalhador árabe de um hotel de luxo que tentou envenenar um parlamentar de Ohio em visita oficial. Inspirados pelas palavras e pelos feitos do ISIS, frustrados pelas promessas de paz que foram quebradas, muitos jovens palestinos estavam literalmente fazendo justiça com as próprias mãos. Era uma violência de baixo nível, profundamente pessoal e difícil de ser impedida. Um árabe com um colete suicida é fácil de detectar. Um árabe com uma faca de cozinha ou com um carro é um pesadelo de segurança, especialmente se esse árabe estiver disposto a morrer. A natureza aleatória dos ataques perturbara profundamente o público israelense. Uma pesquisa recente descobrira que a maioria declarou ter medo de ser atacada na rua. Muitos já não frequentavam locais em que árabes pudessem estar presentes, uma proposta difícil numa cidade como Jerusalém.

Invariavelmente, os feridos e moribundos eram levados às pressas para o Centro Médico Hadassah, principal instalação para o tratamento de trauma nível 1 em Israel. A ótima equipe de médicos e enfermeiras do hospital, localizado no oeste de Jerusalém Ocidental, na vila árabe abandonada de Ein Kerem, cuidava rotineiramente das vítimas do conflito mais antigo do mundo — os sobreviventes destroçados de atentados suicidas, os soldados das Forças de Defesa de Israel feridos em combate, os protestantes árabes atingidos por fogo israelense. Os funcionários não faziam distinção entre árabes e judeus, vítimas e criminosos; tratavam todos os que entravam pela porta, incluindo alguns dos mais perigosos inimigos do país. Não era incomum ver um membro sênior do Hamas no Hadassah. Até os governantes sírios, antes da eclosão da guerra civil, mandavam seus enfermos influentes para os morros de Ein Kerem.

Segundo a tradição cristã, Ein Kerem era o local de nascimento de João Batista. Torres de igrejas se viam acima das velhas e baixas residências de calcário dos árabes desaparecidos, e os sinos anunciavam a passagem dos dias. Entre a velha vila e o hospital moderno ficava um estacionamento reservado para os médicos mais antigos e para administradores. A dra. Natalie Mizrahi ainda não tinha permissão de parar ali; o espaço dela ficava em um lote adjacente distante, na beira de uma alta ribanceira. Ela chegou às oito e meia e, como sempre, teve de esperar vários minutos pelo serviço de transporte que ia e vinha do hospital, um *shuttle* que a deixou a uma curta caminhada da entrada do pronto-socorro. No momento, tudo parecia calmo. Não havia ambulâncias no pátio, e o centro de trauma estava escuro e silencioso, com apenas uma enfermeira de plantão caso uma equipe precisasse ser acionada.

Na sala dos funcionários, Natalie colocou a bolsa em um armário com cadeado, vestiu um jaleco branco sobre a roupa de cirurgia azul-esverdeada e pendurou um estetoscópio ao redor do pescoço. O plantão dela começava às nove da manhã e terminaria às nove da manhã seguinte. O rosto que examinou no espelho do banheiro estava razoavelmente descansado e alerta, muito melhor do que pareceria dentro de vinte e quatro horas. A pele era cor de oliva, e os olhos, quase pretos — assim como o cabelo, preso em um coque apertado com um elástico simples. Alguns fios escapavam e caíam pelo pescoço. Ela não estava usando maquiagem nem perfume; as unhas estavam cortadas e pintadas com esmalte clarinho. O uniforme largo do hospital escondia um corpo esguio e firme, com quadris estreitos e coxas e panturrilhas levemente musculosas de uma corredora de longas distâncias. Nos últimos tempos, Natalie estava confinada à esteira da academia. Como a maioria dos habitantes de Jerusalém, não se sentia mais segura para sair sozinha.

Ela limpou as mãos com álcool em gel e se aproximou do espelho para olhar mais de perto seu rosto. Odiava o nariz e achava a boca, ainda que sensual, um pouco grande demais. Os olhos, decidiu, eram sua característica mais atraente — grandes, escuros, inteligentes, sedutores, com um traço de traição e talvez alguma reserva de dor escondida. Depois de dez anos praticando medicina, ela já não se considerava bela, mas sabia empiricamente que os homens a achavam atraente. Até agora, não encontrara nenhum espécime com quem valesse a pena se casar. Sua vida amorosa consistia em uma série de relações monogâmicas, mas essencialmente infelizes — na França, onde vivera até os 26 anos, e em Israel, para onde se mudara com seus pais depois de concluírem que Marselha já não era um lugar para judeus. Os pais dela moravam em Netanya, em um apartamento com vista para o Mediterrâneo. A integração deles na sociedade israelense era, na melhor das hipóteses, superficial. Assistiam a canais de televisão franceses, liam jornais franceses, faziam compras em mercados franceses, passavam as tardes em cafés franceses e só falavam hebraico quando necessário. O hebraico de Natalie, apesar de rápido e fluente, traía uma infância em Marselha. O mesmo ocorria com seu árabe impecável. Nos mercados da Cidade Antiga, ela às vezes ouvia coisas que a arrepiavam.

Saindo da sala de funcionários, ela notou dois outros médicos correndo para o centro de trauma. O pronto-socorro ficava logo no fim do corredor. Só dois compartimentos estavam ocupados. A dra. Ayelet Malkin, coordenadora do plantão, estava no balcão cercado no meio do cômodo olhando para a tela de um computador.

— Bem na hora — disse, sem levantar os olhos.

— O que está acontecendo?

— Um palestino de Jerusalém Oriental acabou de esfaquear dois judeus ortodoxos na rua Sultão Suleiman. Um deles provavelmente não vai sobreviver. O outro também está bem mal.

— Mais um dia, mais um ataque.

— Ainda tem mais, infelizmente. Um passante pulou no árabe para tentar desarmá-lo. Quando a polícia chegou, viu dois homens brigando por uma faca e atirou nos dois.

— Estão muito mal?

—O herói está pior. Ele está entrando no centro de trauma.

— E o terrorista?

— Uma bala, entrou e saiu. Ele é todo seu.

Natalie correu para o corredor a tempo de ver o primeiro paciente sendo levado para o centro de trauma. Ele estava vestindo capote preto, meias até o joelho e camisa branca de um judeu ultraortodoxo. O capote estava rasgado e a camisa branca, ensopada de sangue. Seus cachos de cabelo laterais, *peiot* loiro-arruivados, balançavam com o movimento da maca; seu rosto estava pálido. Natalie o vislumbrou apenas brevemente, um ou dois segundos, mas seus instintos disseram que o homem não viveria por muito tempo.

O próximo a chegar foi um homem israelense secular; mais ou menos 35 anos, uma máscara de oxigênio no rosto, uma bala no peito, consciente, respirando, mas com muita dificuldade. Foi seguido um momento depois pela segunda vítima do esfaqueamento, um garoto ortodoxo de 14 ou 15 anos, com sangue jorrando de múltiplas feridas. Depois, finalmente, veio a causa de todo o caos e derramamento de sangue: o palestino de Jerusalém Oriental que acordara naquela manhã e decidira matar duas pessoas por serem israelenses e judias. Ele tinha 20 e poucos anos, considerou Natalie, não mais que 25. Tinha uma única ferida de bala no lado esquerdo do peito, entre a base do pescoço e o ombro, e vários cortes e lesões no rosto. Talvez o herói tenha conseguido dar um ou dois golpes enquanto tentava

DANIEL SILVA

desarmá-lo. Ou, talvez, pensou Natalie, a polícia tenha dado uma sova nele enquanto o prendia. Quatro policiais israelenses, com os rádios crepitando, rondavam a maca à qual o palestino estava algemado e amarrado. Havia também vários homens em roupas normais. Natalie suspeitava que fossem do Shabak, serviço de segurança interna de Israel.

Um dos oficiais do Shabak se aproximou de Natalie e se apresentou como Yoav. O cabelo dele era raspado bem rente à cabeça; óculos escuros escondiam seus olhos. Parecia decepcionado que o paciente ainda estivesse entre os vivos.

— Precisamos ficar enquanto você o atende. Ele é perigoso.

— Eu consigo dar conta.

— Não dele. Ele quer morrer.

Os atendentes da ambulância empurraram o jovem palestino pelo corredor do pronto-socorro e, com a ajuda dos policiais, passaram-no da maca ensopada de sangue para uma maca de tratamento limpa. O homem ferido se debateu brevemente enquanto os policiais prendiam suas mãos e seus pés nos gradis de alumínio com algemas flexíveis de plástico. A pedido de Natalie, os policiais se afastaram da sala. O homem do Shabak insistiu em permanecer.

— Você está deixando ele nervoso — reclamou Natalie. — Preciso que ele esteja calmo para eu poder limpar direito a ferida.

— Por que ele deveria ficar calmo enquanto os outros três lutam para sobreviver?

— Nada disso importa aqui; não agora. Eu chamo se precisar de você.

O homem do Shabak sentou-se do lado de fora. Natalie fechou a cortina e, sozinha com o terrorista, examinou a ferida.

— Qual é seu nome? — perguntou a ele em hebraico, idioma que a maioria dos moradores árabes de Jerusalém Oriental falava bem, especialmente quando tinham empregos no lado ocidental. O palestino ferido hesitou, depois disse que se chamava Hamid.

— Bom, Hamid, é seu dia de sorte. Um centímetro ou dois para baixo e você provavelmente estaria morto.

— Eu quero estar morto. Quero ser um *shahid*.

— Infelizmente, veio ao lugar errado para isso.

Natalie pegou da bandeja de instrumentos um par de tesouras anguladas de bandagem. O palestino se debateu de medo.

— O que foi? — perguntou Natalie. — Não gosta de objetos cortantes?

O palestino recuou, mas não disse nada.

Mudando para o árabe, Natalie o reconfortou:

— Não se preocupe, Hamid, não vou machucá-lo.

Ele pareceu surpreso.

— Você fala árabe muito bem.

— Por que eu não falaria?

— É uma de nós?

Natalie sorriu e cortou cuidadosamente a camisa sangrenta do corpo dele.

O relatório inicial sobre a condição do paciente acabou sendo incorreto. A bala de 9 mm não tinha entrado e saído; ainda estava alojada perto da clavícula, fraturada a cerca de oito centímetros do esterno. Natalie deu anestesia local e, quando a droga fez efeito, começou a trabalhar rapidamente. Lavou a ferida com antibiótico e, usando um par de tesouras esterilizadas, removeu os fragmentos de osso e vários pedaços de tecido incrustados. Depois, removeu o projétil de 9 mm, deformado com o impacto na clavícula, mas ainda inteiro. Hamid pediu que ficasse com ele, como lembrança do ataque. Franzindo as sobrancelhas, Natalie jogou a bala em um saco de lixo médico, fechou a ferida com quatro suturas e a cobriu com ataduras para proteger. O braço esquerdo tinha de ser imobilizado para que a clavícula cicatrizasse, o que exigiria remover a algema flexível de plástico. Natalie decidiu que isso podia esperar. Se as algemas fossem removidas, pensou, Hamid se debateria e, no processo, causaria mais danos ao osso e ao tecido ao redor.

O paciente continuou no pronto-socorro, descansando, recuperando-se, por mais uma hora. Nesse tempo, duas de suas vítimas sucumbiram às feridas no centro de trauma ao fim do corredor — o judeu ortodoxo mais velho e o israelense secular que tinha sido atingido por engano. Quando os policiais chegaram para levar seu prisioneiro, havia raiva em seus rostos. Normalmente, Natalie teria mantido uma vítima de um tiro internada por uma noite, em observação, mas concordou em deixar a polícia e os homens do Shabak levarem Hamid imediatamente. Quando as algemas foram removidas, ela prendeu o braço esquerdo dele com firmeza ao corpo. Depois, com uma palavra de consolo em árabe, deu alta.

Houve outro ataque no fim daquela tarde — um jovem árabe de Jerusalém Oriental, uma faca de cozinha, a lotada Estação Rodoviária Central, na estrada de Jaffa. Dessa vez, o árabe não sobreviveu. Um civil armado atirou nele, mas não antes que duas mulheres, ambas septuagenárias, tivessem sido esfaqueadas. Uma morreu a caminho do Hadassah; a outra, no centro de trauma quando Natalie estava aplicando pressão em uma ferida no peito. Depois, na televisão da sala dos funcionários, ela assistiu ao líder da Autoridade Palestina dizer para seu povo que era um dever nacional matar o máximo de judeus possível.

— Cortem a garganta deles — ele estava dizendo —, esfaqueiem seus corações maus. Cada gota de sangue derramado por Jerusalém é santa.

A noite trouxe um alívio silencioso. Natalie e Ayelet jantaram juntas em um restaurante no reluzente shopping anexo ao hospital. Falaram de assuntos mundanos: homens, filmes, a vida sexual de uma enfermeira ninfomaníaca do centro de neonatologia, qualquer coisa menos o horror que tinham testemunhado naquele dia. Foram interrompidas por mais uma crise; quatro vítimas de uma colisão de frente estavam a caminho do pronto-socorro. Natalie cuidou da mais jovem, uma garota religiosa de 14 anos, nascida na Cidade do Cabo, que morava em uma comunidade falante de inglês em Beit Shemesh. Ela sofrera inúmeras lacerações, mas não tinha ossos quebrados nem lesões internas. O pai dela, porém, não teve tanta sorte. Natalie estava presente quando contaram para a menina que ele havia morrido.

Exausta, esticou-se em uma cama no quarto dos médicos para dormir por algumas horas, e, em seus sonhos, foi perseguida por uma multidão de homens encapuzados com facas. Acordou sobressaltada e olhou o celular apertando os olhos. Eram sete e quinze. Levantou-se, engoliu uma xícara de café preto com açúcar, fez uma tentativa desanimada de arrumar o cabelo e voltou ao pronto-socorro para ver qual horror as últimas duas horas do plantão trariam. Tudo ficou calmo até as oito e cinquenta e cinco, quando Ayelet recebeu a notícia de outro esfaqueamento.

— Quantos? — perguntou Natalie.

Ayelet levantou dois dedos.

— Onde?

— Netanya.

— Netanya? Tem certeza de que foi em Netanya?

Ayelet assentiu sombriamente. Natalie rapidamente ligou para o número do apartamento de seus pais. Seu pai atendeu instantaneamente, como se estivesse sentado ao lado do telefone esperando a ligação.

— Papa — disse ela, fechando os olhos com alívio.

— Sou eu, claro. O que foi, querida?

Ela podia ouvir o som de um programa televisivo matutino francês ao fundo. Estava prestes a dizer para ele mudar para o Canal 1, mas se conteve. Seus pais não precisavam saber que seu pequeno santuário francês à beira-mar já não era seguro.

— E a mama? — perguntou Natalie. — Está bem?

— Está aqui do lado. Quer falar com ela?

— Não precisa. Amo você, papa.

Natalie desligou o telefone. Eram exatamente nove horas. Ayelet trocara de lugar com o próximo supervisor de plantão, o dr. Marc Geller, um escocês ruivo e sardento.

— Quero ficar — disse Natalie.

Marc Geller apontou para a porta.

— Vejo você daqui a três dias.

Natalie coletou seus pertences da sala dos funcionários e, entorpecida pela fadiga, pegou um *shuttle* até o estacionamento adjacente. Um segurança armado vestindo um colete cáqui a acompanhou até o carro. Então, isso é ser judeu no século XXI, pensou, sentando-se atrás do volante. Expulsos da França por uma onda crescente de antissemitismo, Natalie e seus pais tinham vindo à pátria judaica só para enfrentar uma onda de esfaqueamentos brutais que partiam de jovens criados e doutrinados para odiar. Naquele momento, Israel não era seguro para os judeus. E, se não Israel, onde? Somos, pensou ela, dando partida, um povo à margem.

O apartamento dela ficava perto do hospital em Rehavia, um bairro caro em uma cidade cada vez mais cara. Ela avançou devagar pelo trânsito da rua Ramban, virou à esquerda na rua Ibn Ezra e parou com facilidade em uma vaga junto ao meio-fio. O prédio ficava na esquina com a Elkharizi, uma ruela tão estreita que mal cabia um carro. O ar estava fresco e cheio do aroma de pinho e buganvília. Natalie caminhou rapidamente; mesmo em Rehavia, um bairro inteiramente judeu, ela não se sentia mais segura. Passou pelo portão, entrou no saguão e subiu as escadas até seu apartamento. Quando colocou a mão na maçaneta, seu telefone começou a tocar. Ela checou o identificador de chamadas. Era o número dos pais dela em Netanya.

— Aconteceu alguma coisa?

— Nada — respondeu uma voz masculina confiante em francês.

Natalie checou de novo o identificador de chamadas.

— Quem é?

— Não se preocupe — disse a voz. — Seus pais estão bem.

— Você está no apartamento deles?

— Não.

— Então, como está ligando do telefone deles?

— Não estou. É só um truque que a gente usa para garantir que você não ia deixar a ligação ir direto para a caixa postal.

— A gente?

— Meu nome é Uzi Navot. Talvez você tenha ouvido falar de mim. Sou o chefe de um lugar chamado...

— Eu sei quem você é.

— Que bom. Porque nós também sabemos quem você é, Natalie.

— Por que estão ligando? — ela exigiu saber.

— Você fala como uma de nós — disse ele, rindo.

— Uma espiã?

— Uma israelense.

— Eu *sou* israelense.

— Não mais.

— Do que você está falando?

— Ouça com cuidado, Natalie. Quero que você desligue o telefone e entre em seu apartamento. Há uma mulher esperando lá. Não tenha medo, ela trabalha para mim. Ela tomou a liberdade de fazer uma mala para você.

— Por quê?

A conexão caiu. Natalie ficou parada por um minuto pensando no que fazer. Depois, tirou as chaves da bolsa, abriu a porta e entrou.

VALE DE JEZREEL, ISRAEL

A mulher sentada à mesa da cozinha não parecia muito uma espiã. Era pequena, menor que Natalie, e estava com uma expressão entre o tédio e o luto. Tinha feito uma xícara de chá para si. Ao lado, havia um celular e, ao lado do celular, o passaporte de Natalie, que costumava ficar escondido em um envelope amarelado na última gaveta do criado-mudo. O envelope também continha três cartas de natureza intensamente pessoal, escritas por um homem que Natalie conhecera na universidade, na França. Ela sempre se arrependera de não tê-las queimado, mas agora mais ainda.

— Abra — disse a mulher, olhando para a mala de mão estilosa de Natalie. Nela, estavam grudados os adesivos com código de barras da última viagem a Paris, Air France em vez de El Al, companhia aérea preferida dos exilados franco-judeus. Natalie puxou o zíper e olhou dentro. A mala tinha sido feita com pressa e descuido — um par de calças, duas blusas, um suéter de algodão, um único par de calcinhas. Que tipo de mulher, pensou, só coloca na mala um par de calcinhas?

— Quanto tempo vou ficar fora?

— Depende.

— Do quê?

A mulher só deu um gole no chá.

— Nada de maquiagem? Desodorante? Xampu? Para onde eu vou? Para a Síria?

Houve um silêncio. Então, a mulher disse:

— Leve o que precisar. Mas não demore. Ele está muito ansioso para conhecê-la. Não podemos deixá-lo esperando.

— Quem? Uzi Navot?

— Não — respondeu ela, sorrindo pela primeira vez. — O homem que você vai encontrar é muito mais importante que o Uzi Navot.

— Tenho que estar de volta ao trabalho em dois dias.

— Sim, sabemos. Às nove — ela estendeu a mão. — Seu telefone.

— Mas...

— Por favor — disse a mulher —, você está desperdiçando um tempo valioso.

Natalie entregou o telefone e entrou no quarto. Parecia que tinha sido saqueado. O conteúdo do envelope amarelado estava espalhado pela cama, com exceção das cartas, que pareciam ter desaparecido. Natalie de repente teve uma visão de uma sala cheia de gente lendo passagens em voz alta e caindo em gargalhada. Reuniu mais alguns itens de roupa e uma *nécessaire* pequena, incluindo as pílulas anticoncepcionais e o analgésico controlado para as dores de cabeça que às vezes a tomavam de supetão. Então, voltou à cozinha.

— Onde estão minhas cartas?

— Que cartas?

— As cartas que você pegou do meu quarto.

— Não peguei nada seu.

— E quem foi?

— Vamos embora — foi tudo o que a mulher disse.

Descendo as escadas, mala em uma mão, bolsa em outra, Natalie notou que a mulher mancava levemente. O carro dela estava estacionado na rua Ibn Ezra, diretamente em frente ao de Natalie. Ela dirigiu calmamente, mas muito rápido, pelos morros da Judeia em direção a Tel Aviv, depois para o norte pela planície costeira da Highway 6. Por um tempo, ouviram as notícias no rádio, mas todas eram sobre esfaqueamentos e mortes e previsões de uma guerra apocalíptica iminente entre judeus e muçulmanos no Monte do Templo. A mulher ignorou todas as perguntas e tentativas de conversa, restando a Natalie olhar pela janela os minaretes que se erguiam sobre as cidades da Cisjordânia logo depois da barreira de separação. Estavam tão perto que imaginou poder tocá-los. A proximidade das vilas com uma estrada tão vital a fazia duvidar da possibilidade de uma solução entre os dois Estados. Vilas francesas e suíças existiam lado a lado em uma barreira praticamente invisível, mas a Suíça não queria eliminar a França do mapa. E os suíços não rogavam que seus filhos derramassem o sangue dos infiéis franceses.

Gradualmente, a planície costeira ficou para trás e a estrada se dobrou em direção às escarpas do monte Carmel e à colcha de retalhos verde e marrom que era a Galileia. Elas iam vagamente na direção de Nazaré, mas, alguns quilômetros antes de chegarem à cidade, a mulher virou em uma estrada menor e a seguiu, passando pelas quadras de esporte de uma escola até que uma barreira de segurança, de metal e arame farpado, bloqueou o caminho. Automaticamente, o portão se abriu e elas prosseguiram em uma rua levemente curvada, ladeada por árvores. Natalie estava esperando algum tipo de instalação secreta, mas, em vez disso, se viu em uma cidadezinha tranquila. O *layout* era circular. Bangalôs faziam frente para a estrada e, atrás dos bangalôs, como lâminas de um leque, abriam-se pastos e terras férteis.

— Onde estamos?

— Nahalal — respondeu a mulher. — É um *moshav*. Você conhece esse termo? *Moshav?*

— Eu sou imigrante — disse Natalie friamente —, não idiota. Um *moshav* é uma comunidade cooperativa de fazendas individuais, o que é diferente de um *kibutz*.

— Muito bem.

— É verdade, né?

— O quê?

— Vocês realmente acham que somos idiotas. Pedem para a gente fazer *aliyah** e aí nos tratam como se não fôssemos realmente membros do clube. Por quê?

— A vida em Israel não é tão fácil. Desconfiamos por natureza de pessoas que *escolhem* morar aqui. Alguns de nós não tiveram escolha. Alguns de nós não tinham para onde ir.

— E isso torna você superior?

— Não — respondeu a mulher. — Isso me torna uma espécie de cínica.

Ela dirigiu lentamente pelos bangalôs sombreados. Havia crianças correndo pelos oleandros.

— Nada mal, hein?

— Não — disse Natalie —, nada mal mesmo.

— Nahalal é o *moshav* mais antigo de Israel. Quando os primeiros judeus chegaram aqui, em 1921, isso era um pântano infestado de mosquitos anófeles — ela fez uma pausa. — Você conhece esse tipo de mosquito? Os anófeles transmitem malária.

— Eu sou médica — respondeu Natalie, cansada.

A mulher não pareceu nada impressionada.

— Eles drenaram os pântanos e transformaram esse lugar em terra produtiva — ela balançou a cabeça. — Achamos que nossa vida é muito difícil, mas eles chegaram aqui sem nada e construíram um país.

— Imagino que não tenham notado *aquilo* — disse Natalie, apontando com a cabeça na direção da vila árabe encarapitada em um morro com vista para o vale. A mulher olhou-a do canto dos olhos com desesperança.

— Você não acredita nessa bobagem, acredita?

— Que bobagem?

---

* Termo que, literalmente, significa "ascensão" ou "subida" e é usado para descrever a imigração de judeus para Israel. [N.T.]

— Que roubamos a terra deles.

— Como você descreveria, então?

— Esta terra foi comprada pelo Fundo Nacional Judaico. Ninguém *roubou* coisa nenhuma. Mas se você tem vergonha da nossa história, talvez devesse ter ficado na França.

— Isso já não é mais uma opção.

— Você é de Marselha, certo?

— Sim.

— É um lugar interessante, Marselha. Um pouco miserável, mas legal.

— Você já foi para lá?

— Uma vez — disse a mulher — fui enviada para matar um terrorista.

Chegaram à entrada de um bangalô moderno. Na varanda coberta, com o rosto escondido pela sombra, estava um homem vestido de calça jeans e uma jaqueta de couro. A mulher parou o carro e desligou o motor.

— Tenho inveja de você, Natalie. Daria qualquer coisa para estar no seu lugar, mas não posso. Não tenho seus dons.

— Sou só uma médica. Não imagino como posso ajudá-los.

— Vou deixar que ele explique — falou a mulher, olhando para o homem na varanda.

— Quem é ele?

A mulher sorriu e abriu a porta do carro.

— Não se preocupe com sua mala. Alguém vem pegar.

A primeira coisa que Natalie notou depois de sair do carro foi o cheiro — o cheiro de terra adubada e grama recém-cortada, o cheiro de flores e pólen, o cheiro de animais e esterco fresco. Sua roupa, percebeu de repente, era totalmente inadequada para um lugar assim, especialmente as sapatilhas, pouco mais grossas que as de balé. Estava irritada com a mulher, por não ter dito a ela que o destino era uma fazenda no vale de Jezreel. Então, enquanto atravessavam a grama verde grossa, Natalie notou, de novo, a coxeadura, e todos os pecados foram perdoados. O homem na varanda ainda não tinha se mexido. Apesar das sombras, Natalie sabia que ele a estava observando com a intensidade de um retratista estudando seu retratado. Por fim, ele desceu lentamente os três degraus que levavam da varanda ao gramado, saindo da sombra para a luz do sol.

— Natalie — cumprimentou-a, estendendo a mão. — Que bom finalmente conhecê-la. Espero que a viagem não tenha sido difícil demais. Bem-vinda a Nahalal.

As têmporas dele tinham cor de cinzas, os olhos eram de um tom inquietante de verde. Alguma coisa era familiar naquele rosto bonito. Então, de um golpe, Natalie lembrou onde o tinha visto antes. Soltou a mão dele e deu um passo para trás.

— Você é...

— Sim, sou ele. E, obviamente, estou bem vivo, o que quer dizer que você está em posse de um importante segredo de Estado. Espero — adicionou, em tom de confidência — poder confiar que você vai guardá-lo.

Ela assentiu com a cabeça.

— Seu obituário no jornal, no Haaretz, foi muito comovente.

— Também achei. Mas você não deveria acreditar em tudo o que lê nos jornais. Logo vai descobrir que cerca de setenta por cento da história é confidencial. E as coisas difíceis quase sempre são conquistadas inteiramente em segredo.

O sorriso dele esvaneceu, os olhos verdes examinaram o rosto dela.

— Fiquei sabendo que teve uma noite longa.

— Temos tido muitas assim, ultimamente.

— Os médicos em Paris e Amsterdã também tiveram noites longas recentemente — ele inclinou a cabeça de leve para um lado. — Imagino que tenha acompanhado de perto as notícias do atentado no Marais.

— Por que imagina isso?

— Porque você é francesa.

— Agora sou israelense.

— Mas continuou com o passaporte francês depois de fazer *aliyah*.

Era uma pergunta, mas soou como uma acusação. Ela não respondeu.

— Não se preocupe, Natalie, não estou julgando. Em épocas como esta, é melhor ter um colete salva-vidas — ele colocou uma mão no queixo. — E então? — perguntou, repentinamente.

— E então o quê?

— Você acompanhou as notícias de Paris?

— Eu admirava muito a *madame* Weinberg. Na verdade, eu a encontrei uma vez quando ela foi a Marselha.

— Então, nós dois temos algo em comum. Eu também admirava muito a Hannah, e tive o prazer de considerá-la minha amiga. Ela foi muito generosa com nosso serviço. Ajudou-nos quando precisamos, e assim eliminamos uma grave ameaça à nossa segurança.

— É por isso que ela morreu?

— A Hannah Weinberg morreu — ele respondeu, enfaticamente — por causa de um homem que se chama Saladin.

Ele tirou a mão do queixo e olhou-a com firmeza.

— Você agora faz parte de um clube muito restrito, Natalie. Nem os americanos da CIA sabem desse homem. Mas estamos nos adiantando — ele sorriu. — Venha. Vamos comer um pouco. Vamos nos conhecer melhor.

Ele a levou pela varanda até um jardim coberto, onde uma mesa redonda tinha sido arrumada para quatro pessoas com um almoço israelense tradicional de saladas e pastas do Oriente Médio. Em um dos lugares estava sentado um homem grande, com aparência morosa, de cabelos grisalhos bem curtos e óculos pequenos, sem aro. Natalie o reconheceu imediatamente. Tinha-o visto na televisão correndo para o escritório do primeiro-ministro em momentos de crise.

— Natalie — disse Uzi Navot, levantando-se lentamente. — Que bom que aceitou nosso convite. Sinto muito aparecer à sua porta sem avisar, mas é assim que sempre fizemos as coisas, e acredito que as maneiras à moda antiga são as melhores.

A alguns passos do jardim estava um celeiro de metal corrugado e, ao lado, currais com gado e cavalos. Uma porção de plantações em fileira se estendia até o Monte Tabor, que se erguia como um mamilo nas planícies do vale.

— Esta fazenda pertence a um amigo do nosso serviço — explicou aquele que deveria estar morto, aquele que se chamava Gabriel Allon. — Eu nasci bem ali — ele apontou para um amontoado de prédios distantes à direita do Monte Tabor —, em Ramat David. Foi estabelecido poucos anos depois de Nahalal. Muitos que moravam ali eram refugiados da Alemanha.

— Como sua mãe e seu pai.

— Você claramente leu meu obituário com bastante atenção.

— Era fascinante. Mas muito triste — ela se virou e olhou para a terra. — Por que estou aqui?

— Primeiro, almoçamos. Depois, conversamos.

— E se eu quiser ir embora?

— Você vai embora.

— E se eu ficar?

— Posso promoter só uma coisa para você, Natalie. Sua vida nunca mais será a mesma.

— E se estivesse no meu lugar? O que você faria?

— Provavelmente, diria para acharem outra pessoa.

— Bom — disse ela —, como é que posso recusar uma oferta como essa? Vamos comer? Estou absolutamente faminta.

18

NAHALAL, ISRAEL

Eles a tinham tirado do mundo público sem fazer barulho algum e a contrabandeado até sua cidadela pastoril secreta. Agora, vinha a parte difícil: a investigação, o inquérito, a inquisição. O objetivo desse exercício desagradável era determinar se a dra. Natalie Mizrahi, antigamente de Marselha, atualmente de Rehavia, em Jerusalém Ocidental, estava preparada comportamental, intelectual e politicamente para o trabalho que tinham em vista. Infelizmente, pensou Gabriel, era um trabalho que mulher alguma em sã consciência jamais desejaria.

Recrutamentos, dizia o grande Ari Shamron, eram como seduções. E a maioria das seduções, até as conduzidas por agentes de inteligência altamente treinados, envolve um desnudamento mútuo das almas. Em geral, o recrutador se reveste de uma identidade falsa, um personagem inventado que ele usa como terno e gravata, e muda conforme necessário. Mas, nesta ocasião, no vale de sua infância, a alma que Gabriel abriu para Natalie Mizrahi foi a sua própria.

— Só para constar — começou ele, depois de levar Natalie ao lugar dela na mesa do almoço —, o nome que você leu nos jornais depois de minha suposta morte é meu nome verdadeiro. Não é um pseudônimo nem um nome de trabalho; é o nome que eu recebi quando nasci. Infelizmente, muitos outros detalhes de minha vida também estavam corretos. Fui membro da unidade que vingou o assassinato do nosso povo em Munique. Matei o vice da OLP em Tunis. Meu filho morreu em um atentado em Viena. Minha mulher ficou gravemente ferida.

Ele não mencionou o fato de que tinha se casado novamente e tido outros filhos. O compromisso com a verdade só ia até certo ponto. E, sim, continuou, apontando em direção ao Monte Tabor para além do vale plano verde e marrom, ele tinha nascido no assentamento agrícola de Ramat David, alguns anos depois da fundação do Estado de Israel. A mãe dele chegara lá em 1948, depois de sair de

Auschwitz cambaleando, quase morta. Ela conheceu um homem de Munique, um escritor e intelectual que escapara da Palestina antes da guerra. Na Alemanha, o nome dele fora Greenberg, mas, em Israel, assumira o nome hebreu Allon. Depois de se casarem, juraram ter seis filhos, um para cada milhão assassinado, mas o útero dela só conseguiu aguentar uma criança. Ela nomeou-o Gabriel, o mensageiro de Deus, defensor de Israel, intérprete das visões de Daniel. E imediatamente o rejeitou.

Os assentamentos e as habitações dos primórdios de Israel eram lugares de luto, onde os mortos andavam entre os vivos, e os vivos faziam o que podiam para se encontrar em uma terra estrangeira. No pequeno lar de cimento onde viviam os Allon, havia velas acesas ao lado de fotografias de entes amados perdidos no fogo da Shoah. Eles não tinham outro túmulo. Eram fumaça ao vento, cinzas em um rio.

Os Allon, particularmente, não gostavam do hebraico, então, em casa, só falavam alemão. O pai de Gabriel tinha sotaque da Baváira; a mãe dele, o sotaque distinto de uma berlinense. Ela tinha tendência à melancolia e a mudanças de humor, e os pesadelos atrapalhavam seu sono. Raramente ria ou sorria, não conseguia demonstrar prazer em ocasiões festivas, não gostava de comidas pesadas nem de beber. Quando criança, Gabriel aprendeu a ficar em silêncio perto dela, para não acordar os demônios. Apenas uma vez ousou perguntar sobre a guerra. Depois de dar um relato apressado e evasivo do tempo que passou em Auschwitz, ela caiu em uma depressão profunda e ficou de cama por vários dias. Nunca mais se falou de guerra ou do Holocausto na casa dos Allon. Gabriel cresceu introvertido, solitário. Quando não estava pintando, corria longas distâncias em meio aos canais de irrigação do vale. Tornou-se um guardador de segredos nato, um espião perfeito.

— Queria que minha história fosse única, Natalie, mas não é. A família do Uzi era de Viena. Todos morreram. Os ancestrais de Dina eram da Ucrânia. Foram assassinados em Babi Yar. O pai dela era como minha mãe, o único sobrevivente, o último filho. Quando ele chegou a Israel, assumiu o nome Sarid, que quer dizer remanescente. E, quando sua última filha nasceu, a sexta, batizou-a Dina.

— Vingada.

Gabriel assentiu.

— Até agora — disse Natalie, olhando para Dina do outro lado da mesa —, eu não sabia que ela tinha nome.

— Às vezes, a nossa Dina me lembra minha mãe, e é por isso que eu a amo. Sabe, Natalie, a Dina também está de luto. E ela leva o trabalho muito a sério. Todos nós levamos. Consideramos nosso dever solene garantir que aquilo nunca mais aconteça — ele sorriu, tentando levantar o véu de morte que caíra sobre a mesa do almoço. — Desculpe, Natalie, é que este vale me traz muitas memórias antigas. Espero que sua infância não tenha sido tão difícil quanto a minha.

Era um convite para ela compartilhar algo de si, uma intimidade, algum poço escondido de dor. Ela não aceitou.

— Parabéns, Natalie. Acabou de passar em um teste importante. Nunca revele nada sobre si a três oficiais de inteligência, a não ser que um deles esteja apontando uma arma para sua cabeça.

— E vocês estão?

— Não, imagine. Além disso — adicionou rapidamente —, já sabemos bastante sobre você. Sabemos, por exemplo, que sua família era da Argélia e fugiu em 1962, depois da guerra. Não que tivessem outra escolha. O novo regime havia declarado que só muçulmanos podiam ser cidadãos argelinos — ele pausou, depois perguntou: — Você consegue imaginar se tivéssemos feito a mesma coisa? O que teriam dito de nós?

Novamente, Natalie não emitiu julgamento.

— Mais de cem mil judeus foram basicamente expulsos para o exílio. Alguns vieram para Israel. Os outros, como sua família, escolheram a França. Assentaram-se em Marselha, onde você nasceu em 1984. Tanto seus avós quanto seus pais falavam o dialeto argelino do árabe, além de francês, e você também aprendeu a falar árabe na infância — ele olhou, através do vale, para a vila encarapitada no morro. — Isso é outra coisa que nós temos em comum. Eu também aprendi a falar um pouco de árabe quando criança. Era o único jeito de me comunicar com nossos vizinhos da tribo de Ismael.

Durante muitos anos, continuou Gabriel, a vida foi boa para o clã Mizrahi e para o resto dos judeus da França. Com vergonha do Holocausto, os franceses mantiveram guardado seu tradicional antissemitismo. Mas aí a população do país começou a mudar. O tamanho da comunidade muçulmana na França explodiu e eclipsou a pequena e vulnerável comunidade judaica, e o antigo ódio voltou com tudo.

— Sua mãe e seu pai já tinham visto esse filme antes, quando eram crianças na Argélia, e não iam esperar pelo fim. Assim, pela segunda vez na vida, eles fizeram as malas e fugiram, dessa vez para Israel. E você, depois de um período de indecisão prolongada, decidiu se juntar a eles.

— Tem mais alguma coisa que você gostaria de me contar sobre mim mesma?

— Desculpe, Natalie, mas é que estamos observando você há algum tempo. É um hábito que temos. Nosso serviço está constantemente procurando jovens imigrantes talentosos e turistas judeus no nosso país. A diáspora — terminou ele, com um sorriso — tem suas vantagens.

— Quais?

— Idiomas, por exemplo. Fui recrutado porque falava alemão. Não alemão de sala de aula ou de audiocursos, mas alemão de verdade, com o sotaque berlinense da minha mãe.

— Suponho que você também soubesse usar uma arma.

— Não muito bem, na verdade. Minha carreira nas Forças de Defesa de Israel foi desinteressante, para não dizer outra coisa. Eu era bem melhor com um pincel do que com uma arma. Mas isso não tem importância — argumentou. — O que eu realmente quero saber é por que você relutou em vir para Israel.

— Eu considerava a França minha casa. Minha carreira, minha *vida* — completou — era na França.

— Mas veio mesmo assim.

— Sim.

— Por quê?

— Não quis ficar longe dos meus pais.

— Você é uma boa filha?

— Sou a única filha.

— Que nem eu.

Ela ficou em silêncio.

— Gostamos de pessoas de bom caráter, Natalie. Não temos interesse em quem abandona mulher e filhos e não cuida dos pais. Empregamos essas pessoas como fontes pagas, se for preciso, mas não gostamos delas em nosso meio.

— Como você sabe que eu sou...

— Uma pessoa de bom caráter? Porque estivemos observando você, em silêncio e à distância. Não se preocupe, não somos *voyeurs*, a não ser que seja necessário. Permitimos que você tivesse uma zona de privacidade, e tapamos os olhos sempre que possível.

— Vocês não tinham esse direito.

— Na verdade — disse ele —, tínhamos todo o direito. As regras que governam nossa conduta nos dão algum espaço de manobra.

— Elas permitem que vocês leiam as correspondências dos outros?

— É isso o que fazemos.

— Quero aquelas cartas de volta.

— Que cartas?

— As cartas que vocês pegaram do meu quarto.

Gabriel olhou com ar de reprovação para Uzi Navot, que encolheu os ombros pesados, como que dizendo que era possível — de fato, era com certeza verdade — que certas cartas particulares tivessem sido roubadas do apartamento de Natalie.

— Seus pertences — disse Gabriel em tom de desculpas — serão devolvidos o mais rápido possível.

— Que atencioso da sua parte — a voz dela continha um ressentimento agudo.

— Não fique brava, Natalie. Faz tudo parte do processo.

— Mas eu nunca me inscrevi para trabalhar para...

— O Escritório — completou Gabriel. — Chamamos só de Escritório. E nenhum de nós nunca pediu para entrar. *Eles* nos convidaram para entrar. É assim que funciona.

— Por que eu? Não sei nada do seu mundo nem do que vocês fazem.

— Vou contar para você outro segredinho, Natalie. Nenhum de nós sabe. Não existe pós-graduação para ser oficial de inteligência. É preciso ser esperto, inovador, ter certas habilidades e traços de personalidade, e o resto se aprende. Nosso treinamento é muito rigoroso. Ninguém, nem os britânicos, treina seus espiões tão bem quanto nós. Quando tivermos terminado, você não vai mais ser uma de nós. Vai ser uma *deles*.

— De quem?

Gabriel levantou os olhos em direção à vila árabe de novo.

— Diga uma coisa para mim, Natalie. Em que idioma você sonha?

— Francês.

— E hebraico?

— Ainda não.

— Nunca?

— Não, nunca.

— Que bom — disse Gabriel, ainda olhando para a vila. — Talvez devêssemos continuar esta conversa em francês.

NAHALAL, ISRAEL

Mas primeiro, antes de ir além, Gabriel deu a Natalie outra chance de ir embora. Ela podia voltar a Jerusalém, voltar a seu trabalho no Hadassah, voltar ao mundo normal. O arquivo dela — sim, admitiu Gabriel, ela já tinha um arquivo — seria picotado e queimado. Eles não a culpariam por dar as costas; culpariam apenas a si mesmos por terem falhado em fechar negócio. Falariam bem dela, se falassem. Sempre pensariam nela como aquela que perderam.

Ele disse tudo isso não em hebraico, mas em francês. E quando ela deu a resposta, depois de apenas um minuto de consideração, foi na mesma língua, a língua de seus sonhos. Ela ficaria, disse, mas só se ele contasse por que ela estava sendo convidada a entrar naquele clube exclusivo.

"*Shwaya, shwaya*", respondeu Gabriel. Era uma expressão árabe que, nesse contexto, queria dizer "pouco a pouco". Então, sem dar chance para Natalie se opor, ele contou a ela sobre o homem chamado Saladin — não o filho de um mercenário curdo que uniu o mundo árabe e retomou Jerusalém dos cruzados, mas o Saladin que, no período de alguns dias, derramara sangue de infiéis e apóstatas em Paris e Amsterdã. Eles não sabiam seu nome verdadeiro nem sua nacionalidade, embora o *nom de guerre* certamente não fosse coincidência. Sugeria que era um homem ambicioso, um homem que queria fazer história com pretensões de usar o assassinato em massa como meio de unificar o mundo árabe e islâmico sob a bandeira negra do ISIS e do califado. Não obstante esse objetivo, ele era claramente um mestre do terrorismo, com habilidades consideráveis. Debaixo do nariz da inteligência ocidental, construíra uma rede capaz de levar poderosos explosivos contidos em veículos até alvos cuidadosamente selecionados. Talvez as táticas dele continuassem as mesmas ou talvez ele tivesse planos maiores. De qualquer forma, tinham de destruir a rede.

— E nada destrói uma rede mais rápido — explicou Gabriel — do que tirar o líder de cena.

— Tirar de cena? — perguntou Natalie.

Gabriel ficou em silêncio.

— Matá-lo, é isso que você quer dizer?

— Matar, eliminar, assassinar, liquidar… Pode escolher a palavra. Elas nunca significaram muita coisa para mim. Meu negócio é salvar vidas inocentes.

— Eu não poderia de jeito nenhum…

— Matar alguém? Não se preocupe, não estamos pedindo que se torne soldado ou agente especial. Temos muitos homens de preto treinados para esse tipo de trabalho.

— Como você.

— Isso foi há muito tempo. Hoje em dia, eu declaro guerra aos inimigos do conforto de uma mesa. Sou um herói das salas de reunião.

— Não é o que escreveram sobre você no *Haaretz*.

— Até o respeitável *Haaretz* erra de vez em quando.

— Os espiões também erram.

— Você tem alguma coisa contra o negócio da espionagem?

— Só quando os espiões fazem coisas repreensíveis.

— Por exemplo?

— Torturar — respondeu ela.

— Não torturamos ninguém.

— E os americanos?

— Vamos deixar os americanos de fora disso por enquanto. Mas estou me perguntando — continuou ele — se você teria alguma objeção moral ou filosófica contra participar de uma operação que resultaria na morte de alguém.

— Pode ser um choque para você, senhor Allon, mas nunca me fiz essa pergunta antes.

— Você é médica, Natalie. Foi treinada para salvar vidas. Fez um juramento: não causar dano. Ontem mesmo, por exemplo, tratou um jovem responsável pela morte de duas pessoas. Com certeza, deve ter sido difícil.

— Nem um pouco.

— Por que não?

— Porque é meu trabalho.

— Ainda não respondeu à minha pergunta.

— A resposta é não — disse ela. — Eu não teria nenhuma objeção filosófica ou moral contra participar de uma operação que resultasse na morte do homem responsável pelos atentados em Paris e Amsterdã, desde que nenhuma vida inocente se perdesse no processo.

— Me parece, Natalie, que você está se referindo ao programa de drones americano.

— Israel também usa ataques aéreos.

— E alguns de nós discordamos dessa estratégia. Preferimos operações especiais a poder aéreo, sempre que possível. Mas nossos políticos se apaixonaram pela ideia da chamada "guerra limpa". Os drones tornam isso possível.

— Não para quem está sendo atacado.

— É verdade. Vidas inocentes demais foram perdidas. Mas a melhor maneira de garantir que isso não aconteça é boa inteligência — ele pausou. E então completou: — E é aí que você entra.

— O que você está me pedindo para fazer?

Ele sorriu. *Shwaya, shwaya...*

Ela não tinha tocado na comida — nenhum deles tinha —, então, antes de ir em frente, Gabriel insistiu que comessem. Ele não seguiu o próprio conselho, pois, a bem da verdade, nunca fora muito de almoçar. Por isso, enquanto os outros aproveitavam o bufê, cortesia de um fornecedor de Tel Aviv aprovado pelo Escritório, ele falou sobre sua infância no vale — as incursões árabes nos morros da Cisjordânia, os contra-ataques israelenses, a Guerra dos Seis Dias, que levou embora o pai dele, a Guerra do Yom Kippur, que levou embora sua crença de que Israel era invulnerável. A geração de fundadores acreditava que um Estado judeu no território histórico da Palestina traria progresso e estabilidade ao Oriente Médio. Mas, por todo o Israel, nos estados de fronteira e nas periferias árabes, a raiva e o ressentimento continuaram queimando muito depois de o Estado começar a existir, e as sociedades ficaram estagnadas sob o punho de monarcas e ditadores. Enquanto o resto do mundo avançava, os árabes, a despeito de sua enorme riqueza petrolífera, retrocediam. Rádios árabes xingavam os judeus enquanto crianças árabes ficavam descalças e famintas. Jornais árabes publicavam libelos sangrentos, que poucos árabes eram capazes de ler. Governantes árabes ficavam mais ricos enquanto o povo árabe só tinha sua humilhação e seu ressentimento — e o islã.

— Devo ser culpado, de alguma forma, por essas disfunções? — perguntou Gabriel para ninguém em particular, e ninguém respondeu. — Isso aconteceu porque eu vivia aqui nesse vale? Eles me odeiam porque eu o drenei e matei os mosquitos e o fiz florescer? Se eu não estivesse aqui, os árabes seriam livres, prósperos e estáveis?

Por um breve momento, continuou ele, parecia que a paz realmente seria possível. Houve um aperto de mãos histórico no Gramado Sul da Casa Branca. Arafat se estabeleceu em Ramallah, os israelenses de repente ficaram tranquilos.

Mas, enquanto isso, o filho de um bilionário saudita da construção estava erigindo uma organização chamada al-Qaeda, ou "a Base". Apesar de todo o seu fervor islâmico, a criação de Osama bin Laden era um empreendimento altamente burocrático. Suas normas e regulamentações trabalhistas lembravam as de qualquer empresa moderna. Regiam desde dias de férias até benefícios médicos, viagens aéreas e financiamentos para a compra de móveis. Havia até mesmo regras para assistência a pessoas com deficiência e um processo por meio do qual o contrato de um membro podia ser terminado. Os que desejavam entrar em um dos campos de treinamento afegãos de Bin Laden tinham de preencher um longo questionário. Nenhum canto da vida de um potencial recruta deixava de ser escrutinizado.

— Mas o ISIS é diferente. Eles têm, sim, seu questionário, mas não chega perto de ser tão completo quanto o da al-Qaeda. E por bons motivos. Veja, Natalie, um califado sem pessoas não é um califado. É um pedaço de deserto sem ninguém entre Aleppo e o Triângulo Sunita do Iraque — ele pausou. Então, disse pela segunda vez: — E é aí que você entra.

— Você não pode estar falando sério.

Sua expressão vazia mostrava que sim, era sério.

— Você quer que eu entre no ISIS? — perguntou ela, incrédula.

— Não — disse ele. — Você será *convidada* a entrar.

— Por quem?

— Saladin, é claro.

Seguiu-se um período de silêncio. Natalie olhou de rosto em rosto — a face enlutada da remanescente vingada, a face familiar do chefe do Escritório, a face de um homem que supostamente estava morto. Foi para este que ela deu sua resposta.

— Não posso.

— Por que não?

— Por que sou judia e não posso fingir ser outra coisa só porque falo a língua deles.

— Você faz isso o tempo todo, Natalie. No Hadassah, eles deixam os palestinos com você porque esses pacientes pensam que você é uma deles. Os comerciantes árabes da Cidade Antiga pensam a mesma coisa.

— Os comerciantes árabes não são membros do ISIS.

— Alguns são. Mas isso não vem ao caso. Você tem certos atributos naturais. É, como gostamos de dizer, um presente dos deuses da inteligência. Com nosso treinamento, completaremos a obra-prima. Estamos fazendo isso há muito tempo, Natalie, e somos muito bons. Somos capazes de tirar um garoto judeu de um *kibutz* e transformá-lo em um árabe de Jenin. E, na verdade, conseguimos transformar alguém como você em uma médica palestina de Paris que deseja golpear o Ocidente.

— Por que ela ia querer fazer isso?

— Porque, como a Dina, está de luto. Deseja vingança. Ela é uma viúva negra.

Houve um longo silêncio. Quando Natalie finalmente falou, foi com um distanciamento clínico.

— Ela é francesa, essa garota de vocês?

— Ela tem um passaporte francês, estudou e treinou na França, mas é de etnia palestina.

— Então a operação vai ser em Paris?

— Vai começar lá — respondeu ele, cuidadosamente —, mas, se a primeira fase for bem-sucedida, vai necessariamente migrar.

— Para onde?

Ele não disse nada.

— Para a Síria?

— Infelizmente — disse Gabriel —, é na Síria que está o ISIS.

— E você sabe o que vai acontecer com a sua médica de Paris se o ISIS descobrir que ela, na verdade, é uma judia de Marselha?

— Estamos perfeitamente cientes de...

— Vão cortar a cabeça dela. E depois vão colocar o vídeo na internet para o mundo todo ver.

— Eles nunca vão ficar sabendo.

— Mas eu vou saber — disse ela. — Não sou como você. Sou péssima em mentir. Não consigo guardar segredos. Fico com a consciência pesada. Não vou convencer de jeito nenhum.

— Você se subestima.

— Desculpe, senhor Allon, mas escolheu a garota errada — depois de uma pausa, ela disse: — Ache outra pessoa.

— Tem certeza?

— Tenho certeza — ela dobrou o guardanapo, levantou-se e estendeu a mão. — Sem mágoas?

— Nenhuma — Gabriel se levantou e, relutantemente, aceitou a mão dela. — Foi uma honra quase trabalhar com você, Natalie. Por favor, não comente sobre essa conversa com ninguém, nem com seus pais.

— Prometo.

— Ótimo — ele soltou a mão dela. — A Dina vai levá-la de volta a Jerusalém.

20

NAHALAL, ISRAEL

Natalie a seguiu pelo jardim coberto e através de uma porta francesa que dava para a sala de estar do bangalô. Tinha poucos móveis, parecendo mais escritório que casa, e em suas paredes pintadas de branco estavam penduradas várias fotos ampliadas em preto e branco mostrando o sofrimento palestino — a longa e poeirenta caminhada ao exílio, os campos miseráveis, os rostos exaustos dos idosos, que sonhavam com o paraíso perdido.

— É aqui que você teria sido treinada — explicou Dina. — É aqui que teríamos lhe transformado em uma deles.

— Onde estão minhas coisas?

— No andar de cima — então, Dina completou: — No seu quarto.

Mais fotos ladeavam as escadas e, no criado-mudo de um quartinho bem-arrumado, havia um volume de poemas de Mahmoud Darwish, poeta semioficial do nacionalismo palestino. A mala de Natalie estava ao pé da cama, vazia.

— Tomamos a liberdade de desfazer a mala para você — explicou Dina.

— Pelo jeito, ninguém nunca diz não a ele.

— Você foi a primeira.

Natalie a observou mancar pelo quarto e abrir a primeira gaveta de uma cômoda de vime.

Sabe, Natalie, a Dina também está de luto. E ela leva o trabalho muito a sério.

— O que aconteceu? — perguntou Natalie, suavemente.

— Você disse não, e agora está indo embora.

— Com a sua perna.

— Não é importante.

— Para mim, é.

— Só porque você é médica? — Dina tirou um punhado de roupas da gaveta e colocou na mala. — Sou funcionária do serviço secreto de inteligência do Estado de Israel. Você não tem direito de saber o que aconteceu com a minha perna. Não tem *permissão* de saber. É confidencial. *Eu* sou confidencial.

Natalie sentou-se na beira da cama enquanto Dina tirava o resto das roupas da gaveta.

— Foi um atentado — disse Dina, enfim. — Está feliz agora?

— Onde?

— Em Tel Aviv — Dina fechou a gaveta da cômoda com mais força do que necessário. — Na rua Dizengoff. O atentado ao ônibus Número Cinco. Ficou sabendo desse atentado?

Natalie assentiu com a cabeça. Fora em outubro de 1994, muito antes de ela e sua família se mudarem para Israel; mas ela tinha visto o pequeno monumento cinza em recordação na base de um cinamomo na calçada e, por acaso, certa vez comera no charmoso café logo em frente.

— Você estava *dentro* do ônibus?

— Não — Dina respondeu. — Estava parada na calçada. Mas minha mãe e duas de minhas irmãs estavam. E eu o vi antes de a bomba explodir.

— Quem?

— Abdel Rahim al-Souwi— respondeu Dina, como se lesse o nome em uma de suas grossas pastas de arquivo. — Ele estava sentado do lado esquerdo atrás do motorista. Tinha uma mochila a seus pés contendo 25 quilos de TNT de uso militar e pregos e parafusos encharcados de veneno de rato. A bomba foi construída por Yahya Ayyash, que era chamado de Engenheiro. Era uma de suas melhores, ou, pelo menos, foi o que ele disse. Eu não sabia nada disso na época. Eu não sabia nada. Era uma menina. Era inocente.

— E quando a bomba explodiu?

— O ônibus voou vários metros e se espatifou de novo na rua. Eu fui jogada no chão. Conseguia ver as pessoas gritando ao meu redor, mas não ouvia nada; a onda da explosão danificou meus tímpanos. Notei uma perna humana ao meu lado. Supus que era minha, mas depois vi que as minhas duas pernas ainda estavam inteiras. O sangue e o cheiro de carne queimada fizeram os primeiros policiais que chegaram à cena vomitarem. Havia membros humanos nos cafés e pedaços de pele pendurados nas árvores. O sangue ficou pingando em mim enquanto eu estava deitada na calçada sem poder fazer nada. Naquela manhã, choveu sangue na rua Dizengoff.

— E sua mãe, suas irmãs?

— Morreram na hora. Eu vi quando os rabinos coletaram os restos delas com pinças e colocaram em sacos plásticos. Foi isso que enterramos. Pedaços. *Restos.*

Natalie não disse nada, pois não havia nada a dizer.

— Então, você vai me desculpar — continuou Dina depois de um momento —por achar seu comportamento de hoje intrigante. Nós não fazemos isso porque *queremos*. Fazemos porque *precisamos*. Fazemos porque não temos escolha. É a única forma de sobreviver nesta terra.

— Gostaria de poder ajudar, mas não posso.

— Que pena — disse Dina —, porque você é perfeita. E, sim, eu faria qualquer coisa para estar no seu lugar agora. Eu os ouvi, os observei, os interroguei. Eu os conheço melhor do que eles mesmos. Mas eu nunca estive na presença deles enquanto planejam e tramam. Seria como estar no olho de um furacão. Eu daria qualquer coisa por essa chance.

— Você iria para a Síria?

— Agora mesmo.

— E a sua vida? Você daria sua vida por essa chance?

— Nós não fazemos missões suicidas. Não somos como eles.

— Mas você não pode garantir que eu vou estar segura.

— A única coisa que eu posso garantir — disse Dina, com firmeza — é que Saladin está planejando mais ataques, e que mais pessoas inocentes vão morrer.

Dina jogou a última peça de roupa na mala aberta de Natalie. Havia um item que não era dela. Uma faixa de seda azul royal, com cerca de um metro por um metro.

— O que é isso? — perguntou Natalie, segurando a peça. E então, antes que Dina pudesse responder, ela compreendeu. O metro quadrado de seda azul royal era um hijab. — Um presente de despedida?

— Uma ferramenta para ajudar com sua transformação. A roupa árabe é muito eficaz para alterar aparências. Vou mostrar — Dina pegou o hijab da mão de Natalie, dobrou em um triângulo e, habilidosamente, o amarrou em torno de sua própria cabeça e pescoço. — Como estou?

— Como uma judia asquenaze usando um lenço muçulmano.

Franzindo as sobrancelhas, Dina tirou o hijab e o ofereceu a Natalie.

— Sua vez.

— Não quero.

— Deixe que eu ajudo.

Antes que Natalie pudesse escapar, o triângulo azul royal tinha sido colocado sobre seu cabelo. Dina juntou o tecido por baixo do queixo de Natalie e o prendeu com um alfinete. Então, pegou as duas pontas soltas, uma pouco mais longa que a outra, e as amarrou na base do pescoço de Natalie.

— Pronto — disse Dina, fazendo alguns ajustes. — Veja você mesma.

Acima da cômoda havia um espelho oval. Natalie olhou seu reflexo por um longo momento, hipnotizada. Por fim, perguntou:

— Qual é meu nome?

— Natalie — respondeu Dina. — Seu nome é Natalie.

— Não o meu nome. O nome *dela*.

— O nome dela — disse Dina — é Leila.

— Leila — repetiu Natalie. — *Leila...*

Saindo de Nahalal, Dina notou pela primeira vez que Natalie era linda. Antes, em Jerusalém e com os outros no almoço, não houvera tempo para esse tipo de observação. Natalie era simplesmente um alvo. Era um meio para um fim, e o fim era Saladin. Mas agora, sozinha no carro novamente, com a luz dourada de fim de tarde e o ar quente entrando pelas janelas abertas, Dina estava livre para contemplar Natalie à vontade. A linha do maxilar, os lindos olhos castanhos, o nariz longo e fino, os seios pequenos e empinados, os ossos delicados dos pulsos e das mãos — mãos capazes de salvar uma vida, pensou Dina, ou de consertar uma perna arrancada por uma bomba terrorista. A beleza de Natalie não era de virar cabeças ou parar o trânsito. Era inteligente, digna, até devota. Podia ser escondida, disfarçada. E talvez, pensou Dina, pudesse ser usada.

Não pela primeira vez, ela se perguntou por que Natalie não era casada nem tinha algum companheiro significativo. Os investigadores do Escritório não tinham descoberto nada que sugerisse que ela não era adequada para trabalhar como agente secreto. Não tinha vícios, exceto um apreço por vinho branco, nem doenças físicas ou emocionais fora a insônia, causada pela irregularidade dos horários de trabalho. Dina sofria do mesmo problema, mas por razões diferentes. À noite, quando o sono finalmente chegava, ela via sangue pingando de cinamomos; e via sua mãe, reconstruída a partir de seus restos arrancados, remendada e costurada, chamando-a da porta aberta do ônibus Número Cinco; e via Abdel Rahim al-Souwi, uma mochila a seus pés, sorrindo para ela de seu assento atrás do motorista. *Era uma de suas melhores, ou, pelo menos, foi o que ele disse...* Sim, pensou Dina novamente, ela daria qualquer coisa para estar no lugar de Natalie.

Natalie não tinha levado nada do bangalô a não ser o hijab, que estava amarrado em seu pescoço como uma echarpe. Estava olhando o sol baixo sobre o Monte Carmel e ouvindo com atenção as notícias do rádio. Houvera outro esfaqueamento, outra fatalidade, desta vez nas ruínas romanas de Cesareia. O culpado era um árabe-israelense de uma vila localizada dentro do canto do país conhecido como Triângulo, ocupado principalmente por palestinos. Ele não receberia cuidados urgentes dos médicos do Hadassah; um soldado israelense o tinha matado com um tiro. Em Ramallah e Jericó houve júbilo. Outro mártir, outro judeu morto. Deus é bom. Logo, a Palestina estaria livre novamente.

Vinte quilômetros ao sul de Cesareia ficava Netanya. Novas torres de apartamentos, brancas e com varandas, se erguiam das dunas e dos penhascos ao longo da beira do Mediterrâneo, dando à cidade o ar de opulência da Riviera. Os bairros interiores, porém, guardavam as construções Bauhaus de arenito cáqui dos primórdios de Israel. Dina encontrou uma vaga na rua em frente ao Park Hotel — onde um homem-bomba do Hamas assassinara trinta pessoas durante a Páscoa Judaica de 2002 — e caminhou com Natalie até a Praça da Independência. Um esquadrão de garotos brincava de pega-pega observado por mulheres vestidas com saias na altura do tornozelo e lenços na cabeça. As mulheres, como as crianças, estavam falando francês, bem como os *habitués*, visitantes assíduos dos cafés ao longo da esplanada. Em geral, eles ficavam lotados no fim da tarde, mas, agora, à luz fulva que esmaecia, havia várias mesas disponíveis. Soldados e policiais mantinham guarda. O medo, pensou Dina, era palpável.

— Está vendo eles?

— Ali — respondeu Natalie, apontando para o outro lado da praça. — Estão à mesa de sempre no Chez Claude.

Era um dos vários novos estabelecimentos que atendiam à crescente comunidade franco-judaica de Netanya.

— Gostaria de conhecê-los? São realmente adoráveis.

— Vá você. Eu espero aqui.

Dina sentou-se em um banco perto da fonte e observou Natalie caminhando pela esplanada, as pontas do hijab azul dançando como pendentes contra sua blusa branca. Azul e branco, pensou Dina. Que lindamente israelense. Inconscientemente, esfregou a perna machucada, que doía nas horas mais inconvenientes — quando estava cansada, estressada ou, pensou, observando Natalie, quando se arrependia de seu comportamento.

Natalie andou em linha reta até o café. O pai dela, magro, grisalho e muito moreno do sol e do mar, olhou primeiro, surpreso em ver sua filha atravessando as pedras da praça em direção a ele vestida como uma bandeira de Israel. Ele colocou uma mão no braço da esposa e fez um gesto de cabeça na direção de Natalie, e um sorriso se abriu no rosto nobre da mulher idosa. Era o rosto de Natalie, pensou Dina, Natalie daqui a trinta anos. Será que Israel sobreviveria mais trinta anos? E Natalie?

Natalie se desviou de seu caminho, mas só para evitar uma criança, menina de 7 ou 8 anos, que corria atrás de uma bola. Então, beijou seus pais à maneira francesa, uma vez em cada bochecha, e sentou-se em uma das duas cadeiras vazias. Era a cadeira que, talvez não acidentalmente, imaginou Dina, dava as costas a ela. Dina observou o rosto da mulher idosa. O sorriso evaporou conforme Natalie recitava as palavras que Dina compusera para ela. "Vou ficar fora durante um tempo. É importante que vocês não tentem entrar em contato. Se alguém perguntar, digam que estou fazendo uma pesquisa importante e não posso ser interrompida. Não, não posso dizer sobre o que é, mas alguém do governo vai vir dar uma olhada em vocês. Sim, vou estar segura."

A bola perdida agora estava vindo em direção a Dina. Ela a segurou embaixo do pé e, com um movimento do tornozelo, mandou de volta para a menina de 7 ou 8 anos, uma pequena gentileza que causou uma dor lancinante em sua perna. Ela ignorou isso, pois Natalie estava novamente beijando as bochechas de seus pais, desta vez para se despedir. Enquanto cruzava a praça, com o crepúsculo iluminando seu rosto e a echarpe azul esvoaçando na brisa, deixou uma única lágrima cair. Natalie era linda, observou Dina, mesmo quando estava chorando. Ela se levantou e a seguiu de volta até o carro, que estava estacionado em frente ao hotel decadente onde, numa noite sagrada, trinta pessoas haviam morrido. É isso o que fazemos, Dina disse a si mesma enquanto colocava a chave na ignição. É isso que somos. É a única forma de sobreviver nesta terra. É nossa punição por ter sobrevivido.

PARTE DOIS

UMA DE NÓS

21

NAHALAL, ISRAEL

N a manhã seguinte, a equipe do Centro Médico Hadassah foi informada por e-mail de que a dra. Natalie Mizrahi tiraria uma licença prolongada. O anúncio tinha trinta palavras e era uma obra-prima da burocracia. Não dava razão para o período sabático nem mencionava data de retorno. Assim, a equipe não teve outra opção senão especular sobre os motivos da partida repentina de Natalie, tarefa à qual todos se dedicaram livremente, pois lhes dava algo para falar que não os esfaqueamentos. Houve boatos de uma doença grave, de um colapso emocional, de uma volta saudosa à França. Afinal, disse um sábio da cardiologia, por que diabos alguém com um passaporte francês *escolheria* viver em Israel numa época como esta? Ayelet Malkin, que se considerava a amiga mais próxima de Natalie no hospital, achava todas essas teorias inadequadas. Ela sabia que Natalie estava sã de corpo e mente, e a ouvira falar várias vezes do alívio de estar em Israel, onde podia viver como judia sem medo de ataques ou censuras. Além disso, fizera um plantão de vinte e quatro horas com Natalie naquela mesma semana, e as duas jantaram juntas, fofocando, sem que Natalie mencionasse qualquer licença pendente. Achava que a coisa toda cheirava a confusão com o governo. Como muitos israelenses, Ayelet tinha um parente, um tio, envolvido em trabalho secreto oficial. Ele ia e vinha sem aviso e nunca falava de seu emprego nem de suas viagens. Ayelet concluiu que Natalie, fluente em três línguas, tinha sido recrutada como espiã. Ou, talvez, pensou, ela sempre tivesse sido uma.

Embora Ayelet estivesse próxima de algo que lembrava a verdade, não estava tecnicamente correta, como Natalie descobriria em seu primeiro dia inteiro em Nahalal. Ela não seria espiã. Espiões, disseram, são fontes humanas recrutadas para espionar *contra* seu próprio serviço de inteligência, governo, organização terrorista, corpo internacional ou empresa comercial. Às vezes, espionavam em troca de dinheiro; às vezes, em troca de sexo ou respeito; e, às vezes, espionavam porque eram coagidos devido a alguma mancha em sua vida pessoal. No caso de Natalie, não houve coação, apenas persuasão. Ela era, daquele momento em diante, uma funcionária especial do Escritório. Como tal, seria regida pelas mesmas regras e limitações que se aplicavam a todos os que trabalhavam diretamente para o serviço. Não podia divulgar segredos para governos estrangeiros. Não podia escrever um livro de memórias sobre seu próprio trabalho sem que fosse aprovado. Não podia discutir esse trabalho com ninguém de fora do Escritório, incluindo familiares. Seu contrato começaria imediatamente e terminaria quando a missão estivesse completa. Porém, se Natalie desejasse continuar no Escritório, encontrariam uma posição adequada para ela. Um montante de quinhentos mil shekels foi depositado em uma conta bancária aberta com o nome verdadeiro dela. Além disso, ela receberia o equivalente a seu salário mensal do Hadassah. Um mensageiro do Escritório cuidaria de seu apartamento durante sua ausência. Em caso de morte, dois milhões de shekels seriam pagos aos pais dela.

A papelada, as instruções e os avisos severos consumiram todo o primeiro dia. No segundo, começou a educação formal. Ela se sentia como um estudante de graduação em uma universidade particular para uma só pessoa. Pelas manhãs, imediatamente após o café, ela aprendia técnicas para trocar sua identidade por uma falsa — o que chamavam de "arte do ofício". Depois de um almoço leve, ela embarcava nos estudos palestinos, seguidos dos estudos islâmicos e jihadistas. Ninguém jamais se referia a ela como Natalie. Era Leila, sem sobrenome, apenas Leila. Os instrutores só falavam com ela em árabe e se referiam a si mesmos como Abdul, Muhammad ou Ahmed. Dois instrutores que trabalhavam em equipe se chamavam de Abdul e Abdul. Natalie os apelidou de Duplo-A.

A última hora de luz do dia era livre para Natalie. Com a cabeça girando de tanto islã e jihad, ela saía para correr nas estradas poeirentas da fazenda. Nunca tinha permissão para ir sozinha; dois guardas armados sempre a seguiam em um quadriciclo verde-escuro. Muitas vezes, ao voltar para casa, ela encontrava Gabriel esperando, e eles caminhavam dois ou três quilômetros pelo vale no crepúsculo perfumado. O árabe dele não era suficientemente fluente para conversas prolongadas, então ele se dirigia a ela em francês. Falava sobre o treinamento e os estudos dela, mas nunca sobre sua própria infância no vale ou a impressionante história do local. No que dizia respeito a Leila, o vale representava um ato de roubo e desapropriação.

— Olhe para tudo isso — ele dizia, apontando na direção da vila árabe no morro. — Imagine como eles devem se sentir quando veem as conquistas dos judeus. Imagine a raiva deles. Imagine a humilhação. É a sua raiva, Leila. É a sua humilhação.

Continuando seu treinamento, ela aprendeu técnicas para determinar se estava sendo seguida; se seu apartamento ou escritório estavam grampeados; ou se a pessoa que ela supunha ser sua melhor amiga ou seu amante, na verdade, eram seus piores inimigos. A equipe de instrutores Abdul e Abdul lhe ensinou supor que estava sendo seguida, observada e ouvida a todo o momento. Isso não seria problema, disseram, desde que ela continuasse fiel a seu disfarce. Um disfarce adequado era como um escudo. Em geral, um agente de campo do Escritório passava muito mais tempo mantendo o disfarce do que realmente coletando informações. O disfarce, explicaram, era tudo.

Durante a segunda semana na fazenda, seus estudos palestinos ficaram certamente mais intensos. Toda a empreitada sionista, contaram a ela, se baseava em um mito — o mito de que a Palestina era uma terra sem povo esperando por um povo sem terra. Na verdade, em 1881, um ano antes da chegada dos primeiros colonos sionistas, a população da Palestina era de 475 mil pessoas. A maioria era muçulmana e estava concentrada nos morros da Judeia, na Galileia, e em outras partes da terra que, à época, eram inóspitas. Algo em torno desse mesmo número foram as pessoas expulsas para o exílio durante o Nakba, a catástrofe da fundação de Israel em 1948. E ainda outra onda fugiu das vilas na Cisjordânia após a tomada sionista de 1967. As pessoas padeciam nos campos de refugiados — Khan Yunis, Shatila, Ein al-Hilweh, Yarmouk, Balata, Jenin, Tulkarm e outras dezenas — e sonhavam com alamedas de oliveiras e limoeiros. Muitas mantinham os registros de suas propriedades e de seus lares. Algumas ainda carregavam até as chaves de suas portas. Essa ferida aberta era o manancial do luto do mundo árabe. As guerras, o sofrimento, a falta de desenvolvimento econômico, o despotismo — tudo isso era culpa de Israel.

— Me poupe — resmungou Natalie.

— Quem disse isso? — exigiu saber um dos Abduls, uma criatura com jeito de cadáver, pálido como leite, que nunca estava sem um cigarro ou uma xícara de chá. — Foi a Natalie ou foi a Leila? Porque a Leila não duvida dessas afirmações. A Leila sabe, no fundo, que são verdade. A Leila as bebeu no leite da mãe. A Leila as ouviu da boca de seus parentes. A Leila acredita que os judeus são descendentes de macacos e porcos. Ela sabe que eles usam o sangue de crianças palestinas para fazer pão ázimo. Ela os considera um povo intrinsecamente mau, filhos do demônio.

Os estudos islâmicos dela também ficaram mais rígidos. Depois de ela terminar um intensivo básico sobre ritual e crença, os instrutores de Natalie a imergiram nos conceitos do islamismo e do jihad. Ela leu Sayyid Qutb, escritor egípcio dissidente considerado fundador do islamismo moderno, e pelejou com Ibn Taymiyyah, teólogo do islamismo do século XIII que, segundo diversos especialistas da área, era a origem de tudo. Leu Bin Laden e Zawahiri e ouviu horas de sermões de um americano de origem iemenita que morrera em um ataque aéreo. Assistiu a vídeos de bombardeios à beira da estrada pelas forças americanas no Iraque, e navegou em alguns dos sites islâmicos mais lascivos, aos quais seus instrutores se referiam como pornografia jihadista. Antes de apagar o abajur à noite, sempre lia algumas linhas de Mahmoud Darwish. "As minhas raízes foram lançadas antes do nascimento do tempo…" Em sonhos, caminhava por um Éden de oliveiras e limoeiros.

A técnica era parecida com uma lavagem cerebral e, lentamente, começou a funcionar. Natalie guardou sua antiga identidade e vida e se transformou em Leila. Ela não sabia seu sobrenome; sua "lenda", que é como diziam, viria por último, depois que uma fundação adequada estivesse assentada e que uma estrutura estivesse construída. Em palavra e em ação, ela se tornou mais devota, mais externamente islâmica. No fim da tarde, quando corria pelas estradas poeirentas de fazenda, cobria os braços e as pernas — e, sempre que seus instrutores estavam falando sobre a Palestina ou o islã, usava o hijab. Experimentou várias formas de amarrá-lo, mas acabou decidindo por um método simples com dois alfinetes, que não mostrava nada do cabelo. Achava-se bonita no hijab, mas não gostava da forma como ele atraía atenção para seu nariz e sua boca. Um véu parcial resolveria o problema, mas não condizia com o perfil de Leila, que era uma mulher estudada, uma médica, presa entre o Oriente e o Ocidente, o presente e o passado. Ela andava em uma corda bamba que ia da Casa do Islã até a Casa da Guerra, a parte do mundo em que a fé ainda não era dominante. Leila estava em conflito. Era uma garota influenciável.

Ensinaram a ela o básico de artes marciais, mas nada de armas, pois o conhecimento de armas não condizia com o perfil de Leila. Então, quando estava na fazenda há três semanas, eles a vestiram como muçulmana dos pés à cabeça e a levaram para um *test drive* altamente protegido a Tayibe, maior cidade árabe no chamado Triângulo. Depois, ela visitou Ramallah, a sede da autoridade palestina na Cisjordânia e, alguns dias mais tarde, numa sexta-feira quente em meados de maio, foi à oração na Mesquita al-Aqsa, na Cidade Antiga de Jerusalém. Foi um dia tenso — os israelenses proibiram alguns jovens de entrar no Nobre Santuário — e depois houve um protesto violento. Natalie se separou brevemente de seus seguranças à paisana. Finalmente, eles a arrastaram, engasgada com gás lacrimogêneo, para o banco traseiro de um carro e correram com ela de volta para a fazenda.

— Como você se sentiu? — perguntou Gabriel naquela noite, enquanto caminhavam no ar frio do fim de tarde no vale. Naquele ponto, Natalie já não estava mais correndo, pois correr também não condizia com o perfil de Leila.

— Fiquei com raiva — disse ela, sem hesitar.

— De quem?

— Dos israelenses, claro.

— Bom — respondeu ele. — Foi por isso que fiz.

— Fez o quê?

— Provoquei uma manifestação na Cidade Antiga para você ver.

— Você criou aquilo?

— Acredite, Natalie. Não foi tão difícil.

Ele não foi a Nahalal no dia seguinte, nem por cinco dias depois. Só mais tarde Natalie saberia que ele estava em Paris e em Amã, preparando a introdução dela no campo — o que chamava de "aragem operacional". Quando, finalmente, voltou à fazenda, era meio-dia de uma quinta-feira quente e com brisa, e Natalie estava se familiarizando com alguns dos recursos únicos de seu novo celular. Ele a informou que iam fazer outra visita de campo, só os dois, e a instruiu a se vestir como Leila. Ela escolheu um hijab verde com bordados nas pontas, uma blusa branca que escondia a forma de seus seios e quadris, e calças compridas que só deixavam visíveis o peito dos pés. Os escarpins eram Bruno Magli. Leila, aparentemente, tinha uma queda por calçados italianos.

— Para onde vamos?

— Para o norte — foi tudo o que ele disse.

— Sem seguranças.

— Hoje, não — respondeu ele. — Hoje, estou livre.

O carro era um sedã coreano comum, que ele dirigia muito rápido e com uma despreocupação peculiar.

— Você parece estar se divertindo — observou Natalie.

— Faz muito tempo que não sento atrás do volante de um carro. O mundo parece diferente no banco detrás de uma SUV blindada.

— Como assim?

— Infelizmente, é confidencial.

— Mas eu sou uma de vocês, agora.

— Ainda não — disse ele —, mas estamos chegando perto.

Foram as últimas palavras que ele falou durante vários minutos. Natalie colocou um par de óculos de sol estilosos e observou uma versão em tom sépia da cidade de Acre passar por sua janela. Alguns quilômetros ao norte ficava Lohamei HaGeta'ot, um *kibutz* fundado por sobreviventes da revolta do gueto de Varsóvia. Era uma comunidade agrícola bem organizada, com casas simples, gramados verdes e ruas regulares ladeadas por ciprestes. A visão de um homem obviamente israelense dirigindo um carro cuja única passageira era uma mulher de véu provocou olhares apenas vagamente curiosos.

— O que é aquilo? — perguntou Natalie, apontando para uma estrutura cônica branca que se erguia acima dos telhados do *kibutz*.

— Chama-se Yad Layeled. É um memorial em homenagem às crianças mortas no Holocausto — havia um curioso tom de afastamento na voz dele. — Mas não é por isso que estamos aqui. Estamos aqui para ver algo muito mais importante.

— O quê?

— Sua casa.

Ele dirigiu até um shopping center logo ao norte do *kibutz* e estacionou em um canto distante do estacionamento.

— Muito charmoso, hein! — disse Natalie.

— Não é aqui — apontou para um trecho de terra não cultivada entre o estacionamento e a Highway 4. — Sua casa fica ali, Leila. A casa que foi roubada de você pelos judeus.

Ele saiu do carro sem mais nenhuma palavra e levou Natalie a atravessar uma estrada menor até um campo de ervas-daninhas, figueiras-da-índia e blocos de calcário quebrados.

— Bem-vinda a Sumayriyya, Leila — ele se virou para olhá-la. — Repita para mim, por favor. Repita como se fosse a palavra mais bonita que você já ouviu. Repita como se fosse o nome da sua mãe.

— Sumayriyya — repetiu ela.

— Muito bom — ele se virou e observou o trânsito correndo na avenida. — Em maio de 1948, havia oitocentas pessoas morando aqui, todas muçulmanas — apontou em direção aos arcos de um antigo aqueduto, quase intacto, que se estendia ao longo de um campo de soja. — Aquilo era delas. Levava água das fontes e irrigava os campos que produziam os melões e as bananas mais doces da Galileia. Eles enterravam os mortos ali — adicionou, balançando o braço para a direita — e rezavam a Alá ali — colocou as mãos nas ruínas de uma porta arqueada: — na mesquita. Eram seus ancestrais, Leila. Esta é você.

— "As minhas raízes foram lançadas antes do nascimento do tempo."

— Está lendo o Darwish — ele caminhou mais para dentro das ervas e das ruínas, mais para perto da estrada. Quando falou novamente, teve de levantar a voz para ser ouvido, por conta do barulho do trânsito. — Sua casa ficava ali. Seus ancestrais se chamavam Hadawi. É seu sobrenome também. Você é Leila Hadawi. Nasceu na França, estudou na França e pratica medicina na França. Mas, quando alguém pergunta de onde você é, você responde Sumayriyya.

— O que aconteceu aqui?

— Al-Nakba aconteceu aqui. A Operação Ben-Ami aconteceu aqui — ele olhou por cima dos ombros. — Seus instrutores mencionaram Ben-Ami a você?

— Foi uma operação empreendida pelos Haganah na primavera de 1948 para assegurar a estrada costeira entre Acre e a fronteira libanesa, e preparar a Galileia Ocidental para a invasão iminente dos exércitos árabes.

— Mentiras sionistas! — gritou ele. — Ben-Ami tinha um único objetivo: capturar as vilas árabes da Galileia Ocidental e empurrar seus habitantes para o exílio.

— É a verdade?

— Não importa se é verdade. É nisso que Leila acredita. É isso que ela *sabe*. Veja, Leila, seu avô, Daoud Hadawi, estava lá na noite em que as forças sionistas de Haganah vieram de Acre pela estrada em um comboio. Os moradores de Sumayriyya tinham ficado sabendo do que acontecera em algumas das outras vilas conquistadas pelos judeus, então fugiram imediatamente. Alguns poucos ficaram, mas a maioria fugiu para o Líbano, onde esperaram que os exércitos árabes recuperassem a Palestina da mão dos judeus. E quando os exércitos árabes foram derrotados, os aldeões de Sumayriyya se tornaram refugiados, exilados. A família Hadawi viveu em Ein al-Hilweh, o maior campo de refugiados palestinos no Líbano. Esgoto a céu aberto, casas de blocos de concreto... O inferno na Terra.

Gabriel a levou pelos escombros das pequenas casas — casas dinamitadas pelos Haganah logo depois da queda de Sumayriyya — e parou à beira de um pomar.

— Ele pertencia ao povo de Sumayriyya. Agora, é propriedade do *kibutz*. Muitos anos atrás, estavam tendo dificuldade de fazer a água fluir pelos tubos de irrigação. Apareceu um homem, um árabe que falava um pouco de hebraico e ensinou pacientemente o que fazer. Os membros do *kibutz* ficaram impressionados e perguntaram ao árabe como é que ele sabia fazer a água fluir. E sabe o que o árabe disse a eles?

— O pomar era dele.

— Não, Leila, o pomar era *de todos vocês*.

Ele ficou em silêncio. Só havia o vento nas ervas e o correr do tráfego na rodovia. Ele estava olhando para as ruínas de uma casa espalhadas aos seus pés, as ruínas de uma vida, as ruínas de um povo. Parecia irritado; se era genuíno ou fingimento para Leila, Natalie não conseguia saber.

— Por que escolheu este lugar pra mim? — perguntou ela.

— Não escolhi — respondeu ele, distante. — Ele me escolheu.

— Como?

— Eu conhecia uma mulher daqui, uma mulher como você.

— Ela era como a Natalie ou como a Leila?

— A Natalie não existe — disse ele à mulher com véu parada ao lado dele. — Não mais.

22

NAHALAL, ISRAEL

Quando Natalie voltou a Nahalal, o volume de poesia de Darwish tinha desaparecido do criado-mudo do quarto. Em seu lugar, havia um livro encadernado, grosso como um manuscrito e escrito em francês. Era a continuação da história que Gabriel iniciara em meio às ruínas de Sumayriyya, a história de uma jovem talentosa, uma médica nascida na França com ascendência palestina. O pai dela vivera uma vida itinerante típica de muitos palestinos estudados e sem Estado. Depois de se formar na Universidade de Bagdá com um diploma em Engenharia, ele trabalhara no Iraque, na Jordânia, na Líbia e no Kuwait antes de finalmente se fixar na França, onde conheceu uma palestina nascida em Nablus que trabalhava meio-período como tradutora para uma agência de refugiados das Nações Unidas e para uma pequena editora francesa. Tiveram dois filhos, um morto em um acidente de automóvel na Suíça, aos 23 anos, e uma que batizaram em homenagem a Leila Khaled, famosa combatente da liberdade que participou do Setembro Negro e foi a primeira mulher a sequestrar um avião. A existência de 33 anos de Leila estava apresentada nas páginas de um livro, com os penosos detalhes confessionais de uma autobiografia moderna. Natalie teve de admitir que dava uma boa leitura. Havia o desprezo sofrido na escola por ser árabe e muçulmana. Havia a breve experiência com drogas. E havia uma descrição anatomicamente explícita da primeira experiência sexual dela, aos 16 anos, com um garoto francês chamado Henri, que partira o coração da pobre Leila. Ao lado dessa passagem estava uma fotografia dos dois adolescentes, um menino de aparência francesa e uma garota de aparência árabe, posando na balaustrada da Pont Marie, em Paris.

— Quem são? — Natalie perguntou ao Abdul cadavérico.

— São a Leila e o namorado dela, Henri, é claro.

— Mas...

— Nada de "mas", Leila. Essa é a história da sua vida. Tudo o que está lendo nesse livro aconteceu de verdade com você.

Como judia francesa, Natalie descobriu que tinha muita coisa em comum com a mulher palestina que ela em breve se tornaria. Ambas tinham sido provocadas na escola por causa de sua ascendência e de sua fé, ambas tinham tido experiências sexuais precoces infelizes com garotos franceses e ambas tinham começado a estudar Medicina no outono de 2003, Natalie na Université de Montpellier, uma das mais antigas faculdades de Medicina do mundo, e Leila na Université Paris-Sud. Era uma época tensa na França e no Oriente Médio. Naquele mesmo ano, os americanos tinham invadido o Iraque, inflamando o mundo árabe e os muçulmanos em toda a Europa Ocidental. Além disso, a Segunda Intifada assolava a Cisjordânia e a Faixa de Gaza. Por todo lado, parecia que os muçulmanos estavam cercados. Leila esteve entre os milhares que marcharam em Paris contra a guerra no Iraque e as sanções iraquianas nos Territórios Ocupados. Conforme seu interesse em política crescia, crescia também a devoção ao islã. Ela decidiu adotar o véu, o que chocou sua mãe secular. Algumas semanas depois, a mãe também adotou o véu.

Foi durante o terceiro ano na faculdade de Medicina que Leila conheceu Ziad al-Masri, um jordaniano-palestino que estava matriculado no departamento de eletrônica da universidade. No início, ele fora uma agradável distração do currículo obrigatório de farmacologia, bacteriologia, virologia e parasitologia, mas depois Leila logo se viu perdidamente apaixonada. Ziad era mais politicamente ativo que Leila, e mais religiosamente devoto. Ele tinha ligação com muçulmanos radicais, era membro do grupo extremista Hizb ut-Tahrir e frequentava uma mesquita onde um clérigo da Arábia Saudita regularmente pregava a mensagem do jihad. Não surpreendentemente, as atividades de Ziad chamaram a atenção do serviço de segurança francês, que o deteve duas vezes para questionamentos. Os interrogatórios só endureceram as visões dele, que, contra os desejos de Leila, decidiu viajar ao Iraque para se juntar à resistência islâmica. Só conseguiu chegar até a Jordânia, onde foi preso e jogado na notória prisão conhecida como Fábrica de Unhas. Um mês depois da chegada, estava morto. A temida polícia secreta Mukhabarat nunca se deu ao trabalho de dar uma explicação à família.

O livro não era obra de um único autor, mas esforço colaborativo de três oficiais de inteligência experientes de três serviços competentes. Sua trama era incontestável e seus personagens, bem desenhados. Revisor nenhum encontraria problemas nele, e nem o mais cético leitor duvidaria de sua verossimilhança. Podia-se questionar a quantidade de detalhes irrelevantes sobre a infância e adolescência da protagonista, mas havia motivo para a verbosidade dos autores: eles queriam criar um abundante poço de memórias que ela pudesse acessar quando chegasse o momento. Os detalhes aparentemente desimportantes — os nomes, os locais, as escolas que ela frequentara, a disposição do apartamento de sua família em Paris, as viagens que eles tinham feito aos Alpes e ao litoral — foram o núcleo do currículo de Natalie durante seus últimos dias na fazenda de Nahalal. E, é claro, havia Ziad, amante de Leila e falecido soldado de Alá. Natalie precisava memorizar detalhes não de uma vida, mas de duas, pois Ziad tinha contado a Leila muita coisa sobre sua criação e sua vida na Jordânia. Dina serviu como tutora principal e criadora de tarefas. Falava do comprometimento de Ziad com o jihad e do ódio a Israel e à América como se fossem buscas nobres. Seu caminho na vida deveria ser emulado, dizia ela, não condenado. Mais do que qualquer coisa, porém, sua morte exigia vingança. O treinamento de Natalie como médica a serviu bem, pois permitiu que ela absorvesse e retivesse quantidades vastas de informação, em especial números. Ela era constantemente testada, elogiada por seus sucessos e recriminada pelo menor erro ou hesitação. Em breve, alertou Dina, as perguntas seriam feitas por outros.

Durante esse período, ela recebeu a visita de uma série de observadores que assistiam às suas aulas, mas não participavam de nenhuma forma. Havia um homem com ar durão, cabelo escuro curto e um rosto esburacado. Havia um homem careca vestido de *tweed* que se comportava com o ar de um professor de Oxford. Havia uma figura élfica de cabelos finos e bagunçados de cujo rosto, por mais que tentasse, Natalie nunca conseguia recordar. E, finalmente, havia um homem alto, magricela, com uma pele pálida, sem sangue, e olhos da cor do gelo glacial. Quando Natalie perguntou a Dina o nome dele, recebeu um olhar de reprovação.

— A Leila nunca se sentiria atraída por um não muçulmano — advertiu à sua pupila —, quanto mais um judeu. A Leila está apaixonada pela lembrança de Ziad. Ninguém nunca tomará o lugar dele.

O homem foi a Nahalal duas outras vezes, ambas acompanhado do homem de cabelos finos e rosto evasivo. Olharam com ar de julgamento enquanto Dina pressionava Natalie sobre os menores detalhes da relação de Leila e Ziad — o restaurante ao qual foram no primeiro encontro, a comida que pediram, o primeiro beijo, o último e-mail. Ziad o tinha enviado de uma *lan house* em Amã enquanto esperava um emissário para atravessar a fronteira do Iraque com ele. Na manhã seguinte, ele foi preso. Nunca mais se falaram.

— Você se lembra do que ele escreveu? — perguntou Dina.

— Ele tinha convicção de que estava sendo seguido.

— E o que você respondeu a ele?

— Disse que estava preocupada com a segurança dele. Pedi que entrasse no próximo avião para Paris.

— Não, Leila, suas palavras *exatas*. Foi sua última comunicação com um homem que você amava — completou Dina, balançando um pedaço de papel que supostamente continha o texto da troca de e-mails. — Certamente, você se lembra da última coisa que disse a Ziad antes de ele ser preso.

A VIÚVA NEGRA

— Eu disse que estava doente de preocupação. Implorei que ele fosse embora.

— Mas não foi só isso que você disse. Você disse que ele podia ficar com um parente seu, não é verdade?

— Sim.

— Quem era esse parente?

— Minha tia.

— Irmã da sua mãe?

— Correto.

— Ela mora em Amã?

— Em Zarqa.

— No campo ou na cidade?

— Na cidade.

— Você contou a ela que Ziad estava indo à Jordânia?

— Não.

— Contou à sua mãe ou ao seu pai?

— Não.

— E à polícia francesa?

— Não.

— E ao seu contato na inteligência jordaniana? Você contou a ele, Leila?

— O quê?

— Responda à pergunta — vociferou Dina.

— Eu não tenho um contato na inteligência jordaniana.

— Você denunciou Ziad para os jordanianos?

— Não.

— Você é responsável pela morte dele?

— Não.

— E na noite de seu primeiro encontro? — perguntou Dina, mudando repentinamente de rumo. — Você bebeu vinho no jantar?

— Não.

— Por que não?

— É *haraam* — respondeu Natalie.

Naquela noite, quando voltou ao seu quarto, o volume de poesia de Darwish estava de novo sobre o criado-mudo. Ela iria embora logo, pensou. Era só uma questão de quando.

Essa mesma questão — a questão de quando — foi assunto de um encontro entre Gabriel e Uzi Navot no boulevard Rei Saul naquela mesma noite. Entre eles, enfileiradas sobre a mesa de reunião de Navot, estavam as conclusões por escrito de diversos treinadores, médicos e psiquiatras que cuidavam do caso. Todos declaravam que Natalie Mizrahi estava sã de corpo e mente, e era mais do que capaz de executar a missão para a qual fora recrutada. Nenhum dos relatórios, porém, era tão importante quanto as opiniões do chefe do Escritório e do homem que o sucederia. Ambos eram agentes de campo veteranos que tinham passado boa parte de suas carreiras sob identidades falsas. E eles seriam os únicos a sofrer as consequências se algo desse errado.

— É só a França — disse Navot.

— Sim — falou Gabriel, sombriamente. — Nada nunca acontece na França. Houve um silêncio.

— Bem? — perguntou Navot, enfim.

— Gostaria de testá-la uma última vez.

— Ela já foi testada. E passou em todos os testes com sucesso.

— Vamos tirá-la da zona de conforto.

— Um interrogatório?

— Uma revisão por pares.

— Quão dura vai ser?

— Dura o suficiente para expor quaisquer falhas.

— Quem você quer que conduza?

— O Yaakov.

— O Yaakov *me* assusta.

— Esse é o objetivo, Uzi.

— Quando quer fazer?

Gabriel olhou para o relógio de pulso. Navot esticou a mão para o telefone.

Eles a pegaram uma hora antes do anoitecer, enquanto ela sonhava com os limoeiros de Sumayriyya. Havia três deles — ou eram quatro? Natalie não conseguiu ter certeza; o quarto estava escuro e seus captores estavam vestidos de preto. Colocaram um capuz na cabeça dela, amarraram suas mãos com fita vedante e a empurraram pelas escadas. Lá fora, a grama do jardim estava úmida embaixo de seus pés descalços, e o ar estava frio e pesado com os aromas da terra e dos animais. Eles a empurraram para o banco traseiro de um carro. Um sentou-se à sua esquerda e outro, à sua direita, de modo que ela ficou presa pelos quadris e ombros. Assustada, chamou o nome de Gabriel, mas não recebeu resposta. Dina também não respondeu a seu grito de socorro.

— Aonde vocês estão me levando? — ela perguntou, para sua surpresa falando com eles em árabe.

Como a maioria dos médicos, ela tinha um bom relógio interno. O percurso, um rali de alta velocidade nauseante, durou entre vinte e cinco e trinta minutos. Ninguém falou uma palavra com ela, nem quando ela disse, em árabe, que estava prestes a vomitar. Finalmente, o carro brecou. Novamente, ela foi empurrada, desta vez por um caminho de terra. O ar estava doce com aroma de pinho e mais frio que no vale, e ela conseguia ver um pouco de luz vazando pelo tecido de seu capuz. Passou por uma soleira e entrou em uma espécie de estrutura onde a forçaram a se sentar em uma cadeira. As mãos dela foram colocadas sobre uma mesa. Luzes a esquentavam.

Ela se sentou em silêncio, tremendo de leve. Sentiu uma presença para além das luminárias. Por fim, uma voz masculina falou, em árabe:

— Remova o capuz.

Tiraram-no com um floreio, como se ela fosse um objeto premiado a ser revelado a uma plateia. Ela piscou várias vezes, acostumando-se com a luz dura. Então, seus olhos pararam no homem sentado do lado oposto da mesa. Ele estava vestido inteiramente de preto, e um *keffiyeh* preto cobria seu rosto por completo, com exceção dos olhos, que também eram pretos. A figura à direta dele estava vestida de forma idêntica, bem como aquela à esquerda.

— Diga-me seu nome — exigiu a figura em frente a ela, em árabe.

— Meu nome é Leila Hadawi.

— Não o nome que os sionistas lhe deram! — gritou ele. — Seu nome verdadeiro. Seu nome judeu.

— Esse é meu nome verdadeiro. Eu sou Leila Hadawi. Cresci na França, mas sou de Sumayriyya.

Mas ele não estava acreditando em nada daquilo — nem no nome dela, nem na etnia declarada, nem na religião, nem na história de infância na França, pelo menos não em tudo. Ele estava em posse de um arquivo que disse ter sido preparado pelo departamento de segurança de sua organização, embora não tenha dito exatamente qual organização era aquela, só que seus membros imitavam os seguidores originais de Maomé, que a paz esteja com ele. O arquivo supostamente provava que o nome verdadeiro dela era Natalie Mizrahi, que ela era obviamente judia, que era uma agente do serviço secreto de inteligência de Israel treinada em uma fazenda no vale de Jezreel. Ela garantiu a ele que nunca tinha pisado, nem *nunca* pisaria em Israel — e que o único treinamento que já tinha recebido fora na Université Paris-Sud, onde estudara Medicina.

— Mentiras — disse o homem de preto.

Isso não deixava opção, completou ele, a não ser começar tudo de novo. Sob seu inflexível interrogatório, a noção de tempo de Natalie a abandonou. Até onde ela era capaz de saber, já podia ter se passado uma semana desde que seu sono fora interrompido. A cabeça dela doía por falta de cafeína, as luzes fortes eram intoleráveis. Ainda assim, as respostas fluíam sem esforço, como a água descendo pelo morro. Ela não estava lembrando algo que tinha aprendido, estava lembrando algo que *sabia*. Não era mais Natalie. Era Leila. A Leila de Sumayriyya. A Leila que amava Ziad. A Leila que queria vingança.

Finalmente, o homem do outro lado da mesa fechou seu arquivo. Ele olhou para a figura à sua direita, depois para a outra à sua esquerda. Então, desamarrou o lenço da cabeça para revelar seu rosto. Era o homem de rosto esburacado. Os outros dois também removeram os *keffiyehs*. O da esquerda era o homem de rosto misterioso e cabelos finos. O da direita era o de pele pálida e sem sangue e olhos glaciais. Todos os três estavam sorrindo, mas Natalie de repente começou a chorar. Gabriel se aproximou dela suavemente por trás e colocou uma mão no ombro que balançava.

— Está tudo bem, Leila — disse ele, em voz baixa. — Já acabou.

Mas não tinha acabado, ela pensou. Só estava começando.

Há, em Tel Aviv e em seus subúrbios, uma série de apartamentos seguros do Escritório, conhecidos como locais de passagem. São pontos onde, por doutrina e tradição, os agentes passam sua última noite antes de ir de Israel para missões no exterior. Três dias depois do interrogatório-teste de Natalie, ela foi de carro com Dina até um apartamento de luxo com vista para o mar em Tel Aviv. Suas novas roupas, todas compradas na França, estavam cuidadosamente dobradas em cima da cama. Ao lado, havia um passaporte francês, uma carta de motorista francesa, cartões de crédito franceses, cartões de banco e vários diplomas e certificados médicos em nome de Leila Hadawi. Havia também diversas fotos do apartamento em que ela moraria em Aubervilliers, *banlieue* de imigrantes em Paris.

— Eu esperava um apartamentinho aconchegante na Margem Esquerda.

— Entendo. Mas, quando se está pescando — disse Dina —, é melhor ir aonde os peixes estão.

Natalie só fez um pedido: queria passar a noite com sua mãe e seu pai. O pedido foi negado. Muito tempo e esforço tinham sido gastos transformando-a em Leila Hadawi. Expô-la, ainda que brevemente, à sua vida anterior era considerado arriscado demais. Um agente de campo mais experiente era capaz de passear livremente pela fina membrana que separava sua vida real e a vida que ele levava a serviço do país. Mas recrutas recém-treinados como Natalie muitas vezes eram flores frágeis que murchavam quando expostas diretamente à luz do sol.

Então, ela passou aquela noite, sua última em Israel, tendo como única companheira a mulher melancólica que a arrancara do conforto de sua antiga vida. Para se ocupar, fez e desfez a mala três vezes. Então, depois de um *delivery* de carneiro e arroz, ligou a televisão e assistiu um episódio de uma novela egípcia à qual tinha se afeiçoado em Nahalal. Depois disso, sentou-se na varanda para observar os pedestres, ciclistas e skatistas passando pela calçada no vento frio da noite. Era uma visão impressionante, o sonho dos primeiros sionistas realizado, mas Natalie olhou os judeus alegres lá embaixo com o olhar de ressentimento de Leila. Eram ocupantes, filhos e netos de colonialistas que tinham roubado a terra de um povo mais fraco. Tinham de ser derrotados, expulsos, como haviam expulsado os ancestrais de Leila de Sumayriyya em uma noite de maio de 1948.

A raiva foi com ela para cama. Se dormiu naquela noite, ela não se lembrava, e na manhã seguinte, estava com os olhos turvos e à flor da pele. Vestiu-se com as roupas de Leila e cobriu o cabelo com o hijab verde-esmeralda favorito de Leila. Lá embaixo, um táxi esperava. Não um táxi de verdade, mas um táxi do Escritório dirigido por um dos agentes que costumavam segui-la nas ruas de Nahalal. Ele a levou diretamente para o Aeroporto Ben Gurion, onde ela foi revistada minuciosamente e questionada longamente antes de receber permissão para seguir para o portão. Leila não se ofendeu com o tratamento. Como muçulmana que usava véu, estava acostumada a receber atenção especial dos funcionários de seguranças.

Dentro do terminal, ela caminhou até o portão sem dar atenção aos olhares hostis dos viajantes israelenses e, quando a chamada para o voo foi anunciada, entrou comportadamente na fila até o avião. O passageiro sentado ao seu lado era o homem pálido e, do outro lado do corredor, estavam o interrogador de rosto esburacado e seu cúmplice de cabelos finos. Nenhum deles ousou olhar para a mulher velada que viajava sozinha. De repente, ela se sentiu exausta. Disse à comissária, discretamente, que não desejava ser incomodada. Então, com Israel desaparecendo embaixo dela, fechou os olhos e sonhou com Sumayriyya.

AUBERVILLIERS, FRANÇA

ez dias depois, a Clínica Jacques Chirac foi inaugurada com pouco alarde na *banlieue* de Aubervilliers, no norte de Paris. O ministro da Saúde foi à cerimônia, bem como um jogador de futebol popular da Costa do Marfim, que cortou uma faixa azul, branca e vermelha ao som abafado pela chuva de aplausos de vários ativistas da comunidade reunidos para a ocasião. Uma emissora de televisão francesa exibiu uma pequena matéria sobre a abertura no principal jornal da noite. *Le Monde*, em um editorial curto, disse que era um começo promissor.

O objetivo da clínica era melhorar a vida daqueles que residiam em um subúrbio tumultuoso com altas taxas de criminalidade e desemprego e escassez de serviços públicos. Oficialmente, o Ministério da Saúde supervisionaria as operações da clínica no dia a dia, mas, na realidade, tratava-se de uma empreitada conjunta do Ministério e do Grupo Alphade Paul Rousseau. O gerente da clínica, um homem chamado Roland Girard, era agente do Grupo Alpha, bem como a bela recepcionista. As seis enfermeiras e dois dos três médicos, porém, não sabiam nada da dupla função da clínica. Todos eram contratados do sistema de saúde do governo francês e tinham sido escolhidos para o projeto após rigorosa checagem. Ninguém conhecia a dra. Leila Hadawi, nem tinham feito faculdade de Medicina com ela ou trabalhado nos mesmos lugares antes. A clínica ficava na avenue Victor Hugo, entre uma lavanderia vinte e quatro horas e um *tabac* frequentado por membros de uma gangue de traficantes marroquinos da região. Plátanos faziam sombra na calçada em frente à modesta entrada da clínica, acima da qual havia três outros andares no bonito prédio antigo com fachada marrom e janelas com persiana. Mas, para trás da avenida, erguiam-se as gigantes lajes cinza das *cités*, as propriedades de habitação popular que abrigavam os pobres e os estrangeiros, principalmente aqueles vindos da África e de antigas colônias francesas do Magrebe. Era a parte da França onde raramente poetas e cronistas de viagem se aventuravam; a França do crime, do ressentimento imigrante e, cada vez mais, do islã radical. Metade dos residentes da *banlieue* nascera fora do país, três quartos dos jovens. Alienados, marginalizados, estavam só aguardando para ser recrutados pelo ISIS.

No primeiro dia de funcionamento da clínica, ela foi objeto de alguma curiosidade, ainda que cética. Mas, na manhã seguinte, já estava recebendo um fluxo contínuo de pacientes. Muitos estavam indo para a primeira consulta depois de muito tempo. E alguns, especialmente os recém-chegados do interior do Marrocos e da Argélia, estavam indo ao médico pela primeira vez na vida. Não era surpreendente que se sentissem mais confortáveis com a *médecine généraliste* que usava roupas discretas e um hijab e falava com eles em seu idioma nativo.

Ela cuidou de gargantas inflamadas, e tosses crônicas, e dores variadas, e doenças que eles tinham trazido do terceiro mundo para o primeiro. E disse a uma mãe de 44 anos que a origem de suas fortes dores de cabeça era um tumor no cérebro, e a um homem de 60 que uma vida como fumante resultara em um caso de câncer de pulmão intratável. E dos que estavam doentes demais para ir à clínica, ela cuidava nos apartamentos apertados nas habitações populares. Nas escadas com cheiro de mijo e nos imundos pátios onde o lixo voava em pequenos tufões de vento, os garotos e jovens de Aubervilliers a olhavam com desconfiança. Nas raras ocasiões em que se dirigiam a ela, era com formalidade e respeito. As mulheres e adolescentes, porém, tinham a liberdade social de examiná-la o quanto desejassem. As habitações populares nada mais eram que vilas árabes cheias de fofoca e sexualmente segregadas, e a dra. Leila Hadawi era algo novo e interessante. Queriam saber de onde ela era, sobre sua família e seus estudos de Medicina. Estavam, principalmente, curiosas para saber por que, na avançada idade de 34 anos, ela não era casada. Quando perguntavam isso, ela dava um sorriso melancólico que deixava a impressão de amor não correspondido — ou, talvez, de um amor perdido para a violência e o caos do Oriente Médio moderno.

Ao contrário dos outros membros da equipe, ela realmente morava na comunidade que atendia, não nas fábricas de crime que eram as habitações populares, mas em um apartamentinho confortável em um *quartier* da região onde a população era composta por trabalhadores e pessoas nascidas ali. Havia um café charmoso do outro lado da rua, onde, quando não estava na clínica, ela frequentemente era vista bebendo café em uma mesa na calçada — nunca vinho nem cerveja, pois vinho e cerveja eram *haraam*. O hijab obviamente ofendia seus concidadãos; ela ouvia no tom de um comentário de um garçom e via nos olhares hostis dos passantes. Ela era a outra, uma estranha. Isso alimentava seu ressentimento em relação à sua terra natal e servia como combustível para sua raiva silenciosa. Pois a dra. Leila Hadawi, funcionária do serviço médico nacional, não era a mulher que parecia ser. Tinha sido radicalizada pelas guerras no Iraque e na Síria e pela ocupação da Palestina pelos judeus. Tinha sido radicalizada também pela morte de Ziad al-Masri, seu único amor, nas mãos da Mukhabarat jordaniana. Era uma viúva negra, uma bomba-relógio. Não confessava isso a ninguém, só a seu computador. Era seu confidente.

Ela tinha recebido uma lista de sites durante seus últimos dias na fazenda em Nahalal, uma fazenda que, por mais que tentasse, já não conseguia conjurar exatamente. Alguns dos sites estavam na internet normal; outros, nos esgotos obscuros da rede. Todos falavam de assuntos ligados ao islã e ao jihadismo. Ela lia blogs, entrava em chats para mulheres muçulmanas, ouvia sermões de pregadores extremistas e via vídeos que ninguém, fiel ou infiel, jamais devia ver. Atentados, decapitações, carbonizações, crucificações: um dia sangrento na vida do ISIS. Leila não achava as imagens censuráveis, mas várias delas levavam Natalie, que estava acostumada a ver sangue, a correr para o banheiro e vomitar violentamente. Ela usava um aplicativo roteador muito popular com jihadistas, permitindo-lhe passear pelo califado virtual sem ser detectada. Referia-se a si mesma como Umm Ziad. Era seu pseudônimo, seu nome de guerra.

Não demorou muito para a dra. Hadawi chamar atenção. Não lhe faltavam pretendentes cibernéticos. Havia a mulher de Hamburgo cujo primo estava na idade de se casar. Havia o clérigo egípcio que a engajou em uma discussão longa sobre apostasia. E havia o editor de um blog especialmente vil que bateu na porta virtual dela enquanto ela assistia à decapitação de um cristão capturado. O blogueiro era recrutador do ISIS e pediu que ela viajasse à Síria para ajudar a construir o califado.

ADORARIA, digitou Leila, MAS MEU TRABALHO É AQUI NA FRANÇA. ESTOU CUIDANDO DE NOSSOS IRMÃOS E IRMÃS NA TERRA DOS KUFFAR. MEUS PACIENTES PRECISAM DE MIM.

VOCÊ É MÉDICA?

SIM.

PRECISAMOS DE MÉDICOS NO CALIFADO. DE MULHERES TAMBÉM.

A conversa a deixou elétrica, com os dedos formigando e a visão embaçada, algo parecido com o primeiro rubor do desejo. Ela não a reportou; não havia necessidade. Estavam monitorando seu computador e seu telefone. Estavam monitorando-a também. Ela os via às vezes nas ruas de Aubervilliers — o durão de rosto esburacado que conduzira seu último interrogatório na terra dos judeus, o homem com o rosto evasivo, o homem com os olhos invernais. Ela os ignorava, como tinha sido treinada a fazer, e continuava sua vida. Cuidava de seus pacientes, fofocava com as mulheres das habitações populares, desviava os olhos devotamente na presença de meninos e jovens adultos e, à noite, sozinha em seu apartamento, perambulava pelos cômodos da Casa do Islã extremista, escondida atrás de seu software de proteção e seu pseudônimo vago. Era uma viúva negra, uma bomba-relógio.

Aproximadamente trinta quilômetros separavam a *banlieue* de Aubervilliers da vila de Seraincourt, mas eram mundos diferentes. Não havia mercados *halal* nem mesquitas em Seraincourt, nada de blocos de apartamento gigantes cheios de imigrantes de terras hostis, e o francês era o único idioma que se ouvia em suas ruas estreitas ou na *brasserie* ao lado da antiga igreja de pedras na praça da cidade. Era uma visão de França idealizada por um estrangeiro, a França de outrora, a França que não existe mais. Logo para além da vila, no vale de um rio, repleto de fazendas bem cuidadas e bosques bem tratados, ficava o Château Treville. Protegido de olhos curiosos por muros de três metros de altura, tinha uma piscina aquecida, duas quadras de tênis de saibro, quatro quartos enfeitados e 12 hectares de jardins, onde, se fosse o caso, era possível perambular com ares de preocupação. A Governança, departamento do Escritório que comprava e mantinha as propriedades seguras, tinha uma relação boa, ainda que inteiramente mentirosa, com o dono do *château*. O acordo — seis meses, com renovação opcional — foi concluído com uma rápida troca de faxes e uma transferência bancária de vários milhares de euros bem disfarçados. A equipe se mudou para lá no mesmo dia em que a dra. Leila Hadawi se acomodou em seu modesto apartamentinho em Aubervilliers. A maioria só ficou o tempo suficiente para deixar suas malas e foi direto para o campo.

Eles tinham operado na França várias vezes antes, até na tranquila Seraincourt, mas nunca com o conhecimento e a aprovação do serviço de segurança francês. Supuseram que a DGSI sempre estivesse os supervisionando e ouvindo todas as suas palavras, e se comportavam tendo isso em mente. Dentro do *château*, falavam uma forma concisa do hebraico coloquial do Escritório que estava para além do alcance de meros tradutores. E, nas ruas de Aubervilliers, onde vigiavam Natalie atentamente, faziam o melhor para não contar os segredos de família a seus aliados franceses, que também a observavam. Rousseau adquiriu um apartamento diretamente em frente ao de Natalie, onde equipes rotativas de agentes, uma israelense, outra francesa, mantinham presença constante. No começo, o clima no apartamento era frio. Mas, gradualmente, conforme as duas equipes se conheceram melhor, o humor melhorou. Para o bem ou para o mal, estavam lutando juntos agora. Todos os pecados do passado estavam perdoados. Civilidade era a nova ordem do dia.

O único membro da equipe que nunca pisava no posto de observação nem nas ruas de Aubervilliers era seu fundador e guia. Seus movimentos eram imprevisíveis — Paris em um dia, Bruxelas ou Londres em outro, Amã quando precisava consultar Fareed Barakat, Jerusalém quando necessitava do toque de sua mulher e de seus filhos. Sempre que chegava ao Château Treville, ficava até tarde acordado com Eli Lavon, seu amigo mais antigo no mundo, seu irmão de guerra na Operação Ira de Deus, e esquadrinhava os relatórios procurando sinais de problema. Natalie era sua obra-prima. Ele a recrutara, treinara e pendurara em uma galeria de insanidade religiosa para os monstros verem. O período de exibição estava quase acabando. Depois, viria a venda. O leilão seria manipulado, pois Gabriel não tinha intenção alguma de vendê-la para qualquer um que não fosse Saladin.

E foi assim que, exatamente dois meses após a abertura da Clínica Jacques Chirac, Gabriel se encontrou no escritório de Paul Rousseau na rue de Grenelle. A primeira fase da operação, declarou Gabriel, abanando para longe outra onda de fumaça de cachimbo, chegara ao fim. Era hora de colocar o informante no jogo. Segundo as regras do acordo operacional franco-israelense, a decisão de prosseguir deveria ser conjunta — mas o informante era de Gabriel e, portanto, a decisão também era dele. Ele passou aquela noite no esconderijo secreto de Seraincourt em companhia de sua equipe e, pela manhã, com Mikhail a seu lado e Eli Lavon na retaguarda, embarcou em um trem na Gare du Nord em direção a Bruxelas. Rousseau não tentou segui-los. Essa era a parte da operação sobre a qual ele não queria saber. Essa era a parte em que as coisas ficariam brutas.

24

RUE DU LOMBARD, BRUXELAS

Durante uma de suas muitas visitas à sede do DGI em Amã, Gabriel se apossara de vários HDs portáteis. Neles estava o conteúdo do notebook de Jalal Nasser, baixado durante suas repetidas visitas à Jordânia ou durante batidas secretas em seu apartamento em Bethnal Green, no Leste de Londres. O DGI não encontrara nada suspeito — nenhum jihadista conhecido nos contatos, nenhuma visita a sites jihadistas no histórico do navegador —, mas Fareed Barakat concordou em deixar o Escritório olhar mais uma vez. Os ciberdetetives do boulevard Rei Saul demoraram menos de uma hora para encontrar um sagaz alçapão disfarçado dentro de um aplicativo de jogos de aparência inócua. Ele levava a um porão altamente criptografado cheio de nomes, telefones, e-mails e fotografias, incluindo várias do Centro Weinberg, em Paris. Havia até uma foto de Hannah Weinberg saindo de seu apartamento na rue Pavée. Gabriel deu a notícia a Fareed de forma gentil, para não machucar o enorme ego de seu parceiro.

— Às vezes — disse Gabriel —, é bom ter os olhos descansados.

— Ou ter um judeu inteligente com PhD pela Caltech — respondeu Fareed.

— Também.

Entre os nomes que apareciam mais vezes nesse tesouro escondido estava o de Nabil Awad, nascido na cidade jordaniana de Irbid, atualmente morando no bairro de Molenbeek, em Bruxelas. Separado do elegante centro da cidade por um canal industrial, Molenbeek já fora ocupada por valões católico-romanos e flamengos protestantes que trabalharam nas muitas fábricas e armazéns do bairro. As fábricas estavam no passado, bem como os habitantes originais de Molenbeek, que agora era uma vila muçulmana de cem mil pessoas, onde o chamado à oração ecoava cinco vezes por dia de 22 mesquitas diferentes. Nabil Awad morava na rue Ransfort, uma rua estreita ladeada pelas varandas de casas de tijolos do século XIX caindo aos pedaços que tinham sido divididas em blocos superlotados. Ele trabalhava meio-período em uma copiadora em Bruxelas central, mas, como muitos jovens que moravam em Molenbeek, sua principal ocupação era o islã radical. Entre os profissionais de segurança, Molenbeek era conhecida como capital jihadista da Europa.

O bairro não era lugar para um homem com os gostos refinados de Fareed Barakat. Aliás, o hotel de 60 euros a noite na rue Lombard, onde ele se encontrou com Gabriel, também não era. Fareed tinha se vestido mais discretamente para a ocasião — um blazer italiano, calças cinza-claro, uma camisa com abotoaduras francesas, sem gravata. Depois de entrar no quartinho apertado no terceiro andar do hotel, ele contemplou a chaleira elétrica como se nunca tivesse posto os olhos em tal apetrecho. Gabriel a encheu de água na torneira do banheiro e se juntou a Fareed na janela. Diretamente em frente ao hotel, no térreo de um prédio de escritórios de sete andares, ficava a XTC Impressão e Cópias.

— A que horas ele chegou? — perguntou o jordaniano.

— Pontualmente às dez.

— Um funcionário-modelo.

— É o que parece.

Os olhos escuros do jordaniano varreram a rua como um falcão procurando uma presa.

— Nem se dê ao trabalho, Fareed. Você não vai achá-los.

— Posso tentar?

— Fique à vontade.

— A van azul, os dois homens no carro estacionado no fim do quarteirão, a garota sentada sozinha à janela do café.

— Errado, errado e errado.

— Quem são os dois homens no carro?

— Estão esperando o amigo deles sair da farmácia.

— Ou talvez sejam do serviço de segurança belga.

— Nossa última preocupação é a Sûreté. Infelizmente — completou Gabriel, sombriamente —, a dos terroristas que moram em Molenbeek também.

— Nem me diga — murmurou Fareed. — Eles produzem mais terroristas aqui na Bélgica do que nós.

— E olha que isso não é pouca coisa.

— Sabe — disse Fareed —, não teríamos esse problema se não fosse por vocês, israelenses. Vocês subverteram a ordem natural das coisas no Oriente Médio, e agora todos estamos pagando por isso.

Gabriel olhou para a rua:

— Talvez não tenha sido uma boa ideia, afinal — disse, tranquilamente.

— Você e eu trabalharmos juntos?

Gabriel assentiu.

— Você precisa de amigos onde conseguir encontrá-los, *habibi*. Você tem é muita sorte.

A água ferveu e a chaleira desligou com um estalo.

— Será que você se incomodaria? — pediu o jordaniano. — Infelizmente, sou terrível na cozinha.

— Claro, Fareed. Eu não tenho nada melhor para fazer mesmo.

— Com açúcar, por favor. Muito açúcar.

Gabriel despejou água em uma caneca, jogou um saquinho de chá velho dentro e adicionou três pacotes de açúcar. O jordaniano assoprou furtivamente antes de levar a caneca aos lábios.

— Como está?

— Um manjar dos deuses — Fareed começou a acender um cigarro, mas parou quando Gabriel apontou para uma placa de "proibido fumar". — Não dava para ter reservado um quarto de fumantes?

— Estavam esgotados.

Fareed guardou o cigarro de volta em seu estojo de ouro e o estojo no bolso do blazer.

— Talvez você tenha razão — disse, franzindo o cenho. — Talvez não tenha sido uma boa ideia, afinal.

Eles o viram às onze horas da manhã saindo da loja para comprar quatro cafés para a viagem e dar aos seus colegas, e de novo à uma da tarde, quando ele fez uma pausa para o almoço em um café na esquina. Finalmente, às seis, o viram sair da loja pela última vez, seguido pela alma de aparência mais dócil de toda a Bruxelas e por um casal — um homem alto vestindo *tweed* e uma mulher de quadris largos — que não conseguia tirar as mãos um do outro. Ele ainda não sabia, mas sua vida como ele conhecia estava prestes a acabar. Logo, pensou Gabriel, ele só existiria no ciberespaço. Seria uma pessoa virtual, uns e zeros, poeira digital. Mas só se conseguissem pegá-lo de forma limpa; sem o conhecimento de seus companheiros da polícia belga, sem deixar rastros. Não seria uma tarefa fácil em uma cidade como Bruxelas, uma cidade de ruas irregulares e população densa. Mas, como dissera o grande Ari Shamron certa vez, nada que vale a pena fazer é fácil.

Seis pontes atravessam o largo canal industrial que faz separação entre o centro de Bruxelas e Molenbeek. Cruzar qualquer uma delas é sair do Ocidente e entrar no mundo islâmico. Como sempre, Nabil Awad atravessou por uma ponte para pedestres grafitada sobre a qual poucos belgas nativos ousavam pôr os pés. No lado de Molenbeek, estacionada ao lado de um cais feio, estava uma van surrada, outrora branca, com uma porta lateral deslizante. Nabil Awad pareceu não notá-la; ele só tinha olhos para o homem magro, não árabe, andando à beira do canal de águas cor de sopa de ervilhas. Era raro ver um rosto ocidental em Molenbeek à noite, e ainda mais raro que o dono desse rosto não tivesse um ou dois amigos como proteção.

Nabil Awad, sempre vigilante, parou ao lado da van para deixar o homem passar, e esse foi o erro. Pois, naquele instante, a porta lateral bem lubrificada deslizou para abrir e dois pares de mãos treinadas o puxaram para dentro. O homem com o rosto não árabe entrou no banco do passageiro da frente; a van se afastou lentamente do meio-fio. Enquanto atravessava a vila muçulmana conhecida como Molenbeek, passando por homens de sandália e mulheres de véu, por mercados *halal* e barracas de pizza turca, o homem no banco traseiro, agora vendado e amarrado, lutava por sua vida, uma vida que tinha acabado da forma como ele conhecia.

Às seis e meia daquela tarde, dois homens de meia-idade, um árabe vestido elegantemente, com rosto de águia, o outro de aparência vagamente judia, foram embora do hotel na rue Lombard e entraram em um carro que pareceu se materializar do nada. A equipe de governança do hotel entrou no quarto poucos minutos depois, esperando o desastre de sempre depois de uma breve estada de dois homens de aparência suspeita. Em vez disso, encontraram tudo em perfeita ordem, exceto por duas xícaras sujas no parapeito, uma manchada de chá, a outra cheia de bitucas de cigarro, uma clara violação das regras do hotel. A gerência ficou furiosa, mas não surpresa. Era Bruxelas, afinal, a capital do crime da Europa Ocidental. Adicionaram cem euros à conta pela limpeza adicional e, para se vingarem, incluíram uma gorda cobrança de serviço de quarto por comidas e bebidas nunca pedidas. A gerência tinha certeza de que não haveria reclamações.

NORTE DA FRANÇA

A participação de Paul Rousseau no que se seguiu limitou-se à aquisição de uma propriedade segura perto da fronteira belga, cujo custo ele enterrou nas profundezas de seu orçamento operacional. Avisou a Gabriel e Fareed Barakat para evitarem usar em seu prisioneiro qualquer tática que pudesse ser remotamente interpretada como tortura. Mesmo assim, Rousseau estava voando perigosamente perto do sol. Não havia cláusula na lei francesa que permitisse a captura extrajudicial de um residente belga em território belga, ainda que esse residente belga fosse suspeito de envolvimento em um ato de terrorismo cometido na França. Se a operação se tornasse pública, o resultado do escândalo certamente seria a demissão de Rousseau. Era um risco que ele estava disposto a correr. Considerava seus pares da Sûreté belga tolos incompetentes que tinham permitido a criação de um refúgio do ISIS no coração da Europa. Em várias ocasiões, a Sûreté falhara na transmissão de informações vitais relacionadas às ameaças contra alvos franceses. Rousseau considerava estar apenas devolvendo o favor.

A propriedade segura era uma pequena casa de campo isolada perto de Lille. Nabil Awad não sabia disso, pois tinha passado a viagem vendado por um capuz e ensurdecido por tampões de ouvido. A sala de jantar apertada tinha sido preparada para sua chegada — uma mesa de metal, duas cadeiras, uma luminária com uma lâmpada clara como o sol, nada mais. Mikhail e Yaakov prenderam Nabil Awad com fita vedante a uma das cadeiras e, a um sinal de Fareed Barakat, um aceno quase imperceptível de sua cabeça régia, tiraram o capuz. Instantaneamente, o jovem jordaniano se encolheu de medo do temível Mukhabarat sentado ao lado oposto da mesa. Para alguém como Nabil Awad, um jordaniano de família modesta, era o pior lugar do mundo para estar. Era o fim da linha. O silêncio que se seguiu durou vários minutos e enervou até Gabriel, que estava assistindo do canto escuro do cômodo, com Eli Lavon ao seu lado. Os jordanianos tinham isso, pensou Gabriel. Não precisavam torturar; sua reputação os precedia. Era o que lhes permitia se acharem superiores ao serviço similar no Egito. A versão egípcia do Mukhabarat pendurava seus prisioneiros em ganchos antes de se dar ao trabalho de dizer oi.

Com outro pequeno aceno, Fareed instruiu Mikhail a colocar o capuz de volta na cabeça do prisioneiro. Os jordanianos, sabia Gabriel, eram grandes defensores da privação sensorial. Um homem privado da capacidade de ver e ouvir fica desorientado muito rapidamente, às vezes dentro de minutos. Ele fica ansioso e deprimido, ouve vozes e tem alucinações. Logo, passa a sofrer de uma espécie de loucura. Com um sussurro, pode ser convencido de quase qualquer coisa. Sua carne está derretendo nos ossos. Ele não tem um braço. Seu pai, há muito morto, está sentado ao seu lado, assistindo à sua humilhação. E tudo isso pode ser conseguido sem surras, sem eletricidade, sem água. Só é preciso um pouco de tempo.

Mas o tempo, pensou Gabriel, não estava exatamente do lado deles. Nabil Awad estava, naquele momento, em outra ponte, uma ponte que separava sua antiga vida da outra que ele logo estaria vivendo nas mãos de Fareed Barakat. Tinha de cruzar aquela ponte rapidamente, sem o conhecimento dos outros membros da rede. Senão, esta fase da operação — a fase que tinha o potencial de solapar tudo o que viera antes — seria uma colossal perda de tempo, esforço e recursos valiosos. No momento, Gabriel estava reduzido ao papel de espectador. Sua operação estava nas mãos de seu antigo inimigo.

Finalmente, Fareed falou, uma pergunta breve, enunciada em um grave de barítono que pareceu estremecer até as paredes da pequena sala de jantar francesa. Não havia ameaça na voz, pois não era necessário. Ela dizia que ele era poderoso, privilegiado e endinheirado. Dizia que ele era parente de Sua Majestade e, portanto, descendente do profeta Maomé, que a paz esteja com ele. Dizia que *você*, Nabil Awad, não é nada. Que, se eu decidir tirar sua vida, o farei num piscar de olhos. E depois, vou desfrutar de uma bela xícara de chá.

— Quem é ele? — foi a pergunta que Fareed fez.

— Quem? — veio a voz fraca e derrotada de trás do capuz.

— Saladin — respondeu Fareed.

— Ele recapturou Jerusalém dos...

— Não, não — interrompeu Fareed —, não *esse* Saladin. Estou falando do Saladin que ordenou que você atacasse o alvo judeu em Paris e o mercado em Amsterdã.

— Não tive nada a ver com esses ataques! Nada! Eu juro.

— Não foi o que Jalal me disse.

— Quem é Jalal?

— Jalal Nasser, seu amigo de Londres.

— Não conheço ninguém com esse nome.

— Claro que conhece, *habibi*. Jalal já me disse tudo. Disse que você fez o planejamento operacional tanto de Paris quanto de Amsterdã. Disse que você é o tenente de confiança de Saladin na Europa Ocidental.

— Não é verdade!

— Qual parte?

— Não conheço ninguém chamado Jalal Nasser e não faço planejamento operacional. Trabalho em uma loja de impressões. Não sou ninguém. Por favor, tem que acreditar em mim.

— Tem certeza, *habibi*? — perguntou Fareed com suavidade, como se estivesse decepcionado. — Tem certeza de que essa é sua resposta?

De trás do capuz veio apenas silêncio. Com um olhar, Fareed instruiu Mikhail e Yaakov a levarem o prisioneiro. Gabriel, de seu posto no canto da sala, assistiu a seus dois oficiais de confiança obedecerem ao comando de Fareed. No momento, a operação era do jordaniano. Gabriel era apenas um observador.

Um cômodo tinha sido preparado no porão. Era pequeno, frio, úmido e cheirava a mofo. Mikhail e Yaakov algemaram Nabil Awad ao catre e trancaram a porta à prova de som. Uma lâmpada no teto, protegida por uma gaiola de metal, brilhava forte. Não fazia diferença; o sol tinha se posto para Nabil Awad. Com o capuz opaco blindando seus olhos, ele vivia em um mundo de noite permanente.

Não levou muito para a escuridão e o silêncio e o medo abrirem um buraco no cérebro de Nabil Awad. Fareed monitorava a transmissão da câmera posicionada dentro da cela improvisada. Estava procurando os sinais reveladores —inquietação, movimentos de contorção, sobressaltos repentinos — do início da agonia emocional e da confusão mental. Tinha pessoalmente conduzido inúmeros interrogatórios nos sombrios porões da sede do DGI, e sabia quando fazer perguntas e quando deixar a escuridão e o silêncio fazerem seu trabalho por ele. Alguns dos terroristas interrogados por Fareed tinham se recusado a dobrar-se, mesmo sob interrogatórios brutais, mas ele julgava que Nabil Awad era mais frágil. Havia um motivo para ele estar na Europa e não bombardeando e matando e cortando cabeças no califado. Awad não era um jihadista combatente; mas só uma peça na engrenagem. E era precisamente disso que precisavam.

Depois de duas horas, Fareed pediu que o prisioneiro fosse trazido do porão. Fez três perguntas. Qual foi exatamente seu papel nos ataques em Paris e Amsterdã? Como você se comunica com Jalal Nasser? Quem é Saladin? Novamente, o jovem jordaniano alegou não saber nada sobre terrorismo, Jalal Nasser ou o misterioso homem que chamavam de Saladin. Era um súdito jordaniano leal. Não acreditava no terrorismo nem no jihad. Não ia à mesquita com frequência. Gostava de garotas, fumava cigarros e consumia álcool. Trabalhava em uma copiadora. Era um nada.

— Tem certeza, *habibi*? — perguntou Fareed, antes de devolver Nabil Awad a sua cela. — Tem certeza de que essa é sua resposta?

Assim seguiram por toda a noite, a cada duas horas, às vezes quinze minutos antes, às vezes depois, para que Nabil Awad não pudesse estabelecer um relógio interno e, assim, se preparar para o massacre silencioso de Fareed. A cada aparição, o jovem jordaniano estava mais arisco, mais desorientado. A cada vez, Fareed fazia as mesmas três perguntas. Qual foi exatamente seu papel nos ataques em Paris e Amsterdã? Como você se comunica com Jalal Nasser? Quem é Saladin? As respostas nunca variavam. Ele não era nada. Não era ninguém. E, durante todo o tempo, o celular do jihadista apitava e acendia com o fluxo de meia dúzia de aplicativos de mensagens e redes sociais diferentes. O telefone estava nas hábeis mãos de Mordecai, um especialista em tudo de eletrônica que peneirava sistematicamente a memória do aparelho em busca de conteúdo valioso. Duas equipes, uma na sede do DGI, a outra no boulevard Rei Saul, analisavam rapidamente a pilha de informações. Juntas, escreviam as respostas que Mordecai enviava daquele próprio telefone, respostas que manteriam Nabil Awad vivo nas mentes de seus amigos, familiares e colegas viajantes do movimento jihadista global. Um passo em falso, uma palavra desgarrada poderiam arruinar toda a operação.

Era uma corda bamba e uma amostra impressionante de cooperação entre os serviços. A guerra global contra o extremismo islâmico realmente criava alianças estranhas, nenhuma mais estranha que a entre Gabriel Allon e Fareed Barakat. Na juventude, tinham estado de lados opostos da grande barreira árabe-israelense, e seus países travaram uma batalha terrível, na qual o lado de Fareed massacrou o máximo possível de judeus e expulsou o resto em direção ao mar. Agora, eram aliados em um novo tipo de guerra, uma guerra contra os que matavam em nome do antigo ancestral de Fareed. Era uma guerra longa, talvez sem fim.

Naquela noite, a guerra estava sendo travada não no Iêmen, no Paquistão ou no Afeganistão, mas em uma casa de campo isolada perto de Lille, perto da fronteira belga. Era lutada em intervalos de duas horas — às vezes duas horas e quinze minutos, às vezes menos — e três perguntas de cada vez. Qual foi exatamente seu papel nos ataques em Paris e Amsterdã? Como você se comunica com Jalal Nasser? Quem é Saladin?

— Tem certeza, *habibi*? Tem certeza de que essa é sua resposta?

— Sim, tenho certeza.

Mas ele não tinha certeza, nem um pouco, e a cada aparição encapuzada perante Fareed, sua confiança se abalava, bem como sua força de vontade em resistir. Pela manhã, estava falando com um companheiro de cela que não existia, e à tarde já não conseguia subir o lance de escadas que partiam do porão. Foi então que Fareed removeu o capuz da cabeça de seu prisioneiro e colocou diante dele uma fotografia de uma mulher velada de rosto redondo. Outras fotos se seguiram — um homem usando um *keffiyeh* branco e preto, um menino de uns 16 anos, uma jovem bonita. Eram eles que pagariam o preço pelas ações de Nabil Awad. Os mais velhos morreriam humilhados, os mais jovens não teriam futuro. Os jordanianos tinham isso também, pensou Gabriel. Eles podiam destruir vidas — não só a vida de um terrorista, mas uma geração de vidas. Ninguém sabia disso melhor que Nabil Awad, que logo começou a soluçar no abraço poderoso de Fareed. O interrogador prometeu que tudo ficaria bem. Mas, primeiro, disse gentilmente, teriam uma conversinha.

26

NORTE DA FRANÇA

Era uma história muito familiar — uma história de desilusão e descontentamento, de necessidades não atendidas, de esperanças financeiras e maritais frustradas, de raiva contra os americanos e os judeus por conta do que percebiam como a crueldade com os muçulmanos. Metade dos jihadistas do mundo poderia ter contado a mesma história; era, pensou Gabriel, um território comum. Sim, havia algumas poucas mentes brilhantes e jovens de boas famílias na alta hierarquia do movimento jihadista global, mas os soldados e as buchas de canhão eram, em sua maioria, perdedores radicais. O islã político era sua salvação, e o ISIS, seu paraíso. O ISIS dava propósito a almas perdidas e prometia uma vida após a morte de eterna cópula para aqueles que morriam pela causa. Era uma mensagem poderosa, para a qual o Ocidente não tinha antídoto.

A versão de Nabil Awad começava em Irbid, onde o pai dele cuidava de uma barraca no mercado central. Nabil era um aluno diligente e, após se formar no ensino médio, foi admitido na University College de Londres. Era 2011, a Síria estava queimando e os muçulmanos britânicos, fervendo. Não mais sob a pressão do Mukhabarat jordaniano, Nabil rapidamente começou a se associar com islamitas e radicais. Ele rezava na mesquita ao leste de Londres e se juntou à filial londrina do Hizb ut-Tahrir, organização islâmica sunita que apoiava a ressurreição do califado muito antes de alguém ter ouvido falar de um grupo chamado ISIS. O Hizb, como era conhecido informalmente, estava ativo em mais de 15 países e contava com mais de um milhão de seguidores. Um deles era um jordaniano de Amã chamado Jalal Nasser, que Nabil Awad conheceu durante uma reunião do Hizb no distrito de Tower Hamlets, também no leste de Londres. Jalal Nasser já tinha cruzado a fronteira — a fronteira entre islamismo e jihadismo, entre política e terror. Em pouco tempo, levou Nabil Awad com ele.

— Quando exatamente você o conheceu? — perguntou Fareed.

— Não lembro.

— É claro que lembra, *habibi*.

— Foi na primavera de 2013.

— Sabia que você conseguiria — disse Fareed, com um sorriso paternal. Ele removera as amarras dos pulsos de Nabil Awad e dera a ele uma xícara de chá açucarado para manter sua energia. Fareed também estava bebendo chá — e fumando, o que Nabil Awad, um salafista, não aprovava. Gabriel já não estava presente; ele assistia a uma transmissão em vídeo do interrogatório em um laptop no cômodo adjacente, junto aos outros membros de sua equipe. Duas outras equipes também estavam monitorando o interrogatório, uma na sede do DGI, a outra no boulevard Rei Saul.

Com um empurrãozinho, Fareed encorajou Nabil Awad a falar mais sobre sua relação com Jalal Nasser, o que ele fez. No começo, disse, Jalal era reservado com seu colega jordaniano; desconfiado. Tinha medo de que fosse um agente do DGI ou do MI5, o serviço de segurança britânico. Mas gradualmente, depois de várias conversas que beiravam interrogatórios, fez uma confidência a Nabil. Disse que tinha sido despachado para a Europa pelo ISIS, para ajudar a construir uma rede capaz de atacar alvos no Ocidente. Disse que queria que Nabil o ajudasse.

— Como? — perguntou Fareed.

— Procurando recrutas.

— Recrutas para o ISIS?

— Para a rede — disse Nabil Awad.

— Em Londres?

— Não. Ele queria que eu me mudasse para a Bélgica.

— Por que a Bélgica?

— Porque o Jalal conseguia dar conta da Inglaterra sozinho, e achava que a Bélgica era um território promissor.

— Por haver ali muitos irmãos?

— Muitos — respondeu Nabil. — Especialmente em Bruxelas.

— Você falava flamengo?

— É claro que não.

— Francês?

— Não.

— Mas aprendeu a falar francês.

— Muito rápido.

— Você é um garoto inteligente, não é, Nabil? Inteligente demais para perder seu tempo com essa merda de jihad. Devia ter terminado seus estudos. As coisas podiam ter sido diferentes para você.

— Na Jordânia? — ele balançou a cabeça. — A não ser que você seja de uma família importante ou ligada ao rei, não tem chance. O que eu ia fazer? Dirigir um táxi? Trabalhar como garçom em um hotel ocidental servindo álcool a infiéis?

— Melhor ser garçom que ser o que você é agora, Nabil.

O jovem jordaniano não disse nada. Fareed abriu uma pasta.

— É uma história interessante — disse ele —, mas receio que Jalal a conte de forma um pouco diferente. Ele diz que *você* se aproximou dele. Diz que foi você que construiu a rede na Europa.

— Não é verdade!

— Mas veja meu problema, *habibi*. Ele me diz uma coisa, você me diz o exato oposto.

— Eu estou dizendo a verdade. Jalal está mentindo!

— Prove.

— Como?

— Conte para mim algo que eu ainda não sei sobre Jalal. Ou, melhor ainda — Fareed completou, quase como se acabasse de pensar naquilo —, me mostre algo em seu telefone ou seu computador.

— Meu computador está no meu quarto em Molenbeek.

Fareed sorriu tristemente e deu um tapinha no dorso da mão do prisioneiro.

— Não está mais, *habibi*.

Desde o início da guerra ao terror, a al-Qaeda e suas crias assassinas tinham se provado incrivelmente capazes de se adaptar. Expulsos de seu santuário afegão original, encontraram novos espaços para operar no Iêmen, no Iraque, na Síria, na Líbia, na península do Sinai no Egito e em um distrito de Bruxelas chamado Molenbeek. Também criaram novos métodos de comunicação para evitar serem detectados pela Agência de Segurança Nacional americana e por outros serviços de espionagem ocidentais. Um dos mais inovadores era um programa de criptografia avançada de 256 bits chamado Mujahedeen Secrets. Uma vez instalado na Bélgica, Nabil Awad o usou para se comunicar com Jalal Nasser. Ele simplesmente escrevia mensagens em seu laptop, criptografava-as usando o Mujahedeen Secrets e as colocava em um pen drive que seria levado em mãos para Londres. As mensagens originais eram picotadas e deletadas por Nabil. Mesmo assim, Mordecai não teve muita dificuldade em encontrar seus restos digitais no HD do laptop. Usando a difícil senha de 14 caracteres de Nabil, ele ressuscitou os arquivos, transformando páginas de letras e números aparentemente aleatórios em textos claros. Um dos documentos falava sobre uma potencial recruta promissora, uma francesa de ascendência argelina chamada Safia Bourihane.

— Foi você que a levou para a rede? — perguntou Fareed, retomando o interrogatório.

— Não — respondeu o jovem jordaniano. — Fui eu que a achei. Jalal cuidou do recrutamento em si.

— Onde você a conheceu?

— Molenbeek.

— O que ela estava fazendo lá?

— Ela tem parentes lá; primos, acho. O namorado dela tinha acabado de ser morto na Síria.

— Ela estava de luto?

— Estava com raiva.

— De quem?

— Dos americanos, é claro, mas principalmente dos franceses. O namorado dela morreu em um ataque aéreo francês.

— Ela queria vingança?

— Muito.

— Você falou diretamente com ela?

— Nunca.

— Onde a viu?

— Em uma festa no apartamento de um amigo.

— Que tipo de festa?

— O tipo que nenhum bom muçulmano deveria frequentar.

— O que você estava fazendo ali?

— Trabalhando.

— E não se importa que seus recrutados bebam álcool?

— A maioria deles bebe. Lembre — completou Nabil Awad —, Zarqawi bebia antes de descobrir a beleza do islã.

— O que aconteceu depois de você enviar a mensagem para Jalal?

— Ele me instruiu a descobrir mais sobre ela. Foi a Aulnay-sous-Bois para observá-la por alguns dias.

— Você tem familiaridade com a França?

— Faz parte do meu território.

— E gostou do que viu?

— Bastante.

— Então enviou uma segunda mensagem criptografada a Jalal — disse Fareed, balançando uma folha impressa.

— Sim.

— Como?

— Por mensageiro.

— Qual o nome do mensageiro?

O jovem jordaniano conseguiu dar um sorriso débil.

— Pergunte a Jalal — disse ele. — Ele pode contar a você.

Fareed segurou uma fotografia da mãe de Nabil Awad usando um véu.

— Qual é o nome do mensageiro?

— Eu não sei o nome dele. Nunca nos encontramos pessoalmente.

— Você usa um sistema de entrega em lugar combinado?

— Sim?

— E como convoca o mensageiro?

— Posto uma mensagem no Twitter.

— O mensageiro monitora sua linha do tempo?

— Obviamente.

— E os locais de entrega?

— Temos quatro.

— Em Bruxelas?

— Ou perto.

— Como o mensageiro sabe em que lugar coletar?

— A localização está contida na mensagem.

No cômodo ao lado, Gabriel assistiu a Fareed colocar um bloco de notas e uma caneta com ponta de feltro diante de Nabil Awad. O jordaniano, acabado, rapidamente pegou a caneta, como um homem que se afoga agarrando uma tábua de salvação jogada em meio a um mar agitado. Escreveu em árabe, rapidamente, sem parar. Escreveu por seus pais e seus irmãos e todos aqueles que levariam o nome Awad. Mas principalmente, pensou Gabriel, escreveu por Fareed Barakat. Este o tinha vencido. Nabil Awad agora pertencia a eles. Eram seus donos.

Quando a tarefa estava completa, Fareed exigiu de seu prisioneiro mais um nome. Era o nome do homem que dirigia a rede, aprovava os alvos, treinava os agentes e fabricava as bombas. O nome do homem que se intitulava Saladin. Nabil Awad alegou, com lágrimas nos olhos, não sabê-lo — e Fareed, talvez porque ele mesmo estivesse ficando cansado, escolheu acreditar nele.

— Mas já ouviu falar dele?

— Sim, claro.

— Ele é jordaniano?

— Duvido.

— Sírio?

— Pode ser.

— Iraquiano.

— Eu diria que sim.

— Por quê?

A VIÚVA NEGRA

— Porque ele é muito profissional. Como você — completou Nabil Awad, rapidamente. — Ele leva a segurança a sério. Não quer ser famoso como o Bin Laden. Só quer matar infiéis. Apenas as pessoas no topo sabem seu nome verdadeiro ou de onde ele é.

Naquele ponto, já era noite. Eles colocaram Nabil Awad encapuzado e amarrado de volta na van outrora branca e o levaram para o Aeroporto Le Bourget, fora de Paris, onde um jato Gulfstream pertencente ao monarca jordaniano esperava. Nabil Awad embarcou no avião sem lutar e, apenas seis horas depois, foi trancado em uma cela bem no fundo da sede do DGI em Amã. No universo paralelo da web, porém, ele ainda era um homem livre. Disse aos amigos, aos seus seguidores nas redes sociais e ao gerente da loja de impressões onde trabalhava que tinha precisado voltar à Jordânia sem aviso porque seu pai caíra doente. O pai não estava disponível para contradizer o relato, pois, como todos os outros membros do clã Awad, estava sob custódia do DGI.

Durante as quarenta e duas horas seguintes, o celular de Nabil Awad foi tomado de mensagens de preocupação. Duas equipes de analistas, uma na sede do DGI e uma no boulevard Rei Saul, varreram cada e-mail, texto e mensagem direta procurando por problemas. Também escreveram e postaram vários *updates* desesperadores no Twitter de Nabil Awad. Parecia que o paciente tinha piorado. Se Deus quisesse, ele se recuperaria, mas, no momento, as coisas não estavam bem.

A olhos não treinados, as palavras que vinham das redes sociais de Nabil Awad pareciam inteiramente apropriadas para o filho mais velho de um homem gravemente doente. Mas a sintaxe e a escolha de palavras peculiares de uma das mensagens significavam, para um leitor, algo bem específico. Significavam que uma lata vazia de cerveja belga tinha sido escondida em um arbusto de tojo próximo de um pequeno pasto não longe do centro de Bruxelas. Dentro da lata, embrulhado em sacos plásticos, estava um pen drive contendo um único documento criptografado. O assunto era uma médica palestina chamada Leila Hadawi.

SERAINCOURT, FRANÇA

E, assim, começou a grande espera — como a chamavam todos aqueles que suportaram o período terrível, cerca de quarenta e duas horas, durante o qual a mensagem criptografada ficou intocada em seu pequeno sarcófago de alumínio, na base de um poste de eletricidade em Kerselaarstraat, no subúrbio de Dilbeek, em Bruxelas. Os atores desse lento drama eram vários. Estavam dispersos de Bethnal Green, no leste de Londres, a uma *banlieue* de imigrantes ao norte de Paris, a um cômodo no coração de um prédio em Amã conhecido como Fábrica de Unhas, onde um jihadista estava sendo mantido vivo ciberneticamente por aparelhos. Havia precedente para o que estavam fazendo; durante a Segunda Guerra Mundial, a inteligência francesa manteve toda uma rede de espiões alemães capturados vivos e operacionais na cabeça de seus controladores do Abwehr, o serviço secreto da Alemanha, enviando a eles informações falsas e fraudulentas. Os israelenses e jordanianos se viam como mantenedores de uma chama sagrada.

O único lugar onde não havia membros da equipe era Dilbeek. Ainda que não estivesse nem a dois quilômetros do centro de Bruxelas, aquele era um subúrbio claramente rural rodeado de pequenas fazendas.

— Em outras palavras — declarou Eli Lavon, que patrulhara o local de entrega na manhã seguinte ao interrogatório de Nabil Awad —, é o pesadelo de um espião.

Um posto de observação fixo estava fora de questão. Também não era possível vigiar o alvo de um carro estacionado ou de um café. Era proibido estacionar naquele trecho da Kerselaastraat, e os únicos cafés ficavam no centro da vila.

A solução foi esconder uma câmera em miniatura no tufo de ervas do lado oposto da rua. Mordecai monitorava sua transmissão altamente criptografada de um quarto de hotel no centro de Bruxelas, e roteava o sinal para uma rede segura, permitindo que outros membros da equipe também assistissem. Logo virou um compromisso, um sucesso de audiência. Em Londres, Tel Aviv, Amã, Paris, oficiais de inteligência profissionais altamente treinados e motivados ficavam imóveis diante de telas de computadores, olhando para um emaranhado de tojo na base de um poste elétrico de concreto. Ocasionalmente, passava por ali um veículo, um ciclista ou um aposentado da vila em uma caminhada matinal; mas durante a maior parte do tempo a imagem parecia uma fotografia, e não uma transmissão ao vivo. Gabriel a monitorava de um centro operacional improvisado no Château Treville, e achava que era a coisa mais feia que já tinha produzido. Chamava aquilo de *Lata ao lado de poste* e se xingava internamente por ter escolhido o ponto de entrega de Dilbeek em vez de uma das outras três opções. Não que elas fossem melhores. Claramente, Jalal não tinha selecionado os locais pela estética.

A espera teve seus momentos mais leves. Havia o pastor belga, uma criatura enorme com porte de lobo que cagava no arbusto todos os dias. E o aposentado caçador de metal que descobriu a lata e, depois de inspecioná-la atentamente, jogou-a de volta onde tinha achado. E a tempestade bíblica de quatro horas que ameaçou arrastar a lata e seu conteúdo, isso sem falar na própria vila. Gabriel ordenou que Mordecai checasse a condição do pen drive, mas Mordecai o convenceu de que não era necessário. Ele o tinha colocado dentro de dois sacos plásticos ziplock, a técnica usual de Nabil Awad. Além disso, argumentou Mordecai, o risco era grande demais. Sempre havia a possibilidade de o mensageiro chegar exatamente no momento da inspeção. Havia também a possibilidade, completou, de que eles não fossem os únicos vigiando o local de entrega.

O alvo da empreitada, Jalal Nasser, diretor das operações europeias, não tinha dado pistas de suas intenções. Era o início do verão, e Jalal estava liberado da extenuante carga de matérias na King's College — um único seminário que tinha algo a ver com o impacto do imperialismo ocidental nas economias do mundo árabe —, ficando livre para se dedicar à vontade ao jihadismo e ao terrorismo. Na aparência, porém, ele estava aproveitando o momento de lazer financiado pelos impostos dos cidadãos. Vadiava pelas manhãs em seu café favorito na Bethnal Green Road, fez compras na Oxford Street, visitou a National Gallery para apreciar a arte proibida, assistiu a um filme de ação americano em um cinema da Leicester Square. Foi até ver um musical — *Jersey Boys*, ainda por cima —, o que deixou as equipes de Londres preocupadas de que ele pudesse estar planejando bombardear a produção. Não viram evidência de que ele estivesse sob vigilância britânica, mas, na Londres orwelliana, as aparências podiam enganar. O MI5 não precisava contar somente com os observadores para vigiar terroristas suspeitos. Os olhos das câmeras de segurança nunca piscavam.

Seu apartamento de solteiro na Chilton Street tinha sido invadido, revistado e comprometido de todas as formas possíveis. Eles o viam comer, dormir, rezar, e olhavam silenciosamente sobre seus ombros com o silêncio de crianças curiosas enquanto ele trabalhava noite adentro em seu computador. Ele tinha não um laptop só, mas dois — um conectado à internet e um idêntico sem link nenhum com o universo cibernético, ou era o que ele achava. Se estava se comunicando com elementos da rede de Saladin, não era algo imediatamente perceptível. Jalal Nasser podia ser um terrorista jihadista comprometido, mas online era um habitante exemplar da Grã-Bretanha e súdito leal do Reino Hachemita da Jordânia.

Mas será que ele sabia do pen drive que estava na base de um poste elétrico em um subúrbio pastoral de Bruxelas chamado Dilbeek? E será que sabia que o homem que supostamente o colocara lá agora estava na Jordânia cuidando de um pai gravemente doente? E será que achava que essa confluência de acontecimentos — a entrega do pen drive e a repentina viagem de um tenente de confiança — coincidência demais? Gabriel tinha certeza que sim. E a prova, declarou, era que o mensageiro não tinha limpado o local de entrega. O humor de Gabriel piorava a cada hora. Ele perambulou por cada cômodo do Château Treville, caminhou pelos passeios do jardim, examinou os relatórios de observação. Principalmente, olhou para a tela do computador, para a imagem de um poste de concreto se erguendo de um emaranhado de arbusto de tojo, possivelmente a imagem mais horrenda da história de um serviço respeitável.

No fim da tarde do terceiro dia, o dilúvio que inundara Dilbeek assolou as *banlieues* ao norte de Paris. Eli Lavon ficou preso nas ruas de Aubervilliers e, quando voltou ao Château Treville, podia ser confundido com um lunático que decidira nadar totalmente vestido. Gabriel estava de pé diante de um computador, como se paralisado. Seus olhos verdes, porém, brilhavam incandescentes.

— E então? — perguntou Lavon.

Gabriel esticou a mão, apertou algumas teclas no teclado e clicou no ícone *play* na tela. Alguns segundos depois, um motociclista apareceu da direita para a esquerda, em um borrão preto.

— Você sabe quantos motociclistas passaram por esse ponto hoje? — perguntou Lavon.

— Trinta e oito — respondeu Gabriel. — Mas só um fez isto.

Ele repassou o vídeo em câmera lenta e clicou no ícone de pausa. No instante em que a imagem congelou, o visor do capacete do motociclista estava apontado diretamente para a base do poste de eletricidade.

— Talvez algo o tenha distraído — disse Lavon.

— Tipo o quê?

— Uma lata de cerveja com um pen drive dentro.

Gabriel sorriu pela primeira vez em três dias. Batucou algumas teclas do computador e a imagem ao vivo reapareceu na tela. *Lata ao lado de poste*, pensou. De repente, era a coisa mais linda que ele já tinha visto.

Eles o viram pela segunda vez às sete da noite e de novo às oito e meia, com o pôr do sol escurecendo a imagem como uma pintura sendo lentamente devorada pelas gorduras da tela e pelo verniz amarelado. Nas duas ocasiões, ele passou pela tela da esquerda para a direita. E em ambas, quando examinadas em câmera lenta, a cabeça dele virou quase imperceptivelmente na direção do arbusto de tojo na base do poste de eletricidade de concreto. Quando ele voltou pela terceira vez, já estava escuro há muito tempo e a imagem estava completamente preta. Desta vez, parou e desligou as luzes da moto. Mordecai passou a câmera para o modo infravermelho, e um segundo depois Gabriel e Eli Lavon assistiram a uma mancha amarela e vermelha em formato de homem entrar e sair rapidamente do arbusto na beira da Kerselaarstraat.

O pen drive USB era idêntico ao modelo usado por Nabil Awad em comunicações anteriores, com um recurso adicional essencial: sua placa de circuito impresso tinha recebido um mecanismo de rastreamento que permitia que a equipe monitorasse seus movimentos. De Dilbeek foi para o centro de Bruxelas, onde passou a noite descansando em um hotel bastante bom. Então, pela manhã, embarcou no Eurostar das oito e cinquenta e dois na estação de Bruxelles Midi e, às dez, estava andando por uma plataforma na estação St. Pancras International, em Londres. Yaakov Rossman conseguiu tirar uma foto do mensageiro cruzando o salão de desembarque. Ele, mais tarde, seria identificado como um cidadão egípcio que morava em uma rua transversal da Edgware Road e trabalhava como assistente de produção para a rede de televisão Al Jazeera.

O pen drive fez a viagem para o leste de Londres a pé e, ao meio-dia, mudou de mãos com admirável discrição na calçada da Brick Lane. Poucos minutos depois, no apartamento de solteiro no número 36, foi inserido em um computador sem conexão com a internet, ou era o que seu dono achava. Nesse ponto, começou uma nova espera, a espera pela ida de Jalal Nasser, o homem de Saladin na Europa, a Paris, para conhecer sua nova garota.

PARIS

Natalie o notou conscientemente pela primeira vez no sábado, às duas e meia da tarde, enquanto cruzava os Jardins de Luxemburgo. Naquele instante, percebeu que o vira várias vezes antes, incluindo na tarde anterior, no café em frente a seu apartamento em Aubervilliers. Protegido por um guarda-sol Pernod, ele bicava uma taça de vinho branco, fingia concentração num livro em brochura e a observava sem reservas. Ela tinha tomado as atenções dele por desejo e ido embora do café antes do esperado. Em retrospecto, suspeitava que suas ações tivessem deixado uma impressão positiva.

Mas foi só naquele perfeito sábado ensolarado que Natalie teve certeza de estar sendo seguida pelo homem. Ela pretendera tirar o dia todo de folga do trabalho, mas uma epidemia de faringite nas *cités* a obrigara a passar a manhã na clínica. Saíra ao meio-dia e tomara o RER até o centro da cidade. E, enquanto fingia olhar as vitrines da rue Vavin, vira-o do outro lado da rua, fingindo fazer o mesmo. Alguns minutos depois, nas trilhas de pedestres dos Jardins de Luxemburgo, empregou outra das técnicas que aprendera na fazenda em Nahalal — uma parada brusca, uma virada, uma reconstituição de seus passos. E lá estava ele de novo. Ela passou por ele desviando os olhos. Mesmo assim, sentia o peso do olhar dele em seu rosto. Alguns passos atrás, vestido como um poeta revolucionário de meia-idade, estava o observador de rosto indistinto do Escritório e, atrás dele, dois vigias franceses. Natalie rapidamente voltou para a rue Vavin e entrou em uma loja que tinha visitado alguns minutos antes. Imediatamente, o telefone dela tocou.

— Esqueceu que vamos tomar um café hoje?

Natalie reconheceu a voz.

— Claro que não — respondeu rapidamente. — Só estou uns minutos atrasada. Onde você está?

— No Café de Flore. Fica na...

— Eu sei onde fica — interrompeu com um ímpeto de superioridade francesa. — Já estou indo.

A ligação foi cortada. Natalie jogou o telefone na bolsa e saiu para a rua. Seu perseguidor não estava lá, mas, na calçada oposta, permanecia um dos homens franceses. Ele a seguiu pela região dos jardins até o boulevard Saint-German, onde Dina Sarid acenava para ela de uma mesa na calçada de um dos cafés mais famosos de Paris. Usava um véu de cor clara e um par de óculos escuros largos de estrela de cinema.

— Mesmo toda "produzida" — disse Natalie em voz baixa enquanto beijava a bochecha de Dina — você ainda parece uma judia asquenaze de hijab.

— O *maître* não concorda. Tive sorte de conseguir uma mesa.

Natalie colocou um guardanapo sobre seu colo.

— Acho que estou sendo seguida.

— E está.

— Quando iam me dizer?

Dina só sorriu.

— É ele que a gente quer?

— Totalmente.

— Como quer que eu aja?

— Se faça de difícil. E lembre — completou Dina —, nada de beijar no primeiro encontro.

Natalie abriu o cardápio e suspirou.

— Preciso de um drinque.

AUBERVILLIERS, FRANÇA

eila? É você? Sou Jalal. Jalal Nasser, de Londres. Lembra-se de mim? Nos conhecemos há algumas semanas. Posso me juntar a você? Eu ia mesmo tomar um café.

Ele falou tudo isso em um arroubo de árabe jordaniano clássico, em pé ao lado da mesa de sempre de Natalie no café em frente a seu apartamento. Era o fim da manhã seguinte, um domingo, o ar estava frio e suave, o sol solto em um céu sem nuvens. O trânsito na rua estava leve; consequentemente, Natalie o vira caminhando pela calçada de longe. Passando pela mesa dela, ele parara abruptamente — como Natalie tinha feito no Jardim de Luxemburgo — e se virara como se tivessem batido em seu ombro. Aproximara-se dela lentamente e se posicionara de modo que o sol em suas costas e sua longa sombra caíssem sobre o jornal aberto de Natalie. Olhando para cima, ela cobriu os olhos e o examinou friamente, como se pela primeira vez. Seu cabelo era muito encaracolado e bem penteado, a mandíbula era quadrada e forte, o sorriso era contido, mas afetuoso. As mulheres o achavam atraente, e ele sabia disso.

— Você está bloqueando a luz — disse ela.

Ele segurou as costas de uma cadeira vazia.

— Posso?

Antes que Natalie pudesse protestar, ele puxou a cadeira da mesa e se acomodou com ares de proprietário. E ali estava, pensou ela. Toda a preparação, todo o treinamento — e agora ele se sentava diante dela, aquele que queriam, aquele que a colocaria nas mãos de Saladin. De um golpe ela percebeu que seu coração batia forte como um sino de aço. Seu desconforto deve ter ficado aparente, pois ele colocou uma mão na manga de sua blusa de seda discreta. Sob o olhar de reprovação dela, recolheu-a rapidamente.

— Me perdoe. Não quero que fique nervosa.

A VIÚVA NEGRA

Mas ela não estava nervosa, disse a si mesma. E por que estaria? Estava em seu café de sempre em frente a seu apartamento. Ela era um membro respeitado da comunidade, uma curadora que cuidava dos residentes das *cités* e falava com eles em sua língua nativa, ainda que com um distinto sotaque palestino. Era a dra. Leila Hadawi, formada na Université Paris-Sud, totalmente qualificada e autorizada para praticar medicina pelo governo da França. Era a Leila de Sumayriyya, a Leila que amava Ziad. E a bela criatura que acabara de interromper seu café de domingo de manhã, que ousara tocar a barra de sua manga, não significava nada.

— Desculpe — disse ela, dobrando o jornal distraidamente —, mas não gravei seu nome.

— Jalal — repetiu ele. — Jalal Nasser.

— Jalal, de Londres?

— Sim.

— E, segundo você, nos conhecemos antes?

— Brevemente.

— Isso explicaria por que não me lembro de você.

— Pode ser.

— E onde exatamente nos conhecemos?

— Foi na Place de le République, dois meses atrás. Ou, talvez, três. Teve uma manifestação contra...

— Eu lembro — ela apertou os olhos pensativamente. — Mas não me lembro de você.

— Nos falamos depois. Eu disse que admirava sua paixão e seu comprometimento com a questão da Palestina. Disse que queria discutir isso mais a fundo com você. Escrevi meus contatos no verso de um panfleto e dei a você.

— Se você diz — fingindo tédio, ela olhou para a rua. — Você usa essa abordagem cansativa com todas as mulheres que vê sentadas sozinhas em cafés?

— Está me acusando de inventar essa história toda?

— Talvez esteja.

— E como eu saberia que você estava na manifestação na Place de la République se eu não estivesse lá?

— Ainda não descobri essa parte.

— Eu sei que você estava lá — disse ele — porque eu também estava lá.

— É o que você diz.

Ele chamou o garçom e pediu um *café crème*. Natalie virou a cabeça e sorriu.

— O que é tão engraçado?

— Seu francês é abominável.

— Eu moro em Londres.

— Sim — disse ela —, já combinamos isso.

— Estudo na King's College — explicou ele.

— Você não é um pouco velho demais para ser estudante?

— Meu pai diz a mesma coisa.

— Seu pai parece um homem sábio. Ele mora em Londres também?

— Em Amã — ele ficou em silêncio enquanto o garçom colocava um café diante dele. Depois, casualmente, perguntou: — Sua mãe é da Jordânia, não é?

Dessa vez, o silêncio foi de Leila. Era o silêncio da suspeita, o silêncio de uma exilada.

— Como você sabe que minha mãe é da Jordânia? — perguntou, enfim.

— Você me disse.

— Quando?

— Depois da manifestação, claro. Você me disse que a família de sua mãe morava em Nablus. Disse que fugiram para a Jordânia e foram forçados a morar no campo de refugiados de Zarqa. Eu conheço esse campo, aliás. Tenho muitos amigos desse campo. Costumava rezar na mesquita de lá. Você conhece a mesquita do campo de Zarqa?

— Você está falando da Mesquita al-Falah?

— Sim, essa mesma.

— Conheço bem — disse ela. — Mas tenho bastante certeza de que nunca mencionei nada disso a você.

— E como eu poderia saber sobre sua mãe se você não tivesse me dito?

De novo, ela ficou em silêncio.

— Você também me falou de seu pai.

— Impossível.

Ele ignorou o protesto.

— Ele não era de Jenin como a sua mãe. Era da Galileia Ocidental — ele pausou. E então completou: — De Sumayriyya.

A expressão dela ficou sombria e ela fez uma série de pequenos gestos aos quais os interrogadores se referem como ações de distanciamento. Ajustou o hijab, batucou com a unha na borda da xícara de café, olhou nervosamente ao redor da rua silenciosa de domingo — para qualquer lugar que não o rosto do homem sentado do outro lado da mesa, o homem que a colocaria nas mãos de Saladin.

— Eu não sei quem você é — disse ela, por fim —, mas nunca lhe disse nada sobre meus pais. Na verdade, tenho certeza de que nunca o vi até agora.

— Nunca?

— Não.

— Então como eu sei essas coisas sobre você?

— Talvez seja da DGSI.

— Eu? Da inteligência francesa? Meu francês é terrível. Você mesma disse isso.

— Então, talvez você seja americano. Ou israelense — adicionou ela.

— Você é paranoica.

— É porque sou palestina. E, se você não me disser quem é de verdade e o que quer, vou embora. E há uma boa chance de eu achar o *gendarme* mais próximo e contar para ele sobre o estranho que sabe coisas sobre mim que não deveria saber.

— Nunca é uma boa ideia um muçulmano se envolver com a polícia francesa, Leila. Vão acabar abrindo um arquivo secreto sobre você. E, se fizerem isso, vão ficar sabendo de coisas que podem se provar prejudiciais para alguém na sua posição.

Sem dizer nada, ela colocou uma nota de 5 euros ao lado do café e começou a se levantar, mas novamente ele colocou a mão no braço dela — não levemente, mas com firmeza chocante. E o tempo todo estava sorrindo para despistar os imigrantes e franceses nativos que passavam à luz suave do sul.

— Quem é você? — murmurou ela através de dentes cerrados.

— Meu nome é Jalal Nasser.

— Já nos conhecemos antes?

— Não.

— Você mentiu para mim.

— Foi necessário.

— Por que está aqui?

— Me pediram para vir.

— Quem?

— Você, é claro.

Ele relaxou a mão que segurava o braço dela.

— Não fique nervosa, Leila — disse, calmamente. — Não vou machucá-la. Estou aqui só para ajudar. Vou dar-lhe a chance que você estava esperando. Vou realizar seus sonhos.

O posto de observação de Paul Rousseau ficava diretamente acima do café, e o ângulo fechado para baixo da câmera de vigilância fazia Natalie e Jalal parecerem personagens de um filme francês *avant-garde*. A cobertura de áudio era fornecida pelo celular de Natalie, o que queria dizer que, quando assistiam ao vivo, havia um atraso enlouquecedor de dois segundos no áudio. Mas depois, no esconderijo secreto de Seraincourt, Mordecai produziu uma versão editada do encontro, na qual som e imagem estavam sincronizados. Com Eli Lavon ao seu lado, Gabriel assistiu a essa versão três vezes do começo ao fim. Depois, ajustou a marcação de tempo para 11:17:38 e clicou no ícone *play*.

— *Por que está aqui?*

— *Me pediram para vir.*

— *Quem?*

— *Você, é claro.*

Gabriel clicou para pausar.

— Performance impressionante — disse Eli Lavon.

— Dele ou dela?

— Dos dois, na verdade.

Gabriel deu *play*.

— *Vou dar-lhe a chance que você estava esperando. Vou realizar seus sonhos.*

— *Quem contou para você sobre esses meus sonhos?*

— *Meu amigo Nabil. Talvez você se lembre dele.*

— *Muito bem.*

— *Nabil me contou sobre a conversa que tiveram após a manifestação na Place de la République.*

— *Por que ele faria isso?*

— *Porque Nabil e eu trabalhamos para a mesma organização?*

— *Que organização?*

— *Não tenho autorização para dizer. Não aqui. Não agora.*

Gabriel clicou para pausar e olhou para Lavon.

— Por que *não* aqui? — perguntou ele. — Por que *não* agora?

— Você não achou mesmo que ele ia entregar o jogo no café, achou?

Gabriel franziu o cenho e apertou *play*.

— *Talvez possamos nos encontrar em algum lugar mais reservado para conversar mais.*

— *Talvez.*

— *Você está livre hoje à noite?*

— *Talvez esteja.*

— *Conhece La Courneuve?*

— *É claro.*

— *Consegue ir até lá?*

— *Não é longe. Posso ir a pé.*

— *Há um prédio grande na avenue Leclerc.*

— *Sei qual é.*

— *Esteja em frente à farmácia às nove. Não traga seu celular nem nada eletrônico. E vista roupas para o frio.*

Gabriel pausou a gravação.

— Parece que eles vão passear de moto.

— Brilhante — comentou Lavon.

— Jalal ou eu?

Houve um silêncio entre eles. Foi Lavon quem finalmente o quebrou.

— Com o que você está preocupado?

— Estou preocupado que ele vá levá-la até um local afastado, interrogá-la brutalmente e depois cortar a cabeça dela. Fora isso, com nada.

Outro silêncio, mais longo que o primeiro.

— O que vai fazer? — perguntou Lavon, finalmente.

Gabriel olhou fixamente para a tela do computador, uma mão no queixo, a cabeça inclinada levemente para o lado. Então, sem uma palavra, esticou a mão, reiniciou a marcação de tempo e deu *play*.

— *Leila? É você? Sou Jalal. Jalal Nasser, de Londres.*

30

LA COURNEUVE, FRANÇA

O céu claro, naquela noite, já era uma agradável lembrança. Um vento frio e úmido agitava o hijab de Natalie enquanto ela caminhava pela avenue Leclerc, e, acima de sua cabeça, uma colcha de nuvens grossas escondia a lua e as estrelas. O tempo ruim era mais típico das *banlieues* do norte — um truque dos ventos prevalentes na direção do sudoeste lhes dava um clima distintamente mais soturno que o do centro de Paris. Era só mais uma parte do ar distópico de miséria que pairava sobre as enormes torres de concreto das *cités*. Um dos maiores prédios de habitação popular de toda a região agora se erguia na frente de Natalie, duas lajes enormes de estilo brutalista, uma alta e retangular, como uma pilha gigante de cartas, a outra mais baixa e comprida, como se para dar equilíbrio arquitetônico. Entre as duas estruturas havia uma ampla esplanada com muitas árvores jovens de folhagem verde. Um bando de mulheres veladas, algumas usando véus faciais inteiriços, conversavam em voz baixa em árabe enquanto, a poucos passos dali, um quarteto de meninos adolescentes passava abertamente um baseado, sabendo que era muito improvável haver uma patrulha da polícia francesa. Natalie passou pelas mulheres, respondeu ao cumprimento de paz delas e se dirigiu à fileira de lojas na base da torre. Um mercado, um salão de beleza, um pequeno restaurante de comida para viagem, um oculista, uma farmácia — todas as necessidades da vida atendidas em uma só localização conveniente. Era este o objetivo dos planejadores centrais: criar utopias autossuficientes para as classes trabalhadoras. Poucas residentes das *banlieues* se aventuravam no centro de Paris, a não ser que tivessem a sorte de ter empregos ali. Mesmo assim, brincavam que o percurso curto, dez minutos no RER, exigia passaporte e atestado de vacinação.

Natalie foi até a entrada da farmácia. Em frente, havia um par de bancos de concreto modulares, nos quais estavam sentados vários africanos com vestes esvoaçantes tradicionais. Ela imaginava que era um pouco antes das nove, mas não podia ter certeza; como lhe fora instruído, tinha vindo sem aparelhos eletrônicos — nem mesmo seu relógio de pulso movido a bateria. Um dos africanos, um homem alto e magro com pele negra como ébano, ofereceu seu lugar a Natalie, mas, com apenas um sorriso educado, ela indicou que preferia ficar em pé. Observou o tráfego de fim de tarde passando pela avenida, as mulheres escondidas tagarelando em voz baixa em árabe e os agora adolescentes chapados, que, por sua vez, a olhavam com malícia, como se pudessem ver a verdade embaixo de seu véu. Ela respirou fundo para desacelerar as batidas de seu coração. Estou na França, disse a si mesma. Nada vai me acontecer aqui.

Vários minutos se passaram, tempo suficiente para Natalie se perguntar se Jalal Nasser tinha decidido abortar o encontro. Atrás dela, a porta da farmácia se abriu e de lá saiu um francês que poderia ser confundido com um norte-africano. Natalie o reconheceu; era um de seus vigias do serviço de segurança francês. Ele passou por ela sem uma palavra e entrou no banco traseiro de um Renault amassado. Aproximando-se do carro por trás estava uma motocicleta preta, grande o suficiente para acomodar dois passageiros. Parou do lado de fora da farmácia, a alguns passos de onde Natalie estava. O motorista levantou o visor do capacete e sorriu.

— Você está atrasado — disse Natalie, irritada.

— Na verdade — disse Jalal Nasser —, você estava adiantada.

— Como você sabe?

— Porque eu a segui.

Ele tirou um segundo capacete do compartimento traseiro. Com desconfiança, Natalie o aceitou. Era algo que não tinha sido explicado durante seu treinamento na fazenda em Nahalal, como usar um capacete sobre um hijab. Colocou-o cuidadosamente, afivelou-o abaixo do queixo e subiu na traseira da moto, que instantaneamente se jogou no tráfego. Enquanto corriam pelos cânions das *cités* como um borrão, Natalie abraçou a cintura de Jalal Nasser e se segurou com medo de morrer. Estou na França, ela reassegurou a si mesma. Nada vai me acontecer aqui. Então, percebeu seu erro. Não estava na França, não mais.

No início daquela tarde, no elegante salão do Château Treville, houvera um intenso debate em relação ao nível de vigilância requerido para o encontro daquela noite. Gabriel, talvez devido à pressão da chefia iminente, queria o máximo possível de olhos em sua agente, tanto humanos quanto eletrônicos. Só Eli Lavon ousou dar uma opinião contrária. Lavon conhecia as possibilidades de vigilância e suas armadilhas. Claramente, argumentou, Jalal Nasser pretendia levar sua potencial recruta para um teste de detecção de vigilância antes de abrir sua alma jihadista a ela. E, se descobrisse que estavam sendo seguidos, a operação estaria arruinada para sempre antes de sair do porto. Também não era possível, disse Lavon, esconder um sinal de rastreamento em Natalie, pois os agentes de tecnologia do ISIS e da al-Qaeda saberiam encontrar.

Foi uma discussão fraterna, mas acirrada. Vozes se levantaram, insultos leves foram trocados e um pedaço de fruta — uma banana, dentre todas as coisas — foi jogado em um momento de frustração, embora, depois, Lavon tenha insistido que a abaixada relâmpago de Gabriel, ainda que impressionante, fora totalmente desnecessária, porque tinha sido só um aviso prévio. Lavon prevaleceu no fim, mesmo que apenas porque Gabriel, em seu coração operacional, sabia que seu velho amigo estava certo. Foi magnânimo na derrota, mas não ficou menos preocupado em mandar sua agente para o encontro totalmente sozinha. Apesar de sua aparência nada ameaçadora, Jalal Nasser era um assassino jihadista implacável e comprometido, que atuara como gerente de projetos em dois ataques terroristas devastadores. E Natalie, apesar de todo o seu treinamento e sua inteligência, era uma judia que por acaso falava árabe muito bem.

E assim, dois minutos depois das nove daquela noite, enquanto Natalie passava a perna por cima da traseira da moto Piaggio de Jalal Nasser, só havia olhos franceses observando, e só à distância. O Renault amassado os seguiu por algum tempo e logo foi substituído por um Citroën. Depois, o Citroën também sumiu, e só as câmeras os vigiaram. Elas os rastrearam em direção ao norte, passando pelos Aeroportos Le Bourget e Charles de Gaulle, e em direção ao leste, através das vilas de Thieux e Juilly. Depois, às vinte e uma horas e vinte minutos, Paul Rousseau ligou a Gabriel para dizer que Natalie tinha desaparecido de seus radares.

Nesse ponto, Gabriel e sua equipe se acomodaram para mais uma longa espera. Mordecai e Oded se envolveram em um jogo competitivo de tênis de mesa; Mikhail e Eli Lavon travaram uma guerra em um tabuleiro de xadrez; Yossi e Rimona assistiram a um filme americano na televisão. Apenas Gabriel e Dina se recusaram a se distrair com atividades triviais. Gabriel andou sozinho pelo jardim escuro, preocupando-se excessivamente, enquanto Dina sentou-se sozinha na sala de operações improvisada, olhando para uma tela de computador preta. Dina estava de luto. Dina teria dado qualquer coisa para estar no lugar de Natalie.

Depois de deixar para trás o último dos subúrbios parisienses, eles andaram por uma hora em meio a terras agrícolas e vilarejos de cartão-postal, aparentemente sem objetivo, propósito nem destino. Ou andaram por duas horas? Natalie não conseguia ter certeza. Sua visão de mundo estava limitada. Havia apenas os ombros quadrados de Jalal e a traseira do capacete de Jalal, e a cintura fina de Jalal, à qual ela se segurava com culpa, pois estava pensando em Ziad, que amava. Por algum tempo, tentou manter em mente seus arredores, notando os nomes das vilas das quais entravam e saíam e os números das estradas pelas quais aceleravam. Por fim, desistiu e virou a cabeça para o céu. Estrelas brilhavam no céu negro; uma lua baixa e luminosa os seguia pela paisagem. Supunha que estava de volta à França.

Finalmente, chegaram à periferia de uma cidade de médio porte. Natalie a conhecia; era Senlis, a antiga cidade dos reis franceses localizada na beira da Floresta de Chantilly. Jalal acelerou pelos becos de paralelepípedos do centro medieval e estacionou em um pequeno pátio. Em dois lados havia muros de pedra de sílex cinza e, no terceiro, escurecido e tapado, um prédio de dois andares que não dava sinais de ser habitado. Em algum lugar um sino de igreja badalou pesadamente, mas, fora isso, a cidade estava assustadoramente silenciosa. Jalal desceu e tirou o capacete. Natalie fez o mesmo.

— Seu hijab também — sussurrou ele, em árabe.

— Por quê?

— Porque aqui não é lugar para pessoas como nós.

Natalie soltou seu hijab e o guardou dentro do capacete. Na escuridão, Jalal a examinou atentamente.

— Alguma coisa errada?

— É que você é...

— Sou o quê?

— Mais bonita do que imaginei — ele trancou os dois capacetes no compartimento traseiro da moto. Então, do bolso do casaco, tirou um objeto mais ou menos do tamanho de um *pager* antigo. — Seguiu minhas instruções sobre telefones e aparelhos eletrônicos?

— É claro.

— E nada de cartões de crédito?

— Nenhum.

— Posso checar?

Ele passou o objeto metodicamente pelo corpo dela — pelos braços e pernas, através dos ombros, seios, quadris, por toda a coluna.

— Fui aprovada?

Sem dizer nada, ele colocou o aparelho de volta no bolso do casaco.

— Seu nome é mesmo Jalal Nasser?

— Isso importa?

— Importa para mim.

— Sim, meu nome é Jalal.

— E sua organização?

— Nosso objetivo é recriar o califado em terras muçulmanas do Oriente Médio e estabelecer o domínio islâmico sobre o resto do mundo.

— Você é do ISIS.

Sem responder, ele se virou e a levou por uma rua vazia, em direção ao som dos sinos da igreja.

— Pegue meu braço — disse ele, em voz bem baixa e calma. — Fale comigo em francês.

— Sobre o quê?

— Qualquer coisa. Não faz diferença.

Ela passou o braço pelo dele e contou sobre seu dia na clínica. Ele assentia ocasionalmente, sempre na hora errada, mas não tentava se dirigir a ela com seu francês horrível. Finalmente, em árabe, perguntou:

— Quem era a mulher com quem você tomou café ontem à tarde?

— Perdão?

— A mulher no Café de Flore, a que usava véu. Quem é ela?

— Há quanto tempo está me observando?

— Responda à minha pergunta, por favor.

— Ela se chama Mona.

— Mona do quê?

— Mona el-Baz. Estudamos Medicina juntas. Ela agora mora em Frankfurt.

— Também é palestina?

— Egípcia, na verdade.

— Ela não me pareceu egípcia.

— Vem de uma família antiga, muito aristocrática.

— Eu gostaria de conhecê-la.

— Por quê?

— Talvez ela possa ser útil à nossa causa.

— Nem se dê ao trabalho. A Mona não pensa como nós.

Ele pareceu chocado com isso.

— E por que você se associaria com uma pessoa assim?

— Por que você frequenta a King's College e mora na terra dos *kuffar*?

A rua os levou a uma praça. As mesas de um pequeno restaurante se espalhavam pelo pavimento e, do lado oposto, erguiam-se as torres góticas e os arcobotantes da Catedral de Senlis.

— E a loja de roupas na rue Vavin? — ele perguntou, acima do repicar dos sinos. — Por que voltou lá?

— Tinha esquecido meu cartão de crédito.

— Estava preocupada?

— Não necessariamente.

— Nervosa?

— Por que estaria?

— Você sabia que eu estava seguindo você?

— Estava?

Ele se distraiu com o som de risadas vindo das mesas do restaurante. Pegou a mão dela e, com os sinos silenciando, atravessaram a praça.

— Você conhece bem o Corão e o Hadith? — perguntou subitamente.

Ela ficou grata pela mudança de assunto, pois sugeria que ele não estava preocupado com sua autenticidade. Consequentemente, não confessou que nunca tinha aberto o Corão antes de ir para uma fazenda no vale de Jezreel. Em vez disso, explicou que seus pais eram seculares e que ela só descobrira a beleza do Corão na universidade.

— Você conhece o Mahdi? — perguntou ele. — Aquele que chamam de Redentor?

— Sim, claro. O Hadith diz que ele aparecerá como um homem comum. "Seu nome será meu nome" — falou ela, citando a passagem em questão — "e o nome de seu pai será o nome de meu pai". Ele será um de nós.

— Muito bom. Continue, por favor.

— O Mahdi governará a Terra até o Dia do Julgamento e livrará o mundo do mal. Não haverá cristãos depois da vinda do Mahdi — ela pausou, e então completou: — Nem judeus.

— Nem Israel.

— *Inshallah* — Natalie se ouviu dizer em voz baixa.

— Sim, se Deus quiser — ele parou no centro da praça e olhou com desaprovação para a sombreada fachada sul da antiga catedral. — Em breve, ela parecerá o Coliseu de Roma e o Partenon de Atenas. Nossos guias turísticos muçulmanos explicarão o que acontecia neste lugar. Era aqui o local de culto dos *kuffar*, dirão eles. Era aqui que batizavam suas crianças. Era aqui que seus padres sussurravam os encantamentos mágicos que transformavam pão e vinho no corpo e sangue de Isa, nosso profeta. O fim está próximo, Leila. O relógio está correndo.

— Vocês pretendem destruí-los?

— Não precisaremos. Eles mesmos se destruirão invadindo as terras do califado. Haverá uma batalha final entre os exércitos de Roma e os exércitos do islã na cidade síria de Dabiq. O Hadith nos diz que os estandartes negros virão do Oriente, conduzidos por fortes homens com longos cabelos e barbas, cujos sobrenomes derivam de suas cidades natais. Homens como Zarqawi e Baghdadi — virou-se para olhá-la em silêncio por um momento. Depois, disse: — E você, é claro.

— Não sou soldado. Não posso lutar.

— Não permitimos que nossas mulheres lutem, Leila; pelo menos não nos campos de guerra. Mas isso não quer dizer que você não possa ser um soldado.

Um bando de corvos voou ruidosamente das pilastras da catedral. Natalie observou suas silhuetas negras batendo as asas pelo céu como os estandartes negros dos fortes homens do Oriente. Então, seguiu Jalal por uma porta e entrou no transepto sul. Uma atendente, uma mulher grisalha e emaciada em seus 60 anos, informou-os que a catedral fecharia dentro de dez minutos. Natalie aceitou um folheto e se juntou a Jalal no centro da nave. Os vitrais estavam invisíveis na penumbra. Não havia mais ninguém na catedral, ninguém além da atendente idosa.

— A organização para a qual trabalho — explicou Jalal, seu árabe ecoando suavemente entre os pilares das arcadas — cuida dos assuntos externos pelo Estado Islâmico. Nosso objetivo é atrair a América e seus aliados europeus para uma guerra na Síria por meio de atos calculados de violência. Os ataques em Paris e Amsterdã foram executados por nossa rede. Temos muitos outros ataques planejados, alguns nos próximos dias.

Ele disse tudo isso enquanto olhava a nave da catedral. Natalie deu sua resposta olhando para o pórtico.

— O que isso tem a ver comigo?

— Gostaria que viesse trabalhar para nós.

— Não posso me envolver com algo como Paris ou Amsterdã.

— Não foi o que você disse ao meu amigo Nabil. Você disse ao Nabil que queria que os *kuffar* sentissem o que era ter medo. Disse que queria puni-los por apoiarem Israel — ele se virou e olhou diretamente em seus olhos. — Você disse que queria se vingar deles pelo que aconteceu com Ziad.

— Suponho que Nabil também tenha falado sobre Ziad.

Ele tirou o folheto da mão dela, consultou-o brevemente e então a levou pela nave em direção à fachada oeste.

— Sabe — ele estava dizendo — acho que o encontrei uma vez.

— Verdade? Onde?

— Em uma reunião de alguns irmãos em Amã. Por motivos de segurança, não estávamos usando nossos nomes verdadeiros — ele parou e virou o pescoço em direção ao teto. — Você está com medo. Dá para ver.

— Sim — respondeu ela. — Estou com medo.

— Por quê?

— Porque eu não estava falando sério. Era só conversa.

— Você é uma jihadista de fachada, Leila? Prefere levantar placas e gritar slogans?

— Não. Só nunca imaginei que algo assim pudesse acontecer.

— Isto não é a internet, Leila. Isto é a realidade.

— É disso que tenho medo.

Do outro lado da catedral, a mulher sinalizou que era hora de irem embora. Jalal baixou os olhos do teto para o rosto de Natalie.

— E se eu disser sim? — perguntou ela.

— Precisará viajar ao califado para ser treinada. Vamos cuidar de toda a organização.

— Não posso me ausentar por muito tempo.

— Só precisamos de algumas semanas.

— E se as autoridades descobrirem?

— Confie em mim, Leila, não vão saber de nada. Temos rotas que usamos. Passaportes falsos também. Sua estada na Síria será nosso segredinho.

— E depois?

— Você volta para a França e para seu trabalho na clínica. E espera.

— Pelo quê?

Ele colocou a mão nos ombros dela.

— Sabe, Leila, você tem sorte. Vai fazer algo incrivelmente importante. Tenho inveja de você.

Ela sorriu sem querer.

— Minha amiga Mona me disse a mesma coisa.

— Do que ela estava falando?

— De nada — disse Natalie. — Nada demais.

AUBERVILLIERS, FRANÇA

Naquela noite, Natalie não conseguiu dormir. Ficou deitada na cama por um tempo, decorando cada palavra que Jalal Nasser tinha dito. Depois, lutou com os lençóis enquanto em sua mente corriam pensamentos do que a esperava. Para se distrair, assistiu a um documentário entediante na televisão francesa e, quando isso não funcionou, abriu seu laptop e navegou na internet. Mas não nos sites jihadistas; Jalal lhe tinha avisado para evitar esses. Natalie agora era serva de dois mestres, uma mulher com dois amantes. Quando o sono finalmente chegou, foi Jalal que a visitou em seus sonhos. Ele prendeu um colete suicida ao corpo nu dela e a beijou suavemente. *Você tem sorte*, disse. *Vai fazer algo incrivelmente importante.* Ela acordou grogue, agitada e com uma enxaqueca que nenhuma quantidade de remédio ou de cafeína aliviaria. Um Deus benevolente poderia ter lhe dado um dia tranquilo na clínica, mas um desfile de doenças a manteve correndo de uma sala de exames a outra até as seis da tarde. Quando estava saindo do trabalho, Roland Girard, o diretor administrativo de fachada da clínica, a convidou para tomar um café. Na rua, ele a ajudou a entrar no banco da frente de seu Peugeot sedã e, durante os quarenta e cinco minutos seguintes, não falou uma palavra enquanto seguia por um caminho tortuoso até o centro de Paris. Quando estavam passando pelo Museu de Orsay, o celular dele apitou com uma mensagem. Depois de lê-la, ele atravessou o Sena e foi até a rue de Grenelle, no sétimo *arrondissement*, onde embicou o carro no portão de segurança de um belo prédio de cor creme. Nele estava escrito SOCIÉTÉ INTERNATIONALE POUR LA LITTÉRATURE FRANÇAISE.

— Uma noite de Balzac?

Ele desligou o motor e a levou para dentro. No saguão, ela viu de relance o francês com cara de árabe que tinha encontrado saindo da farmácia em La Courneuve e, na escada, passou por um frequentador do café na rua de seu apartamento. O último andar do prédio parecia um banco depois do expediente. Uma mulher com ar sério estava sentada atrás de uma mesa organizada, enquanto, em um escritório adjacente, um homem com um terno elegante olhava para seu computador como se este fosse uma testemunha que não cooperava. Dois homens esperavam em uma sala de reuniões envidraçada. Um fumava cachimbo e usava um blazer amassado; o outro era Gabriel.

— Leila — disse ele formalmente. — Que bom vê-la de novo. Parece bem. Um pouco cansada, mas bem.

— Foi uma noite longa.

— Para todos nós. Ficamos aliviados quando vimos aquela moto parar em frente ao seu prédio — Gabriel saiu lentamente de trás da mesa. — Imagino que sua reunião com Jalal Nasser ontem à noite tenha ido bem.

— Muito bem.

— Ele tem planos para você?

— Sim, acho que tem.

— Por causa das precauções de segurança dele, não pudemos gravar a conversa. Confio que tenha feito isso por nós — mentalmente, é claro.

— Acho que sim.

— É importante que nos diga tudo o que ele disse ontem, *exatamente* da forma como ele disse. Você consegue, Leila?

Ela assentiu.

— Ótimo — disse Gabriel, sorrindo pela primeira vez. — Por favor, sente-se e comece do início. Quais foram as primeiras palavras que saíram da boca dele quando a encontrou em frente à farmácia? Ele falou durante o percurso? Aonde ele a levou? Qual foi o caminho? Conte-nos tudo que puder. Não há detalhe pequeno demais.

Ela se sentou na cadeira designada, ajustou seu hijab e começou a falar. Depois de um ou dois minutos, Gabriel esticou o braço por cima da mesa e colocou uma mão sobre a dela.

— Fiz alguma coisa errada? — perguntou ela.

— Está indo muito bem, Leila. Mas, por favor, comece de novo desde o início. E,desta vez — completou —, seria útil se falasse francês em vez de árabe.

Foi neste ponto que eles foram confrontados com o primeiro dilema operacional sério — pois, dentro das paredes da antiga Catedral de Senlis, Jalal Nasser, o homem de Saladin na Europa Ocidental, dissera à sua potencial recruta que haveria mais ataques em breve. Paul Rousseau declarou que eram obrigados a informar o ministro sobre os acontecimentos, e talvez até os britânicos. O objetivo da operação, disse, era revelar a rede. Trabalhando com o MI5, poderiam prender Jalal Nasser, interrogá-lo, descobrir seus planos futuros e pegar seus agentes.

— Dar por encerrado? — perguntou Gabriel. — Ótimo trabalho?

— Seria verdade.

— E se Nasser não se dobrar com o interrogatório amigável que vai receber em Londres? E se não revelar os planos nem os nomes dos agentes? E se houver redes e células paralelas, de modo que, se uma cair, as outras sobrevivem? — ele pausou. E depois completou: — E Saladin?

Rousseau concordou com o argumento. Mas, na questão de levar a ameaça ao conhecimento de autoridades superiores — especificamente, seu chefe e seu ministro —,não cedeu. E assim Gabriel Allon, o homem que operara em solo francês impunemente e deixara um rastro de cadáveres de Paris a Marselha, entrou no Ministério do Interior às dez e meia daquela noite, com o chefe do Grupo Alpha ao seu lado. O ministro estava esperando em seu escritório bem decorado junto com o chefe da DGSI e com Alain Lambert, seu *aide-de-camp*, tomador de notas, degustador e faz-tudo. Lambert viera de um jantar; o ministro, da cama. Ele apertou a mão de Gabriel como se tivesse medo de pegar alguma doença. Lambert evitou olhar nos olhos de Gabriel.

— A ameaça de outro ataque é muito séria? — perguntou o ministro quando Rousseau completou seu *briefing*.

— A mais séria possível — respondeu o chefe do Grupo Alpha.

— O próximo ataque será na França?

— Não temos como saber.

— O que vocês *têm* como saber?

— Nossa agente foi recrutada e convidada a viajar à Síria para treinamento.

— *Nossa* agente? — o ministro balançou a cabeça. — Não, Paul, ela não é *nossa* agente. — Apontou para Gabriel e disse: — É agente dele.

Houve silêncio na sala.

— Ela ainda está disposta a continuar? — perguntou o ministro após um momento.

— Está.

— E você, *monsieur* Allon? Ainda está disposto a enviá-la?

— A melhor forma de descobrir o horário e o local do próximo ataque é inserir uma agente diretamente na própria operação.

— Entendo que sua resposta é sim, então?

Gabriel assentiu solenemente. O ministro fez que estava pensando.

— Quão completa é sua vigilância a esse Nasser? — perguntou.

— Física e eletrônica.

— Mas ele usa comunicações criptografadas?

— Correto.

— Então, poderia emitir uma ordem de ataque e ficaríamos completamente no escuro.

— Possivelmente — disse Gabriel cuidadosamente.

— E os britânicos? Não sabem das atividades dele?

— Parece que não.

— Longe de mim lhe dizer como fazer seu trabalho, *monsieur* Allon, mas, se eu tivesse uma agente prestes a ir para a Síria, não ia querer que o homem que vai mandá-la para lá fosse preso pelos britânicos.

Gabriel não discordou do ministro, principalmente porque há algum tempo estava pensando na mesma coisa. E assim, no fim da manhã seguinte, atravessou o canal para informar Graham Seymour, chefe do serviço secreto de inteligência da Grã-Bretanha, o MI6, que o Escritório estivera veladamente observando um alto agente do ISIS que morava em Bethnal Green, no leste de Londres. Seymour ficou previsivelmente chocado, bem como Amanda Wallace, chefe do MI5, que ouviu a mesma confissão uma hora depois, do outro lado do rio, na Thames House. Como punição, Gabriel foi forçado a tornar os serviços britânicos parceiros silenciosos na operação. Agora, pensou, só faltavam os americanos para o desastre ser completo.

A mulher agora conhecida como dra. Leila Hadawi não tinha consciência da guerra interdepartamental acontecendo a seu redor. Cuidava de seus pacientes na clínica, gastava o tempo livre no café em frente a seu apartamento, ocasionalmente se aventurava no centro de Paris para fazer compras ou passear. Já não acessava mais materiais extremistas na internet, pois tinha sido instruída a não fazê-lo. Também não discutia suas crenças políticas com amigos ou colegas. Principalmente, falava sobre suas férias de verão, que planejava passar na Grécia com uma colega dos tempos de universidade. Um pacote contendo seus bilhetes de avião e reservas de hotel chegou três dias antes de sua partida. Um agente de viagem em Londres chamado Farouk Ghazi cuidara das reservas. Dra. Hadawi não pagou nada.

Com a chegada do pacote, Gabriel e o resto da equipe começaram a preparação para a guerra. Cuidaram das próprias acomodações de viagem — na verdade, o boulevard Rei Saul cuidou de tudo para eles — e, na manhã seguinte, cedo, os primeiros agentes estavam indo tranquilamente em direção a seus postos de segurança. Apenas Eli Lavon ficou para trás em Seraincourt, com Gabriel, uma decisão da qual depois se arrependeu porque seu velho amigo estava atormentado de preocupação. Ele observava Natalie como um pai observa um filho doente, procurando sinais de estresse, mudanças de humor e de comportamento. Se ela estava assustada, não demonstrou, nem na última noite, quando Gabriel a levou para o covil de Paul Rousseau na rue de Grenelle para um último *briefing*. Quando deu a ela uma última chance de mudar de ideia, ela apenas sorriu. Então, escreveu uma carta aos pais, para ser entregue em caso de sua morte. O fato de Gabriel não ter se recusado a aceitá-la era revelador. Ele colocou a carta em um envelope selado e guardou o envelope no bolso interno de sua jaqueta, onde permaneceria até o dia em que ela voltasse da Síria.

O ISIS fornecia à maioria dos seus recrutas europeus uma lista detalhada de itens para levarem na viagem. Dra. Leila Hadawi, porém, não era uma recruta comum e, portanto, fez as malas tendo em mente o disfarce — vestidos veranis do tipo usado por europeias promíscuas, biquínis reveladores, lingeries eróticas. Pela manhã, ela se vestiu devotamente, prendeu seu hijab cuidadosamente e levou sua mala pelas ruas silenciosas da *banlieue* de Aubervilliers até a estação de RER. O percurso até o Aeroporto Charles de Gaulle levou dez minutos. Ela passou com tranquilidade pela segurança incomumente pesada e entrou em um jato da Air France com destino a Atenas. Do outro lado do corredor, vestido como se fizesse parte do conselho de uma empresa Fortune 500, estava um homenzinho com rosto elusivo. Sorrindo, Natalie viu pela janela a França desaparecer embaixo de si. Ela não estava sozinha. Ainda não.

Acontece que o dia da partida de Natalie foi particularmente violento no Oriente Médio, até para os padrões sangrentos da região. Houve decapitações e incêndios na Síria, uma série de atentados suicidas em Bagdá, uma invasão talibã em Cabul, uma nova rodada de batalhas no Iêmen, vários esfaqueamentos em Jerusalém e Tel Aviv, e um ataque com metralhadoras e granadas a turistas ocidentais em um hotel litorâneo na Tunísia. Portanto, era compreensível que um pequeno conflito entre militantes islâmicos e a polícia jordaniana passasse quase despercebido. O incidente ocorreu às dez horas e quinze minutos nos arredores de Ramtha, a poucos metros da fronteira síria. Os militantes eram quatro; todos morreram durante o breve tiroteio. Um deles foi mais tarde identificado como Nabil Awad, um cidadão jordaniano de 24 anos que residia no distrito de Molenbeek, em Bruxelas. Em um comunicado divulgado nas mídias sociais, o ISIS confirmou que Awad era um membro de sua organização que tivera um importante papel de apoio aos atentados em Paris e Amsterdã. Declarou-o um mártir e jurou vingar sua morte derramando "rios de sangue". A batalha final, dizia, aconteceria em um local chamado Dabiq.

32

SANTORINI, GRÉCIA

Adra. Leila Hadawi tirou o véu em um banheiro público do Aeroporto Internacional de Atenas dez minutos depois de passar pelo controle de passaportes. Também trocou suas roupas devotas por um par de calças capri, uma blusa regata e um par de sandálias rasteiras de sola dourada que deixavam à mostra suas unhas recém-pintadas. Enquanto esperava a chamada para o próximo voo, dirigiu-se a um bar no aeroporto e bebeu suas primeiras bebidas alcoólicas, duas taças de vinho branco grego ácido, desde seu recrutamento. Ao embarcar em seu próximo voo, o das quinze horas e quinze minutos para Santorini, estava indiferente ao medo. A Síria era um lugar conturbado no mapa. Isis era a esposa de Osíris, cuidador de escravos e pecadores, protetor de Israel.

Leila Hadawi nunca visitara Santorini e, por sinal, a mulher que usava a identidade da médica também não. Seu primeiro relance da ilha, ainda no ar, com seus pontudos picos demoníacos se erguendo à beira de uma caldeira inundada, foi uma revelação. E no aeroporto, quando pisou na pista branqueada, o calor do sol em seus braços descobertos foi como o primeiro beijo de um amante. Ela tomou um táxi para Thera e subiu a pé por uma passarela de pedestres até o Panorama Boutique Hotel. Entrando no *lobby*, viu um inglês alto e bronzeado gritando histericamente com o *concierge* enquanto uma mulher com cabelo cor de arenito e quadris largos olhava envergonhada. Natalie sorriu. Não estava sozinha. Ainda não.

Uma jovem grega estava parada atrás da mesa da recepção. Natalie foi até ela e disse seu nome.

— Você está em um quarto duplo por dez noites — disse a mulher depois de bater em algumas teclas de seu computador. — Segundo nossos registros, há uma outra pessoa com você, a senhorita Shirazi.

— Infelizmente, ela está atrasada.

— Problemas com o voo?

— Uma emergência familiar.

— Nada grave, espero.

— Não muito.

— Passaporte, por favor.

Natalie deslizou seu passaporte francês pelo balcão enquanto Yossi Gavish e Rimona Stern, usando nomes diferentes, sob bandeiras falsas, saíram irritados do *lobby*. Até Natalie agradeceu pelo silêncio repentino.

— Eles não gostaram do quarto — explicou a recepcionista.

— Consegui entender essa parte.

— Mas o seu é ótimo, garanto.

Natalie aceitou a chave e, depois de recusar uma oferta de ajuda com a mala, foi sozinha até o quarto. Havia duas camas de solteiro e uma pequena varanda com vista para a borda da caldeira; nela, um par de brilhantes navios de cruzeiro brancos flutuava como se fossem de brinquedo em um mar perfeitamente liso. Uma última diversão, pensou ela, cortesia da organização terrorista mais rica da história.

Abriu a mala e tirou seus pertences como se estivesse se acomodando para uma estada longa. Quando terminou, o sol estava alguns graus acima do horizonte e inundava o quarto com sua ardente luz laranja. Depois de trancar seu passaporte no cofre do quarto, desceu até o bar do terraço, que estava lotado de outros hóspedes, vindos principalmente das Ilhas Britânicas. Entre eles, claramente de humor melhor, estavam Yossi e Rimona.

Natalie conseguiu uma mesa vazia e pediu para uma garçonete apressada uma taça de vinho branco. Pouco a pouco, o bar se encheu de outros hóspedes, incluindo o homem magrelo com pele pálida e olhos cor de gelo glacial. Tinha esperança de que ele se juntasse a ela, mas, em vez disso, ele se sentou no bar, onde conseguia observar o terraço e fingia flertar com uma garota bonita de Bristol. Natalie conseguiu ouvir a voz dele pela primeira vez e se surpreendeu com o distinto sotaque russo. Dada a população do Israel moderno, ela suspeitava que o sotaque fosse autêntico.

Logo em seguida, o sol caiu atrás dos picos de Therasia. O céu se escureceu, o mar ficou negro. Natalie olhou de relance para o homem que falava com sotaque russo, mas, no momento, ele estava ocupado; então, ela desviou os olhos e fixou-os no vazio. Alguém vai vir, eles tinham dito. Mas, naquele instante, naquele lugar, a única pessoa que Natalie queria era o homem no bar.

Pelos três dias seguintes, dra. Leila Hadawi se comportou como uma turista comum, ainda que solitária. Tomou café da manhã sozinha na sala de refeições do

Panorama, torrou a pele na praia de pedregulhos negros de Perissa, escalou a borda da caldeira, passeou pelos sítios arqueológicos e geológicos da ilha, bebeu vinho ao pôr do sol no terraço. Era uma ilha pequena, então era compreensível que ela encontrasse outros hóspedes do hotel longe do edifício. Passou uma manhã desagradável na praia perto do careca inglês e de sua esposa curvilínea e, enquanto visitava a cidade soterrada de Akrotiri, encontrou o russo pálido, que fez questão de ignorá-la. No dia seguinte, seu quarto dia na ilha, ela viu a garota bonita de Bristol enquanto fazia compras em Thera. Dra. Hadawi estava saindo de uma loja de roupas de praia. A garota bonita estava do lado de fora, na rua estreita.

— Você está hospedada no meu hotel — disse ela.

— Sim, acho que estou.

— Meu nome é Miranda Ward.

Dra. Leila Hadawi estendeu a mão e se apresentou.

— Que nome bonito. Quer tomar um drinque?

— Estava voltando agora para o hotel.

— Não aguento mais as pessoas no nosso bar. Um monte de ingleses! Especialmente aquele cara careca e a mulher rechonchuda dele. Meu Deus, que insuportáveis! Se reclamarem de novo do serviço, vou ter um treco.

— Vamos para outro lugar, então.

— Isso, vamos.

— Aonde?

— Você já foi ao Tango?

— Acho que não.

— É por aqui.

Ela pegou o braço de Natalie como se tivesse medo de perdê-la e a levou pela sombra. Era magra, loira, sardenta e cheirava a bala de cereja e a coco. Suas sandálias batiam nos paralelepípedos como a palma de uma mão batendo no rosto de um infiel.

— Você é francesa — disse ela de repente, em tom acusatório.

— Sou.

— Francesa *francesa*?

— Minha família é da Palestina.

— Entendi. Que pena tudo aquilo.

— O quê?

— Toda a coisa dos refugiados. E aqueles israelenses! Criaturas horríveis.

Dra. Hadawi sorriu, mas não disse nada.

— Você está aqui sozinha? — perguntou Miranda Ward.

— Não era o plano, mas parece que acabou sendo assim.

— O que houve?

— Minha amiga teve que cancelar na última hora.

— O meu também. Ele me largou por outra mulher.

— Seu amigo é um idiota.

— Mas era lindo. Chegamos.

O Tango geralmente só enchia tarde da noite. Elas atravessaram o interior vazio com ar de caverna até o terraço. Natalie pediu uma taça de vinho branco de Santorini; Miranda Ward, um vodca martíni. Tomou um gole pequeno, fez careta e colocou a taça de volta na mesa.

— Não gostou? — perguntou Natalie.

— Na verdade, eu nunca toco em álcool.

— Sério? Então, por que me convidou para tomar um drinque?

— Precisava conversar com você em particular — ela sorriu. — Era eu que você estava esperando, Leila. Sou amiga de Jalal.

Juntas, voltaram ao Panorama e informaram à recepcionista que planejavam uma viagem à Turquia. Não, não precisavam de ajuda para reservar a balsa; alguém já tinha feito isso para elas. Sim, gostariam de manter os quartos; a estadia na Turquia seria breve. Dra. Hadawi voltou ao seu quarto sozinha e fez as malas. Depois, enviou uma mensagem de texto para seu "pai" contando sobre os planos. O pai implorou que ela tivesse cuidado. Um minuto depois, ele enviou uma segunda mensagem.

ESTÁ BEM?

Natalie hesitou e, então, digitou uma resposta.

SOLITÁRIA, MAS BEM.

PRECISA DE COMPANHIA?

Outra hesitação, depois três batidas na tela.

SIM.

Não houve resposta. Natalie desceu para o terraço, esperando ver Miranda Ward, mas não havia sinal dela. O russo alto e pálido estava no lugar de sempre no bar, onde tinha achado uma nova presa. Natalie sentou-se de costas para ele e bebeu o último vinho de que desfrutaria por muitas semanas. Quando terminou, a garçonete trouxe uma segunda taça.

— Não pedi isso.

— É dele — a garçonete olhou na direção do bar. Então, entregou a Natalie um pedaço de papel dobrado ao meio. — Isto é dele também. Parece que é sua noite de azar.

Quando a garçonete foi embora, Natalie leu o bilhete. Sorrindo, bebeu a segunda taça de vinho, guardou o bilhete na bolsa e saiu sem prestar atenção na criatura odiosa no bar. Em seu quarto, ela tomou um banho rápido, pendurou o aviso de não perturbe na maçaneta e apagou as luzes. Então, sentou-se sozinha na escuridão e esperou por uma batida na porta, que veio às vinte e duas horas e vinte minutos. Quando destrancou a porta, ele entrou silencioso como um ladrão.

— Por favor — disse ela, caindo nos braços dele. — Diga a ele que quero ir para casa. Diga que não posso. Diga que estou morrendo de medo.

SANTORINI, GRÉCIA

— Qual é seu nome verdadeiro? — perguntou Natalie.
— A gerência do Panorama Hotel pensa que é Michael Danilov.

— E é?

— Quase — ele estava parado diante da porta que dava para a varanda. Uma lua pálida iluminava seu rosto igualmente pálido. —E você, dra. Hadawi, não tem nada que convidar um homem como eu para o seu quarto.

— Não fiz nada disso, senhor Danilov. Eu disse que precisava de companhia. Eles podiam ter mandado a mulher no seu lugar.

— Considere-se com sorte. A empatia não é o forte dela — a cabeça dele virou alguns graus, e seus olhos encontraram os dela na escuridão. — Todos nós ficamos nervosos antes de uma operação grande, especialmente quem opera em lugares onde não existe embaixada caso as coisas derem errado. Mas confiamos em nossa missão e em nosso planejamento e vamos. É o que fazemos.

— Não sou como vocês.

— Na verdade, você é mais como eu do que imagina.

— Que tipo de trabalho você faz?

— O tipo sobre o qual nunca falamos.

— Você mata pessoas?

— Elimino ameaças à nossa segurança. E, na véspera de uma grande operação, sempre tenho medo de que eu seja o eliminado.

— Mas você vai mesmo assim.

Ele desviou o olhar e mudou de assunto.

— Então, a graciosa senhorita Ward vai levá-la para o outro lado.

— Você não parece surpreso.

— Não estou. Ela lhe deu a rota?

— De Santorini a Kos, de Kos a Bodrum.

— Duas jovens de férias, muito profissional — ele se virou e dirigiu suas próximas palavras para a noite. — Ele deve ter muita consideração por você.

— Quem?

— Saladin.

De trás da porta veio o som de vozes no corredor, ingleses bêbados. Quando o silêncio voltou, ele olhou para o mostrador luminoso de seu relógio de pulso.

— A balsa para Kos sai cedo. Você devia dormir um pouco.

— Dormir? Você não pode estar falando sério.

— É importante. O dia, amanhã, será longo.

Ele fechou as cortinas, mergulhando o quarto na escuridão total, e se dirigiu à porta.

— Por favor, não vá embora — sussurrou Natalie.

— Preciso ir.

— Não quero ficar sozinha.

Depois de um momento, ele entrou suavemente na cama, encostou-se contra a cabeceira e esticou suas longas pernas. Natalie colocou um travesseiro ao lado do quadril dele e apoiou a cabeça ali. Ele a cobriu com um cobertor fino e tirou o cabelo do rosto dela.

— Feche os olhos.

— Estão fechados.

— Não estão, não.

— Você consegue ver no escuro?

— Muito bem, por sinal.

— Tire, pelo menos, os sapatos.

— Prefiro dormir com eles.

— Você não está falando sério.

Com o silêncio, ele mostrou que estava. Ela riu baixo e perguntou de novo o nome dele. Dessa vez, ele respondeu com sinceridade. Seu nome, disse, era Mikhail Abramov.

— Quando você foi para Israel?

— Quando era adolescente.

— Por que sua família saiu da Rússia?

— Pela mesma razão que a sua saiu da França.

— Talvez não sejamos tão diferentes, afinal.

— Foi o que eu disse.

— Você não é casado, é? Eu odiaria pensar que...

— Não sou casado.

— Namora sério?

— Não mais.

— O que houve?

— Não é tão fácil ter um relacionamento neste negócio. Você logo vai descobrir.

— Não tenho nenhuma intenção de ficar no Escritório depois que isso acabar.

— Se você diz...

Ele colocou a mão no centro das costas dela e passou os dedos gentilmente pela coluna.

— Alguém já disse que você é muito bom nisso?

— Feche os olhos.

Ela fechou. Mas não porque estivesse repentinamente sonolenta; o toque dele enviava uma corrente elétrica direto para a barriga dela. Passou um braço pelas coxas dele. Os dedos ficaram imóveis e depois voltaram a explorar as costas dela.

— Será que podemos tomar um drinque quando isto acabar ou não é permitido? — perguntou ela.

— Feche os olhos — foi só o que ele disse.

Os dedos foram alguns centímetros mais para baixo nas costas dela. Ela colocou a palma da mão sobre a coxa dele e apertou suavemente.

— Não — disse ele, e então: — Ainda não.

Ela tirou a mão e colocou-a embaixo do queixo enquanto os dedos dele acariciavam suas costas. O sono a perseguia, e ela o mantinha afastado.

— Diga a ele que não posso ir em frente — falou, sonolenta. — Diga a ele que quero ir para casa.

— Durma, Leila — foi só o que ele disse, em voz baixa, e ela dormiu. E pela manhã, quando acordou, ele tinha ido embora.

As habitações de Thera pareciam cubos de açúcar e ainda estavam cor-de-rosa à luz do nascer do sol quando Natalie e Miranda Ward saíram para a rua silenciosa às sete e quinze. Caminharam até o ponto de táxi mais próximo, cada uma levando uma mala de rodinhas, e contrataram um carro para levá-las pela costa até o terminal de balsas em Athinios. A travessia até Kos, para o leste, demorava quatro horas e meia; elas a passaram no deque banhado de sol e no café do navio. Deixando de lado seu treinamento, Natalie procurava ativamente observadores entre os rostos dos outros passageiros, esperando que Mikhail estivesse entre eles. Não reconheceu ninguém. Parecia que estava sozinha agora.

Em Kos, tiveram de esperar uma hora pela próxima balsa para o porto turco de Bodrum. Era uma jornada mais curta, menos de uma hora, com rigoroso controle de passaporte de ambos os lados. Miranda Ward deu a Natalie um passaporte belga e a instruiu a esconder seu passaporte francês bem no fundo da mala. A fotografia no passaporte belga era de uma mulher de 30 e poucos anos e etnia marroquina. Cabelo preto, olhos pretos; não ideal, mas próximo o suficiente.

— Quem é? — perguntou Natalie.

— É você — respondeu Miranda Ward.

O policial na fronteira grega em Kos também pareceu achar que sim, bem como seu colega turco em Bodrum, que carimbou o passaporte após inspecioná-lo brevemente e, com o semblante fechado, convidou Natalie a entrar na Turquia. Miranda a seguiu alguns segundos depois e, juntas, foram até o estacionamento caótico, onde uma fila de táxis fritava sob o sol escaldante do meio da tarde. Em algum lugar soou uma buzina, e um braço acenou da janela da frente de uma empoeirada Mercedes cor de creme.

Natalie e Miranda Ward colocaram as malas no porta-malas e entraram, Miranda na frente, Natalie atrás. Esta última abriu sua bolsa, tirou seu hijab verde favorito e o prendeu devotamente. A farsa tinha acabado. Ela era Leila de novo. A Leila que amava Ziad. A Leila de Sumayriyya.

Ao contrário do que supunha, Natalie não fizera a travessia de Santorini a Bodrum sozinha. Yaakov Rossman a acompanhara na primeira parte do percurso; Oded, na segunda. Ele tinha até tirado uma foto dela entrando no banco detrás da Mercedes, retrato que enviara ao boulevard Rei Saul e ao esconderijo secreto em Seraincourt.

Minutos depois de sair do terminal, o carro estava indo na direção leste pela estrada D330, observado por um satélite espião israelense Ofek 10. Pouco depois das duas da manhã seguinte, entrou na cidade fronteiriça de Kilis, onde a câmera infravermelha do satélite observou duas figuras, ambas as mulheres, entrando em uma pequena casa. Elas não ficaram ali muito tempo — duas horas e doze minutos, precisamente. Depois, atravessaram a fronteira porosa a pé, acompanhadas de quatro homens, e embarcaram em outro veículo na cidade síria de A'zaz. Ele as levou na direção sul até Raqqa, capital informal do califado. Ali, cobertas de preto, elas entraram em um prédio de apartamentos perto do Parque al-Rasheed.

Em Paris, já era perto de quatro da manhã. Sem dormir, Gabriel passou para trás do volante de um carro alugado e dirigiu até o Aeroporto Charles de Gaulle, onde embarcou em um voo para Washington. Era hora de ter uma conversa com Langley, para o desastre ficar completo.

34

N STREET, GEORGETOWN

— Raqqa? Você ficou louco, cacete? Não era comum Adrian Carter falar palavrões, especialmente não do tipo fálico. Ele era filho de um ministro episcopal de New England e achava que palavras de baixo calão eram um refúgio dos menos inteligentes. Quem as usava em sua presença, inclusive políticos poderosos, raramente era convidado para voltar a seu escritório no sétimo andar da sede da CIA em Langley. Carter era chefe da Diretoria de Operações da Agência, o mais antigo chefe da história do serviço. Por um curto período após o 11 de Setembro, o reino de Carter fora conhecido como Serviço Clandestino Nacional. Mas seu novo diretor, o sexto em apenas dez anos, decidira chamá-lo por seu nome antigo. Era isso o que a Agência fazia depois de cometer erros: mudava placas de identificação e tirava escrivaninhas do lugar. As digitais de Carter estavam em muitos dos maiores fracassos da Agência, do fracasso em prever o colapso da União Soviética à equivocada Estimativa Nacional de Inteligência em relação às armas de destruição em massa iraquianas, mas, de alguma forma, ele continuava. Era o homem que sabia demais. Era intocável.

Como Paul Rousseau, Carter não gostava do papel de espião. Com seus cabelos bagunçados, bigode datado e voz suave, ele podia ser confundido com um terapeuta que passava os dias ouvindo confissões de traições e carências. Sua aparência nada ameaçadora, bem como sua facilidade com idiomas, tinha sido uma vantagem valiosa em campo, onde ele servira com distinção em vários postos e na sede. Tanto adversários quanto aliados tendiam a subestimá-lo, uma gafe que Gabriel nunca cometeu. Ele mesmo trabalhara de perto com Carter em várias operações notórias — incluindo aquela na qual Hannah Weinberg tivera um pequeno papel —, mas o acordo nuclear dos Estados Unidos com o Irã alterara a dinâmica do relacionamento. Ainda que outrora Langley e o Escritório tenham trabalhado lado a lado para sabotar as ambições nucleares do Irã, os Estados Unidos, sob os termos do acordo, agora juravam proteger o que restara da infraestrutura atômica de Teerã. Gabriel planejava espionar intensamente o Irã para garantir que o país não estivesse violando esses termos. E se visse qualquer evidência de que os mulás ainda estavam enriquecendo urânio ou construindo sistemas de lançamento, aconselharia seu primeiro-ministro a deflagrar um ataque militar. E sob nenhuma circunstância consultaria primeiro seu amigo e aliado Adrian Carter.

— Ele é um dos deles — perguntava Carter agora — ou um dos seus?

— *Ela* — esclareceu Gabriel. — E é uma das nossas.

Carter xingou baixo.

— Talvez você realmente tenha enlouquecido.

Apertando a tampa de uma garrafa térmica, ele se serviu um copo de café. Estavam na sala de estar de uma casa de propriedade federal de tijolos vermelhos na N Street em Georgetown, a joia da coroa da vasta rede de casas seguras da CIA na região metropolitana de Washington. Gabriel tinha sido convidado frequente da casa durante os dias de insegurança da relação pós-11 de Setembro do Escritório com Langley. Planejara operações ali, recrutara agentes ali e, uma vez, no início do primeiro mandato do presidente americano, concordara em caçar e matar um terrorista que por acaso levava um passaporte americano no bolso. Essa tinha sido a natureza da relação. Gabriel servira de boa vontade como filial secreta da CIA, executando operações que, por motivos políticos, o próprio Carter não podia empreender. Mas logo Gabriel seria o chefe de seu serviço, o que significava que, no que dizia respeito a protocolo, ele estaria acima de Carter. Secretamente, Gabriel suspeitava que o que Carter mais queria era ser ele mesmo chefe. Seu passado, porém, não o permitiria. Nos meses depois do 11 de Setembro, ele prendera terroristas em prisões secretas, os enviara a países que torturavam e os sujeitavam a métodos interrogatórios do tipo que Gabriel permitira em uma fazenda no norte da França. Em resumo, Carter fizera o trabalho sujo necessário para prevenir outro espetáculo da al-Qaeda em solo americano. E, como punição, seria eternamente forçado a bater de modo educado à porta de homens inferiores.

— Eu não sabia que o Escritório tinha algum interesse em ir atrás do ISIS — ele estava dizendo.

— Alguém tem de fazer isso, Adrian. Que seja a gente.

Por cima do ombro, Carter olhou para Gabriel e franziu o cenho. Explicitamente, deixou de oferecer café a Gabriel.

— Da última vez que falei com o Uzi sobre a Síria, ele estava mais que satisfeito em deixar os malucos se matando. "O inimigo do meu inimigo é meu amigo", não é a regra de ouro na sua charmosa vizinhança? Enquanto o regime, os iranianos, o Hezbollah e os jihadistas sunitas estavam se matando, o Escritório estava satisfeito em sentar na seção da orquestra e admirar o show. Então, não me dê um sermão sobre ficar sentado sem fazer nada sobre o ISIS.

— Uzi não vai ser chefe durante muito tempo.

— É o que dizem — concordou Carter. — Na verdade, estávamos esperando que a transição acontecesse há vários meses e ficamos bastante surpresos quando Uzi nos contou que ia ficar por um período de tempo indefinido. Chegamos a imaginar que os relatos sobre a triste morte do sucessor escolhido eram verdade. Agora, sabemos o motivo verdadeiro por que ele ainda é chefe. O sucessor dele decidiu tentar penetrar a rede global de terror do ISIS com uma agente viva. Um objetivo nobre, mas incrivelmente perigoso.

Gabriel não respondeu.

— Só para constar — disse Carter —, fiquei muito aliviado em saber que os relatos de seu fim eram prematuros. Talvez um dia você me conte por que fez aquilo.

— Talvez, algum dia. E sim — completou Gabriel —, eu adoraria um café.

Carter serviu mais uma xícara.

— Imaginei que estivesse cansado da Síria depois da sua última operação — disse ele, entregando o café a Gabriel. — Quanto aquilo lhe custou? Lembro algo como oito bilhões de dólares.

— Oito vírgula dois — respondeu Gabriel. — Mas quem está contando?

— Bem caro por uma única vida humana.

— Foi o melhor negócio que eu já fiz. E você teria feito o mesmo no meu lugar.

— Mas eu *não estava* no seu lugar — disse Carter —, porque você também não contou para a gente sobre aquela operação.

— E você não contou para nós que seu governo estava secretamente negociando com os iranianos, contou, Adrian? Depois de todo o trabalho que fizemos juntos para adiar o programa, você nos pegou de surpresa.

— Não fui eu quem pegou vocês de surpresa, foi meu presidente. Eu não faço política, eu roubo segredos e produzo análises. Na verdade — completou Carter depois de uma pausa considerada —, quase nem faço isso mais. Mato terroristas, principalmente.

— Não mata o suficiente.

— Imagino que você esteja se referindo à nossa política em relação ao ISIS.

— Se é assim que você quer chamar. Primeiro, vocês não conseguiram ver a tempestade se formando. Depois, recusaram-se a levar uma capa de chuva e um guarda-chuva.

— Não fomos os únicos que não viram a ascensão do ISIS. O Escritório também não viu.

— Estávamos ocupados com o Irã na época. Você se lembra do Irã, não é, Adrian?

Houve silêncio.

— Vamos parar com isso — disse Carter depois de um minuto. — Conquistamos coisas demais junto para permitir que um político nos separe.

Era um gesto de paz. Com um aceno, Gabriel o aceitou.

— É verdade — disse Carter. — Chegamos atrasados para a festa do ISIS. Também é verdade que, depois de chegar à festa, evitamos o bufê e o ponche. É que, depois de tantos anos indo a essas festas, ficamos cansados delas. Nosso presidente deixou bem claro que a última, aquela no Iraque, foi um tédio. E custou caro também, em sangue e tesouro americano. E ele não tem interesse nenhum em dar outra na Síria, especialmente porque seria um conflito na narrativa.

— Que narrativa?

— A narrativa sobre como reagimos de forma exagerada ao 11 de Setembro. A narrativa sobre como o terrorismo é uma chateação, não uma ameaça. A narrativa sobre como podemos aguentar outro ataque igual ao que destruiu nossa economia e nosso sistema de transportes e sair mais fortes. E não vamos esquecer — completou Carter — os comentários infelizes do presidente sobre o ISIS ser o time da série B. Presidentes não gostam de estar errados.

— Espiões também não gostam, na verdade.

— Eu não crio políticas — repetiu Carter. — Produzo inteligência. E, neste momento, essa inteligência está me mostrando uma imagem horrenda do que estamos enfrentando. Os ataques em Paris e Amsterdã foram só um trailer do que vem por aí. O filme ainda vai chegar a todos os cinemas, incluindo os dos Estados Unidos.

— Se eu tivesse que chutar — disse Gabriel —, diria que vai ser um sucesso de arrasar quarteirões.

— Os conselheiros mais próximos do presidente concordam. Estão preocupados que um ataque em casa tão perto do fim do segundo mandato deixe uma mancha indelével no legado do presidente. Disseram à Agência, sem deixar dúvidas, para manter a besta longe, pelo menos até o presidente entrar no Marine One pela última vez.

— Então, sugiro que comece a trabalhar, Adrian, porque a besta já está ao portão.

— Estamos cientes disso. Mas, infelizmente, a besta está praticamente imune ao nosso domínio do espaço cibernético, e não temos informantes no ISIS. — Carter pausou e completou: — Até agora.

Gabriel ficou em silêncio.

— Por que vocês não nos disseram que estavam tentando se infiltrar?

— Porque a operação é nossa.

— Estão trabalhando sozinhos?

— Temos parceiros.

— Onde?

— Na Europa Ocidental e na região.

— Os franceses e os jordanianos?

— Os britânicos também invadiram a festa.

— Eles são bem divertidos, os britânicos — Carter fez uma pausa antes de perguntar: — Então, por que está vindo agora nos procurar?

— Porque queria que você evitasse jogar uma bomba ou disparar um míssil em um prédio de apartamentos perto do Parque al-Rasheed no centro de Raqqa.

— Vai custar — disse Carter.

— Quanto?

Carter sorriu.

— É bom tê-lo de volta na cidade, Gabriel. Passou-se tempo demais desde sua última visita.

35

N STREET, GEORGETOWN

Era o auge do verão em Washington, aquela época inóspita do ano em que a maioria dos residentes prósperos de Georgetown fogem de sua pequena vila em direção às suas segundas casas em Maine ou Martha's Vineyard ou nas montanhas do Sun Valley e de Aspen. Com razão, pensou Gabriel; o calor era equatorial. Como sempre, ele se perguntou por que os fundadores americanos tinham propositalmente colocado sua capital no meio de um pântano de malária. Jerusalém escolhera os judeus. Os americanos só podiam culpar a si mesmos.

— Por que estamos caminhando, Adrian? Por que não podemos sentar ao ar-condicionado e beber uísque com hortelã que nem todo mundo?

— Preciso esticar minhas pernas. Além disso, imaginei que você estivesse acostumado com o calor. Não é nada em comparação com o vale de Jezreel.

— Tem um motivo para eu amar Cornwall: não é quente.

— Já, já vai ser. Langley estima que, por causa do aquecimento global, o sul da Inglaterra um dia vai estar entre os maiores produtores de vinho *premium* do mundo.

— Se Langley acredita nisso — disse Gabriel —, tenho certeza de que não vai acontecer.

Eles chegaram ao limite da Universidade de Georgetown, educadora de futuros diplomatas americanos, casa de repouso de muitos espiões arraigados. Depois de saírem do esconderijo secreto, Gabriel contara a Carter sobre sua parceria improvável com Paul Rousseau e Fareed Barakat, sobre um gerente de projetos do ISIS em Londres chamado Jalal Nasser e sobre um caça-talentos do ISIS em Bruxelas chamado Nabil Awad. Agora, enquanto andavam pela 37th Street, mantendo-se nas sombras esguias para se proteger do calor, Gabriel contava a Carter todo o resto — que ele e sua equipe tinham feito Nabil Awad desaparecer das ruas de Molenbeek sem deixar rastros, que o tinham mantido vivo nas mentes do ISIS seguindo a tradição dos grandes farsantes de guerra, que o tinham usado para dar a Jalal Nasser o nome de uma recruta promissora, uma mulher de uma *banlieue* ao norte de Paris; e o ISIS a enviara em uma viagem com tudo pago para Santorini, então depois a carregara para a Turquia e, através da fronteira, até a Síria. Gabriel não mencionou o nome da mulher — não o codinome e, certamente, não o nome real — e Carter teve a educação profissional de não perguntar.

— Ela é judia, essa sua garota?

— É, mas não dá para reparar.

— Deus o ajude, Gabriel.

— Ele geralmente ajuda.

Carter sorriu.

— E será que, por acaso, essa sua garota se chama Umm Ziad quando está online? — Gabriel ficou em silêncio.

— Vou entender como um sim.

— Como você sabe?

— Turbulência.

Gabriel conhecia o codinome. Turbulência era um programa de vigilância de computadores ultrassecreto da NSA que varria a internet continuamente procurando sites militantes e chats jihadistas.

— A NSA a identificou como extremista em potencial logo depois de ela aparecer na web — explicou Carter. — Tentaram plantar um software de vigilância no computador dela, mas acabou que o computador era resistente a todas as formas de ataque. Não conseguiam nem descobrir onde ela estava operando. Agora, sabemos por quê.

Olhando de canto de olho para Gabriel, ele perguntou:

— Quem é Ziad, aliás?

— O namorado morto.

— É uma viúva negra, sua garota?

Gabriel assentiu.

— Belo detalhe.

Dobraram a esquina na P Street e caminharam ao lado do muro de pedras de um convento eremítico. As calçadas de tijolo vermelho estavam vazias, exceto pelo destacamento de segurança de Carter. Dois guarda-costas andavam à frente deles e dois, atrás.

— Você vai gostar de saber — disse Carter — que seu novo amigo Fareed Barakat não me disse uma palavra sobre isso na última vez que nos falamos. Ele também nunca mencionou nada sobre Saladin. — Depois de uma pausa, ele completou: — Pelo jeito, dez milhões de dólares numa conta em um banco suíço não compram tanta lealdade assim hoje em dia.

— Ele existe?

— Saladin? Sem dúvida, ou alguém como ele. E com certeza não é sírio.

— Ele é um de nós?

— Um oficial de inteligência profissional?

— Isso.

— Achamos que deve ter sido do Mukhabarat iraquiano.

— Nabil Awad também achava.

— Que descanse em paz. — Carter franziu o cenho. — Ele morreu mesmo ou aquele tiroteio foi uma artimanha?

Encolhendo os ombros, Gabriel indicou que se tratava da primeira opção.

— Que bom que alguém ainda sabe ser duro. Se eu simplesmente disser uma palavra rude para um terrorista, sou processado. Mas atacar os terroristas e seus filhos com drones não tem problema nenhum.

— Sabe, Adrian, às vezes um terrorista vivo é melhor que um terrorista morto. Um terrorista vivo pode contar coisas, por exemplo onde e quando vai ser o próximo ataque.

— Meu presidente discorda. Ele acha que prender terroristas só cria mais terroristas.

— O sucesso cria mais terroristas, Adrian. E nada traz mais sucesso do que um ataque em solo americano.

— O que nos leva de novo à questão original — disse Carter, enxugando uma gota de suor do lado do pescoço. — Vou recomendar ao Pentágono que tome cuidado com a campanha aérea na Síria. Em troca, você compartilhará comigo tudo o que sua garota descobrir durante as férias no califado.

— Combinado — respondeu Gabriel.

— Suponho que o Exército francês esteja de acordo?

— E o britânico.

— Não tenho certeza de como me sinto sendo o último a saber disso.

— Bem-vindo ao mundo pós-americano.

Carter não disse nada.

— Nada de ataques aéreos àquele prédio — avisou Gabriel em voz baixa. — E deixe os campos de treinamento em paz até ela sair de lá.

— Quando você espera que ela volte?

— No fim de agosto, a não ser que Saladin tenha outros planos.

— Quem dera tivéssemos essa sorte.

Chegaram de volta à casa da N Street. Carter parou ao pé dos degraus curvados da entrada.

— E como estão as crianças? — perguntou de repente.

— Não sei muito bem.

— Não estrague as coisas com elas. Você é velho demais para ter outros filhos.

Gabriel sorriu.

— Sabe — disse Carter —, por umas doze horas, achei mesmo que você estivesse morto. Foi uma coisa extremamente idiota de se fazer.

— Não tive escolha.

— Tenho certeza disso — falou Carter. — Mas, da próxima vez, não me deixe no escuro. Não sou o inimigo. Estou aqui para ajudar.

36

RAQQA, SÍRIA

Desde o começo, ela deixou claro para Jalal Nasser que só podia ficar na Síria por um tempo limitado. Tinha de estar de volta à clínica no máximo no dia 30 de agosto, fim das férias de verão. Se ela se atrasasse, seus colegas e sua família imaginariam o pior. Afinal, ela era engajada politicamente, deixara pegadas na internet, perdera seu único amor para o jihad. Sem dúvida, alguém chamaria a polícia, a polícia chamaria a DGSI, e a DGSI colocaria o nome dela na longa lista de muçulmanos europeus que se uniram aos escalões do ISIS. Haveria matérias na imprensa, reportagens sobre uma mulher culta, uma cuidadora seduzida pelo culto de morte do ISIS. Se isso acontecesse, sua única escolha seria permanecer na Síria, que não era o que desejava, pelo menos não agora. Primeiro, queria vingar a morte de Ziad atacando o Ocidente. Depois, *inshallah*, voltaria à Síria, e se casaria com um soldado e teria muitos filhos para o califado.

Jalal Nasser tinha dito querer a mesma coisa. Portanto, foi uma surpresa para Natalie que, três dias e noites após sua chegada a Raqqa, ninguém tivesse vindo buscá-la. Miranda Ward, sua companheira de viagem, permaneceu com ela no apartamento perto do Parque al-Rasheed como guia e supervisora. Não era a primeira visita de Miranda a Raqqa. Ela era uma xerpa no funil secreto que levava muçulmanos britânicos do leste de Londres e do interior do país à Síria e ao califado. Era um disfarce, uma farsa, o rostinho bonito. Tinha acompanhado homens e mulheres, posando como amante e amiga — ela era, brincava, "bijihadista".

Não era um apartamento de verdade; era um pequeno cômodo vazio com uma pia pregada na parede e alguns cobertores em um chão sem nada. Havia uma única janela, através da qual fluíam livremente partículas de poeira, como que por osmose. Os cobertores tinham cheiro de animais do deserto, camelos e bodes. Às vezes, um fio pingava da torneira da pia, mas em geral não havia água; elas a recebiam de um caminhão-pipa do ISIS na rua e, quando o caminhão não vinha, traziam água do Eufrates. Em Raqqa, o tempo tinha voltado atrás. Material e espiritualmente, a cidade estava no século VII.

Não havia eletricidade — alguns minutos por dia, no máximo — nem gás para cozinhar. Não que houvesse muita coisa para comer. O pão estava em falta numa terra onde ele era a base da alimentação. Cada dia começava com uma expedição para encontrar um ou dois filões. O dinar do ISIS era a moeda oficial do califado, mas, nos mercados, a maioria das transações era feita com a antiga libra síria ou com dólares. Até o ISIS comercializava usando a moeda do inimigo. Por sugestão de Jalal Nasser, Natalie trouxera da França várias centenas de dólares. O dinheiro abria muitas portas, atrás das quais havia armazéns cheios de arroz, feijões, azeitonas e até um pouco de carne. Para quem estivesse disposto a arriscar a ira da temida *husbah*, a polícia da xaria*, havia também cigarros e álcool disponíveis no mercado negro. A punição por fumar ou beber era severa — o açoite, a cruz, o cepo. Natalie, certa vez, viu um *husbah* açoitando um homem por xingar. Falar palavrão era *haram*.

Entrar nas ruas de Raqqa era entrar num mundo enlouquecido. Os semáforos não funcionavam, não sem eletricidade, então, os guardas de trânsito controlavam os cruzamentos. Eles carregavam revólveres, mas não apitos, porque apitos eram *haram*. Fotografias de modelos em vitrines tinham sido retocadas para aderir aos restritos códigos de decência do ISIS. Os rostos eram pintados de preto, porque era *haram* representar humanos ou animais, criações de Deus, e pendurá-los em uma parede. As estátuas de dois camponeses em cima da famosa torre do relógio de Raqqa também tinham sido retocadas — e as cabeças, removidas. A praça Na'eem, outrora amada pelas crianças de Raqqa, agora estava cheia de cabeças decepadas, não de pedra, mas humanas. Olhavam em luto das estacas de uma cerca de ferro soldados sírios, lutadores curdos, traidores, sabotadores, ex-reféns. A força aérea síria bombardeava o parque frequentemente em retaliação. Assim era a vida no califado: bombas caindo em cabeças decepadas, em um parque onde antigamente crianças costumavam brincar.

Era um mundo negro, negro em espírito, negro em cor. Bandeiras negras eram hasteadas em cada prédio e poste de iluminação, homens de uniformes negros de ninja desfilavam pelas ruas, mulheres de *abayas* negros caminhavam como fantasmas negros pelos mercados. Natalie tinha recebido seu *abaya* logo depois de cruzar a fronteira turca. Era uma veste pesada e áspera que caía nela como um lençol jogado sobre um móvel. Embaixo, ela só usava preto, pois todas as outras cores, até o marrom, eram *haram* e podiam provocar um espancamento pela *husbah*. O véu facial deixava seus traços praticamente irreconhecíveis e, através dele, Natalie

---

* Conjunto de leis islâmicas baseado no Corão, com preceitos e regras a serem seguidos por habitantes de diversos países muçulmanos. [N.T.]

via um mundo borrado de um cinza-carvão turvo. No calor do meio da tarde, ela se sentia presa dentro de seu forno particular, assando lentamente, uma iguaria do ISIS. O *abaya* representava um perigo, o perigo de que ela se acreditasse invisível. Ela não sucumbiu a ele. Sabia que sempre a estavam observando.

O ISIS não era o único a alterar a paisagem urbana de Raqqa. A força aérea síria e seus cúmplices russos bombardeavam durante o dia, os americanos e seus parceiros de coalizão, à noite. Havia danos por todo lado: prédios demolidos, carros e caminhões incendiados, tanques e veículos blindados de transporte de pessoal enegrecidos. O ISIS reagia à campanha aérea escondendo seus soldados e seu armamento entre a população civil. O térreo do prédio de Natalie estava cheio de balas, projéteis de artilharia, granadas lançadas por foguete e armas de todo tipo. Soldados do ISIS barbudos e vestidos de preto usavam o segundo e terceiro andares como quartel. Alguns eram sírios, mas a maioria era de saudi-tas, egípcios, tunisianos ou guerreiros islâmicos de olhos arregalados vindos do Cáucaso, satisfeitos por lutarem contra os russos novamente. Havia muitos europeus, inclusive três franceses. Eles estavam cientes da presença de Natalie, mas não tentavam se comunicar com ela. Ela estava inacessível. Era a garota de Saladin.

Os sírios e os russos não hesitavam em bombardear alvos civis, mas os americanos eram mais cuidadosos. Todos concordavam que estavam bombardeando menos nos últimos dias. Ninguém sabia o porquê, mas todos tinham uma opinião, especialmente os soldados estrangeiros, que alardeavam que os Estados Unidos, decadentes e infiéis, estavam perdendo a coragem de lutar. Ninguém suspeitava que a verdadeira razão para a trégua na atividade aérea americana estivesse vivendo entre eles, em um cômodo com uma única janela com vista para o Parque al--Rasheed e cobertores que cheiravam a camelo e bode.

A saúde na Síria era deplorável mesmo antes da revolta; e agora, no caos da guerra civil, era quase inexistente. O Hospital Nacional de Raqqa era uma ruína, sem remédios nem materiais, lotado de soldados do ISIS feridos. O resto dos infelizes moradores da cidade recebiam cuidados, se é que se podia chamar assim, de pequenas clínicas espalhadas pelos bairros. Natalie topou com uma delas enquanto procurava pão em seu segundo dia em Raqqa, e viu que estava cheia de vítimas civis de um ataque aéreo russo, muitos mortos, vários outros que morreriam em breve. Não havia médicos presentes, apenas motoristas de ambulância e "enfermeiras" do ISIS que só tinham recebido um treinamento rudimentar. Natalie anunciou que era médica e imediatamente começou a tratar os feridos com os materiais que conseguiu encontrar. Fez isso ainda vestida com seu *abaya* desajeitado e não esterilizado porque um *husbah* raivoso ameaçou bater nela se ela o tirasse. Naquela noite, quando finalmente voltou ao apartamento, lavou o sangue do *abaya* na água do Eufrates. Em Raqqa, o tempo tinha voltado atrás.

Elas não vestiam seus *abayas* no apartamento, só os hijabs. Miranda ficava muito bem no dela, que emoldurava seus delicados traços celtas, destacando seus olhos verde-mar. Enquanto preparava o jantar naquela noite, ela contou a Natalie sobre sua conversão ao islã. Sua casa, durante a infância, fora um lugar particularmente infeliz — mãe alcoólatra, pai tosco, desempregado e que abusava sexualmente dela. Com 13 anos, começou a beber muito e a usar drogas. Engravidou duas vezes e abortou nas duas.

— Eu estava acabada — disse. — Chegando no fundo do poço.

Então, um dia, drogada, bêbada, ela se viu em frente a uma livraria islâmica no centro de Bristol. Um muçulmano a viu olhando pela vitrine e a convidou a entrar. Ela se recusou, mas aceitou a oferta de um livro grátis.

— Fiquei tentada a jogar na lata de lixo mais próxima. Ainda bem que não joguei. Mudou minha vida.

Ela parou de beber, de se drogar e de transar com caras que mal conhecia. Converteu-se ao islã, adotou o véu e começou a orar cinco vezes ao dia. Seus pais eram não praticantes da Igreja da Inglaterra, infiéis, mas não queriam uma filha muçulmana. Expulsa de casa só com uma mala e cem libras em dinheiro, chegou ao leste de Londres, onde foi acolhida por um grupo de muçulmanos em Tower Hamlets. Ali, conheceu um jordaniano chamado Jalal Nasser, que ensinou a ela sobre a beleza do jihad e do martírio. Uniu-se ao ISIS, viajou secretamente à Síria para ser treinada e voltou sem ser detectada para a Grã-Bretanha. Reverenciava Jalal e talvez estivesse um pouco apaixonada por ele.

— Se algum dia ele decidir ter esposas — disse —, espero ser uma delas. No momento, está ocupado demais para uma noiva. É casado com Saladin.

Natalie conhecia o nome, mas a dra. Hadawi, não. Ela reagiu de acordo.

— Quem? — perguntou, cuidadosamente.

— Saladin. É o líder da rede.

— Você o conheceu?

— Saladin? — ela sorriu, sonhadora, e balançou a cabeça. — Minha posição na hierarquia é baixa demais. Só os líderes seniores sabem quem ele é mesmo. Mas quem sabe? Talvez você o conheça.

— Por que você diz uma coisa dessas?

— Porque eles têm grandes planos para você.

— Jalal lhe disse isso?

— Ele não precisou falar.

Mas Natalie não estava convencida. Aliás, parecia que era o contrário, que ela tinha sido esquecida. Naquela noite e na seguinte, ela deitou-se acordada sobre seu cobertor, fitando o pedaço quadrado do céu emoldurado por sua única janela. A cidade ficava inteiramente escura à noite, as estrelas eram incandescentes. Ela imaginou um satélite espião Ofek 10 olhando para ela, seguindo-a quando ela caminhava pelas ruas da cidade negra.

Enfim, logo antes do amanhecer da terceira noite, não muito depois de um ataque aéreo americano ao norte, ela ouviu passos no corredor do lado de fora de seu quarto. Quatro golpes de bate-estacas balançaram a porta, que então se abriu com força, como se pelo impacto de um bombardeio. Na mesma hora, Natalie se cobriu com o *abaya* antes de uma luz atingir seu rosto. Levaram só ela, deixando Miranda para trás. Na rua, uma SUV amassada e empoeirada esperava. Empurraram-na para o banco de trás, aqueles guerreiros do islã barbudos, de olhos arregalados e vestidos de preto, e a SUV arrancou. Ela espiou pela janela escura, pelo véu escuro de seu *abaya*, aquela insanidade lá fora — as cabeças decepadas em estacas de ferro, os corpos se retorcendo em cruzes, as fotos de mulheres sem rostos nas vitrines. Eu sou a dra. Leila Hadawi, disse a si mesma. Sou a Leila que ama Ziad, a Leila de Sumayriyya. E estou prestes a morrer.

37

LESTE DA SÍRIA

Dirigiram na direção leste ao encontro do sol, que nascia por uma estrada reta como régua e negra de petróleo. O trânsito estava leve — um caminhão levando cargas da província de Anbar, no Iraque, um camponês levando verduras para o mercado de Raqqa, uma carreta cheia de ninjas bêbados de sangue depois de uma noite de luta no norte. O rush da manhã no califado, pensou Natalie. De vez em quando, passavam por um tanque ou um veículo de transporte de tropas, ambos queimados. Na paisagem vazia, os escombros pareciam cadáveres de insetos fritos pela lupa de uma criança. Uma picape japonesa ainda queimava quando eles passaram e, atrás, um soldado chamuscado ainda se agarrava à sua metralhadora .50 apontada para o céu.

— *Allahu Akbar* — murmurou o motorista da SUV e, por trás de seu véu, Natalie respondeu:

— *Allahu Akbar.*

Ela só tinha como guias o sol, e o velocímetro e o relógio do painel da SUV. O sol dizia que eles tinham se mantido na direção leste desde que saíram de Raqqa. O velocímetro e o relógio diziam que estavam correndo a cento e quarenta e cinco quilômetros por hora há setenta e cinco minutos. Raqqa ficava a aproximadamente cento e sessenta quilômetros da fronteira do Iraque — a antiga fronteira, ela logo lembrou a si mesma. Não havia mais fronteira; as linhas desenhadas em um mapa por diplomatas infiéis em Londres e Paris tinham sido apagadas. Até as antigas placas rodoviárias sírias haviam sido removidas.

— *Allahu Akbar* — disse o motorista de Natalie quando passaram por outros restos em chamas.

E Natalie, sufocando atrás de seu *abaya*, entoou:

— *Allahu Akbar.*

Seguiram a leste por cerca de vinte minutos ou mais, a terra ficando mais seca e mais desolada a cada quilômetro. Ainda era cedo — sete e vinte, segundo o relógio —, mas a janela de Natalie já queimava ao toque. Finalmente, chegaram a uma pequena vila de casas de pedras branqueadas. A rua principal era larga o suficiente para passarem carros, mas, para trás, havia um labirinto de passagens pelo qual alguns habitantes da vila — mulheres com véu, homens com robes e *keffiyehs*, crianças descalças — caminhavam sonolentamente no calor. Havia um mercado na rua principal, além de um pequeno café onde alguns velhos enrugados se sentavam ouvindo um sermão gravado de Abu Bakr al-Baghdadi, o próprio califa. Natalie examinou a rua procurando evidências do nome da vila, mas não encontrou. Temia ter cruzado a fronteira invisível para o Iraque.

Bruscamente, a SUV fez uma curva, passando por um arco, e estacionou no pátio de uma casa grande. Havia nele tamareiras; em sua sombra, reclinavam-se meia dúzia de soldados do ISIS. Um deles, um jovem de talvez 25 anos cuja barba arruivada era um projeto ainda em andamento, abriu a porta de Natalie e a conduziu para dentro. Na casa, estava fresco, e de algum lugar vinha o som reconfortante de um falatório de mulheres. Em um cômodo mobiliado apenas com tapetes e almofadas, o jovem com a fina barba arruivada convidou Natalie a sentar-se. Ele rapidamente se retirou e uma mulher com véu apareceu com uma xícara de chá. Ela, então, também saiu, e Natalie ficou com o cômodo para si.

Ela afastou o véu e levou timidamente a xícara aos lábios. O chá açucarado entrou em sua corrente sanguínea como droga em uma seringa. Bebeu-o lentamente, tomando cuidado para não queimar a boca, e observou uma sombra se aproximando dela pelo tapete. Quando a sombra alcançou o tornozelo dela, a mulher reapareceu para levar a xícara. Então, um minuto depois, o cômodo vibrou com a chegada de outro veículo no pátio. Quatro portas se abriram e se fecharam em quase uníssono. Quatro homens entraram na casa.

Ficou imediatamente claro qual dos quatro era o líder. Ele era alguns anos mais velho que os outros, movia-se de forma mais deliberada, comportava-se de forma mais calma. Os três jovens carregavam fuzis automáticos de um modelo que Natalie não conseguiu identificar, mas o líder só tinha um revólver, que carregava preso ao quadril. Estava vestido ao modo de Abu Musab al Zarqawi — um macacão preto, tênis brancos, um *keffiyeh* preto amarrado bem justo em sua cabeça grande. A barba era malcuidada, listrada de grisalho e estava úmida de suor. Os olhos eram castanhos e estranhamente gentis, como os olhos de Bin Laden. A mão direita estava intacta, mas a esquerda só tinha o dedão e o indicador, evidência de fabricação de bombas. Por vários minutos, ele fitou aquele amontoado preto sentado imóvel no tapete. Quando finalmente se dirigiu a ela, falou em árabe, com sotaque iraquiano.

— Remova o véu.

Natalie não se mexeu. No Estado Islâmico, era *haram* uma mulher revelar seu rosto a um homem que não fosse parente, mesmo que o homem fosse um iraquiano importante da rede de Saladin.

— Não tem problema — disse ele, por fim. — É necessário.

Lenta e cuidadosamente, Natalie levantou o véu. Ela olhou para baixo, para o tapete.

— Olhe para mim — exigiu ele, e Natalie obedientemente levantou os olhos. Ele a observou por um longo tempo antes de tomar o queixo dela entre o dedão e o indicador para examinar seu perfil. Seu olhar era crítico, como se ele estivesse examinando um cavalo.

— Disseram para mim que você é palestina.

Ela assentiu com a cabeça.

— Parece judia, mas devo admitir que todos os palestinos me parecem judeus — ele falou essas palavras com o desprezo de um árabe do deserto por aqueles que viviam em cidades, pântanos e litorais. Ainda estava segurando o queixo dela.

— Já foi à Palestina?

— Não, nunca.

— Mas tem um passaporte francês. Podia muito bem ter ido.

— Teria sido doloroso demais ver a terra de meus antepassados governada por sionistas.

A resposta pareceu agradá-lo. Com um aceno, ele a instruiu a velar novamente o rosto. Ela ficou grata pela proteção do pano, pois aquilo lhe deu um minuto para se recompor. Escondida atrás de sua tenda negra, com o rosto obscurecido, ela se preparou para o interrogatório que sabia estar se aproximando. A facilidade com que a história de Leila fluiu de seu subconsciente para seu consciente a surpreendeu. O intenso treinamento tinha sido bem-sucedido. Era como se, de fato, ela estivesse recordando eventos que aconteceram de verdade. Natalie Mizrahi tinha desaparecido; estava morta e enterrada. Era Leila Hadawi que fora trazida para aquela vila no meio do deserto, e Leila Hadawi que confiantemente aguardava pelo teste mais duro de sua vida.

Logo em seguida, a mulher reapareceu com chá para todos. O iraquiano se sentou em frente a Natalie, e os três outros se sentaram atrás dele com suas armas apoiadas nas coxas. Uma imagem passou pela memória de Natalie, um homem condenado em um macacão laranja, um ocidental, pálido como a morte, sentado com as mãos amarradas diante de algozes sem rosto vestidos de preto e enfileirados como em um coral. Por trás da armadura de seu *abaya*, ela eliminou a imagem terrível de seus pensamentos. Percebeu, então, que estava suando. O suor escorria por suas costas e pingava entre seus seios. Ela podia suar, disse a si mesma. Era uma parisiense mimada, desacostumada com o calor do deserto, e o cômodo já não estava fresco. A casa esquentava sob o ataque do sol do fim da manhã.

— Você é médica — disse, afinal, o iraquiano, segurando sua xícara de chá entre o dedão e o indicador, como fizera um minuto antes com o rosto de Natalie.

— Sim — respondeu ela, lutando com sua própria xícara embaixo do véu. Era médica, formada pela Université Paris-Sud, empregada da Clínica Jacques Chirac, na *banlieue* parisiense de Aubervilliers. Continuou dizendo que Aubervilliers era um subúrbio majoritariamente muçulmano e que a maioria de seus pacientes eram árabes do Norte da África.

— Sim, eu sei — disse o iraquiano, impaciente, deixando perfeitamente claro que já conhecia a biografia dela. — Disseram para mim que você passou algumas horas cuidando de pacientes em uma clínica de Raqqa ontem.

— Foi anteontem — ela o corrigiu. E, obviamente, pensou, olhando para o iraquiano através de seu véu de gaze preta, você e seus amigos estavam observando.

— Devia ter vindo para cá muito antes — continuou ele. — Precisamos muito de médicos no califado.

— Meu trabalho é em Paris.

— E agora você está aqui — salientou ele.

— Estou aqui — disse ela, com cuidado — porque me pediram para vir.

— Jalal.

Ela não respondeu. O iraquiano bebeu o chá com ar pensativo.

— Jalal é muito bom em me mandar europeus entusiasmados, mas sou eu que decido se eles merecem entrar em um de nossos campos. — Era para soar como uma ameaça, e Natalie imaginou que essa fosse sua intenção. — Você deseja lutar pelo Estado Islâmico?

— Sim.

— Por que não lutar pela Palestina?

— Estou lutando.

— Como?

— Lutando pelo Estado Islâmico.

Os olhos dele ficaram mais amigáveis.

— Zarqawi sempre disse que o caminho para a Palestina passa por Amã. Primeiro, tomaremos o resto do Iraque e da Síria. Depois, a Jordânia. E então, *inshallah*, Jerusalém.

— Igual a Saladin — respondeu ela. E, não pela primeira vez, imaginou se o homem conhecido como Saladin estava agora sentado à sua frente.

— Você ouviu esse nome? — perguntou ele. — Saladin?

Ela acenou. O iraquiano olhou por cima do ombro e sussurrou algo para um dos três homens sentados atrás. O homem entregou a ele uma pilha de papéis presos por um clipe. Natalie supôs que fosse seu arquivo pessoal do ISIS, um pensamento que quase a fez sorrir por trás do *abaya*. O iraquiano folheou as páginas com ar de distração burocrática. Natalie se perguntou que tipo de trabalho ele fazia antes de a invasão americana subverter praticamente todos os aspectos da vida no Iraque. Será que era auxiliar em um ministério? Era professor ou bancário? Vendia vegetais em um mercado? Não, pensou, ele não era nenhum comerciante pobre. Era um ex-oficial do Exército iraquiano. Ou talvez, imaginou, com o suor escorrendo pelas costas, trabalhava para a temida polícia secreta de Saddam.

— Você é solteira — declarou ele, de repente.

— Sim — responderam tanto Leila quanto Natalie.

— Já foi noiva?

— Não exatamente.

— Ele era um de nós?

— Não exatamente — repetiu ela. — Ele foi preso pelos jordanianos antes de conseguir atravessar para a Síria.

— Morreu refém dos jordanianos?

Ela assentiu lentamente.

— Onde o conheceu?

— Na Paris-Sud.

— E o que ele estudava?

— Eletrônica.

— Sim, eu sei — ele apoiou as páginas no tapete. — Temos muitos apoiadores na Jordânia. Muitos de nossos irmãos eram cidadãos jordanianos. E nenhum deles jamais ouviu falar de alguém chamado Ziad al-Masri.

— O Ziad nunca foi engajado politicamente na Jordânia — respondeu ela, com muito mais calma do que teria pensado ser possível. — Ele só se radicalizou depois de se mudar para a Europa.

— Ele era membro do Hizb ut-Tahrir?

— Não formalmente.

— Isso explica por que nenhum de nossos irmãos do Hizb ut-Tahrir ouviu falar dele também.

Ele olhou calmamente para Natalie enquanto outra cachoeira de suor caía pelas costas dela.

— Você não está bebendo seu chá.

— É porque você está me deixando nervosa.

— Era minha intenção. — O comentário dele provocou risadas contidas nos três homens sentados atrás. Ele esperou que parassem antes de ele continuar. — Por muito tempo, os americanos e os amigos deles na Europa não nos levaram a sério. Eles nos diminuíram, chamaram-nos de nomes bobos. Mas agora percebem que somos uma ameaça e estão tentando se infiltrar entre nós de todas as formas. Os britânicos são os piores. Toda vez que pegam um muçulmano britânico viajando para o califado, tentam transformá-lo em espião. Sempre os encontramos muito rápido. Às vezes, os usamos contra os próprios britânicos. E às vezes — disse, dando de ombros —, simplesmente os matamos.

Ele deixou que o silêncio pesasse sobre o cômodo abafado. Foi Natalie que o quebrou.

— Não pedi para me unir a vocês — disse ela. — Foram vocês que me pediram.

— Não, *Jalal* pediu que você viesse à Síria, não *eu*. Mas sou eu que vou determinar se você vai ficar. — Ele reuniu as páginas do arquivo. — Gostaria de ouvir sua história desde o começo, Leila. Seria muito útil.

— Eu nasci...

— Não — disse ele, interrompendo-a. — Eu disse desde o começo.

Confusa, ela não disse nada. O iraquiano estava de novo consultando o arquivo dela.

— Diz aqui que sua família era de um lugar chamado Sumayriyya.

— A família do meu pai — disse ela.

— Onde fica?

— *Ficava* na Galileia Ocidental. Não está mais lá.

— Conte para mim sobre isso — falou —, me conte tudo.

Por trás do véu, Natalie fechou os olhos. Viu-se caminhando por um campo de espinheiros e pedras reviradas ao lado de um homem de altura mediana de cujo rosto ela já não conseguia se lembrar. Ele agora falava com ela, como se do fundo de um poço, e suas palavras se tornaram as dela. Cultivavam-se bananas e melões em Sumayriyya, os melões mais doces de toda a Palestina. Irrigavam os campos com a água de um antigo aqueduto e enterravam seus mortos em um cemitério não longe da mesquita. Sumayriyya era o paraíso na terra, Sumayriyya era um Éden. E aí, em uma noite de maio de 1948, os judeus subiram a estrada da costa em um comboio com suas lanternas acesas, e Sumayriyya deixou de existir.

No Centro de Operações do boulevard Rei Saul há uma cadeira reservada para o chefe. Ninguém mais pode sentar-se nela. Ninguém mais ousa nem tocá-la. Durante todo aquele longo dia, ela rangeu e cedeu sob o peso de Uzi Navot. Gabriel permaneceu o tempo todo ao lado dele, às vezes em uma cadeira de vice, às vezes de pé, agitado, com uma mão no queixo e a cabeça inclinada levemente para o lado.

Os dois, como todos no Centro Operacional, só tinham olhos para o *display* de vídeo principal, no qual havia uma imagem de satélite de uma casa grande em uma vila perto da fronteira síria. No pátio da casa, vários homens descansavam sob a sombra de tamareiras. Havia duas SUVs no pátio. Uma tinha transportado uma mulher do centro de Raqqa; a outra, quatro homens do Triângulo Sunita do Iraque. Gabriel enviara as coordenadas da casa para Adrian Carter, na sede da CIA, e Carter despachara um drone de uma base secreta na Turquia. De tempos em tempos, a aeronave passava pela imagem do Ofek 10, circulando preguiçosamente quatro metros acima do alvo, pilotado por um garoto em um trailer em outro deserto do outro lado do mundo.

Adrian Carter mandara também recursos adicionais para proteger o alvo. Especificamente, instruíra a NSA a reunir o máximo possível de dados dos celulares da casa. A Agência identificara nada menos que 12 telefones presentes, um deles ligado anteriormente a um comandante sênior do ISIS chamado Abu Ahmed al- -Tikriti, ex-coronel do serviço de inteligência militar iraquiano. Gabriel suspeitava ser Tikriti quem estava interrogando sua agente. Sentia-se enjoado, mas se reconfortava no fato de tê-la preparado bem. Ainda assim, teria tomado o lugar dela com o maior prazer. Talvez, pensou, olhando para Uzi Navot sentado calmamente em sua devida cadeira, não tivesse o necessário para aguentar o peso do comando, afinal.

O dia passou lentamente. As duas SUVs continuavam no pátio, os jihadistas permaneciam sentados à sombra das tamareiras. Então, a sombra dissipou com o pôr do sol e chamas se acenderam na escuridão. O Ofek 10 passou para o modo infravermelho. Às nove da noite, detectou várias assinaturas de calor humanas emergindo da casa. Quatro das assinaturas entraram em uma das SUVs. A quinta, de uma mulher, entrou na outra. O drone seguiu um dos veículos até Mosul; o Ofek 10 viu o outro fazer a viagem de volta para Raqqa. Ali, estacionou em frente a um prédio residencial perto do Parque al-Rasheed, e uma única assinatura de calor, uma mulher, emergiu do banco traseiro. Ela entrou no apartamento pouco antes da meia-noite e desapareceu.

Em um cômodo no segundo andar do prédio, um saudita magro e encarquilhado estava explicando para dezenas de soldados hipnotizados o papel que eles teriam, *inshallah*, em trazer o fim dos dias. A hora estava próxima, declarou, mais próxima do que imaginavam. Cansada do interrogatório árduo, cega pela exaustão e pelo *abaya*, Natalie não conseguia imaginar um motivo para duvidar da profecia.

A escada, como sempre, estava na escuridão total. Ela contou baixinho em árabe os degraus, 14 por lance, dois lances por andar. O cômodo dela ficava no sexto, a 12 passos da escada. Ao entrar, ela fechou a porta atrás de si sem fazer barulho. Um facho de luar passava da única janela até a forma feminina deitada em uma bola no chão. Silenciosamente, Natalie tirou seu *abaya* e fez uma cama para se deitar. Mas, quando deitou a cabeça, a forma feminina do outro lado do cômodo se mexeu e se sentou.

— Miranda? — perguntou Natalie, mas não houve resposta a não ser pelo acender de um fósforo. Sua chama tocou o pavio de uma lamparina a óleo. A luz quente encheu o cômodo.

Natalie também se sentou, esperando ver traços celtas delicados. Em vez disso, ela se viu olhando para um par de olhos largos de cor avelã e cobre.

— Quem é você? — perguntou ela em árabe, mas sua nova colega de quarto respondeu em francês.

— Meu nome é Safia Bourihane — disse, estendendo a mão. — Bem-vinda ao califado.

PALMIRA, SÍRIA

O campo ficava nos arredores da antiga cidade de Palmira, não muito longe da notória prisão de Tadmor, no deserto, para onde o pai do governante mandara todos os que se opunham a ele. Antes da guerra civil, era um posto avançado do Exército sírio na província de Homs, mas, na primavera de 2015, o ISIS a tinha capturado basicamente intacta e destruído muitas das impressionantes ruínas de Palmira, bem como a prisão — mas o campo tinha sido preservado. Cercadas por um muro de quase quatro metros encimado por espirais de arame farpado estavam barracas para quinhentas pessoas, um refeitório, salas de recreação e de reunião, um ginásio e um gerador a diesel, que mantinha ar-condicionado no calor do dia e a luz à noite. Todas as antigas placas militares sírias tinham sido removidas, e a bandeira negra do ISIS ondeava e crepitava acima do pátio central. O antigo nome da instalação nunca era mencionado. Quem se formava ali se referia ao lugar como Campo Saladin.

Natalie viajou para lá de SUV no dia seguinte, acompanhada por Safia Bourihane. Quatro meses haviam se passado desde o ataque ao Centro Weinberg, em Paris; nesse tempo, Safia se tornara um ícone jihadista. Poemas lhe celebravam, ruas e praças levavam seu nome, meninas jovens aspiravam a imitar seus feitos. Em um mundo em que a morte era comemorada, o ISIS fazia um esforço considerável para manter Safia viva. Ela estava sempre se mudando de um lugar para o outro em uma rede de esconderijos na Síria e no Iraque, sempre sob escolta armada. Durante sua única aparição em um vídeo de propaganda do ISIS, seu rosto estivera velado. Ela não usava telefone, nunca tocava em um computador. Natalie sentia um alívio por ter sido admitida à presença de Safia. Isso sugeria que ela tinha passado pelo interrogatório sem rastro de suspeita. Era um deles, agora.

Via-se que Safia estava acostumada com sua alta posição. Na França, era uma cidadã de segunda classe com perspectivas de carreira limitadas, mas, no mundo de ponta-cabeça do califado, era uma celebridade. Estava obviamente desconfiada de Natalie, que representava uma potencial ameaça a seu posto. De sua parte, Natalie estava satisfeita fazendo o papel de terrorista arrivista. Safia Bourihane era o esboço a lápis no qual a dra. Leila Hadawi se baseava. Leila Hadawi admirava Safia, mas Natalie Mizrahi ficava enjoada em sua presença e, se tivesse a chance, injetaria uma seringa cheia de veneno em suas veias. *Inshallah*, pensou enquanto a SUV acelerava pelo deserto sírio.

O árabe de Safia era rudimentar, no máximo. Portanto, passaram a viagem conversando baixo em francês, cada uma embaixo da tenda privativa de seu *abaya*. Falaram sobre sua criação e descobriram ter pouco em comum; sendo filha de palestinos cultos, Leila Hadawi teve uma vida muito diferente da de uma filha de trabalhadores argelinos das *banlieues*. O islã era sua única ponte, mas Safia não entendia quase nada dos dogmas do jihad ou mesmo dos princípios básicos da prática islâmica.

Ela admitiu que sentia falta do gosto do vinho francês. Mais do que tudo, tinha curiosidade de saber como era lembrada no país que atacara — não na França dos centros das cidades e das vilas do interior, mas na França árabe das *banlieues*. Natalie contou para ela, com sinceridade, que nas *cités* de Aubervilliers falavam dela com afeto. Safia ficou contente. Um dia, disse, esperava voltar.

— Para a França? — perguntou Natalie, incrédula.

— Sim, claro.

— Você é a mulher mais procurada do país. Não tem como.

— É porque a França ainda é governada pelos franceses, mas Saladin diz que vai fazer parte do califado em breve.

— Você o conheceu?

— Saladin? Sim, conheci.

— Onde? — perguntou Natalie, casualmente.

— Não tenho certeza. Eles me vendaram durante a viagem.

— Há quanto tempo foi?

— Algumas semanas depois da minha operação. Ele queria me parabenizar pessoalmente.

— Dizem que é iraquiano.

— Não tenho certeza. Meu árabe não é bom o suficiente para saber a diferença entre um sírio e um iraquiano.

— Como ele é?

— Muito grande, poderoso, olhos maravilhosos. Ele é tudo o que se poderia esperar. *Inshallah* você o conheça algum dia.

A chegada de Safia ao campo foi ocasião para um tiroteio comemorativo e gritos de "*Allahu Akbar*!". Natalie, a nova recruta, ficou em segundo plano. Colocaram-na em um quarto individual — os antigos aposentos de um oficial sírio júnior — e, naquela noite, após as rezas, ela fez sua primeira refeição no refeitório comunal. As mulheres comiam separadas dos homens por uma cortina preta. A comida era deplorável, mas farta: arroz, pão, alguma espécie de ave assada, um ensopado marrom-acinzentado de carne cartilaginosa. Mesmo com a separação, as mulheres tinham de usar os *abayas* durante as refeições, o que tornava o ato de comer um desafio. Natalie comeu vorazmente o pão e o arroz, mas seu treinamento como médica a fez tomar a decisão de evitar a carne. A mulher à sua esquerda era uma saudita silenciosa chamada Bushra. À sua direita estava Selma, uma tunisiana tagarela. Selma viera ao califado por causa de um marido, mas o marido fora morto lutando contra os curdos e agora ela queria vingança. Seu desejo era ser mulher-bomba. Ela tinha 19 anos.

Depois do jantar, houve uma apresentação. Um clérigo pregou, um soldado leu um poema de sua própria autoria. Depois, Safia foi "entrevistada" no palco por um muçulmano britânico esperto que trabalhava no departamento de divulgação e marketing do ISIS. Naquela noite, ataques aéreos da coalizão fizeram o deserto tremer. Sozinha em seu quarto, Natalie rezou por salvação.

A educação terrorista começou após o café da manhã do dia seguinte, quando ela foi levada de carro ao deserto para receber treinamento de armas — fuzis de assalto, revólveres, lança-foguetes, granadas. Ela voltava ao deserto a cada manhã, mesmo depois que seus instrutores a declararam proficiente. Não eram jihadistas deslumbrados, os instrutores; eram exclusivamente iraquianos, todos antigos soldados e veteranos da insurgência sunita endurecidos na batalha. Tinham lutado contra os americanos até basicamente empatar no Iraque, e o que mais queriam era lutar contra eles de novo nas planícies do norte da Síria, em um lugar chamado Dabiq. Os americanos e seus aliados — os Exércitos de Roma, no vocabulário do ISIS — tinham de ser cutucados e incitados e provocados até ficarem com raiva. Os homens do Iraque tinham planos de fazer justamente isso, e os alunos no campo eram as varas.

Durante o calor do meio da tarde, Natalie voltava aos cômodos climatizados do campo para lições sobre montagem de bombas e comunicação segura. Também tinha de aguentar longas palestras sobre os prazeres da vida após a morte caso fosse escolhida para uma missão suicida. Repetidas vezes, seus instrutores iraquianos perguntavam se ela estava disposta a morrer pelo califado e, sem hesitação, Natalie dizia que sim. Em pouco tempo, teve de usar um colete suicida pesado durante seus treinamentos de armas, e aprendeu a armar o artefato e detoná-lo usando um gatilho escondido na palma da mão. Da primeira vez que o instrutor mandou que ela apertasse o detonador, o dedão de Natalie ficou paralisado e congelado em cima do botão.

— *Yalla* — ele a estimulou. — Não vai explodir de verdade.

Natalie fechou os olhos e apertou o detonador.

— *Boom* — sussurrou o instrutor. — E agora você está a caminho do paraíso.

Com permissão do diretor do campo, Natalie começou a atender pacientes na antiga enfermaria da base. No início, os outros alunos hesitaram em ir a ela por medo de ser considerados moles pelos instrutores iraquianos. Mas logo ela passou a receber um fluxo constante de pacientes durante seu "expediente", que era entre o fim da aula de fabricação de bombas e as rezas vespertinas. As enfermidades variavam de feridas de batalha infeccionadas a coqueluche, diabetes e sinusite. Natalie tinha poucos suprimentos e poucos remédios, mas atendia pacientemente cada um. No processo, aprendeu muito sobre seus colegas alunos — seus nomes, países de origem, circunstâncias da viagem ao califado, status dos passaportes. Entre os que a procuraram estava Safia Bourihane. Ela estava muitos quilos abaixo do peso, levemente deprimida e precisava de óculos. Fora isso, estava bem de saúde. Natalie resistiu ao impulso de dar a ela uma overdose de morfina.

— Vou embora de manhã — anunciou Safia enquanto se cobria com seu *abaya*.

— Para onde está indo?

— Não me disseram. Eles *nunca* me dizem. E você? — perguntou ela.

Natalie deu de ombros.

— Tenho de estar de volta à França em uma semana.

— Sorte a sua. — Safia deslizou da maca de exames de Natalie como uma criança e caminhou em direção à porta.

— Como foi? — perguntou Natalie, de repente.

Safia se virou. Mesmo através da tela do *abaya*, os olhos dela eram incrivelmente belos.

— Como foi *o quê*? — perguntou, por fim.

— A operação — Natalie hesitou, e então completou: — Matar os judeus.

— Foi lindo — respondeu Safia. — Foi um sonho que virou realidade.

— E se fosse uma operação suicida? Você conseguiria fazer?

Safia sorriu com mágoa.

— Queria que tivesse sido.

PALMIRA, SÍRIA

O diretor do campo era um iraquiano chamado Massoud, da província de Anbar. Ele perdera o olho esquerdo lutando contra os americanos durante a revolta das tropas de 2006. O direito ele fixou, desconfiado, em Natalie quando, depois de um jantar nada apetitoso no refeitório, ela pediu permissão para caminhar sozinha do lado de fora do campo.

— Não é preciso nos enganar — disse, enfim. — Se deseja ir embora do campo, dra. Hadawi, está livre para isso.

— Não desejo ir embora.

— Não está feliz aqui? Não a tratamos bem?

— Muito bem.

Massoud, o caolho, fez uma cena para fingir que estava ponderando.

— Não há serviço de telefone na cidade, se é nisso que está pensando.

— Não é.

— E também não tem serviço de celular nem internet.

Houve um silêncio curto.

— Vou mandar um dos combatentes, um dos *mujahidin*, com você — disse Massoud.

— Não é necessário.

— É, sim. Você é valiosa demais para ficar andando sozinha.

O *mujahid* selecionado por Massoud para acompanhar Natalie era um nativo do Cairo bonito e com diploma universitário chamado Ismail, que se juntara ao ISIS por frustração, pouco depois do golpe que tirou a Irmandade Muçulmana do poder no Egito. Eles saíram do campo alguns minutos após as nove da noite. A lua estava baixa sobre o cinturão de montanhas ao norte de Palmira, um sol branco em um céu negro, e brilhava como um holofote nas montanhas ao sul. Natalie perseguiu sua própria sombra por um caminho poeirento, Ismail seguindo alguns passos atrás, com sua roupa preta luminosa ao luar, uma arma atravessada no peito. Dos dois lados do caminho, plantações bem-cuidadas de tamareiras se perdiam na noite resplandecente. As tamareiras cresciam bem no solo rico ao lado do Wadi al-Qubur, que recebia as águas da fonte de Efqa. Os humanos tinham sido atraídos para esse lugar pela primeira vez por causa da fonte e do oásis ao redor, talvez no século VII a.C. Ali, cresceu uma cidade murada de duzentos mil habitantes, que falavam o dialeto de Palmira do aramaico e ficaram ricos com o tráfego de caravanas na Rota da Seda. Impérios vieram e se foram e, no século I d.C., os romanos declararam que Palmira estava sujeita ao seu império. A antiga cidade à beira de um oásis nunca mais seria a mesma.

As tamareiras ao longo do caminho se mexiam ao vento fresco do deserto. Por fim, sumiram, e o Templo de Bel, centro da vida religiosa na Palmira antiga, apareceu. Natalie diminuiu o passo até parar e olhou, boquiaberta, a catástrofe espalhada pelo solo do deserto. As ruínas do templo, com seus portões e suas colunas monumentais, estavam entre as mais bem preservadas de Palmira. Agora, as ruínas estavam em *ruínas*, com apenas uma parte de uma única parede intacta. Ismail, o egípcio, obviamente não se abalou com os danos.

— *Shirk* — disse, dando de ombros e usando a palavra árabe para politeísmo. — Tinha de ser destruído.

— Você estava aqui quando aconteceu?

— Ajudei a carregar os explosivos.

— *Alhamdulillah* — ela se ouviu sussurrar. "Deus seja louvado."

As pedras caídas brilhavam à luz fria do luar. Natalie abriu caminho lentamente pelos escombros, com cuidado para não torcer o tornozelo, e andou pela Grande Colunata, avenida cerimonial que ia do Templo de Bel ao Arco do Triunfo e ao Tetrápilo e ao Templo Funerário. Também ali o ISIS impusera uma sentença de morte islâmica ao passado não islâmico. As colunatas tinham sido derrubadas; os arcos, destruídos. Qualquer que fosse o fim do ISIS, ele já tinha deixado uma marca indelével no Oriente Médio. Palmira, pensou Natalie, nunca mais seria a mesma.

— Você também fez isso?

— Ajudei — admitiu Ismail, sorrindo.

— E as Grandes Pirâmides de Gizé? — perguntou ela, manipulando-o. — Vamos destruir também?

— *Inshallah* — ele sussurrou.

Natalie foi em direção ao Templo de Baalshamin, mas logo suas pernas ficaram pesadas e as lágrimas turvaram sua visão, então ela se virou e, com Ismail em seu encalço, voltou pelas tamareiras até o portão do Campo Saladin. Na sala principal de recreação, alguns recrutas estavam assistindo a um novo vídeo de recrutamento do ISIS divulgando as alegrias da vida no califado — um jihadista barbudo brincando com uma criança em um parque arborizado, nada de cabeças decepadas visíveis, é claro.

Na cantina, Natalie tomou chá com Selma, sua amiga da Tunísia, e contou, com os olhos arregalados, sobre as maravilhas logo além das muralhas do campo. Então, voltou ao seu quarto e desmaiou na cama. Em seus sonhos, caminhava por ruínas — uma grande cidade romana, uma vila árabe na Galileia. Seu guia era uma mulher encharcada de sangue com olhos castanhos acobreados. *Ele é tudo o que se poderia esperar.* Inshallah *você o conheça algum dia.* Em seu último sonho, ela estava dormindo em sua própria cama — não sua cama em Jerusalém, mas sua cama de infância na França. Houve batidas na porta e logo seu quarto se encheu de homens fortes com longos cabelos e barbas cujos nomes derivam de suas cidades natais. Natalie se sentou de uma vez, assustada, e percebeu que não estava mais sonhando. O quarto era seu quarto no campo. E os homens eram reais.

40

PROVÍNCIA DE ANBAR, IRAQUE

Desta vez, ela não tinha o sol nem os instrumentos no painel para guiar seu percurso, pois, minutos depois de sair de Palmira, tinha sido vendada. No curto intervalo enxergando, conseguira reunir três pequenas parcelas de informação. Seus captores eram quatro, ela estava no banco traseiro de outra SUV e a SUV estava indo na direção leste pela estrada síria antigamente conhecida como M20. Ela perguntou aos captores aonde a estavam levando, mas não recebeu resposta alguma. Protestou que não fizera nada de errado em Palmira, que só queria ver com seus próprios olhos os templos de *shirk* destruídos. Na verdade, nem uma palavra foi trocada durante toda a viagem. Para se entreterem, eles ouviram um longo sermão do califa. E, quando o sermão acabou, ouviram um *talk show* na eficiente estação de rádio do ISIS chamada al-Bayan, que ficava em Mosul e transmitia na banda FM. Os debatedores estavam discutindo uma recente *fatwa* do Estado Islâmico sobre relações sexuais entre homens e suas escravas mulheres. No início, o sinal de Mosul estava fraco e cheio de ondas estacionárias, mas ficou mais forte conforme eles dirigiam.

Pararam uma vez para encher o tanque de combustível armazenado em uma garrafa, e outra vez para negociar a entrada em um ponto de controle do ISIS. O guarda falava com sotaque iraquiano e tratou os homens da SUV com deferência — quase com medo. Pela janela aberta, Natalie ouviu à distância uma grande comoção, ordens sendo gritadas, crianças chorando, mulheres se lamentando.

— *Yalla, Yalla*! — dizia uma voz. — Continuem andando! Não é longe.

Uma imagem se formou na mente dela — uma fila de infiéis esfarrapados, uma trilha de lágrimas que levava a um fosso de execução. Logo, pensou, ela estaria se juntando a eles.

Passou-se mais meia hora antes de a SUV parar pela terceira vez. O motor desligou e as portas se abriram com barulho, deixando entrar uma densa onda de calor indesejada. No mesmo instante, Natalie sentiu o suor começando a fluir por baixo do tecido pesado de seu *abaya*. Uma mão agarrou seu pulso e a puxou gentilmente. Ela foi se arrastando pelo banco, balançou as pernas para o lado e se permitiu deslizar até os pés tocarem a terra. Durante tudo isso, a mão continuou segurando seu pulso. Não havia malícia no toque. Era só para guiá-la.

Na pressa de sua evacuação do campo, ela não tinha conseguido colocar as sandálias. Embaixo de seus pés descalços, a terra queimava. Surgiu uma memória tão indesejada quanto o calor. Na lembrança, como agora, é agosto. Ela está em uma praia no sul da França; sua mãe diz para ela remover a Estrela de Davi de seu pescoço para que os outros não vejam. Ela abre o fecho do pendente, entrega para a mãe e corre em direção ao Mediterrâneo azul antes que a areia em chamas queime seus pés.

— Cuidado — disse uma voz, a primeira a se dirigir a ela desde que saíram do campo. — Há degraus em frente.

Eles eram largos e lisos. Quando Natalie chegou ao topo da escada, a mão a puxou para a frente, gentilmente. Ela teve a sensação de estar caminhando por uma casa enorme, passando por cômodos frios e por pátios banhados de sol. Por fim, chegou a outro lance de escada, mais alto que o primeiro: 12 degraus em vez de seis. Lá em cima, tomou consciência da presença de vários homens e ouviu o ruído abafado de armas automáticas empunhadas por mãos experientes.

Poucas palavras foram trocadas, uma porta se abriu. Natalie caminhou exatamente dez passos para a frente. Depois, a mão apertou o pulso dela e fez uma pressão sutil para baixo. Obedientemente, ela se abaixou até o chão e sentou-se de pernas cruzadas em um tapete, com as mãos dobradas tranquilamente no colo. A venda foi removida. Através da tela de seu véu, viu um homem sentado diante de si, em pose idêntica. Imediatamente, percebeu que o rosto lhe era familiar; era o iraquiano sênior que a interrogara antes de sua transferência a Palmira. Ele não tinha a compostura de antes. Suas roupas pretas estavam cobertas de poeira, seus olhos negros estavam vermelhos e exaustos. A noite, pensou Natalie, não tinha sido gentil com ele.

Com um movimento da mão, ele a instruiu a levantar o véu. Ela hesitou, mas obedeceu. Os olhos negros a fitaram por um longo momento enquanto ela estudava o padrão do tapete. Finalmente, ele a pegou com a garra de lagosta de sua mão destruída e levantou o rosto dela em direção a ele.

— Dra. Hadawi — disse em voz baixa. — Muito obrigado por vir.

Ela passou por mais uma porta, entrou em mais um cômodo. O chão branco estava vazio, igual às paredes. Em cima, havia uma pequena abertura redonda através da qual entrava um raio de sol escaldante. Fora isso, as sombras prevaleciam. Em um canto, o mais longe, quatro soldados do ISIS se posicionavam em uma roda malformada, os olhos baixos, como pessoas de luto em um túmulo. A poeira cobria suas vestes pretas. Não era da cor de barro do deserto; era pálida e cinza, concreto que fora transformado em pó por uma marreta vinda do céu. Ao pé dos quatro homens, havia um quinto. Ele estava deitado de barriga para cima em uma maca, um braço perpassando o peito; o outro, o esquerdo, ao lado. Havia sangue na mão esquerda e manchando o chão vazio ao seu redor. Seu rosto estava pálido como a morte. Ou seria a poeira cinza? Do outro lado do cômodo, Natalie não conseguia saber.

O iraquiano mais velho a empurrou para a frente. Ela passou pelo cilindro de sol; o calor dele era como lava. Diante dela, houve um movimento, e abriu-se um lugar para ela entre os enlutados. Ela parou e olhou para o homem na maca. Não havia poeira em seu rosto. A cor acinzentada era dele próprio, resultado da perda substancial de sangue. Ele sofrera duas feridas visíveis, uma na parte superior do peito e outra na coxa direita — feridas, pensou Natalie, que teriam sido fatais a um homem comum, mas não para ele. Ele era bastante grande e tinha uma constituição física poderosa.

Ele é tudo o que se poderia esperar...

— Quem é? — perguntou ela logo depois.

— Não tem importância — respondeu o iraquiano. — A única coisa importante é que ele sobreviva. Você não pode deixá-lo morrer.

Natalie pegou seu *abaya*, agachou ao lado da maca e esticou a mão em direção à ferida no peito. Imediatamente, um dos soldados agarrou seu pulso. Desta vez, o toque não era gentil; era como se os ossos dela estivessem prestes a quebrar. Ela fitou o soldado, reprendendo-o em silêncio por ousar tocar nela, uma mulher que não era parente dele, e depois fitou o iraquiano com o mesmo olhar. Ele acenou com a cabeça uma vez, o toque afrouxou. Natalie saboreou sua pequena vitória. Pela primeira vez desde que chegara à Síria, sentia-se poderosa. Naquele momento, pensou, era dona deles.

Ela esticou a mão em direção à ferida novamente, sem ser incomodada, e pôs a veste preta rasgada de lado. Era uma ferida grande, cerca de cinco centímetros na parte mais larga, com as bordas irregulares. Algo quente e dentado entrara no corpo dele a uma velocidade extremamente alta e deixara um rastro de danos horríveis — ossos quebrados, tecido rasgado, vasos sanguíneos dilacerados. A respiração dele era superficial e fraca. Era um milagre ainda estar respirando.

— O que houve?

Silêncio.

— Não posso ajudar se não souber como ele se feriu.

— Ele estava numa casa que foi bombardeada.

— Bombardeada?

— Foi um ataque aéreo.

— De drone?

— Muito maior que um drone — ele falava como se por experiência própria.

— Nós o encontramos embaixo dos escombros. Estava inconsciente, mas respirando.

— E nunca parou?

— Não.

— E recuperou a consciência alguma vez?

— Nem por um momento.

Ela examinou o crânio, coberto de cabelo negro e grosso. Não havia lacerações nem contusões aparentes, mas isso não queria dizer nada; ainda era possível que houvesse trauma cerebral grave. Ela levantou a pálpebra do olho esquerdo, depois a do direito. As pupilas estavam responsivas, um bom sinal. Será que era mesmo? Ela soltou a pálpebra direita.

— A que horas isso aconteceu?

— A bomba caiu logo depois da meia-noite.

— Que horas são agora?

— Dez e quinze.

Natalie examinou a ferida aberta na perna. Um caso desafiador, para dizer o mínimo, pensou ela, com distanciamento. O paciente estava em coma há dez horas. Sofrera duas feridas profundas graves, para não falar da probabilidade de várias outras fraturas e lesões por esmagamento, comuns em vítimas de colapsos de prédios. Sangramentos internos eram garantidos. A sepse estava o rondando. Se fosse para ele ter chance de sobreviver, deveria ser transportado para um centro de trauma nível 1 imediatamente, um cenário que ela explicou ao iraquiano com a garra.

— Sem chance nenhuma — respondeu ele.

— Ele precisa de cuidados críticos de urgência.

— Não estamos em Paris, dra. Hadawi.

— E onde estamos?

— Não posso dizer.

— Por que não?

— Por questões de segurança — explicou ele.

— Estamos no Iraque?

— Você faz perguntas demais.

— Estamos? — insistiu ela.

Com o silêncio, ele confirmou que sim.

— Tem um hospital em Ramadi, não tem?

— Não é seguro para ele.

— E em Faluja? — ela não acreditava que aquela palavra tinha saído de sua boca. *Faluja...*

— Ele não vai a lugar nenhum — disse o iraquiano. — Este é o único lugar seguro.

— Se ele ficar aqui, vai morrer.

— Não vai, não — disse o iraquiano. — Porque você vai salvá-lo.

— Com o quê?

Um dos soldados entregou a ela uma caixa de papelão com uma cruz vermelha na tampa.

— É um kit de primeiros socorros.

— Só temos isso.

— Tem um hospital ou uma clínica perto?

O iraquiano hesitou, depois disse:

— Mosul fica a uma hora de carro, mas os americanos estão atacando os veículos nas estradas.

— Alguém tem que tentar passar.

— Dê para mim uma lista das coisas de que precisa — disse ele, tirando um bloco amassado do bolso do uniforme preto. — Vou mandar uma das mulheres. Pode demorar um pouco.

Natalie aceitou o bloco e uma caneta e escreveu sua lista de desejos de materiais: antibióticos, seringas, instrumentos cirúrgicos, luvas, material de sutura, um estetoscópio, bolsas intravenosas e soro, um dreno de tórax, pinças, medicamento para dor, sedativos, gaze, emplastros e gesso sintético de fibra de vidro para imobilizar membros quebrados.

— Você, por acaso, não sabe o tipo sanguíneo dele, né?

— Tipo sanguíneo?

— Ele precisa de sangue. Senão, vai morrer.

O iraquiano balançou a cabeça. Natalie entregou a ele a lista de suprimentos. Então, abriu o kit de primeiros socorros e olhou dentro. Band-aids, pomadas, um rolo de gaze, aspirina — era inútil. Ela ajoelhou-se ao lado do homem ferido e levantou uma pálpebra. Ainda responsiva.

— Preciso saber o nome dele — disse ela.

— Por quê?

— Preciso chamá-lo pelo nome verdadeiro para tirá-lo desse coma.

— Infelizmente, isso não é possível, dra. Hadawi.

— Então, como devo chamá-lo?

O iraquiano olhou para o homem moribundo, impotente a seus pés.

— Se precisar chamá-lo de alguma coisa — disse depois de um momento —, pode chamá-lo de Saladin.

PROVÍNCIA DE ANBAR, IRAQUE

Como médica no pronto-socorro do Centro Médico Hadassah, em Jerusalém, a dra. Natalie Mizrahi tinha enfrentado em sua rotina cenários eticamente desafiadores, às vezes todos os dias. Havia os gravemente feridos e os moribundos que recebiam tratamento heroico embora não tivessem chance de sobreviver. E havia os assassinos, os homens-bomba, os esfaqueadores, sobre cujos corpos destruídos Natalie trabalhava com a mais terna misericórdia.

A situação que enfrentava agora, porém, era diferente de qualquer outra coisa pela qual passara antes — ou pela qual ainda passaria, pensou. O homem no cômodo vazio em algum lugar perto de Mosul era o líder de uma rede de terror que deflagrara ataques devastadores em Paris e Amsterdã. Natalie tinha se infiltrado nessa rede com sucesso como parte de uma operação para identificar e "decapitar" sua estrutura de comando. E agora, devido a um ataque aéreo americano, a vida do líder da rede estava em suas mãos bem-treinadas. Como médica, ela tinha a obrigação moral de salvar a vida dele.

Mas, como habitante do mundo civilizado, estava inclinada a deixá-lo morrer lentamente e, assim, cumprir a missão para a qual fora recrutada. Mas o que os homens do ISIS fariam com a médica que permitisse que o grande Saladin morresse antes de completar sua missão de unir o mundo muçulmano sob a bandeira negra do califado? Com certeza, pensou, não iriam agradecer a ela por seus esforços e mandar que seguisse seu caminho em paz. A pedra ou o facão provavelmente seria seu destino. Ela não tinha ido à Síria em uma missão suicida e não tinha intenção alguma de morrer nesse lugar miserável, nas mãos desses profetas do apocalipse vestidos de preto. Além disso, a situação de Saladin dava a ela uma oportunidade sem precedentes — a oportunidade de restaurar a saúde dele, ficar amiga dele, ganhar sua confiança e roubar os segredos mortais que residiam em sua mente. *Você não pode deixá-lo morrer*, dissera o iraquiano. Mas por quê? A resposta, pensou Natalie, era simples. O iraquiano não sabia o que Saladin sabia. Saladin não podia morrer porque as ambições da rede morreriam com ele.

Por fim, os suprimentos só demoraram noventa minutos para chegar. As mulheres, quem quer que fossem, tinham conseguido quase tudo de que Natalie precisava. Depois de colocar luvas e uma máscara cirúrgica, ela rapidamente inseriu uma agulha intravenosa no braço esquerdo de Saladin e entregou a bolsa de soro para o iraquiano, que estava olhando ansiosamente por cima do ombro dela. Então, usando um par de tesouras cirúrgicas, ela cortou a roupa suja e encharcada de sangue de Saladin. O estetoscópio era praticamente uma peça de museu, mas funcionava bem. O pulmão esquerdo soava normal, mas no direito só havia silêncio.

— Ele tem um hemopneumotórax.

— O que isso quer dizer?

— O pulmão direito parou de funcionar porque está cheio de ar e sangue. Preciso mudá-lo de posição.

O iraquiano fez um gesto em direção a um dos soldados, que ajudou Natalie a colocar Saladin apoiado do lado esquerdo. Depois, ela fez uma pequena incisão entre a nona e a décima costela, inseriu uma pinça de hemostasia e colocou um dreno no tecido do pulmão direito de Saladin. Houve um ruído audível de ar escapando. Então, o sangue de Saladin fluiu pelo tubo para o chão vazio.

— Ele vai morrer de tanto sangrar! — gritou o iraquiano.

— Fique quieto — reagiu Natalie — ou vou ter que pedir que você saia.

Meio litro de sangue ou mais se derramou antes de o fluxo virar um fio. Natalie colocou uma pinça no tubo para evitar a entrada de ar externo no pulmão. Então, cuidadosamente colocou Saladin deitado de costas e começou a trabalhar na ferida do peito.

O estilhaço de bomba tinha quebrado duas costelas e causado danos significativos ao músculo peitoral maior. Natalie lavou a ferida com álcool; depois, usando um par de tesouras cirúrgicas anguladas, removeu o estilhaço. Havia mais sangramento, mas nada relevante. Ela removeu vários fragmentos de osso e fios da veste negra de Saladin. Depois disso, não havia mais o que pudesse ser feito. As costelas, se ele sobrevivesse, cicatrizariam, mas o músculo peitoral provavelmente nunca mais recuperaria a forma ou a força original. Natalie fechou o tecido profundo com suturas, mas deixou a pele aberta. Doze horas tinham se passado desde a ferida original. Se ela fechasse a pele agora, estaria prendendo agentes infecciosos dentro do corpo, garantindo um caso de sepse e uma morte lenta e agonizante. Era tentador, pensou, mas imprudente do ponto de vista médico. Ela cobriu a ferida com uma gaze e voltou sua atenção à perna.

Também ali Saladin tivera sorte. O estilhaço tinha sido cuidadoso no caos que causara, danificando ossos e tecidos, mas poupando os principais vasos sanguíneos. O procedimento de Natalie foi idêntico ao da primeira ferida: irrigação com álcool, retirada de fragmentos de ossos e fibras de tecido, sutura do tecido profundo, uma gaze sobre a pele aberta. No total, a cirurgia improvisada levou menos de uma hora. Ela adicionou uma dose pesada de antibióticos à bolsa intravenosa e cobriu o paciente com um lençol branco limpo. O dreno do tórax ela manteve no lugar.

— Parece uma mortalha — disse o iraquiano, sombrio.

— Ainda não — respondeu Natalie.

— E alguma coisa para a dor?

— Neste ponto — disse ela —, a dor é nossa aliada. Ela age como estímulo. Vai ajudá-lo a recuperar a consciência.

— Vai funcionar?

— Qual resposta você quer ouvir?

— A verdade.

— A verdade — falou Natalie — é que ele provavelmente vai morrer.

— Se ele morrer — respondeu o iraquiano, friamente —, você vai morrer logo depois.

Natalie ficou em silêncio. O iraquiano olhou para o outrora poderoso homem coberto de branco.

— Faça tudo o que puder para ele acordar — disse. — Mesmo que seja por um ou dois minutos. É essencial que eu consiga falar com ele.

Mas por quê?, pensou Natalie enquanto o iraquiano saía do quarto. Porque o iraquiano não sabia o que Saladin sabia. Porque se Saladin morresse, a rede morreria com ele.

Com a cirurgia completa, Natalie obedientemente se cobriu com o *abaya*, para que o grande Saladin não acordasse e encontrasse uma mulher sem véu em sua presença. Ela pediu um relógio para monitorar adequadamente a recuperação do paciente e recebeu o Seiko digital do próprio iraquiano.

Ela checava o pulso e a pressão de Saladin a cada trinta minutos e registrava o fluxo de soro intravenoso. O pulso ainda estava rápido e fraco, mas a pressão estava aumentando continuamente, um sinal positivo. Sugeria que não havia outras fontes de sangramento interno e que o soro estava ajudando a aumentar o volume de sangue. Ainda assim, ele continuava inconsciente e não respondia a estímulos suaves. Os prováveis culpados eram a imensa perda de sangue e o choque que ele sofrera depois de ser ferido, mas Natalie não podia descartar um trauma cerebral. Uma tomografia revelaria evidências de sangramento e inchaço, mas o iraquiano deixara claro que Saladin não podia sair dali. Não que fizesse diferença, pensou Natalie. Em uma terra onde o pão era escasso e as mulheres carregavam água do Eufrates, as chances de encontrar um scanner funcionando eram quase zero.

Um par de soldados permanecia sempre no cômodo, e o iraquiano aparecia mais ou menos a cada hora para olhar o homem prostrado no chão, como se estivesse tentando fazê-lo voltar à consciência com a força do pensamento. Durante a terceira visita, Natalie cutucou a orelha de Saladin e puxou os pelos grossos da barba dele, mas não houve reação.

— Você precisa mesmo fazer isso? — perguntou o iraquiano.

— Sim — respondeu Natalie. — Preciso.

Ela beliscou o dorso da mão dele. Nada.

— Tente falar com ele — sugeriu ela. — Uma voz familiar ajuda.

O iraquiano se agachou ao lado da maca e murmurou no ouvido de Saladin algo que Natalie não conseguiu discernir.

— Ajudaria se você falasse de modo que ele conseguisse ouvir. Na verdade, pode gritar com ele.

— Gritar com Saladin? — O iraquiano balançou a cabeça. — Ninguém pode nem levantar a voz para Saladin.

Neste ponto, já era o fim da tarde. O raio de luz viajara lentamente pelo cômodo e agora esquentava o pedaço de chão em que Natalie se sentava. Ela imaginou que Deus estava observando através do óculo, julgando-a. Imaginou que Gabriel também estava observando. Em seus mais ousados sonhos operacionais, ele certamente não imaginara um cenário como este. Ela viu sua volta à casa, um encontro num esconderijo secreto, um interrogatório tenso durante o qual ela seria forçada a defender sua tentativa de salvar a vida do terrorista mais perigoso do mundo. Afastou esses pensamentos, pois pensar assim era perigoso. Ela nunca conhecera um homem chamado Gabriel Allon, lembrou a si mesma, e não tinha interesse na opinião de seu Deus. Só o julgamento de Alá importava para Leila Hadawi, e Alá certamente teria aprovado.

Não havia eletricidade na casa, e a caída da noite a mergulhou na escuridão. Os soldados acenderam lampiões de querosene antigos e os colocaram ao redor do cômodo. O iraquiano se juntou a Natalie para jantar. A comida era bem melhor que no campo de Palmira, um cuscuz digno de um café na margem esquerda do Sena. Ela não compartilhou esse pensamento com seu companheiro de refeição. Ele estava de mau humor e não era uma companhia particularmente agradável.

— Suponho que você não possa me dizer seu nome — falou Natalie.

— Não — ele respondeu com a boca cheia de comida. — Suponho que não posso.

— Você não confia em mim? Nem agora?

— Confiança não tem nada a ver com isso. Se você for presa quando voltar a Paris na semana que vem, a inteligência francesa vai perguntar quem você conheceu durante suas férias no califado. E você vai dar meu nome.

— Eu nunca contaria nada para a inteligência francesa.

— Todo mundo conta — de novo, parecia que ele estava falando por experiência própria. — Além disso — completou após um momento —, temos planos para você.

— Que tipo de planos?

— Sua operação.

— Quando vou ficar sabendo?

Ele não disse nada.

— E se ele morrer? — ela perguntou, olhando para Saladin. — A experiência vai seguir em frente?

— Isso não é da sua conta — ele pegou com a mão uma porção do cuscuz.

— Você estava lá quando aconteceu?

— Por que está perguntando?

— Só estou conversando.

— No califado, conversar pode ser perigoso.

— Esqueça que eu perguntei.

Ele não esqueceu.

— Cheguei logo depois — disse. — Fui eu que o tirei dos escombros. Pensei que estivesse morto.

— Houve outras vítimas?

— Muitas.

— Tem algo que eu possa...

— Você tem um paciente, e apenas um — o iraquiano fixou os olhos em Saladin. — Quanto tempo ele pode continuar assim?

— É um homem grande, forte, saudável de resto. Pode demorar muito tempo.

— Há algo mais que você possa fazer para acordá-lo? Uma injeção de alguma coisa?

— A melhor coisa a fazer é falar com ele. Fale alto o nome dele. Não o *nom de guerre* — explicou ela. — O nome verdadeiro. O nome pelo qual a mãe dele o chamava.

— Ele não tinha mãe.

Com essas palavras, o iraquiano foi embora. Uma mulher levou o cuscuz e trouxe chá e baklava, uma iguaria inédita no califado. Natalie checava o pulso, a pressão e a função pulmonar de Saladin a cada trinta minutos. Todos mostraram sinais de melhora. O batimento cardíaco dele estava mais lento e mais forte, a pressão subia, o pulmão direito ficava mais limpo. Ela checou também os olhos com a luz de um isqueiro de butano — primeiro o olho direito, depois o esquerdo. As pupilas ainda estavam responsivas. O cérebro, independentemente do estado dele, estava vivo.

À meia-noite, cerca de vinte e quatro horas depois do ataque aéreo americano, Natalie estava precisando desesperadamente de algumas horas de sono. A luz do luar brilhava fria e branca através do óculo, o mesmo luar que iluminara as ruínas de Palmira. Ela checou o pulso, a pressão e os pulmões. Todos estavam progredindo bem. Então, checou os olhos com a luz azulada do isqueiro de butano. O olho direito, depois o olho esquerdo.

Os dois continuaram abertos depois do exame.

— Quem é você? — perguntou uma voz de força e ressonância impressionantes.

Assustada, Natalie teve de se recompor antes de responder.

— Meu nome é dra. Leila Hadawi. Estou cuidando de você.

— O que aconteceu?

— Você ficou ferido em um ataque aéreo.

— Onde estou agora?

— Não sei dizer.

Ele ficou confuso por um momento. Então, entendeu. Exausto, perguntou:

— Onde está o Abu Ahmed?

— Quem?

Cansado, ele levantou a mão esquerda e fez uma garra de lagosta com seu dedão e seu indicador. Natalie não conseguiu evitar um sorriso.

— Ele está logo ali fora. Está bem ansioso para falar com você.

Saladin fechou os olhos.

— Posso imaginar.

42

PROVÍNCIA DE ANBAR, IRAQUE

— Você é minha Maimônides.

— Quem?

— Maimônides. O judeu que cuidava de Saladin sempre que ele estava no Cairo.

Natalie ficou em silêncio.

— Foi um elogio. Devo minha vida a você.

Saladin fechou os olhos. Era o fim da manhã. O círculo de luz do óculo acabara de iniciar sua lenta jornada pelo chão vazio, e o cômodo ainda estava agradavelmente fresco. Depois de recuperar a consciência, ele passara uma noite tranquila, graças, em parte, à dose de morfina que Natalie adicionara ao soro. No início, ele recusou a droga, mas Natalie o convenceu de que era necessária.

— Você não vai conseguir se curar direito se estiver com dor — ralhara ela.

— Pelo bem do califado, é preciso.

Mais uma vez, ela não conseguia compreender como aquelas palavras tinham passado por seus lábios. Colocou o ressonador do estetoscópio no peito dele. Ele se encolheu levemente por causa do frio.

— Ainda estou vivo? — perguntou.

— Fique em silêncio, por favor. Não consigo ouvir direito se você falar.

Ele não disse mais nada. Seu pulmão direito soava como se tivesse recuperado a função normal; os batimentos cardíacos pareciam estáveis e fortes. Ela prendeu a braçadeira do medidor de pressão na parte superior do braço esquerdo dele e a inflou apertando a bomba rapidamente várias vezes. Ele fez uma expressão de dor.

— O que foi?

— Nada — disse, com os dentes cerrados.

— Está com dor?

— Nem um pouco.

— Diga a verdade.

— O braço — admitiu ele depois de um momento.

Natalie soltou a pressão, removeu a braçadeira e, suavemente, apertou o braço com as pontas dos dedos. Ela notara o inchaço na noite anterior e suspeitara de uma fratura. Agora, com a ajuda de seu paciente consciente, praticamente confirmava isso.

— A única coisa que posso fazer é imobilizar.

— Talvez seja bom.

Natalie colocou a braçadeira no braço direito.

— Dói?

— Não.

A pressão estava no limiar inferior do normal. Natalie removeu a braçadeira e trocou os curativos do peito e da coxa. Não havia sinais visíveis de infecção em nenhuma das feridas. Milagrosamente, ele parecia ter saído sem sepse de uma cirurgia em um ambiente não esterilizado. A não ser que piorasse de repente, Saladin sobreviveria.

Abriu um pacote de gesso sintético de fibra de vidro e começou a trabalhar no braço. Saladin a observava com atenção.

— Não é preciso esconder o rosto em minha presença. Afinal — disse, passando os dedos pelo lençol branco que cobria seu corpo nu —, estamos bem familiarizados. — Um hijabé é suficiente.

Natalie hesitou, e então removeu a pesada peça preta. Saladin fitou seu rosto.

— Você é muito bonita. Mas Abu Ahmed tem razão. Parece uma judia.

— Isso também deveria ser um elogio?

— Conheci muitas judias bonitas. E todo mundo sabe que os melhores médicos são sempre judeus.

— Como médica árabe — disse Natalie —, tenho ressalvas quanto a isso.

— Você não é árabe, é palestina. Tem diferença.

— Tenho ressalvas quanto a isso também.

Silenciosamente, ela envolveu o braço dele com o gesso sintético. Ortopedia estava longe de ser sua especialidade, mas, afinal, ela também não era cirurgiã.

— Foi um erro — falou ele, observando-a trabalhar — mencionar o nome de Abu Ahmed na sua frente. Nomes costumam causar a morte das pessoas. Trate de esquecer o que ouviu.

— Já esqueci.

— Ele me disse que você é francesa.

— Quem? — perguntou ela, em tom de brincadeira, mas Saladin não pegou a isca. — Sim — continuou —, sou francesa.

— Aprovou nosso ataque ao Centro Weinberg?

— Chorei de alegria — ela respondeu.

— A imprensa ocidental disse que era um alvo civil. Posso garantir que não era. Hannah Weinberg era associada de um oficial de inteligência israelense chamado Gabriel Allon, e o tal centro para estudo do antissemitismo era uma fachada para o serviço israelense. E foi por isso que o escolhi — ele ficou em silêncio. Natalie podia sentir seu olhar nela enquanto trabalhava no braço. — Talvez você tenha ouvido falar desse homem, Gabriel Allon — disse ele, enfim. — É um inimigo do povo palestino.

— Acho que li sobre ele nos jornais há alguns meses — respondeu ela. — É aquele que morreu em Londres, não é?

— Gabriel Allon? Morto? — ele balançou a cabeça de leve. — Não acredito nisso.

— Fique em silêncio um pouco — pediu Natalie. — É importante imobilizar direito seu braço. Senão, você vai ter problemas depois.

— E minha perna?

— Você precisa de cirurgia. Cirurgia de verdade em um hospital de verdade. Senão, sua perna ficará muito danificada.

— Vou ser um aleijado, é isso que está dizendo?

— Seus movimentos vão ficar restritos, você vai precisar de uma bengala para andar, vai ter dores crônicas.

— Meus movimentos já são restritos — ele sorriu com a própria piada. — Dizem que Saladin andava mancando, o Saladin *verdadeiro*. Não foi obstáculo para ele, e não vai ser para mim também.

— Eu acredito — disse ela. — Um homem normal nunca sobreviveria a feridas tão graves quanto as suas. Com certeza, Alá está olhando por você. Ele tem planos para você.

— E eu — respondeu Saladin — tenho planos para *você*.

Ela terminou de engessá-lo em silêncio. Ficou contente com seu trabalho. Saladin também.

— Talvez, quando sua operação tiver terminado, você possa voltar ao califado para ser minha médica particular.

— Sua Maimônides?

— Exatamente.

— Seria uma honra — ela se ouviu dizer.

— Mas não vamos estar no Cairo. Assim como Saladin, sempre preferi Damasco.

— E Bagdá?

— Bagdá é uma cidade de *rafidas*.

Era uma gíria sunita preconceituosa para se referir a muçulmanos xiitas. Natalie preparou uma nova bolsa de soro sem dizer nada.

— O que você está colocando no soro? — perguntou ele.

— Um remédio para sua dor. Vai ajudá-lo a dormir no calor da tarde.

— Não estou com dor. E não quero dormir.

Natalie conectou a bolsa ao dreno intravenoso e apertou-a para o líquido começar a fluir para as veias dele. Dentro de alguns segundos, os olhos de Saladin ficaram embotados. Ele lutou para mantê-los abertos.

— Abu Ahmed tem razão — disse, observando-a. — Você parece judia.

— E você — falou Natalie — precisa descansar.

As pálpebras fecharam-se como venezianas e Saladin deslizou impotente para a inconsciência.

PROVÍNCIA DE ANBAR, IRAQUE

Os dias dela se passavam ao ritmo de Saladin. Ela dormia quando ele dormia, e acordava sempre que ele se mexia em seu leito. Monitorava seus sinais vitais, trocava seus curativos, dava morfina para a dor mesmo que ele não quisesse. Por alguns segundos depois de a droga entrar em sua corrente sanguínea, ele pairava em um estado de alucinação em que as palavras escapavam de sua boca como o ar que saía de seu pulmão danificado. Natalie podia prolongar esse estado falante dando a ele uma dose menor da droga; ou, inversamente, podia tê-lo levado às portas da morte com uma dose maior. Mas nunca estava sozinha com seu paciente. Dois soldados ficavam postados junto a ele o tempo todo, e Abu Ahmed — com sua garra de lagosta e seu ânimo melancólico — nunca estava longe. Ele consultava Saladin frequentemente, mas Natalie não podia saber sobre o quê. Quando eram discutidos assuntos de Estado ou de terror, ela era banida do cômodo.

Não tinha permissão de ir longe — restringia-se ao cômodo ao lado, ao banheiro, a um pátio castigado pelo sol onde Abu Ahmed a encorajava a se exercitar para ficar em forma para a operação. Ela nunca tinha permissão de ver o resto da grande casa nem de saber onde ela ficava, mas, quando ouvia a al-Bayan no antigo rádio transistorizado que tinham lhe dado, o sinal não tinha interferência. Todas as outras rádios eram proibidas, para que ela não fosse exposta a ideias não islâmicas ou, Deus os livre, música. A ausência de música era mais difícil de suportar do que ela imaginara. Ela ansiava ouvir algumas notas de uma melodia, uma criança arranhando uma escala maior, até a batida do hip-hop de um carro passando. Seus quartos se tornaram uma prisão. O campo em Palmira parecia um paraíso em comparação. Até Raqqa era melhor, pois em Raqqa, pelo menos, ela tinha permissão de caminhar pelas ruas. Apesar das cabeças decepadas e dos homens crucificados, pelo menos havia alguma sombra de vida. O califado, pensou melancolicamente, tinha um talento para reduzir as expectativas das pessoas.

E, o tempo todo, ela via um relógio imaginário em sua cabeça e virava as páginas de um calendário imaginário. Seu voo de Atenas para Paris estava marcado para domingo à noite e sua volta ao trabalho na clínica de Aubervilliers, para segunda de manhã. Mas, primeiro, ela tinha que ir do califado para a Turquia e da Turquia para Santorini. Apesar de toda a conversa sobre seu papel importante em uma operação futura, ela imaginou se Saladin e Abu Ahmed teriam outros planos para ela. Saladin precisaria de cuidado médico durante meses. E quem melhor para cuidar dele do que a mulher que salvara sua vida?

Ele se referia a ela como Maimônides, e ela, sem ter outro nome para ele, o chamava de Saladin. Não se tornaram amigos nem confidentes, longe disso, mas um laço se formou entre eles. Ela jogava com ele o mesmo jogo que jogara com Abu Ahmed, o jogo de adivinhar o que ele tinha sido antes de a invasão americana derrubar o Iraque. Ele era, obviamente, inteligentíssimo e estudante de história. Durante uma das conversas, ele disse a ela que estivera em Paris muitas vezes — não contou por quais motivos — e que falava francês mal, mas com muito entusiasmo. Falava inglês também, muito melhor do que francês. Talvez, pensou Natalie, ele tivesse frequentado uma escola particular inglesa ou uma academia militar. Tentou imaginá-lo sem o cabelo selvagem e a barba. Vestiu-o com um terno ocidental, mas não ficava bem. Então, colocou um uniforme verde-oliva, e caiu melhor. Quando adicionou um bigode grosso do tipo usado por seguidores de Saddam, a imagem ficou completa. Saladin, decidiu, fora um policial secreto ou espião. Por essa razão, ela sempre tinha medo em sua presença.

Saladin não era um jihadista inflamado. O islã, para ele, era político, uma ferramenta com a qual ele pretendia redesenhar o mapa do Oriente Médio. A região seria dominada por um enorme Estado sunita, que iria de Bagdá à Península Arábica e atravessaria o Levante e o Norte da África. Ele não fazia sermões nem cuspia veneno ou recitava versos do Corão ou ditados do profeta. Era inteiramente sensato, o que o tornava ainda mais assustador. A liberação de Jerusalém, disse, era prioridade em sua pauta. Seu desejo era orar no Nobre Santuário pelo menos uma vez antes de morrer.

— Você já foi, Maimônides?

— Para Jerusalém? Não, nunca.

— Sim, eu sei. O Abu Ahmed me contou.

— Quem?

Ele acabou contando que fora criado em uma aldeia pobre no Triângulo Sunita do Iraque, apesar de ter feito questão de não dizer o nome da aldeia. Juntara-se ao Exército iraquiano, algo não muito surpreendente em uma terra de serviço militar obrigatório, e lutara na longa guerra contra os iranianos, aos quais sempre se referia como persas e *rafidas*. Os anos entre a guerra contra o Irã e a primeira Guerra do Golfo passaram em branco; ele mencionou algo sobre trabalhar para o governo, mas não explicou. Porém, quando falou sobre a segunda guerra contra os americanos, a guerra que destruiu o Iraque como ele o conhecia, seus olhos brilharam de raiva. Quando os americanos desmontaram o Exército iraquiano e tiraram todos os membros do Partido Baath de seus postos de governo, ele foi mandado para a rua junto com milhares de outros iraquianos majoritariamente sunitas. Uniu-se à resistência secular e, mais tarde, à organização terrorista al--Qaeda no Iraque, onde conheceu e ficou amigo de Abu Musab al-Zarqawi. Diferentemente de Zarqawi, que adorava seu papel de estrela do terrorismo, como Bin Laden, Saladin preferia manter um perfil mais discreto. Saladin, não Zarqawi, arquitetou muitos dos ataques mais espetaculares e mortais da al-Qaeda. Mas, até hoje, dizia ele, os americanos e os jordanianos não sabiam seu nome verdadeiro.

— Você, Maimônides, não vai ter tanta sorte. Logo, será a mulher mais procurada do planeta. Todo mundo vai saber seu nome, especialmente os americanos.

Ela perguntou de novo sobre o alvo de seu ataque. Irritado, ele se recusou a contar. Por motivos de segurança operacional, explicou, os recrutas só recebiam seus alvos no último minuto possível.

— Sua amiga Safia Bourihane não ficou sabendo do alvo até a noite anterior à operação. Mas *seu* alvo vai ser muito maior que o dela. Um dia, escreverão livros sobre você.

— É uma missão suicida?

— Maimônides, por favor.

— Preciso saber.

— Eu não falei que você vai ser minha médica particular?

Repentinamente exausto, ele fechou os olhos. Suas palavras, pensou Natalie, não tinham convicção. Ela soube, naquele momento, que a dra. Leila Hadawi não voltaria ao califado. Ela salvara a vida de Saladin, mas mesmo assim Saladin, sem qualquer sinal de temor ou culpa, logo a enviaria para morrer.

— Como está sua dor? — perguntou ela.

— Não sinto nada.

Ela colocou o dedo indicador no centro do peito dele e pressionou. Os olhos abriram de súbito.

— Parece que você está com dor, afinal.

— Um pouco — confessou ele.

Ela preparou a dose de morfina.

— Espere, Maimônides. Tem uma coisa que preciso contar.

Ela parou.

— Você vai sair daqui em algumas horas para começar seu percurso de volta para a França. Na hora certa, alguém vai entrar em contato e dizer como proceder.

Natalie terminou de preparar a dose de morfina.

— Talvez — disse ela — nos encontremos de novo no paraíso.

— *Inshallah*, Maimônides.

Ela colocou a morfina pelo dreno intravenoso até as veias dele. Os olhos embotaram e ficaram vazios; ele estava em um estado vulnerável. Natalie quis dobrar a dose e levá-lo às portas da morte, mas não teve coragem. Se ele morresse, a faca ou o apedrejamento seria o destino dela.

Ele finalmente ficou inconsciente e seus olhos se fecharam. Natalie checou os sinais vitais mais uma vez e, enquanto ele dormia, removeu o dreno do tórax e suturou o corte. Naquela noite, depois do jantar, ela foi vendada e colocada no banco traseiro de outra SUV. Estava cansada demais para ter medo. Mergulhou em um sono sem sonhos e, quando acordou, estavam perto da fronteira turca. Um par de contrabandistas atravessou com ela a fronteira até o terminal de balsas de Bodrum, onde Miranda Ward estava esperando. Viajaram juntas de balsa até Santorini e dividiram um quarto naquela noite no Panorama Hotel. Só no fim da manhã seguinte, quando chegaram a Atenas, Miranda devolveu o telefone de Natalie, que enviou uma mensagem de texto para seu "pai" dizendo que a viagem tinha ido bem e que estava segura. Então, sozinha, embarcou no voo da Air France com destino a Paris.

PARTE TRÊS

O FIM DOS DIAS

44

AEROPORTO CHARLES DE GAULLE, PARIS

O nome no papel retangular dizia MORESBY. O próprio Christian Bouchard o tinha escolhido. Vinha de um livro que ele lera certa vez sobre americanos ricos e ingênuos perambulando entre os árabes do Norte da África. A história terminava mal para os americanos; alguns deles morriam. Bouchard não gostava do romance, mas era o primeiro a admitir que ele mesmo não era lá um grande intelectual. Essa falta fez com que Paul Rousseau, famoso por ler até enquanto escovava os dentes, não gostasse dele inicialmente. Rousseau estava sempre empurrando densos volumes de prosa e poesia para seu vice. Bouchard exibia os livros na mesa de centro de seu apartamento para impressionar os amigos da esposa.

Ele segurava o aviso de papel com a mão direita úmida. Com a esquerda, segurava um telefone celular, que há várias horas apitava com um fluxo contínuo de mensagens relacionadas a certa dra. Leila Hadawi, cidadã francesa de raiz árabe-palestina. A dra. Hadawi embarcara no voo 1533 da Air France em Atenas no começo daquela tarde, depois de um mês de férias na Grécia. Ela recebera autorização para entrar na França sem questionamentos sobre seu itinerário de viagem e agora estava chegando ao salão de desembarque do Terminal 2F, ou, pelo menos, era o que dizia a mensagem recebida por Bouchard. Ele só acreditaria quando visse com seus próprios olhos. O israelense parado ao seu lado parecia se sentir da mesma forma. Era aquele magricela com olhos cinza que os membros franceses da equipe conheciam como Michel. Algo nele inquietava Bouchard. Não era difícil imaginá-lo com uma arma na mão, apontada para um homem prestes a morrer.

— Lá está ela — murmurou o israelense, como se falasse com seus sapatos, mas Bouchard não a viu. Um voo do Cairo chegara ao mesmo tempo em que o voo de Atenas; havia um mar de hijabs.

— De que cor? — perguntou Bouchard.

— Vinho — respondeu o israelense. Era uma das poucas palavras que ele conhecia em francês.

O olhar de Bouchard varreu o desaguadouro de seres humanos, e então a viu de repente, uma folha à deriva em um riacho. Ela passou a alguns passos de onde eles estavam, olhando direto para a frente, o queixo levemente para cima, arrastando sua pequena mala de rodinhas. Então, deslizou pelas portas externas e sumiu de novo.

Bouchard olhou para o israelense, que surpreendentemente estava sorrindo. Seu alívio era palpável, mas Bouchard percebia alguma outra coisa. Como francês, sabia uma coisinha ou outra sobre assuntos do coração. O israelense estava apaixonado pela mulher que acabara de voltar da Síria. Disso, Bouchard tinha certeza.

Ela se acomodou tranquilamente em seu apartamento na *banlieue* de Aubervilliers e voltou à sua antiga vida. Era a Leila de antes de Jalal Nasser abordá-la no café do outro lado da rua, a Leila de antes de uma garota bonita de Bristol atravessá-la secretamente para a Síria. Nunca testemunhara os horrores de Raqqa nem a tragédia de Palmira, nunca arrancara estilhaços do corpo de um homem chamado Saladin. Estivera na Grécia, na encantadora ilha de Santorini. Sim, era tão lindo quanto ela tinha imaginado. Não, ela provavelmente não voltaria. Uma vez era suficiente.

Ela estava excepcionalmente magra para uma mulher que estivera de férias, e seu rosto carregava evidências de tensão e fadiga. O cansaço não diminuía, pois, mesmo depois de sua volta, o sono fugia dela. Ela também não recuperou o apetite. Forçava-se a comer croissants e baguetes e Camembert e massa, e rapidamente ganhou um ou dois quilos perdidos. Não ajudou muito na aparência. Ela parecia uma ciclista depois de completar o Tour de France — ou uma jihadista depois de passar um mês treinando na Síria e no Iraque.

Roland Girard, o gerente de mentira da clínica, tentou aliviar a carga de pacientes dela, mas ela nem quis saber. Depois de um mês no mundo de ponta-cabeça do califado, sentia falta de alguma sombra de normalidade, mesmo que fosse a de Leila, e não a sua própria. Descobriu que sentia falta de seus pacientes, os habitantes das *cités*, os cidadãos da outra França. E, pela primeira vez, viu o mundo árabe da forma como eles certamente o viam, como um lugar cruel e implacável, um lugar sem futuro, um lugar de onde era preciso fugir. A maioria deles queria apenas viver em paz e cuidar de suas famílias. Mas uma minoria — pequena em porcentagem, mas grande em número — tinha caído no canto de sereia do islã radical. Alguns estavam prontos para assassinar seus concidadãos franceses em nome do califado. E alguns certamente teriam cortado a garganta da dra. Hadawi se soubessem o segredo que ela escondia embaixo de seu hijab.

Apesar disso, ela estava feliz em estar novamente com eles, novamente na França. Principalmente, estava curiosa sobre por que não tinha sido chamada para a sessão de interrogatório que, secretamente, temia. Eles a estavam observando; ela os via nas ruas da *banlieue* e à janela do apartamento em frente ao dela. Supunha que estivessem apenas sendo cuidadosos, pois certamente não eram os únicos a observar. Com certeza, pensou, Saladin também a estava observando.

Finalmente, na primeira sexta-feira à noite depois de sua volta, Roland Girard a convidou novamente para um café depois do trabalho. Em vez de ir para o centro de Paris, como fizera antes de ela partir para a Síria, ele a levou no sentido norte, para o interior.

— Você não vai me vendar? — perguntou ela.

— Ahn?!

Em silêncio, ela observou o relógio e o velocímetro e pensou em uma estrada reta como régua manchada de petróleo, esticando-se até o deserto. No fim da estrada, havia uma grande casa com muitos cômodos e pátios. E, em um dos cômodos, enfaixado e enfermo, estava Saladin.

— Pode me fazer um favor, Roland?

— Claro.

— Coloque uma música.

— Qual?

— Não importa. Qualquer uma está bom.

O portão era imponente, o caminho para carros era comprido e de cascalho. No fim dele, coberta de hera e elegante, havia uma grande mansão. Roland Girard parou a alguns metros da entrada. Deixou o motor ligado.

— Só tenho permissão de chegar até aqui. Estou chateado. Queria saber como foi.

Ela não respondeu.

— Você é muito corajosa de ir para aquele lugar, ficar na companhia daqueles monstros.

— Você teria feito o mesmo.

— Nem em um milhão de anos.

Uma luz externa brilhou na escuridão, a porta da frente se abriu.

— Vai — disse Roland Girard. — Eles esperaram muito tempo para ver você.

Mikhail estava parado na entrada da casa. Natalie desceu do carro e se aproximou dele lentamente.

— Estava começando a pensar que você tinha me esquecido.

— Nem por um minuto — ele a examinou. — Você está com uma cara péssima.

Ela olhou para trás dele, para o interior da enorme casa.

— Que lindo. Muito melhor que meu apartamentinho em Aubervilliers.

— Ou que aquele muquifo perto do Parque al-Rasheed.

— Vocês estavam me observando?

— O máximo possível. Sabemos que você foi levada para uma vila perto da fronteira iraquiana, onde sem dúvida foi interrogada por um homem chamado Abu Ahmed al-Tikriti. E sabemos que passou vários dias em um campo de treinamento em Palmira, onde conseguiu achar tempo para fazer um tour das ruínas à luz do luar — ele hesitou antes de continuar. — E agora sabemos que foi levada para uma vila perto de Mosul, onde passou vários dias em uma casa bem grande. Vimos você andando de um lado para o outro em um pequeno pátio.

— Vocês deviam ter bombardeado aquela casa.

Mikhail deu um passo para o lado e, com um movimento da mão, convidou-a para entrar. Ela ficou paralisada.

— O que foi?

— Acho que ele vai ficar decepcionado comigo.

— Impossível.

— É o que vamos ver — disse ela, e entrou.

Eles a abraçaram, beijaram seu rosto, agarraram seus braços como se tivessem medo de que ela pudesse ser carregada para longe deles e nunca mais voltar. Dina removeu o hijab da cabeça de Natalie; Gabriel colocou uma taça de vinho branco gelado na mão dela. Era um Sauvignon Blanc da Galileia Ocidental que Natalie adorava.

— Não posso, jamais — ela riu. — É *haram*.

— Hoje, não é — disse ele. — Hoje, você é uma de nós mais uma vez.

Havia comida e havia música e havia um milhão de perguntas que ninguém ousava fazer; haveria tempo para isso mais tarde. Eles tinham enviado uma agente para a barriga da besta, e essa agente voltara para eles. Iam saborear sua conquista. Iam celebrar a vida.

Só Gabriel pareceu se conter na farra. Ele não aproveitou a comida nem o vinho, só o café. Principalmente, observou Natalie com uma intensidade enervante, como se estivesse se preparando para pintar um retrato dela. Ela se lembrou das coisas que ele tinha dito sobre a mãe dele naquele primeiro dia na fazenda no vale de Jezreel, de como ela raramente sorria ou ria, de como ela não conseguia demonstrar prazer em ocasiões festivas. Talvez ele tivesse herdado essa condição. Ou, talvez, pensou Natalie, ele soubesse que a noite não era propícia para celebração.

Por fim, como se por um sinal imperceptível, a festa acabou. Os pratos foram recolhidos, o vinho foi tirado. Em uma das salas de estar, uma poltrona de encosto alto fora reservada para Natalie. Não havia câmeras nem microfones visíveis, mas, com certeza, pensou ela, os trabalhos estavam sendo gravados. Gabriel escolheu ficar em pé.

— Em geral — disse ele —, prefiro começar estas sessões pelo começo. Mas talvez, hoje, devêssemos começar pelo fim.

— Sim — concordou ela. — Talvez devêssemos.

— Quem estava naquela casa grande perto de Mosul?

— Saladin — respondeu ela, sem hesitar.

— Por que você foi levada para lá?

— Ele precisava de cuidados médicos.

— E você deu isso a ele?

— Sim.

— Por quê?

— Porque — respondeu Natalie — ele ia morrer.

45

SERAINCOURT, FRANÇA

— Um dia — disse Gabriel —, vão escrever um livro sobre você.

— Engraçado — respondeu Natalie —, Saladin me disse a mesma coisa.

Estavam caminhando por uma trilha no jardim do *château*. Um pouco de luz vazava pelas portas francesas da sala de estar, mas, fora isso, estava escuro. Uma tempestade tinha ido e vindo durante as muitas horas do interrogatório, e o cascalho estava úmido sob os pés deles. Natalie tremeu. O ar estava frio com a promessa do outono.

— Você está com frio — disse Gabriel. — Devíamos entrar.

— Ainda não. Tem uma coisa que quero contar em particular.

Gabriel parou e se voltou para olhá-la.

— Ele sabe quem você é — falou Natalie.

— O Saladin? — ele sorriu. — Estou lisonjeado, mas não surpreso. Tenho uma legião de seguidores no mundo árabe.

— Tem mais, infelizmente. Ele sabe sobre sua ligação com Hannah Weinberg. E suspeita que você esteja bem vivo.

Dessa vez, ele não desprezou as palavras dela com um sorriso.

— O que isso quer dizer? — perguntou Natalie.

— Quer dizer que nossas suspeitas sobre o Saladin ser um ex-agente da inteligência iraquiana quase com certeza estão certas. Também quer dizer que ele provavelmente está ligado a certos elementos na Arábia Saudita. Quem sabe? Talvez esteja recebendo apoio deles.

— Mas o ISIS quer destruir a Casa de Saud e incorporar a Península Arábica ao califado.

— Em teoria.

— Então, por que os sauditas apoiariam o ISIS?

— Você agora é nossa maior especialista no ISIS. Me diga você.

— A Arábia Saudita é um clássico caso de Estado que fica em cima do muro. Ela combate o extremismo sunita ao mesmo tempo em que o alimenta. É como um homem segurando um tigre pelas orelhas. Se o homem soltar o tigre, ele vai devorá-lo.

— Você obviamente estava prestando atenção durante aquelas longas palestras na fazenda — disse Gabriel, com admiração. — Mas deixou de fora outro fator importante, que é o Irã. Os sauditas têm mais medo do Irã do que do ISIS. O Irã é xiita. E o ISIS, apesar de todo o mal, é sunita.

— E, do ponto de vista saudita — continuou Natalie —, um califado sunita é preferível a um Crescente xiita que vai do Irã ao Líbano.

— Exatamente — de novo, ele sorriu. — Você vai ser uma grande oficial de inteligência. Na verdade — ele se corrigiu —, já é.

— Uma grande oficial de inteligência não teria salvado a vida de um monstro como Saladin.

— Você fez exatamente a coisa certa.

— Fiz?

— Não somos como eles, Natalie. Se eles querem morrer por Alá, vamos ajudar no que for possível. Mas não vamos nos sacrificar no processo. Além disso — completou, depois de um momento —, se você tivesse matado Saladin, Abu Ahmed al-Tikriti tomaria o lugar dele.

— Então, por que se dar ao trabalho de matar qualquer um deles, se outro vai entrar?

— É uma pergunta que nos fazemos o tempo todo.

— E a resposta?

— Que escolha temos?

— Talvez, devêssemos bombardear aquela casa.

— Péssima ideia.

— Por quê?

— Me diga você.

Ela ponderou a questão com cuidado antes de responder.

— Porque suspeitariam que a mulher que salvou Saladin, a mulher que ele chamava de Maimônides, era uma espiã que revelou a localização da casa à sua organização.

— Muito bem. E você pode ter certeza de que tiraram ele dali no minuto em que você atravessou para a Turquia.

— Vocês estavam observando?

— Nosso satélite tinha sido reprogramado para seguir você.

— Vi al-Tikriti usar um telefone várias vezes.

— Aquele telefone já saiu do ar. Vou pedir aos americanos para revisarem os dados de satélite e celular. É possível que consigam reconstituir os movimentos de Saladin, mas improvável. Estão procurando al-Baghdadi há muito tempo sem sucesso. Em um caso como este, precisamos saber onde Saladin *vai* estar, não onde esteve — com um olhar de relance, ele perguntou: — Existe alguma chance de ele já ter morrido por causa dos ferimentos?

— Sempre existe uma chance. Mas, infelizmente, ele teve uma médica muito boa.

— É porque ela era judia. Todo mundo sabe que os melhores médicos são judeus.

Ela sorriu.

— Você não concorda?

— Não é isso. É que Saladin me disse a mesma coisa.

— Até um relógio quebrado está certo duas vezes por dia.

Caminharam em silêncio por um momento, o cascalho fazendo ruído sob seus pés. Uma cópia do Apollo emergiu fantasmagoricamente da escuridão. Por um instante, Natalie estava de novo em Palmira.

— E agora? — perguntou ela, por fim.

— Esperamos Saladin chamar você e paramos o próximo ataque.

— E se não me escolherem para a equipe?

— Eles já investiram muito tempo e esforço em você. Quase tanto quanto nós — completou.

— Quanto tempo temos de esperar?

— Uma semana, um mês... — ele deu de ombros. — Saladin está fazendo isso há muito tempo, mil anos, na verdade. Ele obviamente é um homem paciente.

— Não posso continuar vivendo como Leila Hadawi.

Ele não disse nada.

— Como estão meus pais?

— Preocupados, mas bem.

— Sabem que fui para a Síria?

— Não. Mas sabem que você está segura.

— Quero fazer uma exigência.

— Qualquer coisa — disse ele. — Dentro do bom senso, é claro.

— Quero ver meus pais.

— Impossível — disse ele, abanando a mão de forma desdenhosa.

— Por favor — implorou ela. — Só por alguns minutos.

— Alguns minutos?

— Sim. Só isso. Apenas quero ouvir a voz da minha mãe. Quero que meu pai me abrace.

Ele fez que estava pensando.

— Acho que dá para arranjar isso.

— Mesmo? Quando?

— Agora — disse ele.

— O que você está querendo dizer?

Ele apontou para a fachada da casa, em direção à luz que vazava das portas francesas. Natalie se virou e saltitou como uma criança pelo caminho escurecido. Ela era linda, pensou Gabriel, mesmo quando estava chorando.

PARIS–TIBERÍADES, ISRAEL

O resto de setembro passou sem sobressaltos, bem como todo o mês de outubro, que, em Paris, foi banhado de sol e mais quente que o normal, para o deleite dos artistas da vigilância, os heróis não celebrados da operação. Na primeira semana de novembro, a equipe foi tomada de algo próximo do pânico abjeto. Até Paul Rousseau, normalmente plácido, estava fora de si, mas, até aí, ele precisava ser perdoado. Tinha um chefe e um ministro nas costas dele, além de um presidente fraco demais para sobreviver a outro ataque em solo francês. O presidente logo partiria para uma reunião em Washington com seu colega americano, por isso Rousseau estava eternamente grato.

Natalie seguia firme, mas claramente estava ficando cansada de sua vida dupla na tediosa *banlieue*. Não houve mais reuniões da equipe; eles se comunicavam com ela só por mensagens de texto. Checagens de status sempre suscitavam uma resposta vaga. Ela estava bem. Estava saudável. Estava entediada. Estava solitária. Nos dias de folga da clínica, ela escapava da *banlieue* pelo trem RER e deixava os observadores loucos nas ruas do centro de Paris. Durante uma dessas visitas, foi interpelada por uma francesa da Frente Nacional que não gostou do hijab dela. Natalie devolveu na mesma moeda e, em um instante, as duas mulheres estavam cara a cara em uma esquina lotada de gente. Se não fosse pelo *gendarme* que as separou, podiam muito bem ter saído na mão.

— Uma performance admirável — disse Paul Rousseau a Gabriel naquela noite na sede do Grupo Alpha na rue de Grenelle. — Tomara que Saladin tenha assistido.

— Sim — respondeu Gabriel. — Tomara.

Mas será que ele estava vivo? E, se estivesse, será que tinha perdido a fé na mulher que o salvara? O maior medo deles era que o trem operacional de Saladin tivesse saído da estação e a dra. Hadawi não tivesse recebido uma passagem. Enquanto isso, o sistema piscava em vermelho. Capitais europeias, incluindo Paris, estavam em alerta, e, em Washington, o Departamento de Segurança Nacional elevara, a contragosto, seu nível de ameaça, apesar de publicamente o presidente continuar fazendo pouco caso do perigo. O fato de avisos irem e virem sem nenhum ataque parecia dar força ao argumento dele de que o grupo não tinha capacidade de criar um grande espetáculo do terror em solo americano. Um acordo sobre mudança climática foi assinado, um *pop star* famoso lançou um álbum muito aguardado, a bolsa de valores da China entrou em colapso e logo o mundo esqueceu. Mas o mundo não sabia o que Gabriel e Natalie e o resto da equipe sabiam. Em algum lugar do Iraque ou da Síria, havia um homem chamado Saladin. Ele não era um lunático delirante; era um homem racional, um nacionalista sunita, muito possivelmente um antigo espião. Sofrera dois ferimentos de estilhaços no lado direito do corpo: um no peito, o outro na coxa. Se conseguisse andar, com certeza precisaria de uma bengala ou de muletas. As cicatrizes o tornariam facilmente identificável. Sua ambição também. Ele planejava um ataque de tal gravidade que o mundo ocidental não teria escolha a não ser invadir o califado. Os Exércitos de Roma e os homens com estandartes negros e longos cabelos e barbas lutariam em um lugar chamado Dabiq, nas planícies do norte da Síria. Os homens com estandartes negros venceriam, iniciando assim uma cadeia de eventos apocalípticos que culminariam na aparição do Mahdi e no fim dos dias.

Mas, mesmo na cidade sagrada de Jerusalém, alvo final de Saladin, a atenção se desviava. Vários meses haviam se passado desde que Gabriel devia ter assumido o controle do Escritório e até o primeiro-ministro, que fora cúmplice no adiamento, estava perdendo a paciência. Tinha como aliado Ari Shamron, que jamais apoiara o adiamento desde o começo. Frustrado, Shamron ligara para um jornalista dócil para contar — anonimamente, é claro — que haveria uma mudança iminente na liderança do Escritório, dentro de dias, não de semanas. Sugerira também que a escolha do novo chefe feita pelo primeiro-ministro seria surpreendente, para dizer o mínimo. Seguiu-se uma roda de intensa especulação midiática. Muitos nomes foram mencionados, ainda que o de Gabriel Allon tenha sido citado apenas de passagem e com tristeza. Gabriel era o chefe que nunca foi. Gabriel estava morto.

Mas ele não estava morto, é claro. Estava sofrendo com os fusos horários, estava ansioso, estava preocupado que sua operação meticulosamente planejada e executada fosse em vão, mas estava bem vivo. Na tarde de uma sexta-feira, em meados de novembro, ele voltou a Jerusalém depois de vários dias em Paris, esperando passar um fim de semana tranquilo com sua mulher e seus filhos. Mas, minutos depois de sua chegada, Chiara informou-o de que todos eles eram esperados para um jantar naquela noite no casarão de Shamron em Tiberíades.

— Sem chance — reagiu Gabriel.

— É Sabbath — respondeu Chiara. Ela não disse mais nada. Era filha do rabino-chefe de Veneza. No mundo de Chiara, o Sabbath era o último ás na manga. Não era necessário mais argumento nenhum. O caso estava encerrado.

— Estou cansado demais. Liga para a Gilah e vamos marcar para outra noite.

— Liga *você*.

Ele ligou. A conversa foi breve, menos de um minuto.

— O que ela disse?

— Ela disse que é Sabbath.

— Só isso?

— Não. Disse que o Ari não está muito bem.

— Ele esteve doente o outono inteiro. Você estava ocupado demais para notar, e a Gilah não queria preocupar você.

— O que ele tem desta vez?

Ela deu de ombros:

— Seu pai, seu *abba*, está ficando velho, Gabriel.

Para a família Allon, sair de casa não era tarefa simples. As cadeirinhas de carro das crianças tinham de ser afiveladas no banco traseiro da SUV de Gabriel, e um veículo extra tinha de ser adicionado ao comboio. Todos os automóveis se arrastaram pelo Bab al-Wad na hora do rush, aceleraram para o norte pela Planície Costeira e então correram para o oeste atravessando a Galileia. O casarão cor de mel de Shamron ficava no topo de um penhasco pedregoso com vista para o lago. Na base da entrada para carros, havia uma pequena guarita onde um destacamento de segurança mantinha vigilância atrás de um portão de metal. Era como entrar em uma base militar numa terra hostil.

Faltavam precisamente três minutos para o pôr do sol quando o comboio parou ruidosamente na entrada do casarão. Gilah Shamron estava esperando na escada, batucando no relógio de pulso para indicar que faltava pouco se eles quisessem acender as velas a tempo. Gabriel carregou as crianças para dentro, enquanto Chiara levava a comida que passara a tarde preparando. Gilah também passara o dia cozinhando. Havia o suficiente para alimentar uma multidão.

A descrição de Chiara sobre a saúde frágil de Shamron deixara Gabriel esperando o pior, e ele ficou profundamente aliviado ao·encontrar Shamron parecendo bastante bem. Aliás, o estado dele até dava sinais de ter melhorado desde a última vez que Gabriel o vira. Ele estava vestido, como sempre, com uma camisa de algodão e calças cáqui bem passadas, mas hoje tinha adicionado um cardigã azul-marinho para se proteger do frio de novembro. Pouco sobrara de seu cabelo, e a pele estava pálida e transparente, mas os olhos azuis brilharam atrás dos óculos de aço feios quando Gabriel entrou com uma criança em cada braço. Shamron levantou as mãos cheias de manchas senis — mãos grandes demais para um homem tão pequeno — e, sem apreensão, Gabriel confiou Raphael a ele. Shamron segurou a criança como se fosse uma granada viva e sussurrou um monte de bobagens no ouvido dela com um sotaque polonês desagradável. Quando Raphael soltou uma gargalhada, Gabriel ficou imediatamente feliz por ter vindo.

Ele fora criado em uma casa sem religião, mas, como sempre, quando Gilah aproximou dos olhos a luz das velas do Sabbath e recitou a bênção, pensou que era a coisa mais linda que já tinha visto. Shamron, então, recitou as bênçãos do pão e do vinho nas entonações iídiches de sua infância, e a refeição começou. Gabriel ainda nem tinha dado a primeira garfada quando Shamron tentou investigá-lo para saber sobre a operação, mas Gilah habilmente mudou o assunto para as crianças. Chiara relatou a eles os últimos avanços — as mudanças na dieta, os ganhos de peso e altura, as tentativas de falar e andar. Gabriel só vira relances passageiros dessas mudanças durante os muitos meses da operação. Em poucas semanas, eles se reuniriam novamente em Tiberíades para comemorar o primeiro aniversário das crianças. Ele se perguntou se Saladin permitiria que ele fosse à festa.

Na maior parte do tempo, porém, ele tentou esquecer a operação para poder desfrutar de uma noite tranquila junto a sua família. Não ousou desligar o telefone, mas não checou as atualizações de Paris. Não era necessário. Sabia que em alguns minutos Natalie estaria saindo da clínica na avenue Victor Hugo, na *banlieue* de Aubervilliers. Talvez ela fosse ao café comer ou beber algo, ou, talvez, fosse direto a seu apartamento para mais uma noite sozinha. Gabriel sentiu uma pontada de culpa — Natalie, pensou ele, também devia estar passando o Sabbath na companhia de sua família. Ele se perguntou quanto tempo mais ela conseguiria continuar. Tempo suficiente, esperava, para Saladin convocá-la.

Shamron ficou em silêncio durante o jantar, pois jogar conversa fora não era seu forte. Depois de terminar seu café, ele colocou sua velha jaqueta de couro e levou Gabriel ao terraço que dava para o oeste, na direção da superfície prateada do lago e da imponente massa negra das Colinas de Golã. Atrás deles estava o monte Arbel, com sua sinagoga antiga e sua fortaleza de caverna e, na encosta sudeste, uma cidadezinha homônima. A cidade fora uma vila árabe chamada Hittin — e, muito antes disso, há milhares de anos, fora conhecida como Hattin. Foi ali, a um passo do local onde Gabriel e Shamron agora estavam, que Saladin, o *verdadeiro* Saladin, destruíra os Exércitos de Roma.

Shamron ligou um par de aquecedores a gás para acabar com o frio agudo do ar. Então, após se defender de um ataque sem entusiasmo de Gabriel, acendeu um de seus cigarros turcos. Eles se sentaram em um par de cadeiras na beira do terraço, Gabriel ao lado direito de Shamron, seu telefone apoiado na pequena mesa entre eles. A lua, parecendo um minarete, flutuava acima das Colinas de Golã, jogando sua luz benevolente sobre as terras do califado. De trás deles, através de uma porta aberta, vinham as vozes de Gilah e Chiara e os gorjeios e as risadas das crianças.

— Você notou — perguntou Shamron — quanto seu filho se parece com o Daniel?

— É difícil não notar.

— É impressionante.

— É — respondeu Gabriel, com os olhos na lua.

— Você é um homem de sorte.

— Sou mesmo?

— Não é sempre que temos uma segunda chance de ser feliz.

— Mas com a felicidade — disse Gabriel — vem a culpa.

— Não há nada pelo que se culpar. Fui eu que o recrutei. E fui eu que permiti que levasse sua mulher e seu filho com você para Viena. Se alguém devia se sentir culpado — falou Shamron, gravemente —, sou eu. E me lembro dessa culpa toda vez que vejo o rosto do seu filho.

— E toda vez que você coloca essa jaqueta velha.

Shamron rasgara o ombro esquerdo da jaqueta ao entrar às pressas no banco traseiro de seu carro na noite do atentado em Viena. Ele nunca a remendara. Era uma lembrança de Daniel. De trás deles vieram as vozes suaves das mulheres e a risada de uma criança — Gabriel não conseguiu identificar de qual delas. Sim, pensou, era feliz. Mas não se passava uma única hora de um único dia em que ele não estivesse segurando o corpo sem vida de seu filho ou tirando sua esposa de trás do volante de um carro em chamas. A felicidade era sua punição por ter sobrevivido.

— Gostei da reportagem sobre a mudança iminente de liderança no Escritório.

— Gostou? — até Shamron parecia contente em mudar de assunto. — Fico feliz.

— Foi um golpe baixo, Ari, até para os seus padrões.

— Nunca acreditei em jogar limpo. É por isso que sou espião e não soldado.

— Atrapalhou as coisas — disse Gabriel.

— Era minha intenção.

— O primeiro-ministro sabe que você estava por trás disso?

— E quem você acha que me pediu para fazer isso? — Shamron levou o cigarro aos lábios com a mão trêmula. — Essa situação — falou, com desdém — já foi longe demais.

— Estou liderando uma operação.

— Dá para andar e mascar chiclete ao mesmo tempo.

— Ou seja?

— Eu fui chefe operacional — respondeu Shamron — e espero que você também seja.

— No minuto em que a rede de Saladin fizer contato com a Natalie, vamos ter de entrar em pé de guerra. Não posso ficar me preocupando com problemas de funcionários e distribuição de vagas de estacionamento enquanto estou tentando evitar o próximo ataque.

— *Se* ele fizer contato com ela — Shamron amassou lentamente o cigarro. — Dois meses e meio é muito tempo.

— Dois meses e meio não é nada, e você sabe disso. Além do mais, condiz com o perfil da rede. Safia Bourihane ficou dormente por muitos meses depois de voltar da Síria. Tão dormente, aliás, que os franceses perderam o interesse nela, que era exatamente o que Saladin queria que acontecesse.

— Infelizmente, o primeiro-ministro não está disposto a esperar muito tempo. Nem eu.

— Ah, é? Que bom que você ainda tem influência com ele.

— E o que faz você pensar que eu cheguei a não ter? — A chama do velho isqueiro Zippo de Shamron brilhou. Ele levou a ponta de outro cigarro até o fogo.

— Quanto tempo?

— Se a rede de Saladin não fizer contato com Natalie até a próxima sexta, o primeiro-ministro vai anunciar sua nomeação ao vivo na televisão. E, no domingo seguinte, você participará de sua primeira reunião de gabinete como chefe do Escritório.

— E quando o primeiro-ministro planejava me contar isso?

— Ele acabou de contar — respondeu Shamron.

— Por que agora? Por que essa pressa repentina para eu assumir o cargo?

— Política — explicou Shamron. — A coalizão do primeiro-ministro corre o risco de se quebrar. Ele precisa de um impulso e tem certeza de que você pode dar.

— Não tenho interesse em ir ao socorro político do primeiro-ministro, nem agora, nem nunca.

— Posso dar um conselho, filho?

— Se for necessário.

— Um dia, em breve, você cometerá um erro. Haverá um escândalo ou um desastre operacional. E você vai precisar ser salvo pelo primeiro-ministro. Não se indisponha com ele.

— Espero manter os desastres e escândalos em um nível mínimo.

— Por favor, não faça isso. Lembre: uma carreira sem escândalo…

— … Não é uma carreira de fato.

— Você estava ouvindo, afinal.

— Cada palavra.

Shamron levou o olhar remeloso em direção às Colinas de Golã.

— Onde você acha que ele está?

— Saladin?

Shamron assentiu.

— Os americanos acham que ele está em algum lugar perto de Mosul.

— Não perguntei aos americanos, perguntei a você.

— Não tenho ideia.

— Eu evitaria usar frases como essa quando estiver informando o primeiro-ministro.

— Vou manter isso em mente.

Houve um breve silêncio.

— É verdade que ela salvou a vida dele? — perguntou Shamron.

— Infelizmente, sim.

— E, como recompensa, Saladin vai mandá-la para morrer.

— Espero que a gente tenha essa sorte.

Naquele momento, o telefone de Gabriel apitou. A tela iluminou seu rosto enquanto ele lia a mensagem. Shamron conseguiu ver que ele estava sorrindo.

— Boas notícias? — perguntou.

— Muito.

— O que é?

— Parece que recebi mais um adiamento.

— Do primeiro-ministro?

— Não — respondeu Gabriel, desligando o telefone. — De Saladin.

AMÃ, JORDÂNIA — SEDE DA CIA

Gabriel voltou à rua Narkiss só pelo tempo suficiente para jogar algumas peças de roupa em uma mala. Então, entrou no banco traseiro de sua SUV para uma viagem em alta velocidade através da Cisjordânia até o Aeroporto Queen Alia, de Amã, onde um dos jatos Gulfstream de Vossa Majestade estava abastecido e pronto para a decolagem. Fareed Barakat estava esticado em uma das poltronas de couro giratórias, a gravata afrouxada, parecendo um executivo ocupado no fim de um dia longo mas lucrativo. O avião começou a taxiar antes de Gabriel sentar-se em sua cadeira, e um momento depois estava no ar. Ainda subia quando passou sobre Jerusalém.

— Olhe os assentamentos — disse Fareed, apontando na direção dos postes de iluminação enfileirados descendo pelos antigos morros até a Cisjordânia. — A cada ano, mais e mais. No ritmo em que vocês estão construindo, Amã logo vai ser um subúrbio de Jerusalém.

O olhar de Gabriel estava em outro lugar, no antigo prédio de calcário no fim da rua Narkiss, onde sua esposa e seus filhos dormiam em paz por causa de pessoas como ele.

— Talvez isto tenha sido um erro — disse, em voz baixa.

— Você preferia voar com a El Al?

— Eu poderia ter pedido uma refeição *kosher* e não precisaria ouvir um sermão sobre os malfeitos de Israel.

— Desculpe, não temos nenhuma comida *kosher* a bordo.

— Não se preocupe, Fareed. Eu já comi.

— Algo para beber? Que tal um filme? Vossa Majestade consegue todos os novos filmes americanos com os amigos de Hollywood.

— Acho que vou só dormir.

— Sábia decisão.

Fareed desligou sua luz quando o Gulfstream saiu do espaço aéreo de Israel, e logo estava dormindo profundamente. Gabriel nunca conseguia dormir em aviões, um problema que nem o assento totalmente reclinável do jato era capaz de curar. Ele pediu café para os tripulantes e assistiu distraidamente ao filme bobo que apareceu em sua tela particular. Seu telefone não lhe fez companhia. O avião tinha Wi-Fi, mas Gabriel tinha desligado e desmontado seu celular antes de atravessar a fronteira da Jordânia. Como regra geral, era melhor não deixar um celular se conectar à rede sem fio de um monarca — nem a uma rede israelense, na verdade.

A uma hora da costa leste dos Estados Unidos, Fareed acordou suavemente, como se um mordomo invisível tivesse batido de leve no ombro dele. Levantando-se, foi aos aposentos privativos de Vossa Majestade, onde se barbeou, tomou banho e colocou um terno e uma gravata novos. Os tripulantes trouxeram para ele um generoso café da manhã inglês. Ele levantou a tampa do bule de chá e farejou. O Earl Grey tinha sido preparado da forma como ele desejava.

— Nada para você? — perguntou o jordaniano enquanto se servia de chá.

— Comi um lanche enquanto você dormia — mentiu Gabriel.

— Fique à vontade para usar as instalações de Vossa Majestade.

— Vou só roubar uma toalha como souvenir.

O avião pousou no Aeroporto Dulles em meio a uma chuva pesada de manhã e taxiou até um hangar distante. Três SUVs pretas estavam esperando ali, junto com um grande destacamento de seguranças americanos. Gabriel e Fareed entraram em um dos veículos e foram levados no sentido leste pela Dulles Access Road até o Capital Beltway. O campus de inteligência da Liberty Crossing, marco zero da rede de segurança nacional de Washington após o 11 de Setembro, ocupava uma boa extensão de terra ao lado da enorme rodovia. O destino deles, porém, ficava alguns quilômetros mais adiante na Route 123. Era o Centro de Inteligência George Bush, também conhecido como sede da CIA.

Depois de serem liberados no enorme posto de controle de segurança, seguiram para uma garagem subterrânea e entraram em um elevador restrito, que os deixou no sétimo andar do prédio original da sede. Um destacamento de segurança esperava no saguão com painéis de madeira para ficar com os celulares deles. Fareed docilmente entregou seu aparelho, mas Gabriel se recusou. Seguiu-se um breve impasse antes que ele recebesse permissão de prosseguir.

— Por que eu não pensei nisso? — murmurou Fareed enquanto caminhavam silenciosamente por um corredor densamente acarpetado.

— O que eles acham que eu vou fazer? Colocar um grampo em mim mesmo?

Foram levados a uma sala de reunião com vista para as matas ao longo do rio Potomac. Adrian Carter estava esperando, sozinho. Usava um blazer azul e uma calça de malha amassada, uma roupa de sábado de manhã para um espião. Parecia mesmo irritado de ver seus dois principais aliados do Oriente Médio.

— Suponho que não seja uma visita social.

— Infelizmente, não — respondeu Gabriel.

— O que vocês têm?

— Uma passagem de avião, uma reserva de hotel e um carro alugado.

— O que tudo isso significa?

— Significa que o time da série B está prestes a cometer um enorme atentado terrorista em solo americano.

O rosto de Carter ficou cinza. Ele não disse nada.

— Você me perdoa, Adrian?

— Depende.

— Pelo quê?

— Por você conseguir me ajudar a evitá-lo.

— Em que voo ela está vindo?

— Air France 54.

— Quando?

— Terça-feira.

— Algumas horas antes da chegada do presidente francês — comentou Carter.

— Duvido que seja coincidência.

— Qual é o hotel?

— Key Bridge Marriott.

— Aluguel de carro?

— Hertz.

— Imagino que também tenham dado um alvo para ela.

— Sinto muito, Adrian, não é o estilo de Saladin.

— Não custa nada perguntar. Afinal, ela salvou a vida dele.

Gabriel franziu as sobrancelhas, mas não disse nada.

— Suponho — disse Carter — que você pretenda deixá-la entrar no avião.

— Com sua aprovação — respondeu Gabriel. — E seria inteligente que você a deixasse entrar no país.

— Colocá-la sob vigilância? É isso que você está sugerindo? Esperar os outros membros da célula de ataque fazerem contato? Pegá-los antes de eles conseguirem atacar?

— Você tem uma ideia melhor?

— E se ela não for o único ativo operacional? E se houver outras equipes? Outros alvos?

— Você deveria partir do princípio de que há outras equipes e outros alvos, Adrian. Vários deles, na verdade. Saladin disse a Natalie que ela estaria envolvida em algo grande. Tão grande que a única escolha dos Estados Unidos seria invadir a Síria.

— E se não fizerem contato com ela? Ou se ela for parte de uma segunda onda de ataques?

— Mil perdões por não trazer o plano todo embrulhado para presente, Adrian, mas não é assim que funciona no mundo real.

Fareed Barakat sorriu. Não era sempre que tinha um assento de primeira fila para uma discussão entre os americanos e os israelenses.

— Quanto o Jalal Nasser sabe? — perguntou Carter.

— Quer que eu ligue e pergunte? Tenho certeza de que ele adoraria nos ajudar.

— Talvez seja hora de pegá-lo para uma conversinha.

Fareed balançou a cabeça com ar sério.

— Péssima ideia.

— Por quê?

— Porque muito provavelmente ele não conhece o plano inteiro. Além disso — completou Fareed —, se prendermos Jalal, vai ser um sinal para Saladin de que a rede foi comprometida.

— Talvez seja exatamente o sinal que precisamos mandar.

— Ele vai revidar, Adrian. Vai atacar da forma que conseguir.

Carter expirou lentamente.

— Quem está cuidando da vigilância em Londres?

— Estamos trabalhando em conjunto com os ingleses?

— Preciso entrar nisso também.

— Três é demais, Adrian.

— Não estou nem aí — Carter fechou a cara ao olhar para o relógio. Eram oito e meia de uma manhã de sábado. — Por que essas coisas sempre acontecem no fim de semana? — Recebendo silêncio como resposta, ele olhou para Gabriel. — Em alguns minutos, várias centenas de funcionários do meu governo vão saber que o Escritório tem uma agente infiltrada no ISIS. Está preparado para isso?

— Se não estivesse, não teria vindo.

— Quando ela descer do avião, não é mais sua agente. É *nossa* agente, e a operação vai ser nossa. Estamos de acordo?

— Perfeitamente — respondeu Gabriel. — Mas, faça o que fizer, cuide para não acontecer nada com ela.

Carter esticou a mão para o telefone e discou.

— Preciso falar com o diretor. *Agora.*

48

ARLINGTON, VIRGINIA

Qassam el-Banna acordou com o chamado à oração. Ele estava sonhando, mas não conseguia lembrar com o quê. Seus sonhos, como a sensação de contentamento, lhe escapavam. Desde muito cedo, ainda um garoto no Delta do Nilo, no Egito, ele acreditava estar destinado a grandes coisas. Estudou muito na escola, conseguiu entrar em uma universidade de prestígio razoável no leste dos Estados Unidos e, depois de uma longa batalha, convenceu os americanos a deixá-lo permanecer no país para trabalhar. E, em troca de todos os seus esforços, recebera uma vida de tédio ininterrupto. Era um tédio distintamente americano composto de engarrafamentos, dívida de cartão de crédito, *fast food* e passeios de fim de semana no shopping Tysons Corner para empurrar seu filho em meio a vitrines cheias de fotografias de mulheres seminuas e sem véu. Por muito tempo, ele culpou Alá por sua infelicidade. Por que lhe tinha dado visões de grandiosidade só para torná-lo um homem comum? Além do mais, Qassam agora era forçado, pela sua ambição insensata, a residir na Casa da Guerra, na terra dos infiéis. Após muita reflexão, tinha chegado à conclusão de que Alá o colocara na América por um motivo. Alá dera a Qassam el-Banna um caminho para a grandiosidade. E, com ela, viria a imortalidade.

Qassam pegou seu Samsung do criado-mudo e silenciou o lamento nasal do muezim. Amina continuava dormindo apesar do barulho. Amina, descobrira ele, podia dormir no meio de qualquer coisa — o choro de uma criança, trovões, alarmes de incêndio, o batucar dos dedos dele no teclado do laptop. Ela também estava decepcionada, não com Alá, mas com Qassam. Viera aos Estados Unidos com perspectivas de uma vida em Bel Air, como nos *reality shows*, mas estava morando na esquina de uma loja 7-Eleven com a Carlin Springs Road. Repreendia Qassam diariamente por não ganhar mais dinheiro e se consolava afundando-os ainda mais em dívidas. Sua mais nova aquisição era um carro de luxo zero. A concessionária aprovara a venda apesar da classificação de crédito péssima deles. Só nos Estados Unidos mesmo, pensou Qassam.

Ele saiu em silêncio da cama, desenrolou um pequeno tapete e rezou pela primeira vez naquele dia. Pressionou a testa apenas levemente no chão, para evitar ficar com um calo escurecido — uma marca de oração conhecida como *zabiba*, palavra árabe para uva-passa —, como os homens religiosos de sua aldeia. O islã não deixara marcas visíveis em Qassam. Ele não rezava em nenhuma das mesquitas de Northern Virginia e evitava outros muçulmanos o máximo possível. Tentava até disfarçar seu nome árabe. Em seu último trabalho, uma pequena empresa de consultoria em TI, era conhecido apenas como Q, ou Q-Ban, do que gostava, porque lembrava vagamente um nome hispânico e o hip-hop. Ele não era um desses muçulmanos com a cara no chão e a bunda no ar, dizia, com um leve sotaque, aos colegas enquanto tomavam cerveja. Viera aos Estados Unidos porque queria escapar de tudo aquilo. Sim, sua mulher usava hijab, mas tinha mais a ver com tradição e moda do que com fé. E, sim, ele tinha batizado seu filho de Mohamed, mas não tinha nada a ver com o profeta. Isto, pelo menos, era verdade. Qassam el-Banna batizara seu filho em homenagem a Mohamed Atta, líder operacional do 11 de Setembro. Atta, como Qassam, era um filho do Delta do Nilo. Não era a única característica que tinham em comum.

Terminadas as orações, Qassam se levantou e desceu em silêncio para a cozinha, onde colocou uma cápsula de café francês na máquina Keurig. Então, na sala, fez duzentas flexões e quinhentos abdominais. Treinar duas vezes por dia tinha remodelado seu corpo. Ele já não era o garoto magrelo do Delta; tinha o corpo de um lutador de UFC. Além dos exercícios, tinha se tornado mestre de caratê e jiu-jítsu. Qassam el-Banna, Q-Ban, era uma máquina mortífera.

Ele terminou o treino com alguns movimentos letais de cada disciplina e subiu novamente. Amina ainda estava dormindo, assim como Mohamed. Qassam usava o terceiro quarto do pequeno duplex como escritório. Era o paraíso de um hacker. Ele entrou, sentou-se em frente a um dos três computadores e rapidamente navegou por dezenas de contas de e-mails e páginas em redes sociais. Mais alguns toques o levaram até uma porta de entrada da *dark net*, o mundo sombrio da internet escondido embaixo da superfície da web, acessado apenas se o usuário tiver o protocolo, as senhas e os aplicativos e softwares adequados. Qassam, profissional de TI, tinha tudo de que precisava — e mais.

Qassam atravessou o portal rapidamente e logo se viu diante de outro. A senha correta deu acesso a ele, uma linha de texto desejou paz e perguntou o que ele queria. Ele digitou a resposta na caixa designada e, após um breve intervalo, recebeu uma mensagem de espera.

— *Alhamdulillah* — disse ele, em voz baixa.

A VIÚVA NEGRA

Seu coração batia rápido — mais rápido que durante seu treino rigoroso. Duas vezes, ele tentou redigitar a senha, mas a pressa o fez digitar errado. No início, a mensagem parecia um monte de caracteres embaralhados — linhas, letras e números sem propósito aparente —, mas a senha correta imediatamente transformou a bagunça em um texto claro. Qassam o leu lentamente, pois a mensagem não podia ser impressa, salva, copiada nem recuperada. As palavras em si também eram codificadas, mas ele sabia exatamente o que queriam dizer. Alá finalmente o colocara no caminho da grandiosidade. E, com ela, pensou, viria a imortalidade.

Gabriel recusou o convite de Carter para acompanhá-lo à Casa Branca. Sua única reunião anterior com o presidente tinha sido tensa, e sua presença agora na Ala Oeste seria uma distração desnecessária. Era muito melhor deixar Adrian contar ao governo que o território americano estava prestes a ser atacado por um grupo que o presidente desprezara como fraco e ineficiente. Ouvir essa notícia da boca de um israelense só traria ceticismo, algo que eles não podiam arriscar.

Gabriel aceitou, porém, quando Carter ofereceu o esconderijo da N Street, uma SUV e um destacamento de segurança da Agência. Depois de sair de Langley, ele foi para a Embaixada de Israel no extremo noroeste de Washington. Ali, na cripta de comunicações seguras do Escritório, falou com suas equipes de Paris e Londres antes de ligar para Paul Rousseau no escritório da rue de Grenelle. Rousseau tinha acabado de voltar do Palácio Élysée, onde dera a mesma mensagem que Adrian Carter agora transmitia para a Casa Branca. O ISIS estava planejando um ataque em solo americano, muito provavelmente enquanto o presidente francês estivesse naquela cidade.

— O que mais ele tem na agenda além da reunião na Casa Branca com o presidente e do jantar de Estado?

— Um coquetel na Embaixada da França.

— Cancele.

— Ele se recusa a fazer qualquer mudança na agenda.

— Que corajoso.

Rousseau escolheu não responder. Gabriel perguntou quando ele iria a Washington.

— Chego na segunda à noite com a equipe de reconhecimento. Vamos ficar no Four Seasons.

— Que tal um jantar?

— Combinado.

Da embaixada, Gabriel seguiu para o esconderijo e para algumas horas de sono muito necessárias. Carter o acordou no fim da tarde.

— Tudo certo — foi só o que ele disse.

— Falou com o chefão?

— Um ou dois minutos.

— Como ele reagiu?

— Tão bem quanto seria possível.

— Meu nome foi mencionado?

— Ah, foi.

— E?

— Ele mandou um abraço.

— Só isso?

— Pelo menos, ele sabe seu nome. Ainda me chama de Andrew.

Gabriel tentou dormir, mas não adiantou, então tomou banho e se trocou e, com uma equipe de segurança da Agência em seus calcanhares, saiu do esconderijo nos últimos minutos de luz do sol. O ar estava fresco e pesado, indicando uma tempestade iminente; folhas cor de cobre e ouro cobriam as calçadas de tijolo vermelho. Ele tomou um café expresso em uma doceria na Wisconsin Avenue e caminhou pelo East Village de Georgetown até a M Street, com sua fileira de lojas, restaurantes e hotéis. Sim, pensou, haveria outras equipes e outros alvos. E, mesmo que conseguissem evitar o ataque da dra. Leila Hadawi, era provável que, em alguns dias, americanos novamente fossem mortos em seu próprio país por causa de uma ideologia e de uma fé nascidas em uma região que a maioria deles não conseguiria achar em um mapa. Não se podia desprezar nem argumentar com os inimigos; ele não seria aplacado por uma retirada americana do mundo islâmico. Os Estados Unidos podiam sair do Oriente Médio, pensou Gabriel, mas o Oriente Médio os seguiria até sua casa.

De repente, os céus irromperam e uma torrente fez os pedestres da M Street correrem atrás de proteção. Gabriel os observou por um momento, mas, em seus pensamentos, eles estavam fugindo de outra coisa — de homens com longos cabelos e barbas, cujos sobrenomes derivam de suas cidades natais. A aparição de uma SUV no meio-fio o arrastou de volta ao presente. Ele entrou, com a jaqueta de couro ensopada, e voltou na chuva à N Street.

49

ALEXANDRIA, VIRGINIA

A mesma chuva que encharcava Georgetown batia no modesto sedã coreano de Qassam el-Banna enquanto ele dirigia por uma seção arborizada da Route 7. Ele tinha dito a Amina que ia fazer uma visita de trabalho. Era uma mentira, mas pequena. Fazia mais de um ano que Qassam saíra da antiga empresa de consultoria em TI, dizendo aos colegas e a sua esposa que ia começar um negócio próprio, algo arriscado no superlotado mundo tecnológico de Northern Virginia. Os motivos verdadeiros para essa mudança de carreira, porém, eram outros. Qassam saíra do emprego anterior porque precisava de algo mais importante que dinheiro. Precisava de tempo. Não podia ficar à disposição de Larry Blackburn, seu ex-supervisor — o Larry com bafo de esgoto, secretamente viciado em analgésicos e com uma queda por prostitutas baratas de El Salvador. A lealdade de Qassam agora pertencia a um homem com ambições maiores. Ele não sabia o nome verdadeiro do homem, só seu *nom de guerre*. Era um iraquiano, o homem que chamavam de Saladin.

Não surpreendentemente, a jornada de Qassam tinha começado no ciberespaço, onde, com sua identidade cuidadosamente escondida, ele saciava seu enorme apetite pelo sangue e as bombas do pornô jihadista — um apetite que aparecera durante a ocupação americana do Iraque, quando ele ainda estava na universidade. Uma noite, depois de um dia miserável no trabalho e de uma volta para casa infernal, ele batera na porta virtual de um recrutador do ISIS, querendo saber como viajar à Síria para se tornar soldado. O recrutador fizera suas próprias perguntas e convencera Qassam a continuar no subúrbio de Washington. Pouco depois, mais ou menos um mês, ele notou que estava sendo seguido. Primeiro, teve medo de ser o FBI, mas logo percebeu que via sempre o mesmo homem. O homem finalmente abordou Qassam em um Starbucks perto de Seven Corners e se apresentou. Era um jordaniano que morava em Londres. Seu nome era Jalal Nasser.

A chuva agora era torrencial, mais como uma tempestade de verão que como uma garoa constante e lenta de outono. Talvez, os cenários apocalípticos fossem verdade, afinal, pensou ele. Talvez, a Terra estivesse irrevogavelmente quebrada. Ele continuou pela Route 7 até o centro de Alexandria e seguiu para um parque industrial na Eisenhower Avenue. Entre uma oficina automotiva e um estande de tiro ficavam os escritórios da empresa de mudanças Dominion Movers. Dois caminhões de carga de fabricação americana estavam estacionados em frente. Outros dois estavam parados no térreo do armazém há seis meses. Qassam el-Banna era o proprietário nominal da empresa. Tinha 12 funcionários. Sete eram recém--chegados aos Estados Unidos, cinco eram cidadãos. Todos eram membros do ISIS.

Qassam el-Banna não entrou no prédio de sua transportadora. Em vez disso, ligou o cronômetro de seu celular e dirigiu de volta para a Eisenhower Avenue. Seu sedã coreano era ágil e rápido, mas ele agora o dirigia no ritmo lento e pesado de um caminhão de mudanças inteiramente carregado. Ele seguiu a conexão da Eisenhower Avenue até o Capital Beltway, cinturão que circunda a cidade, e pegou o Capital Beltway em sentido horário até a Route 123, em Tysons. Quando estava se aproximando da Anderson Road, o semáforo ficou amarelo. Normalmente, Qassam teria colocado o pé no acelerador. Mas agora, imaginando estar atrás do volante de um caminhão carregado, ele desacelerou até parar.

Quando a luz ficou verde, Qassam acelerou tão lentamente que o motorista atrás dele piscou os faróis e buzinou. Sem se deixar afetar, continuou a oito quilômetros por hora abaixo do limite de velocidade até a Lewisville Road, onde virou à esquerda. Estava a menos de quatrocentos metros do cruzamento com a Tysons McLean Drive. À esquerda, a rua subia suavemente até o que parecia o campus de uma empresa de tecnologia avançada.

Qassam virou à direita e parou bem ao lado de uma placa de trânsito amarelo brilhante que dizia ATENÇÃO: CUIDADO COM AS CRIANÇAS. Qassam só prestou atenção a seu telefone: 24:23:45... 24:23:46... 24:23:47... 24:23:48...

Quando o cronômetro chegou a exatamente 25 minutos, ele sorriu e sussurrou:

— *Boom.*

50

GEORGETOWN

A chuva caiu sem parar durante o resto do fim de semana, fazendo Washington voltar a ser o pântano de antigamente. Gabriel era praticamente prisioneiro no esconderijo secreto da N Street. Uma vez por dia, ia até a Embaixada de Israel para falar com suas equipes de campo e com o boulevard Rei Saul, e uma vez por dia Adrian Carter ligava com atualizações. O FBI e as outras agências americanas de segurança nacional estavam monitorando de perto mais de mil membros do ISIS confirmados ou suspeitos.

— E nenhum deles — disse Carter — parece estar nos preparativos finais de um ataque.

— Só tem um problema, Adrian.

— O quê?

— O FBI está observando as pessoas erradas.

Na tarde de segunda-feira, a chuva começou a ficar mais rala e, à noite, algumas estrelas estavam visíveis através das poucas nuvens. Gabriel quis caminhar até o Four Seasons para seu jantar com Paul Rousseau, mas seu destacamento de segurança da CIA pediu que ele fosse de SUV. O automóvel o deixou na entrada coberta do hotel e, seguido por um único guarda-costas, ele entrou no *lobby*. Vários oficiais franceses com olhar cansado, ternos amassados pela viagem transatlântica, esperavam na recepção, atrás de um homem alto, de ombros largos e de feição árabe que parecia ter o mesmo alfaiate londrino de Fareed Barakat. Apenas o homem de feição árabe reparou no israelense magro acompanhado por um segurança americano. Os olhos deles se cruzaram brevemente. Então, o homem alto de feição árabe voltou novamente seu olhar para a mulher atrás do balcão. Gabriel inspecionou as costas dele quando passou. Parecia não estar armado. Uma maleta de couro estava colocada de pé ao lado do sapato direito. E, encostada na frente do balcão da recepcionista, preta e envernizada, havia uma bengala elegante.

Gabriel continuou atravessando o *lobby* e entrou no restaurante. O bar parecia dominado por uma convenção de surdos. Ele deu ao *maître* um nome que não era o dele e foi levado a uma mesa com vista para a Rock Creek Parkway. Ainda melhor, tinha uma vista desobstruída para o *lobby*, onde o árabe alto e impecavelmente vestido mancava em direção aos elevadores.

Ele tinha pedido uma suíte no andar mais alto do hotel. Seu pedido fora concedido em grande parte porque a gerência acreditava que ele era um parente distante do rei da Arábia Saudita. Um momento depois que ele entrou no quarto, houve uma batida discreta na porta. Era o mensageiro com as bagagens. O árabe alto admirou a vista de sua janela enquanto o mensageiro, um africano, pendurava seu porta-ternos no armário e colocava uma mala em um apoio. Seguiram-se os gracejos usuais antes da gorjeta, com suas muitas ofertas de ajuda adicional, mas uma nota nova de vinte dólares enviou o mensageiro na direção da porta. Ele a fechou suavemente e o árabe ficou sozinho outra vez.

Os olhos dele estavam fixos no trânsito na Rock Creek Parkway. Seus pensamentos, porém, estavam no homem que ele vira no *lobby* — o homem com têmporas grisalhas e distintos olhos verdes. Tinha quase certeza de já ter visto o homem antes, não pessoalmente, mas em fotografias e reportagens. Era possível que estivesse errado. Na verdade, pensou, era provável. Mesmo assim, ele já tinha aprendido há muito tempo a confiar em sua intuição. Ela tinha sido afiada como um canivete durante os muitos anos em que ele serviu o mais cruel ditador do mundo árabe. E o tinha ajudado a sobreviver à longa luta contra os americanos, quando muitos outros homens como ele foram vaporizados por armas que atacavam do céu com a rapidez de um raio.

Ele tirou um laptop da maleta e conectou-o ao sistema de internet sem fio do hotel. Como o Four Seasons era popular com dignitários em visita ao país, a Agência de Segurança Nacional sem dúvida estava monitorando a rede do hotel. Não tinha importância; o HD do computador dele era uma página em branco. Ele abriu o navegador de internet e digitou um nome na caixa de busca. Várias fotos apareceram na tela, incluindo uma do jornal *Telegraph*, de Londres, que mostrava um homem correndo por um caminho de pedestres em frente à abadia de Westminster com uma arma na mão. Junto à foto, havia um artigo de uma repórter chamada Samantha Cooke sobre a morte violenta do homem. Parecia que a repórter estava enganada, porque o personagem da matéria dela tinha acabado de cruzar o *lobby* do Four Seasons em Washington. Houve outra batida na porta, suave, quase tímida — o prato de frutas de sempre, junto com um bilhete endereçado ao senhor Omar al-Farouk, prometendo atender a todos os desejos dele. No momento, ele só queria alguns minutos de solidão ininterrupta. Digitou um endereço da *dark net*, abriu a fechadura de uma porta virtual protegida por senha e entrou em uma sala em que tudo era codificado. Um velho amigo estava lá esperando por ele.

O velho amigo perguntou:

COMO FOI SUA VIAGEM?

Ele digitou:

BEM, MAS VOCÊ NÃO IMAGINA QUEM EU ACABEI DE VER.

QUEM?

Ele escreveu o primeiro e o último nome — o nome de um arcanjo seguido por um sobrenome muito comum em Israel. A resposta demorou alguns segundos.

VOCÊ NÃO DEVIA BRINCAR COM ESSE TIPO DE COISA.

NÃO ESTOU BRINCANDO.

O QUE SERÁ QUE ISSO SIGNIFICA?

Uma ótima pergunta, de fato. Ele desconectou da internet, desligou o computador e mancou lentamente até a janela. Tinha a sensação de ter uma faca atravessada na coxa direita e seu peito pulsava. Observou o trânsito na rodovia e, por alguns segundos, a dor pareceu diminuir. Então, os carros viraram um borrão e, em seus pensamentos, ele estava montando um imponente cavalo árabe no topo de uma montanha perto do mar da Galileia, olhando para um lugar banhado pelo sol, lá embaixo, que costumava ser chamado de Hattin. A visão não era nova; ela ocorria sempre. Em geral, dois exércitos poderosos — um muçulmano; outro cruzado, o Exército de Roma — estavam preparados para a batalha. Mas agora só dois homens estavam presentes. Um era um israelense chamado Gabriel Allon. E o outro era Saladin.

Paul Rousseau ainda estava no fuso horário de Paris, então eles não se demoraram muito no jantar. Gabriel se despediu desejando boa-noite em frente aos elevadores e, seguido por seu guarda-costas, atravessou o *lobby*. A mesma mulher estava no balcão da recepção.

— Posso ajudá-lo? — perguntou quando Gabriel se aproximou.

— Espero que sim. Hoje à noite, mais cedo, vi um senhor fazendo check in. Alto, muito bem-vestido, caminhava com uma bengala.

— O senhor al-Farouk?

— Isso, ele mesmo. Trabalhamos juntos há muito tempo.

— Entendo.

— Você sabe quanto tempo ele vai ficar?

— Sinto muito, mas não posso…

Ele levantou a mão.

— Não precisa se desculpar. Entendo as regras.

— Posso dar uma mensagem a ele.

— Não é necessário. Vou ligar para ele de manhã. Mas não mencione nada disso — completou Gabriel, com ares de conspiração. — Quero surpreendê-lo.

Gabriel saiu na noite fria. Esperou até que estivesse no banco traseiro de seu Suburban antes de ligar para Adrian Carter, que ainda estava no escritório em Langley.

— Quero que você dê uma olhada em um cara chamado al-Farouk. Ele tem uns 45 anos, talvez cinquenta. Não sei o primeiro nome nem a cor do passaporte.

— O que você sabe sobre ele?

— Está hospedado no Four Seasons.

— Não estou entendendo direito.

— Estou com uma intuição esquisita. Descubra quem é ele.

A ligação caiu. Gabriel recolocou o telefone no bolso do casaco.

— De volta para a N Street? — perguntou o motorista.

— Não — respondeu Gabriel. — Me leve para a embaixada.

51

AUBERVILLIERS, FRANÇA

O alarme do celular de Natalie soou às sete e quinze, o que era estranho, porque ela não se lembrava de tê-lo programado. Aliás, tinha *certeza* de que não tinha feito isso. Irritada, ela silenciou o telefone com um toque de dedo e tentou dormir um pouco mais, porém, cinco minutos depois, ele tocou de novo.

— Tá bom — disse para o lugar no teto onde imaginava que a câmera estivesse escondida. — Você venceu. Vou levantar.

Jogou a coberta para o lado e colocou os pés no chão. Na cozinha, fez um bule de café preto e oleoso Carte Noire na cafeteira de fogão Mocha e o colocou em uma xícara de leite fervendo. Lá fora, a noite estava lentamente deixando a rua vazia. Muito provavelmente, era a última manhã parisiense que a dra. Leila Hadawi veria, pois, se Saladin conseguisse o que queria, ela não voltaria à França depois de sua viagem inesperada aos Estados Unidos. A volta de Natalie também era incerta. Parada em sua janela suja coberta de fuligem, as mãos em volta da xícara de *café au lait*, ela percebeu que não ia sentir saudade. Sua vida na *banlieue* apenas reforçava sua convicção de que não havia futuro na França para os judeus. Seu lar era Israel — Israel e o Escritório. Gabriel tinha razão. Ela era um deles agora.

Nem o ISIS nem o Escritório tinham dado instruções do que levar, então, instintivamente, ela fez uma mala leve. O voo estava marcado para sair do Charles de Gaulle às treze horas e quarenta e cinco minutos. Ela foi até o aeroporto de RER e, às onze e meia, entrou na longa fila do balcão de check in da classe econômica. Depois de uma espera de trinta minutos, uma francesa desagradável a informou de que ela tinha recebido um *upgrade* para a classe executiva.

— Por quê?

— Prefere ficar na econômica?

A mulher deu o bilhete a Natalie e devolveu o passaporte. Ela enrolou por vários minutos nas lojas do *free shop*, observada pela vigilância da DGSI, antes de ir para o portão de embarque. Como o voo 54 tinha destino à América, havia medidas de segurança especiais. O hijab dela e o nome árabe garantiram vários minutos extras de revista antes do voo, mas por fim ela foi admitida no saguão de embarque. Procurou rostos familiares, mas não encontrou. Em uma cópia gratuita do jornal *Le Monde*, leu sobre a iminente visita do presidente francês aos Estados Unidos e, numa página interna, sobre uma nova onda de esfaqueamentos em Israel. Ela ardeu de raiva. Ela comemorou.

Logo em seguida, o som de um chamado de embarque a fez levantar. O assento dela ficava do lado direito da aeronave, à janela. O assento ao lado ainda estava vazio muito depois de os passageiros da classe econômica embarcarem, dando a ela esperança de não ter que passar as próximas sete horas e meia com um estranho completo. A esperança desapareceu quando um homem de terno com cabelo preto-carvão e óculos da mesma cor se sentou ao lado dela. Ele não parecia feliz de estar ao lado de uma mulher árabe de hijab. Ele olhou para o celular dele; Natalie olhou para o dela.

Alguns segundos depois, uma mensagem apareceu na tela dela.

SOLITÁRIA?

Ela digitou:

SIM.

QUER COMPANHIA?

ADORARIA.

OLHE PARA A ESQUERDA.

Ela olhou. O homem com cabelo preto-carvão e óculos da mesma cor ainda estava olhando para o telefone, mas agora sorria.

— É uma boa ideia? — perguntou ela.

— O quê? — perguntou Mikhail.

— Você e eu juntos?

— Vamos ver quando desembarcarmos.

— O que vai acontecer?

Antes de ele conseguir responder, um anúncio instruiu os passageiros a desligar seus telefones. Natalie e seu companheiro de assento obedeceram. Enquanto o avião corria pesadamente pela pista, ela pegou a mão dele.

— Ainda não — sussurrou ele.

— Quando? — perguntou ela, tirando a mão.

— Em breve — respondeu ele. — Muito em breve.

52

HUME, VIRGINIA

Em Washington, as chuvas finalmente tinham parado, e um sopro de ar frio e limpo varrera do céu as últimas nuvens. Os grandes monumentos em mármore brilhavam brancos como ossos à luz do sol; uma brisa fresca perseguia as folhas pelas ruas de Georgetown. Apenas o rio Potomac mostrava as cicatrizes do dilúvio. Inchado pelo escoamento das águas, entupido de troncos de árvore e entulho, ele corria marrom e pesado embaixo da Key Bridge enquanto Saladin dirigia em direção à Virginia. Ele estava vestido para um fim de semana no interior da Inglaterra — calças de veludo cotelê, um suéter de lã de gola redonda, uma jaqueta impermeável verde-escura da marca Barbour. Virou à direita na George Washington Memorial Parkway em direção ao oeste.

A rodovia corria à margem do rio por cerca de quinhentos metros antes de subir até o topo do desfiladeiro. Árvores com folhas de outono brilhavam sob a luz do sol forte, e do outro lado do rio enlameado o trânsito fluía por uma rodovia paralela. Até Saladin tinha de admitir que era bem-vinda aquela mudança da dureza do oeste do Iraque e do califado. O banco confortável de couro do sedã alemão de luxo o envolvia com a ternura de um abraço. Um membro da rede deixara o carro para ele em um pequeno estacionamento na esquina da M Street com a Wisconsin Avenue, uma caminhada dolorosa de vários quarteirões a partir do Four Seasons Hotel. Saladin ficou tentado a pôr a máquina à prova e testar sua capacidade na estrada suave e sinuosa. Em vez disso, obedeceu assiduamente ao limite de velocidade das placas, enquanto outros motoristas encostavam em sua traseira e faziam gestos obscenos ao ultrapassá-lo pela esquerda. Americanos, pensou, sempre com pressa. Era sua maior força e sua maldição. Que ingênuos de pensar que podiam estalar os dedos e alterar o cenário político do Oriente Médio. Homens como Saladin não mediam tempo em ciclos eleitorais de quatro anos. Quando criança, ele vivera às margens de um dos quatro rios que fluíam do Jardim do Éden. Sua civilização florescera por milhares de anos na paisagem dura e implacável da Mesopotâmia antes de alguém sequer ouvir falar de um lugar chamado América. E sobreviveria muito depois de o grande experimento americano desaparecer na história. Disso, Saladin tinha certeza. Todos os grandes impérios acabavam caindo. Só o islã era eterno.

O GPS do carro guiou Saladin para o Capital Beltway. Ele dirigiu no sentido sul pela Dulles Access Road, passando pelos shoppings de Tysons Corner até a Interstate 66, onde novamente pegou o sentido oeste para os pés das montanhas de Shenandoah. As pistas na direção oposta ainda estavam atoladas com o trânsito de pessoas indo ao trabalho pela manhã, mas, diante de Saladin, espraiavam-se vários metros de asfalto vazio, uma raridade para os motoristas da região metropolitana de Washington. Novamente, ele obedeceu diligentemente ao limite de velocidade enquanto outros carros o ultrapassavam. A última coisa de que precisava agora era ser parado por um guarda de trânsito; isso colocaria em risco todo o plano elaborado meticulosamente durante meses. Paris e Amsterdã tinham sido um ensaio-geral. Washington era o alvo final de Saladin, pois apenas os americanos tinham o poder de desencadear a sucessão de eventos que ele estava tentando colocar em ação. Só faltava uma revisão final do plano com seu principal agente em Washington. Era perigoso — sempre havia a possibilidade de o agente ter sido comprometido —, mas Saladin queria ouvir da boca do homem que tudo estava no lugar.

Ele passou pela saída para uma cidade com o nome tipicamente americano de Gainesville. O trânsito diminuiu, o terreno ficou montanhoso, os picos azuis de Shenandoah pareciam estar ao alcance da mão. Ele estava dirigindo há 45 minutos e sua perna direita começava a pulsar com o esforço de controlar a velocidade. Para se distrair da dor, deixou a mente vagar. Ela rapidamente foi para o homem que ele tinha visto no *lobby* do Four Seasons Hotel na noite anterior.

Gabriel Allon...

Era possível que a presença de Allon em Washington fosse uma coincidência — afinal, o israelense trabalhava com os americanos há anos —, mas Saladin duvidava que fosse o caso. Vários cidadãos israelenses tinham morrido no atentado em Paris, junto com Hannah Weinberg, amiga pessoal de Allon e agente da inteligência israelense. Era totalmente possível que Allon estivesse participando da investigação pós-atentado. Talvez ele tivesse ficado sabendo da existência da rede de Saladin. E, talvez, tivesse descoberto também que aquela rede estava prestes a deflagrar um atentado nos Estados Unidos. *Mas como?* A resposta a essa pergunta era bem simples. Saladin tinha de supor que Allon conseguira infiltrar-se em sua rede — era esse, pensou o iraquiano, o talento especial do espião israelense. E, se Allon sabia sobre a rede, os americanos *também* sabiam. A maioria dos agentes de Saladin tinham se infiltrado no país vindos do exterior, pelo poroso sistema americano de vistos e imigração. Mas vários agentes, incluindo o que Saladin estava indo encontrar, estavam baseados nos Estados Unidos e, portanto, eram mais vulneráveis aos esforços de contraterrorismo. Eram essenciais para o sucesso da operação, mas eram o elo fraco na longa cadeia da rede.

O GPS aconselhou Saladin a deixar a Interstate 66 pela saída 18. Ele seguiu as instruções e se viu em uma cidade chamada Markham. Não, pensou, não era uma cidade, era uma minúscula coleção de casas com varandas cobertas que davam para gramados malcuidados. Ele seguiu para o sul pela Leeds Manor Road, passando por pastos cercados e celeiros até chegar a uma cidade chamada Hume. Era um pouco maior do que a primeira, mas ainda não havia lojas nem mercados, só uma oficina automotiva, uma pousada e um par de igrejas, onde os infiéis cultuavam sua versão blasfema de Deus.

O GPS agora era praticamente inútil; o endereço do destino de Saladin era remoto demais. Ele virou à direita na Hume Road e a seguiu por quase um quilômetro até chegar a um caminho de terra que o levou através de um pasto, sobre uma serrania de colinas arborizadas, até um pequeno vale isolado. Havia um lago negro, a superfície lisa como vidro, e um chalé triangular de madeira. Saladin desligou o motor; o silêncio era como o silêncio do deserto. Ele abriu o porta-malas. Escondidos ali estavam uma Glock 19 9mm e um supressor de som e flash de alto desempenho, ambos comprados legalmente na Virginia por um membro da rede de Saladin.

Com a arma na mão direita e a bengala na esquerda, Saladin cuidadosamente entrou no chalé. Os móveis eram rústicos e esparsos. Na cozinha, ele ferveu um bule de água, que cheirava como se viesse sem ser filtrada do lago, e fez um chá fraco com um saco velho de Twinings. Voltando à sala de estar, sentou-se no sofá e olhou pela janela panorâmica triangular na direção das colinas que acabara de cruzar. Depois de alguns minutos, um pequeno sedã coreano apareceu, deixando uma nuvem de poeira atrás de si. Saladin escondeu a arma embaixo de uma almofada bordada que dizia DEUS ABENÇOE ESTA CASA. Então, assoprou seu chá e esperou.

Saladin nunca encontrara pessoalmente o agente, mas sabia que era um cidadão egípcio com *green card* chamado Qassam el-Banna, 1,75 metro 75 quilos, cabelo encaracolado, olhos castanho-claros. O homem que entrou no chalé batia com essa descrição. Parecia nervoso. Com um movimento da cabeça, Saladin o instruiu a sentar-se. Então, em árabe, o cumprimentou:

— Que a paz esteja convosco, irmão Qassam.

O jovem egípcio claramente ficou lisonjeado. Em voz baixa, repetiu a tradicional saudação islâmica de paz, mas sem usar o nome do homem a quem se dirigia.

— Sabe quem eu sou? — perguntou Saladin.

— Não — respondeu o egípcio, rapidamente. — Nunca nos encontramos.

— Mas certamente já ouviu falar de mim.

Era óbvio que o jovem não sabia como responder a essa pergunta, então procedeu com cautela.

— Recebi uma mensagem me instruindo a vir para uma reunião neste local. Não me disseram quem estaria aqui ou por que queria me ver.

— Você foi seguido?

— Não.

— Tem certeza?

O jovem egípcio assentiu com vigor.

— E a transportadora? — perguntou Saladin. — Confio que não esteja havendo problemas.

Houve uma breve pausa.

— Transportadora?

Saladin deu um sorriso tranquilizador. Era surpreendentemente charmoso, o sorriso de um profissional.

— Sua cautela é admirável, Qassam. Mas posso garantir que não é necessária.

O egípcio ficou em silêncio.

— Sabe quem eu sou? — perguntou Saladin novamente.

— Sim, creio que sei.

— Então, responda à minha pergunta.

— Não. Não há problemas com a transportadora. Tudo está em ordem.

Novamente, Saladin sorriu.

— Deixe que eu julgue isso.

***

Ele interrogou o jovem egípcio com a paciência de um profissional experiente. O profissionalismo de Saladin, porém, era duplo. Ele era um oficial de inteligência transformado em espião. Tinha aperfeiçoado suas habilidades na terra erodida da Província de Anbar, onde planejara incontáveis explosões de carros-bomba e atentados suicidas, tudo isso dormindo cada dia em uma cama diferente e fugindo dos drones e das aeronaves F-16. Agora, estava prestes a sitiar a capital americana, e isso do conforto do Four Seasons Hotel. A ironia, pensou, era belíssima. Saladin estava preparado para esse momento como nenhum outro terrorista na história. Ele era criação dos Estados Unidos. Era o pesadelo dos Estados Unidos.

Nenhum detalhe da operação era pequeno demais para escapar do exame minucioso de Saladin — os alvos primários, os alvos-reserva, as armas, as bombas instaladas em carros, os coletes suicidas. O jovem egípcio respondeu a cada pergunta de maneira completa e sem hesitar. Jalal Nasser e Abu Ahmed al-Tikriti tinham-no escolhido sabiamente; o cérebro dele era como o HD de um computador. Cada agente, individualmente, conhecia partes do plano, mas Qassam el--Banna sabia quase tudo.

Se ele por acaso caísse nas mãos do FBI enquanto voltava para Arlington, seria um desastre. Por esse único motivo, não sairia vivo do chalé isolado nos arredores de Hume.

— Todos os agentes já receberam seus alvos? — perguntou Saladin.

— Todos, exceto a médica palestina.

— Quando ela chega?

— O voo dela foi marcado para pousar às quatro e meia, mas está alguns minutos adiantado.

— Você checou?

Ele fez que sim com a cabeça. Ele era bom, pensou Saladin, tão bom quanto Mohamed Atta. Pena que nunca alcançaria a mesma fama. Mohamed Atta era lembrado com reverência em círculos jihadistas, mas apenas um punhado de pessoas no movimento chegaria a conhecer o nome Qassam el-Banna.

— Na verdade — disse Saladin —, houve uma pequena mudança de planos.

— Em relação a...?

— A você.

— O que em relação a mim?

— Quero que você saia do país hoje à noite e vá para o califado.

— Mas, se eu fizer uma reserva de última hora, os americanos...

— Não vão suspeitar de nada — disse Saladin, firmemente. — É muito perigoso você ficar aqui, irmão Qassam. Você sabe demais.

O egípcio não respondeu.

— Você limpou seus computadores?

— Sim, é claro.

— E sua esposa não sabe nada de seu trabalho?

— Nada.

— Ela irá com você?

— Duvido.

— Uma pena — respondeu Saladin. — Mas posso garantir que não faltam jovens bonitas no califado.

— É o que ouvi dizer.

O egípcio sorria pela primeira vez. Quando Saladin levantou a almofada bordada, mostrando a Glock silenciada, o sorriso evaporou.

— Não se preocupe, meu irmão — confortou-o Saladin. — Era só uma precaução caso o FBI entrasse pela porta em seu lugar. — Ele esticou a mão. — Me ajude a levantar. Vou sair com você.

Arma em uma mão, bengala na outra, Saladin seguiu Qassam el-Banna até o carro.

— Se, por algum motivo, você for preso a caminho do aeroporto...

— Não vou dizer nada — completou o jovem egípcio bravamente. — Nem se eles me torturarem.

— Não ouviu falar, irmão Qassam? Os americanos não fazem mais esse tipo de coisa.

Qassam el-Banna sentou-se no banco do motorista de seu carro, fechou a porta e ligou o motor. Saladin bateu de leve na janela com a bengala. A janela desceu. O jovem egípcio o olhou curioso.

— Só mais uma coisa.

— Sim?

Saladin apontou a Glock silenciada pela janela aberta e disparou quatro tiros em rápida sucessão. Então, esticou a mão para dentro do carro, tomando cuidado para não manchar sua jaqueta de sangue, e engatou a marcha. Um momento depois, o veículo desapareceu no lago negro. Saladin esperou a superfície parar de borbulhar e voltar a ficar lisa como vidro. Então, entrou em seu próprio carro e voltou para Washington.

LIBERTY CROSSING, VIRGINIA

Diferentemente de Saladin, Gabriel passou uma manhã tranquila, ainda que ansiosa, no esconderijo secreto da N Street, observando um pequeno avião verde fluorescente se mover lentamente na tela de seu celular Samsung. Finalmente, às duas e meia da tarde, entrou no banco traseiro de um Suburban preto e foi levado pela Chain Bridge até o enclave rico de McLean, na Virginia. Na Route 123, viu uma placa do Centro de Inteligência George Bush. O motorista passou pela entrada sem diminuir.

— Você passou direto — alertou Gabriel.

O motorista sorriu, mas não disse nada. Continuou pela Route 123, passando por shopping centers baixos e parques empresariais no centro de McLean, antes de finalmente entrar na Lewisville Road. Ele virou novamente quatrocentos metros adiante na Tysons McLean Drive e a seguiu subindo uma ladeira suave. A estrada fez uma curva à esquerda, depois à direita, antes de levá-los até um posto de segurança com uma dezena de guardas uniformizados, todos fortemente armados. Uma prancheta foi consultada, um cão farejou procurando bombas. Então, o Suburban prosseguiu lentamente até o pátio de entrada de um grande prédio de escritórios, a sede do Centro Nacional de Contraterrorismo. Do lado oposto do pátio, conectado por uma conveniente passarela aérea, ficava o Escritório do Diretor de Inteligência Nacional. O complexo, pensou Gabriel, era um monumento ao fracasso. A comunidade americana de inteligência, a maior e mais avançada já vista no mundo, falhara em evitar os ataques de 11 de Setembro. E, por seus pecados, tinha sido reorganizada e recompensada com dinheiro, imóveis e lindos prédios.

Uma funcionária do centro, uma mulher de uns 30 anos usando terninho e rabo de cavalo, esperava no *lobby*. Ela deu a ele um passe de visitante, que ele prendeu no bolso de seu paletó, e o levou ao andar de Operações, a central que era o sistema nervoso do CNC. As telas de vídeo gigantes e as mesas em formato de feijão davam a aparência de uma redação de telejornal. Os móveis tinham uma cor otimista de pinho claro, como algo saído de um catálogo de loja de móveis. A uma das mesas, sentavam-se Adrian Carter, Fareed Barakat e Paul Rousseau. Quando Gabriel sentou-se na cadeira designada, Carter entregou a ele uma fotografia de um homem de cabelos escuros e 40 e poucos anos.

— É esse o camarada que você viu no Four Seasons?

— É bem parecido. Quem é ele?

— Omar al-Farouk, saudita, não exatamente membro da família real, mas quase.

— Segundo quem?

— Segundo nosso homem em Riade. Ele checou. Está limpo.

— Checou como? Checou com quem?

— Com os sauditas.

— Bom — disse Gabriel, cinicamente —, então está resolvido.

Carter não respondeu nada.

— Coloque-o sob vigilância, Adrian.

— Talvez você não tenha me ouvido da primeira vez. Ele não é exatamente membro da família real, mas *quase*. Além disso, a Arábia Saudita é nossa aliada na luta contra o ISIS. Todo mês — completou Carter, olhando de relance para Fareed Barakat —, os sauditas assinam um cheque bem gordo para o rei da Jordânia, a fim de financiar os esforços contra o Estado Islâmico. E, se o cheque atrasa um dia, o rei liga para reclamar a Riade. Não é mesmo, Fareed?

— E, todo mês — respondeu Fareed —, certos sauditas ricos passam dinheiro e outros tipos de apoio para o ISIS. Os sauditas não são os únicos. O Qatar e os Emirados também fazem isso.

Carter não estava convencido. Olhou para Gabriel e disse:

— O FBI não tem recursos para vigiar todo mundo que lhe dá uma intuição esquisita.

— Então, deixa que a gente vigie por vocês.

— Vou fingir que nem ouvi isso — o celular de Carter tocou. Ele olhou para a tela e franziu o cenho. — É a Casa Branca. Preciso atender em particular.

Ele entrou em uma sala de conferência que parecia um aquário, no fim do andar de Operações, e fechou a porta. Gabriel olhou para uma das telas de vídeo e viu um avião verde fluorescente se aproximando da costa americana.

— Como são suas fontes dentro da Arábia Saudita? — perguntou ele a Fareed Barakat.

— Melhores que as suas, amigo.

— Então me faça um favor — Gabriel entregou a fotografia a Fareed. — Descubra quem é esse escroto.

Fareed usou o celular para tirar uma foto do retrato e a enviou para a sede do DGI, em Amã. Ao mesmo tempo, Gabriel mandou uma mensagem ao boulevard Rei Saul ordenando vigilância a um hóspede do Four Seasons Hotel chamado Omar al-Farouk.

— Você percebe — murmurou Fareed — que estamos totalmente ferrados.

— Vou mandar uma bela cesta de frutas para o Adrian quando tudo isso acabar.

— Ele não tem permissão para aceitar presentes. Acredite, amigo, já tentei.

Gabriel não pôde evitar um sorriso; ele olhou para a tela. O avião verde fluorescente acabara de entrar no espaço aéreo americano.

54

AEROPORTO INTERNACIONAL DULLES

Levou uma hora para a dra. Leila Hadawi percorrer o frio tapete de boas-vindas que era o controle de passaporte do Aeroporto Dulles — quarenta minutos na longa fila labiríntica e mais vinte minutos parada em frente ao balcão de um oficial de Alfândega e Proteção de Fronteiras. Ele claramente não fazia parte da operação. Fez um longo interrogatório à dra. Hadawi sobre suas viagens recentes — com interesse especial pela Grécia — e sobre o propósito de sua visita aos Estados Unidos. A resposta, que ela tinha vindo para visitar amigos, era algo que ele já tinha ouvido muitas vezes antes.

— Onde esses amigos moram?

— Em Falls Church.

— Como eles se chamam?

Ela deu dois nomes árabes.

— Você vai ficar com eles?

— Não.

— Vai ficar onde?

E assim por diante, até ela finalmente ser convidada a sorrir para a câmera e colocar os dedos no vidro frio de um escâner digital. Ao devolver seu passaporte, o oficial de imigração desejou, sem sinceridade, uma estada agradável nos Estados Unidos. Ela seguiu para a esteira de bagagens, onde sua mala estava rodando lentamente em um carrossel já vazio. No saguão de desembarque, procurou por um homem com cabelo preto-carvão e óculos da mesma cor, mas ele tinha sumido. Ela não ficou surpresa. Enquanto atravessavam o Atlântico, ele dissera a ela que o Escritório teria um papel secundário, que agora os americanos estavam no comando e seriam a liderança operacional.

— E o que faço quando eu receber meu alvo? — perguntara ela.

— Mande uma mensagem para nós pelo canal de sempre.

A VIÚVA NEGRA

— E se tirarem meu telefone?

— Dê uma caminhada com a bolsa no ombro esquerdo.

Ela arrastou a mala até o lado de fora e, com a ajuda de um americano forte com corte de cabelo militar, embarcou em uma van da Hertz. O carro dela, um Chevrolet Impala vermelho, estava na vaga designada. Ela colocou a bagagem no porta-malas, sentou-se atrás do volante e hesitantemente ligou o motor. Os botões e as alavancas do painel pareciam totalmente estranhos para ela. Percebeu que não dirigia um automóvel desde a manhã em que voltara a seu apartamento em Jerusalém e encontrara Dina Sarid sentada à mesa da cozinha. Seria um desastre, pensou, se morresse ou ficasse gravemente ferida em um acidente. Colocou um endereço no celular e foi informada de que o percurso de trinta e oito quilômetros levaria bem mais de uma hora por causa do trânsito mais congestionado que o normal. Ela sorriu; estava contente com o atraso. Tirou o hijab e o colocou com cuidado na bolsa. Então, engatou a marcha e seguiu lentamente para a saída.

Não por acaso o Impala era vermelho; o FBI tinha secretamente interferido na reserva. Além disso, os técnicos do Bureau tinham colocado um radiofarol e grampos no interior. O resultado era que os analistas de plantão no andar de Operações do Centro Nacional de Contraterrorismo ouviram Natalie cantando baixinho para si mesma em francês enquanto dirigia pela Dulles Access Road em direção a Washington. Em uma das telas de vídeo gigantes, as câmeras de trânsito rastreavam todos os seus movimentos. Em outra, piscava a luz azul do radiofarol. O celular dela emitia seu próprio sinal. Seu número francês aparecia em uma caixa retangular sombreada, ao lado da luz azul piscante. O Escritório tinha acesso em tempo real a chamadas de voz, mensagens de texto e e-mails dela. E agora que o telefone estava em solo americano, conectado a uma rede de celular americana, o CNC também tinha acesso.

O carro vermelho passou a alguns metros do campus de Liberty Crossing e continuou pela Interstate 66 até a seção de Rosslyn, em Arlington, na Virginia, onde entrou na garagem aberta do Key Bridge Marriott. Ali, a luz azul do radiofarol parou. Mas, depois de um intervalo de trinta segundos — o suficiente para uma mulher arrumar o cabelo e tirar a bagagem do porta-malas —, a caixa retangular sombreada do celular foi até a entrada do hotel. Ela parou brevemente no balcão da recepção, onde a dona do aparelho, uma mulher árabe de 30 e poucos anos, usando véu, com passaporte francês, deu seu nome para a recepcionista. Não havia necessidade de apresentar um cartão de crédito; o ISIS já tinha pago pelo quarto e por qualquer despesa extra. Cansada de um longo dia de viagem, ela aceitou com gratidão um cartão eletrônico que abria a porta de seu quarto e arrastou a mala lentamente pelo *lobby* na direção dos elevadores.

Depois de apertar o botão, Natalie percebeu a mulher bonita, quase 30 anos, cabelo loiro na altura dos ombros, mala Louis Vuitton falsa, observando-a de um banco de bar no *lounge* de metal e laminado. Natalie supôs que fosse uma agente de inteligência americana e entrou no primeiro elevador disponível sem olhar a mulher nos olhos. Apertou o botão do oitavo andar e foi até o canto da cabine, mas, quando as portas estavam se fechando, uma mão apareceu na brecha. A mão pertencia à loira bonita do *lounge*. Ela parou do outro lado da cabine e olhou diretamente para a frente. Seu perfume floral era intoxicante.

— Qual andar? — perguntou Natalie a ela.

— Pode ser o oitavo mesmo.

O sotaque era francês e a voz era vagamente familiar. Elas não disseram mais nada uma à outra enquanto o elevador subia lentamente. Quando as portas se abriram no oitavo andar, Natalie saiu primeiro. Ela pausou brevemente para se localizar e então começou a andar pelo corredor. A loira bonita foi na mesma direção. E, quando Natalie parou em frente ao quarto 822, a mulher também parou. Foi aí que Natalie olhou nos olhos dela pela primeira vez. De alguma forma, conseguiu sorrir.

Eram os olhos de Safia Bourihane.

Em preparação para a chegada de Natalie, o FBI posicionara um casal de agentes, um homem e uma mulher, no mesmo *lounge* do Key Bridge Marriott. O Bureau também tinha hackeado o sistema de segurança do hotel, dando do CNC acesso irrestrito a cerca de trezentas câmeras. Tanto agentes quanto câmeras tinham notado a loira bonita que se juntara a Natalie no elevador. Os agentes nem tentaram seguir as duas, mas as câmeras não se mostraram tão tímidas. Elas observaram de cima a breve interação e rastrearam o movimento pelo corredor à meia-luz até a porta do quarto 822.

O quarto também estava sendo monitorado pelo FBI. Havia quatro microfones e quatro câmeras. Todos observavam e ouviam quando as mulheres entraram. Em francês, a loira murmurou algo que os microfones não conseguiram captar. Então, dez segundos depois, a caixa retangular sombreada desapareceu da tela gigante no CNC.

— Parece que a rede acabou de fazer contato com ela — disse Carter, observando enquanto as duas se acomodavam no quarto. — É uma pena o telefone sumir.

— Mas não é inesperado.

— Não — concordou Carter. — Seria demais esperar que ele ficasse ligado.

Gabriel pediu para ver um *replay* do vídeo do elevador. Carter deu a ordem e, alguns segundos depois, as imagens apareceram na tela.

— Garota bonita — disse Carter.

— Natalie ou a loira?

— As duas, na verdade, mas eu estava me referindo à loira. Acha que é natural?

— Sem chance — respondeu Gabriel. Ele pediu para ver um close-up do rosto da loira. Novamente, Carter deu a ordem.

— Reconhece?

— Sim — disse Gabriel, olhando de relance para Paul Rousseau. — Infelizmente, sim.

— Quem é?

— Alguém que não tinha nada que estar neste país — respondeu Gabriel, em um tom preocupante. — E, se ela está aqui, quer dizer que há várias outras como ela.

ARLINGTON, VIRGINIA

O presidente francês e sua glamorosa esposa ex-modelo chegaram à Base Militar Andrews às sete daquela manhã. O comboio que levou o casal do subúrbio de Maryland até a Casa Blair — a mansão federal de hóspedes localizada na Pennsylvania Avenue em frente à Casa Branca — era o maior que todos já tinham visto. As muitas ruas fechadas causaram congestionamento nos cruzamentos do rio Potomac e transformaram o centro de Washington em um estacionamento para milhares de motoristas. Infelizmente, as interrupções na vida da capital só iam piorar. Naquela manhã, mais cedo, o jornal *The Washington Post* relatara que a operação de segurança para a reunião de cúpula franco-americana era a mais extensa desde o começo do último mandato. A principal ameaça, dizia o jornal, era um ataque do ISIS. Mas nem o venerável *Post*, com suas muitas fontes dentro da comunidade de inteligência americana, estava ciente da verdadeira natureza do perigo que pairava sobre a cidade.

Naquela noite, os esforços intensos para evitar um ataque estavam centrados em um hotel aos pés da Key Bridge, em Arlington, na Virginia. Em um quarto no oitavo andar estavam duas mulheres — uma era agente da inteligência israelense; a outra, agente de um homem chamado Saladin. A presença da segunda em solo americano fizera soar alarmes dentro do CNC e em todo o resto do aparato de segurança nacional americano. Uma dezena de diferentes agências governamentais estavam tentando desesperadamente descobrir como ela conseguira entrar no país e há quanto tempo estava lá. A Casa Branca fora informada da situação. Dizia-se que o presidente tinha ficado lívido.

Às oito e meia daquela noite, as duas decidiram sair do hotel para jantar. O *concierge* aconselhou-as a evitar Georgetown — "está um caos, por causa do trânsito" — e lhes indicou um restaurante de carnes na região de Clarendon, em Arlington. Natalie dirigiu até lá em seu Impala vermelho e estacionou em uma vaga pública na Wilson Boulevard. O restaurante era um estabelecimento que não aceitava reservas, famoso pelo tamanho das porções e das filas. A espera por uma mesa era de trinta minutos, mas havia uma pequena mesa alta e redonda disponível no bar. O cardápio tinha dez páginas laminadas em plástico e encadernadas com espiral. Safia Bourihane folheou-o aleatoriamente, confusa.

— Quem consegue comer tanto? — perguntou em francês, virando outra página.

— Os americanos — disse Natalie, observando a clientela bem alimentada ao seu redor. O espaço tinha teto alto e era incrivelmente barulhento. Ou seja, o lugar perfeito para conversar.

— Acho que perdi a fome — estava dizendo Safia.

— Você devia comer alguma coisa.

— Comi no trem.

— Que trem?

— O trem de Nova York.

— Quanto tempo você ficou em Nova York?

— Só um dia. Voei de Paris para lá.

— Você não pode estar falando sério.

— Eu disse que voltaria à França um dia.

Safia sorriu. Com seus cabelos loiros e seu vestido justo, ela parecia muito francesa. Natalie imaginou a mulher que Safia poderia ter se tornado se não fossem o islã radical e o ISIS.

Uma garçonete veio anotar os pedidos de bebidas. Ambas pediram chá. Natalie ficou incomodada com a interrupção. Safia parecia estar bem falante.

— Como você conseguiu entrar de volta na França?

— Adivinha.

— Com um passaporte emprestado?

Safia fez que sim com a cabeça.

— De quem?

— De uma garota nova. Ela tinha a altura e o peso certos, e o rosto era parecido o bastante.

— Argelina?

— Claro.

— Como você viajou?

— Principalmente de ônibus e trem. Depois que entrei de volta na União Europeia, ninguém nem olhou meu passaporte.

— Quanto tempo você ficou na França?

— Uns dez dias.

— Em Paris?

— Só no fim.

— E antes de Paris?

— Fiquei escondida com uma célula em Vaulx-en-Velin.

— Você usou o mesmo passaporte para vir para cá?

Ela assentiu.

— Sem problemas?

— Zero. Os agentes de imigração americanos foram até bem gentis comigo.

— Você estava usando esse vestido?

O chá chegou antes de Safia responder. Natalie abriu o cardápio pela primeira vez.

— Qual é o nome no passaporte?

— Por que você está perguntando?

— E se formos detidas? E se me perguntarem seu nome e eu não souber dizer?

Safia pareceu ponderar seriamente a questão.

— É Asma — disse, enfim. — Asma Doumaz.

— De onde é a Asma?

Safia contorceu os lábios e falou:

— De Clichy-sous-Bois.

— Puxa, sinto muito por ela.

— O que você vai comer?

— Uma omelete.

— Será que eles conseguem fazer uma omelete direito?

— Vamos descobrir.

— Vai comer alguma coisa de entrada?

— Estava pensando em pedir uma sopa.

— Vai ser horrível. Pede uma salada.

— Elas parecem gigantes.

— Eu divido com você. Mas não pede um daqueles molhos horríveis. Só azeite e vinagre.

A garçonete voltou. Natalie fez o pedido.

— Você fala inglês muito bem — disse Safia, ressentida.

— Meus pais falam inglês, e eu estudei na escola.

— Eu não aprendi nada na minha escola — Safia olhou para a televisão acima do bar. Estava ligada na CNN. — Sobre o que estão falando?

— Sobre a ameaça de um ataque do ISIS durante a visita do presidente francês.

Safia ficou em silêncio.

— Você já recebeu seu alvo? — perguntou Natalie, em voz baixa.

— Sim.

— É uma operação suicida?

Safia, com os olhos na tela da televisão, balançou lentamente a cabeça para indicar que sim.

— E eu?

— Vai receber o seu em breve.

— De quem?

Safia deu de ombros, mostrando desinteresse.

— Você sabe o que é? — perguntou Natalie.

— Não.

Natalie olhou para a televisão.

— O que estão falando agora? — quis saber Safia.

— A mesma coisa.

— Sempre falam a mesma coisa.

Natalie desceu de seu banco de bar.

— Aonde você vai?

Natalie indicou com a cabeça o corredor que levava aos banheiros.

— Você já foi antes de sairmos do hotel.

— É o chá.

— Não demora.

Natalie colocou a bolsa no ombro esquerdo e atravessou o bar lentamente pelo labirinto de mesas altas. O banheiro feminino estava vazio; ela entrou em uma das cabines, trancou a porta e começou a contar mentalmente. Quando chegou a 45, ouviu a porta do banheiro se abrir e se fechar, seguida de um ruído de água caindo em uma pia e do som de um secador de mãos. A essa sinfonia de sons de banheiro, Natalie adicionou o estrondoso som de uma descarga industrial. Saindo da cabine, viu uma mulher diante do espelho passando maquiagem. A mulher tinha pouco mais de 30 anos, vestia jeans apertados e um pulôver sem mangas que não caía bem em seu corpo forte. Ela tinha os ombros largos e os braços musculosos de uma esquiadora olímpica. A pela era muito seca e porosa, a pele de uma mulher que vivera no deserto ou na altitude.

— Como você está, Leila?

— Quem é você?

— Não importa quem eu sou.

— Só se for uma deles. Aí, importa muito.

A mulher passou pó na pele dura do rosto.

— Meu nome é Megan — disse, olhando para seu reflexo. — Megan, do FBI. E você está desperdiçando um tempo valioso.

— Você sabe quem é aquela mulher?

A mulher assentiu. Guardando o pó e começando a trabalhar nos lábios, perguntou:

— Como ela entrou no país?

— Com um passaporte falso.

— Por onde ela entrou?

Natalie respondeu.

— Kennedy ou Newark?

— Não sei.

— Como ela veio para Washington?

— Em um trem da Amtrak.

— Qual o nome no passaporte?

— Asma Doumaz.

— Você já recebeu um alvo?

— Não. Mas ela recebeu o dela. É uma missão suicida.

— Você sabe o alvo dela?

— Não.

— Foi apresentada a algum outro membro das células de ataque?

— Não.

— Cadê seu telefone?

— Ela pegou. Não tente me mandar nenhuma mensagem.

— Saia daqui.

Natalie fechou a torneira e saiu. Desconfiada, Safia a viu se aproximar da mesa. Então, seus olhos pararam na mulher atlética com pele castigada que retomou seu assento no bar.

— Aquela mulher tentou falar com você?

— Que mulher?

Safia fez um gesto de cabeça na direção do bar.

— Ela? — Natalie balançou a cabeça. — Estava no telefone o tempo todo.

— É mesmo? — Safia temperou a salada com o azeite e o vinagre. — *Bon appétit*.

56

KEY BRIGDE MARRIOTT, ARLINGTON

O quarto era de solteiro, com uma cama que mal dava para as duas. Safia dormiu bem demais para uma mulher que sabia que logo estaria morta, embora uma vez durante a noite ela, de repente, tenha se sentado reta na cama e começado uma explicação sonâmbula de como usar adequadamente um colete suicida. Natalie ouviu atentamente as palavras emboladas, buscando pistas sobre o alvo de Safia, mas a outra novamente voltou a dormir. Por fim, pouco depois das três da manhã, Natalie também dormiu. Acordou com Safia agarrada nas costas dela como um marsupial. Lá fora, o clima estava cinza e úmido, e a mudança de pressão durante a noite deixara Natalie com uma enxaqueca palpitante. Ela engoliu dois comprimidos de analgésico e caiu em um agradável sono superficial até o ruído de um avião acordá-la pela segunda vez. Ele parecia voar a alguns metros da janela dela. Então, passou baixo pelo Potomac e desapareceu no meio das nuvens antes de chegar ao fim da pista no Aeroporto Nacional Reagan.

Natalie se virou e viu Safia sentada na cama olhando para o celular.

— Como dormiu? — perguntou Safia, com os olhos ainda na tela.

— Bem. E você?

— Nada mal — Safia desligou o telefone. — Vista-se. Temos trabalho.

Depois de tomarem banho e se vestirem, elas desceram até o *lobby* para tomar o café da manhã, incluso na diária. Safia não estava com fome. Na verdade, Natalie também não. Ela bebeu três xícaras de café para melhorar a enxaqueca e se forçou a comer um pote de iogurte grego. O restaurante estava cheio de turistas, e havia dois homens bem-apessoados que pareciam estar na cidade a negócios. Um deles não conseguia tirar os olhos de Safia. O outro estava assistindo às notícias na televisão pendurada do teto. Um ícone da emissora no canto direito inferior da tela dizia AO VIVO. O presidente americano e o presidente francês estavam sentados diante da lareira no Salão Oval. O presidente americano estava falando; o francês não parecia feliz.

— O que ele está dizendo? — perguntou Safia.

— Algo sobre trabalhar com nossos amigos e aliados no Oriente Médio para derrotar o ISIS.

— Ele está falando sério?

— Nosso presidente parece achar que não.

Os olhos de Safia encontraram os de seu admirador não tão secreto do outro lado do restaurante. Ela desviou o olhar rapidamente.

— Por que aquele homem fica olhando para mim?

— Ele achou você bonita.

— Tem certeza de que é só isso?

Natalie indicou que sim.

— É irritante.

— Eu sei.

— Queria poder colocar meu hijab.

— Não ia adiantar.

— Por que não?

— Porque você continuaria sendo bonita — Natalie raspou o resto do iogurte do fundo do pote de plástico. — Você devia mesmo comer alguma coisa.

— Por quê?

Natalie não tinha o que responder.

— Aonde vamos agora de manhã? — perguntou.

— Fazer compras.

— Do que precisamos?

— De roupas.

— Eu tenho roupas.

— Roupas boas.

Safia olhou rapidamente para a tela da TV — o secretário de imprensa da Casa Branca estava reunindo jornalistas no Salão Oval. Então, ela levantou sem dizer mais nada e saiu do restaurante. Natalie seguiu alguns passos atrás, com a bolsa no ombro direito. Lá fora, a chuva tinha se transformado em uma garoa fria. Elas correram pelo estacionamento e entraram no Impala. Natalie colocou a chave na ignição e ligou o motor enquanto Safia tirava o celular da bolsa e digitava TYSONS CORNER no Google Maps. Quando a linha azul da rota apareceu na tela, ela apontou para a Lee Highway.

— Vire à direita.

No andar de Operações da CNC, Gabriel e Adrian Carter observaram o Impala vermelho entrar em uma faixa da I-66 no sentido oeste, seguido por um Ford Explorer com dois oficiais do Grupo de Vigilância Especial do FBI. Na tela de vídeo ao lado, a luz azul do radiofarol piscava em um mapa digital gigante da região metropolitana de Washington.

— O que você vai fazer, Adrian? — perguntou Gabriel.

— A decisão não é minha. Não é mesmo.

— É de quem?

— Dele — disse Carter, com um gesto de cabeça indicando uma transmissão ao vivo da CNN no Salão Oval. — Ele está indo para a Sala de Comando. Todos os diretores de segurança nacional estão lá.

Naquele momento, o telefone na frente de Carter tocou. Foi uma conversa claramente unilateral.

— Entendido — foi só o que Carter disse. Ele desligou e olhou para a luz azul piscante que se movia pela I-66.

— Qual é a decisão? — perguntou Gabriel.

— Vamos deixá-las seguir.

— Boa decisão.

— Talvez sim — respondeu Carter. — Ou talvez não.

Natalie seguiu a I-66 até o Beltway e de lá até o shopping Tysons Corner Center. Havia vários espaços disponíveis no cobiçado primeiro andar do Lote B, mas Safia instruiu Natalie a seguir para o segundo andar.

— Ali — disse ela, apontando para um canto deserto distante. — Estacione ali.

Natalie entrou na vaga e desligou o motor. Safia analisou o painel de instrumentos do carro enquanto um Ford Explorer passava atrás delas. O automóvel estacionou na mesma fileira, e dois homens tipicamente americanos de 30 e poucos anos saíram e foram em direção ao shopping. Safia não pareceu notá-los. Estava olhando de novo o painel de instrumentos.

— O porta-malas deste carro abre por dentro?

— Sim, ali — disse Natalie, apontando para o botão perto do centro do painel.

— Deixe as portas destrancadas.

— Por quê?

— Porque eu mandei.

Safia desceu sem mais uma palavra. Juntas, foram para as escadas rolantes e desceram para a entrada da loja Bloomingdale's que dava acesso ao shopping. Os americanos estavam fingindo comprar casacos de inverno. Safia seguiu as placas para o departamento feminino e passou os trinta minutos seguintes indo de loja em loja, de cabideiro em cabideiro. Natalie explicou à vendedora que sua amiga estava procurando algo apropriado para um jantar de negócios — uma saia e uma jaqueta, mas a jaqueta não podia ser muito justa. Safia experimentou várias das sugestões da vendedora, mas rejeitou todas.

— Justa demais — disse em um inglês cheio de sotaque, passando a mão por seus quadris atraentes e sua cintura magra. — Mais solta.

— Se eu tivesse um corpo assim — disse a vendedora —, ia querer que fosse o mais justo possível.

— Ela quer dar uma boa primeira impressão — explicou Natalie.

— Diz pra ela tentar na Macy's. Talvez lá ela encontre.

Foi o que ela fez. Em alguns minutos, encontrou uma jaqueta comprida com cinco botões, da marca Tahari, que declarou ser adequada. Escolheu duas, uma vermelha e outra cinza; ambas tamanho quarenta.

— São grandes demais para ela — disse a vendedora. — Ela é, no máximo, 38.

Natalie passou o cartão de crédito na máquina sem dizer nada e assinou o recibo. A vendedora cobriu as duas jaquetas com um plástico branco com o logo da Macy's e entregou a elas. Natalie aceitou a sacola e seguiu Safia para fora da loja.

— Por que você comprou duas jaquetas?

— Uma é para você.

Natalie se sentiu enjoada de repente.

— Qual?

— A vermelha, claro.

— Nunca fiquei bem de vermelho.

— Não seja boba.

Do lado de fora do shopping, Safia checou seu telefone.

— Você precisa de alguma coisa? — perguntou ela.

— Tipo o quê?

— Maquiagem? Alguma joia?

— Me diga você.

— Que tal um café?

Natalie não estava com muita vontade de beber café, mas também não queria levar mais uma bronca de Safia. Elas foram ao Starbucks ao lado, pediram dois *lattes* e se sentaram a uma mesa do lado de fora do shopping. Várias muçulmanas, todas usando véu, estavam conversando baixo em árabe, e muitas outras mulheres de hijab, algumas de meia-idade, algumas bem jovens, passeavam pelas galerias. Natalie sentiu como se estivesse de volta em sua *banlieue*. Ela olhou para Safia, que estava com o olhar vago no horizonte e segurando seu celular com força. O café ficou na mesa, intocado.

— Preciso usar o banheiro — avisou Natalie.

— Não.

— Por que não?

— Não é permitido.

O celular de Safia vibrou. Ela leu a mensagem e se levantou abruptamente.

— Podemos ir, agora.

Elas voltaram ao Lote B e subiram as escadas até o segundo piso. O canto distante agora estava cheio de outros carros. Enquanto elas se aproximavam do Impala vermelho, Natalie abriu o porta-malas com o controle, mas Safia rapidamente fechou de novo.

— Pendure as roupas no banco de trás.

Natalie obedeceu. Então, sentou-se atrás do volante e ligou o motor enquanto Safia digitava KEY BRIDGE MARRIOTT no Google Maps.

— Siga as placas para a saída — instruiu ela — e, aí, vire à esquerda.

Os relatórios sucintos das equipes de vigilância do FBI apareciam nas telas de vídeo do CNC como atualizações em um painel de embarques de aeroporto. INDIVÍDUOS COMPRANDO ROUPAS NA MACY'S... INDIVÍDUOS TOMANDO CAFÉ NO STARBUCKS... INDIVÍDUOS SAINDO DO SHOPPING... INSTRUÇÃO... Fechados na Sala de Comando da Casa Branca, o presidente e sua equipe de segurança nacional tinham dado o veredito. Ouçam, observem, esperem. Deixem-nas seguir.

"Boa decisão", tinha dito Gabriel.

"Talvez sim", tinha respondido Adrian Carter. "Ou talvez não."

Às doze e quinze, o Impala vermelho entrou no estacionamento do Key Bridge Marriott e parou na mesma vaga que tinha deixado duas horas antes. As câmeras de segurança do hotel contaram parte da história; os despachos resumidos dos observadores do FBI contaram o resto. Os indivíduos estavam saindo do veículo. Indivíduo um, a agente israelense, pegou a sacola da Macy's do banco traseiro. Indivíduo dois, a francesa, tirou duas sacolas grandes de papel do porta-malas.

— Que duas sacolas no porta-malas? — perguntou Gabriel.

Carter ficou em silêncio.

— De onde são as sacolas?

Carter gritou a pergunta no andar de Operações. A resposta apareceu na tela alguns segundos depois.

As sacolas eram da L.L.Bean.

— Merda — falaram Gabriel e Carter em uníssono.

Natalie e Safia nem sequer tinham ido à L.L.Bean.

CASA BRANCA

Muito depois, a reunião entre o líder americano e o francês seria lembrada como a mais interrompida da história. Três vezes o presidente americano foi convocado à Sala de Comando. Duas vezes, foi sozinho para lá, deixando o presidente francês e seus assistentes mais próximos no Salão Oval. Da terceira vez, o presidente francês também foi. Afinal, as duas mulheres no quarto 822 do Key Bridge Marriott tinham passaportes franceses, embora os dois documentos fossem fraudulentos. Por fim, os dois líderes conseguiram passar uma hora juntos sem interrupções antes de ir para uma coletiva de imprensa conjunta na Ala Leste. O presidente americano ficou com a cara fechada o tempo todo, e suas respostas foram incomumente longas e confusas. Um repórter disse que o presidente parecia irritado com seu colega francês. Nada podia estar mais longe da verdade.

O presidente francês saiu da Casa Branca às três da tarde e voltou à Casa Blair. Naquele mesmo momento, o Departamento de Segurança Nacional publicou um alerta escrito de forma vaga sobre um possível ataque terrorista em solo americano, talvez na região metropolitana de Washington. Como o boletim não atraiu atenção suficiente — só um canal de notícias a cabo se deu ao trabalho de veiculá-lo —, o secretário rapidamente convocou uma coletiva de imprensa para repetir o alerta em frente às câmeras. Seu comportamento tenso deixou claro que não se tratava de uma declaração feita apenas para se proteger caso algo desse errado. A ameaça era real.

— Haverá alguma mudança na agenda do presidente? — perguntou um repórter.

— Neste momento, não — respondeu o secretário de modo sigiloso.

Ele então listou diversos passos tomados pelo governo federal para evitar ou interceptar um ataque potencial, mas não mencionou a situação que se desdobrava do outro lado do rio Potomac, onde, às doze e dezoito, duas mulheres — indivíduos um e dois, como eram conhecidas — tinham retornado ao seu quarto de hotel após uma breve saída para compras. Indivíduo um pendurara uma sacola da Macy's no armário, enquanto indivíduo dois colocara dois pacotes suspeitos — sacolas de compras da L.L.Bean — no chão, perto da janela. Três vezes, os microfones ouviram o indivíduo um perguntar sobre o conteúdo das sacolas. Três vezes, indivíduo dois se recusou a responder.

Todo o aparato de segurança nacional dos Estados Unidos estava desesperadamente se perguntando a mesma coisa. A forma como as sacolas chegaram ao porta-malas do Impala, porém, fora descoberta muito rapidamente com a ajuda do enorme rol de câmeras de segurança do Tysons Corner. A entrega ocorrera às onze e trinta e sete da manhã, no segundo andar do Lote B. Um homem de casaco e chapéu, de idade e etnia indeterminadas, entrara no estacionamento a pé, com uma sacola da L.L.Bean em cada mão, e as colocara no porta-malas do Impala, que ele abriu depois de entrar no carro por uma porta destrancada. Em seguida, ele saiu da garagem, novamente a pé, e foi para a Route 7, onde câmeras de trânsito o viram entrando em um Nissan Altima com placa de Delaware, alugado na sexta-feira à tarde no ponto de vendas da Hertz na Union Station. Os registros da locadora identificavam a cliente como uma mulher chamada Asma Doumaz. O nome não era conhecido deles.

Nada disso explicitava o conteúdo das sacolas, embora o método altamente profissional de entrega sugerisse o pior. Pelo menos, um oficial sênior do FBI, para não mencionar um assessor político de alto escalão, recomendou uma varredura imediata no quarto. Mas cabeças mais frias, incluindo a do presidente, tinham vencido. As câmeras e os microfones alertariam o FBI no minuto em que as duas começassem a se preparar para entrar em ação. Enquanto isso, os aparelhos de vigilância podiam fornecer informações valiosas, como os alvos e as identidades de outros membros das células de ataque. Como precaução, a equipe da SWAT e a equipe de resgate a reféns do FBI, silenciosamente tinham se posicionado ao redor do hotel. Por enquanto, a gerência do Marriott não sabia de nada.

O sinal das câmeras e dos microfones dentro do quarto 822 fluíam do CNC para a Casa Branca e além. A câmera principal estava escondida dentro do console de entretenimento; ela vigiava os indivíduos como uma teletela observando Winston Smith em seu apartamento na Mansão Vitória. Indivíduo dois estava deitado seminu na cama, fumando — o que violava tanto as leis do hotel quanto as leis do ISIS. Indivíduo um, uma não fumante devota, tinha pedido permissão para sair do quarto e tomar ar fresco, mas indivíduo dois negara. Segundo ela, seria *haram* sair.

— Quem disse? — perguntou indivíduo um.

— Saladin disse.

A menção do nome do mentor elevara as expectativas do CNC e da Casa Branca de que logo indivíduo dois compartilharia informações críticas. Em vez disso, ela acendeu mais um cigarro e, com o controle remoto, ligou a televisão. O secretário de segurança nacional estava no palanque.

— O que ele está dizendo?

— Que vai haver um ataque.

— Como ele sabe?

— Ele não quer falar.

Indivíduo dois, ainda fumando, checou seu telefone — um telefone que o FBI e a Agência de Segurança Nacional não tinham conseguido monitorar. Então, franziu os olhos para a televisão. O secretário de segurança nacional tinha concluído sua coletiva de imprensa. Um grupo de especialistas em terrorismo estava analisando o que acabara de acontecer.

— O que estão dizendo?

— A mesma coisa — respondeu indivíduo um. — Que vai haver um ataque.

— Eles sabem de nós?

— Já estaríamos presas se soubessem.

Indivíduo dois não parecia convencido. Ela checou o telefone, checou de novo quinze segundos depois, e checou de novo dez segundos depois disso. Claramente, estava esperando uma comunicação iminente da rede. A mensagem chegou às dezesseis e quarenta e sete.

— *Alhamdulillah* — sussurrou indivíduo dois.

— O que foi?

— Está na hora.

Ela amassou o cigarro e desligou a televisão. No andar de Operações do Centro Nacional de Contraterrorismo, várias dezenas de analistas e oficiais observavam e aguardavam. Também estavam presentes o líder de uma organização de contraterrorismo francesa de elite, o chefe do DGI jordaniano e o futuro chefe do serviço secreto de inteligência de Israel. Só o israelense não conseguiu assistir ao que aconteceu depois. Ele sentou-se em sua devida cadeira à mesa em formato de feijão, com os cotovelos apoiados na madeira clara, tapando os olhos com as mãos, e ouviu.

— Em nome de Deus, o Clemente, o Misericordioso...

Natalie estava gravando seu vídeo de suicídio.

58

ALEXANDRIA, VIRGINIA

Era um dia incomumente tranquilo para os funcionários da transportadora Dominion de Alexandria, na Virginia — só um trabalho pequeno, uma mulher que estava trocando seu apartamento alugado em ruínas no Capitol Hill por um chalé apertado em North Arlington, uma pechincha comprada por setecentos mil dólares. O trabalho só exigira um caminhão e dois funcionários. Um deles era jordaniano; o outro, da Tunísia. Ambos eram membros do ISIS e tinham lutado e treinado na Síria. A mulher, que trabalhava como assessora para um importante senador republicano, é claro, não sabia nada disso. Deu café e biscoitos aos homens e, quando terminaram o trabalho, pagou uma boa gorjeta.

Os dois saíram de North Arlington às cinco e meia em direção à sede da empresa na Eisenhower Avenue, em Alexandria. Por causa do trânsito pesado da hora do rush, só chegaram às dezoito e quinze, alguns minutos depois do esperado. Estacionaram o caminhão, um modelo Freightliner 2011, em frente ao armazém e entraram no escritório por uma porta de vidro. Fatimah, a jovem que atendia os telefones da empresa, estava ausente, e sua mesa, vazia. Ela voara a Frankfurt na noite anterior e agora estava em Istambul. De manhã, *inshallah*, estaria no califado. Outra porta levava ao andar do armazém. Havia dois Freightliner extras, ambos pintados com o logo da Dominion, e três Honda Pilots. Dentro de cada Honda, um arsenal de fuzis AR-15 e pistolas Glock calibre .45, além de uma bomba numa mochila e um colete suicida. Cada Freightliner tinha sido carregado com uma bomba de quinhentos quilos de nitrato de amônia e querosene. Eram réplicas exatas da enorme bomba que devastara a estação de Canary Wharf, em Londres, em 1996. Não era coincidência. O homem que construíra a bomba de Canary Wharf, um terrorista do Exército Republicano Irlandês chamado Eamon Quinn, vendera sua criação para o ISIS por dois milhões de dólares. Os outros membros da célula de ataque já estavam presentes. Dois usavam roupas ocidentais comuns, mas os outros, onze no total, usavam uniformes militares pretos e tênis de corrida brancos, uma escolha de vestimenta que homenageava Abu Musab al-Zarqawi. Por motivos operacionais, o tunisiano e o jordaniano continuaram com seus macacões azuis da Dominion. Tinham uma última entrega para fazer.

Às sete da noite, todos os quinze oraram juntos a última vez. Os outros membros da célula de ataque saíram logo depois, deixando apenas o tunisiano e o jordaniano para trás. Às sete e meia, entraram nas cabines dos caminhões Freightliner. O tunisiano tinha sido escolhido para dirigir o primeiro caminhão. Em muitos aspectos, era a tarefa mais importante, pois, se ele falhasse, o segundo caminhão não chegaria ao alvo. Ele batizara o veículo de Buraq, o corcel celestial que levara o profeta Maomé de Meca a Jerusalém na Viagem Noturna. O tunisiano faria uma viagem similar à noite, uma viagem que terminaria, *inshallah*, no paraíso.

Ela começou, porém, em uma feia região industrial da Eisenhower Avenue. Ele foi pela avenida até a via que a ligava à Beltway, e de lá para esta rodovia. O trânsito estava pesado e andava um pouco abaixo do limite de velocidade. O tunisiano passou com facilidade para a faixa correta e olhou no espelho retrovisor externo. O segundo Freightliner estava a cerca de quatrocentos metros atrás, exatamente onde deveria estar. O tunisiano olhou para a frente e começou a rezar.

— Em nome de Alá, o Clemente, o Misericordioso...

Saladin também fez a oração obrigatória da noite, mas com muito menos fervor que os homens no armazém, pois não tinha intenção alguma de atingir o martírio naquela noite. Depois, vestiu um terno cinza-escuro, uma camisa branca e uma gravata azul-marinho lisa. Sua mala estava feita e esperando na porta. Ele a arrastou até o corredor e, usando a bengala para se apoiar, mancou até o elevador. Lá embaixo, pegou um recibo na recepção, antes de ir até a entrada de automóveis. O carro estava esperando. Ele instruiu o manobrista a colocar sua bagagem no porta-malas e sentou-se atrás do volante.

Diretamente do outro lado da rua do Four Seasons, em frente à entrada de uma farmácia CVS, havia um Buick Regal alugado. Eli Lavon estava no banco do passageiro e Mikhail Abramov, no volante. Eles tinham passado aquele longo dia observando a frente do hotel, às vezes do conforto do carro, às vezes da calçada ou de um café e, brevemente, do interior do próprio hotel. O alvo, o suposto cidadão saudita Omar al-Farouk, não tinha sido visto nem de relance. Uma ligação à telefonista do hotel confirmara, porém, que o senhor al-Farouk, quem quer que fosse, era, de fato, hóspede daquele estabelecimento. Ele tinha dito que não queria receber nenhuma ligação. Uma passada em frente à porta do quarto revelara uma placa de NÃO PERTURBE na maçaneta.

Mikhail, um homem de ação e não de observação, estava batucando os dedos ansiosamente no console central, mas Lavon, veterano com cicatrizes de batalha de muitas vigílias do tipo, estava imóvel como um Buda de pedra. Seus olhos castanhos estavam fixos na saída do hotel, onde uma BMW sedã preta esperava para virar na M Street.

— É nosso homem — disse ele.

— Tem certeza de que é ele?

— Absoluta.

A BMW contornou uma rotatória de pequenas árvores e arbustos e acelerou na M Street.

— Com certeza é ele — concordou Mikhail.

— Estou fazendo isto há muito tempo.

— Aonde acha que ele está indo?

— Boa pergunta. Talvez você devesse segui-lo e descobrir.

Saladin virou à direita na Wisconsin Avenue e então entrou abruptamente à esquerda na Prospect Street. No lado norte ficava o Café Milano, um dos restaurantes mais populares de Georgetown. Diretamente em frente ficava um dos estacionamentos mais caros de Washington. Saladin deixou o carro com um atendente e entrou no restaurante. O *maître* e duas *hostesses* estavam atrás de um balcão em formato de púlpito no salão de entrada.

— Al-Farouk — disse Saladin. — Tenho uma reserva para dois.

Uma das *hostesses* checou o computador.

— Para as oito?

— Sim — disse ele, evitando os olhos dela.

— Chegou cedo.

— Espero que não seja um problema.

— Claro que não. Sua acompanhante está aqui?

— Ainda não.

— Posso levá-lo para a mesa agora ou, se preferir, você pode esperar no bar.

— Prefiro me sentar.

A *hostess* levou Saladin a uma disputada mesa perto da entrada do restaurante, a alguns passos do bar.

— Vou jantar com uma jovem. Ela deve chegar em alguns minutos.

A *hostess* sorriu e pediu licença. Saladin sentou-se e examinou o interior do restaurante. Os clientes tinham dinheiro, conforto e poder. Ele ficou surpreso de reconhecer alguns, inclusive o homem sentado à mesa ao lado. Era um colunista do *The New York Times* que tinha apoiado — não, pensou Saladin, era uma palavra muito fraca, tinha feito *campanha* pela invasão americana no Iraque. Saladin sorriu. Qassam el-Banna escolhera bem. Era uma pena que ele não fosse ver os resultados de seu trabalho.

Um garçom apareceu e ofereceu um drinque a Saladin. Com uma confiança ensaiada, ele pediu um vodca martíni, especificando a marca de álcool de sua preferência. A bebida chegou alguns minutos depois e foi despejada de uma coqueteleira de prata no copo com muita cerimônia. O drinque ficou intocado diante dele, gotas de condensação enevoando o copo. No bar, um trio de mulheres seminuas ria alto e, à mesa do lado, o colunista dissertava sobre a questão da Síria. Aparentemente, ele não achava que o bando de bandidos assassinos conhecido como ISIS era uma grande ameaça aos Estados Unidos. Saladin sorriu e olhou seu relógio.

Não havia vagas livres na Prospect Street, então Mikhail fez o retorno no fim do quarteirão e estacionou ilegalmente em frente a uma loja de sanduíches frequentada por alunos da Universidade de Georgetown. O Café Milano estava a mais de cem metros de distância, um borrão.

— Assim não vai dar — disse Eli Lavon, apontando o óbvio. — Um de nós precisa entrar e ficar de olho nele.

— Vai você. Eu fico com o carro.

— Não é muito meu tipo de lugar — respondeu Lavon.

Mikhail desceu e caminhou em direção ao Café Milano. Não era o único restaurante da rua. Além da loja de sanduíches, havia um restaurante tailandês e um bistrô chique. Mikhail passou por eles e desceu os dois degraus até a entrada do Café Milano. O *maître* sorriu para Mikhail como se o estivesse esperando.

— Vou encontrar um amigo no bar.

O *maître* apontou o caminho. Só um banco estava disponível, a alguns passos de onde um homem de feição árabe bem-vestido estava sentado. Havia uma cadeira vazia à frente dele, o que significava que, muito provavelmente, o homem bem-vestido não ia jantar sozinho. Mikhail se acomodou no banco vazio. Era perto demais do alvo, embora tivesse a vantagem de uma visão desobstruída da entrada. Ele pediu uma taça de vinho e tirou o celular do bolso.

A mensagem de Mikhail chegou no celular de Gabriel trinta segundos depois. Allon agora tinha uma escolha: manter a informação para si ou confessar a Adrian Carter que o tinha enganado. Dadas as circunstâncias, escolheu a última. Carter aceitou a notícia surpreendentemente bem.

A VIÚVA NEGRA

— Você está desperdiçando seu tempo — disse ele. — E o meu também.

— Então, você não se importa se ficarmos um pouquinho mais para ver com quem ele vai jantar.

— Não se dê ao trabalho. Temos coisas mais importantes com que nos preocupar do que um saudita rico jantando com as pessoas bonitas do Café Milano.

— Tipo o quê?

— Tipo aquilo.

Carter fez um gesto de cabeça em direção à tela, onde indivíduo dois, também conhecido como Safia Bourihane, estava colocando as sacolas da L.L.Bean na cama. De uma, ela removeu com cuidado um colete preto de nylon equipado com fios e explosivos, e o segurou em frente ao torso. Então, sorrindo, examinou sua aparência no espelho, com todo o aparato de contraterrorismo dos Estados Unidos assistindo horrorizado.

— Fim do jogo — disse Gabriel. — Tire minha garota de lá.

KEY BRIDGE MARRIOTT

Houve um momento de confusão em relação a quem usaria qual colete suicida. Natalie achou estranho — os coletes pareciam idênticos em tudo —, mas Safia insistiu. Queria que Natalie usasse o colete com a pequena costura em fio vermelho ao longo do interior do zíper. Natalie aceitou sem discutir e o levou para o banheiro, com cuidado, como se fosse uma xícara com líquido fervente derramando. Ela tratara vítimas de armas como aquela, pobres almas como Dina Sarid, cujos membros e órgãos vitais tinham sido destruídos por estilhaços ou devastados pela força destrutiva invisível da onda de choque. Ouvira as histórias macabras dos danos causados àqueles seduzidos a amarrar bombas em seus corpos. Ayelet Malkin, sua amiga do Centro Médico Hadassah, estava sentada em seu apartamento em Jerusalém certa tarde quando a cabeça de um homem-bomba caiu como um coco em sua varanda. A coisa ficou ali por mais de uma hora, olhando Ayelet com reprovação, até que finalmente um policial a colocou em um saco plástico de coleta de evidências e levou embora.

Natalie cheirou o explosivo; tinha cheiro de marzipã. Ela segurou o detonador com leveza na mão direita e passou o braço com cuidado pela manga da jaqueta Tahari vermelha. O braço esquerdo foi ainda mais desafiador. Ela não ousava usar a mão direita por medo de, acidentalmente, bater no botão detonador e explodir a si mesma e uma parte do oitavo andar em pedacinhos. Depois, abotoou os cinco botões da jaqueta usando só a mão esquerda, alisou a frente e endireitou os ombros. Ao olhar-se no espelho, pensou que Safia tinha escolhido bem. O corte da jaqueta escondia perfeitamente a bomba. Nem Natalie, com as costas doendo pelo peso das esferas de rolamento, conseguia ver evidências dele. Havia só o cheiro, o aroma fraco de amêndoas e açúcar.

Ela olhou ao redor do interior do banheiro, para os cantos do espelho, para as lâmpadas do teto. Certamente, os americanos estavam vendo e ouvindo. E certamente, pensou ela, Gabriel estava vendo também. Ela se perguntou o que estavam pensando. Tinha vindo a Washington na tentativa de identificar alvos e outros membros das células de ataque. Até agora, não sabia nada porque Safia deliberadamente mantinha em segredo até as informações mais básicas sobre a operação. Mas por quê? E por que Safia tinha insistido que Natalie usasse o colete com a costura vermelha no zíper? Ela olhou de novo ao redor do banheiro. *Vocês estão assistindo? Estão vendo o que está acontecendo aqui?* Obviamente, eles tinham intenção de deixar rolar um pouco mais. Mas não muito, pensou ela. Os americanos não deixariam uma terrorista conhecida como Safia, uma viúva negra com sangue nas mãos, andar pelas ruas de Washington com um colete suicida. Como israelense, Natalie sabia que essas operações eram inerentemente perigosas e imprevisíveis. Safia precisaria ser morta com um tiro certeiro no tronco cerebral, vindo de uma arma de calibre grosso, para garantir que não tivesse ainda capacidade de apertar o detonador com um último espasmo antes de morrer. Se o fizesse, tudo o que houvesse perto seria rasgado em pedacinhos.

Natalie observou seu rosto no espelho pela última vez, como se estivesse decorando seus traços — o nariz que ela detestava, a boca que achava grande demais para o rosto, os olhos escuros sedutores. Então, inesperadamente, viu alguém parado ao seu lado, um homem de pele pálida e olhos da cor do gelo glacial. Ele estava vestido para uma ocasião especial, talvez um casamento, talvez um enterro, e segurava uma arma.

Na verdade, você é mais parecida comigo do que imagina...

Ela desligou a luz e voltou para o quarto. Safia estava sentada na ponta da cama, vestida com o colete suicida e a jaqueta cinza. Ela olhava distraidamente para a televisão. Sua pele estava branca como leite, seu cabelo caía pesado e sem vida ao lado do pescoço. A jovem responsável por um massacre de inocentes em nome do islã obviamente estava assustada.

— Você está pronta? — perguntou Natalie.

— Não consigo — falou Safia, como se uma mão estivesse apertando sua garganta.

— Claro que consegue. Não precisa ter medo.

Safia segurava um cigarro entre os dedos trêmulos da mão esquerda. A mão direita estava em volta do detonador — apertando demais, pensou Natalie.

— Talvez eu devesse beber um pouco de vodca ou uísque — Safia estava dizendo. — Dizem que ajuda.

— Você quer mesmo encontrar Alá cheirando a álcool?

— Suponho que não — os olhos dela saíram da televisão para o rosto de Natalie. — Você não está com medo?

— Um pouco.

— Não parece. Na verdade, você parece feliz.

— Esperei muito tempo por isso.

— Pela morte?

— Por vingança — disse Natalie.

— Eu também pensei que queria vingança. Pensei que queria morrer...

A mão invisível tinha se fechado novamente em torno da garganta de Safia. Ela parecia incapaz de falar. Natalie tirou o cigarro dos dedos dela, amassou-o e deixou a bituca ao lado das outras doze fumadas naquela tarde.

— Não devíamos ir?

— Em um minuto.

— Para onde vamos?

Ela não respondeu.

— Você precisa me dizer o alvo, Safia.

— Você vai saber logo, logo.

A voz estava frágil como folhas mortas. Ela tinha a palidez de um cadáver.

— Você acha que é verdade? — perguntou ela. — Acha que vamos ao paraíso depois que nossas bombas explodirem?

Não sei para onde você vai, pensou Natalie, mas não vai ser para os braços amorosos de Deus.

— Por que não seria verdade? — Natalie devolveu a pergunta.

— Às vezes me pergunto se é só... — a voz dela falhou de novo.

— Só o quê?

— Uma coisa que homens como Jalal e Saladin dizem a mulheres como nós para nos transformar em mártires.

— Saladin colocaria o colete se estivesse aqui.

— Colocaria mesmo?

— Eu o conheci depois que você foi embora do campo em Palmira.

— Eu sei. Ele gosta muito de você — havia uma ponta de ciúme em sua voz. Ela era capaz, afinal, de pelo menos uma outra emoção além do medo. — Ele me disse que você salvou a vida dele.

— Salvei.

— E agora ele está enviando você para morrer.

Natalie não disse nada.

— E as pessoas que vamos matar hoje? — perguntou Safia. — Ou as pessoas que eu matei em Paris?

— Eram infiéis.

O detonador de repente ficou quente na mão de Natalie, como se ela estivesse segurando uma brasa. Só queria arrancar o colete suicida. Ela olhou de relance ao redor do quarto.

Vocês estão assistindo? O que estão esperando?

— Eu matei uma mulher na França — Safia estava dizendo. — Aquela Weinberg, a judia. Ela ia morrer por causa dos ferimentos, mas eu atirei nela mesmo assim. Tenho medo...

Ela parou no meio da frase.

— Medo de quê?

— De encontrá-la de novo no paraíso.

Natalie não conseguiu encontrar resposta alguma no poço de mentiras que carregava em si. Colocou uma mão no ombro de Safia, de leve, para não assustá-la.

— Não devíamos ir?

Safia olhou vagamente para o celular, drogada pelo ópio do medo, e então levantou cambaleando — cambaleando tanto que Natalie teve medo de ela apertar sem querer o detonador tentando se equilibrar.

— Como estou? — perguntou.

Como uma mulher que sabe que só tem alguns minutos de vida, pensou Natalie.

— Está linda, Safia. Você sempre está linda.

Com isso, Safia foi até a porta e a abriu sem hesitação, mas Natalie estava procurando alguma coisa entre os lençóis e cobertores da cama. Ela esperava ouvir o som de uma arma de calibre grosso despachando Safia a caminho do paraíso. Em vez disso, ouviu a voz de Safia. O medo evaporara. Ela parecia levemente irritada.

— O que você está esperando? — quis saber. — Está na hora.

60

CASA BRANCA

O jantar de Estado estava marcado para começar às oito daquela noite. O presidente francês e sua esposa chegaram pontualmente ao Pórtico Norte, tendo feito a travessia desde a Casa Blair em tempo recorde, com o esquema de segurança mais pesado já visto. Correram para dentro como se tentassem escapar de uma tempestade repentina e encontraram o presidente e a primeira-dama vestidos formalmente, esperando no *hall* de entrada. O sorriso do presidente era encantador, mas seu aperto de mão estava úmido e cheio de tensão.

— Temos um problema — disse ele, em voz baixa, enquanto as câmeras disparavam.

— Problema?

— Explico em um minuto.

A sessão de fotos foi bem mais curta que o normal, exatos 15 segundos. Então, o presidente levou o grupo para a Galeria Cruzada. As primeiras-damas viraram à esquerda, em direção à Ala Leste. Os dois líderes foram à direita, em direção à Ala Oeste. Na Sala de Comando, no andar de baixo, só havia lugar para ficar em pé — diretores em suas devidas cadeiras à mesa, vices e assessores apoiados contra as paredes. Em uma das telas de vídeo, duas mulheres, uma loira e uma morena, estavam andando pelo corredor de um hotel.

— Safia Bourihane e a agente israelense?

O presidente assentiu com gravidade e então atualizou o líder francês. Alguns minutos antes, Safia Bourihane tirara das sacolas um par de coletes suicidas. Uma evacuação do hotel às pressas foi rejeitada por tomar tempo demais e ser arriscada demais. Um ataque direto ao quarto também foi descartado.

— Então, o que nos sobra? — perguntou o presidente francês.

— Equipes da SWAT e de resgate de reféns estão esperando em frente ao hotel e no *lobby*. Se tiverem a oportunidade de matar Safia Bourihane sem perda colateral de vidas inocentes, vão pedir permissão para atirar.

— Quem dá a aprovação?

— Eu, e só eu — o presidente olhou para seu colega francês com seriedade. — Não preciso de sua permissão para fazer isso, mas gostaria de sua aprovação.

— Você a tem, senhor presidente — o líder francês observou as duas mulheres entrando no elevador. — Mas posso dar um pequeno conselho?

— É claro.

— Diga para seus atiradores não errarem.

Quando o tunisiano chegou à saída da Route 123, o segundo Freightliner estava logo atrás dele, exatamente onde deveria estar. Ele checou o relógio. Eram oito e cinco da noite. Estavam um minuto adiantados, melhor que a alternativa, mas não ideal. O relógio era a marca de Saladin, que acreditava que, no terror, como na vida, escolher o momento preciso era essencial.

Seis vezes o tunisiano fizera simulações, e seis vezes o semáforo na Lewisville Road atrapalhara temporariamente seu avanço, como agora. Quando a luz ficou verde, ele serpenteou por uma via suburbana vagarosamente, seguido pelo segundo Freightliner. Diretamente à frente ficava o cruzamento da Tysons McLean Drive. Novamente, o tunisiano checou o relógio; eles estavam de volta ao horário previsto. Ele virou à esquerda e o caminhão sobrecarregado subiu com dificuldade a ladeira do pequeno morro.

Essa era a parte da abordagem pela qual o tunisiano nunca tinha dirigido, embora ele e o jordaniano tivessem praticado em um sofisticado simulador computadorizado. A rua dobrava gradualmente à esquerda e então, no topo de um morro, fazia uma curva fechada à direita, que levava a um complexo posto de controle de segurança. Neste momento, os guardas altamente treinados e pesadamente armados já estavam cientes de sua presença. Os americanos tinham sido atacados por bombas escondidas em veículos antes — nos quartéis da Marinha em Beirute, em 1983, e na Khobar Towers na Arábia Saudita, em 1996 — e com certeza estavam preparados para um ataque do tipo nesta instalação estratégica, o sistema nervoso do aparato de contraterrorismo. Mas, infelizmente para os americanos, Saladin também estava preparado. Os blocos de motor estavam envoltos em ferro-gusa, o para-brisa e os pneus eram à prova de balas. Exceto por um ataque direto de um míssil antitanque, os caminhões eram imbatíveis.

O tunisiano esperou até fazer a primeira curva leve à esquerda antes de pisar no acelerador. À direita, uma fila de cones laranja fluorescentes direcionava o trânsito para uma só pista. O tunisiano não fez esforço algum para desviar deles, sinalizando, assim, aos americanos que suas intenções não eram nada inocentes. Ele fez a curva fechada à direita sem desacelerar e, por um instante, teve medo de que o caminhão fosse tombar. Diante dele, vários seguranças americanos gesticulavam desesperadamente para ele parar. Vários outros já mantinham suas armas apontadas para ele. De repente, ele foi cegado por uma luz branca cortante — luz voltaica, talvez um laser.

Então, vieram os primeiros tiros. Eles ricochetearam no para-brisa como granizo. O tunisiano segurou o volante com a mão esquerda e o detonador com a direita.

— Em nome de Alá, o Clemente, o Misericordioso...

Os homens e as mulheres no andar de Operações do Centro Nacional de Contraterrorismo não sabiam da situação no portão de entrada da instalação. Só tinham olhos para a tela gigante na frente da sala; nela duas mulheres — uma loira e uma morena: indivíduos um e dois, como eram conhecidas — acabavam de entrar em um elevador de um hotel lá perto, em Arlington. A imagem era de cima e levemente angulada. A loira, indivíduo dois, parecia catatônica de medo, mas a morena estava curiosamente serena. Esta última olhava diretamente para as lentes da câmera, como se posasse para um retrato final. Gabriel a olhou de volta. Ele estava em pé, uma mão apoiada no queixo, a cabeça inclinada levemente para o lado. Adrian Carter estava ao lado dele, com um telefone em cada orelha. Fareed Barakat girava um cigarro apagado nervosamente entre seus dedos com unhas feitas, os olhos pretos como ônix grudados na tela. Só Paul Rousseau, que não gostava de sangue, não conseguia assistir. Ele olhava para o carpete como se estivesse procurando bens perdidos.

Do lado de fora do hotel, o Impala vermelho estava parado no estacionamento aberto, vigiado clandestinamente por agentes do Grupo de Reação a Incidentes Críticos. A luz azul do radiofarol piscava nas telas do CNC como um marcador. Os microfones escondidos do carro capturavam o ruído fraco do trânsito na North Fort Meyer Drive. Dois agentes disfarçados da SWAT estavam conversando amigavelmente na entrada do hotel. Outros dois esperavam perto do ponto de táxi. Além deles, havia agentes da SWAT dentro do hotel, dois no *lounge* metálico e laminado do *lobby* e dois no balcão do *concierge*. Cada agente carregava escondida uma pistola semiautomática Springfield calibre .45 com um pente de oito cartuchos e mais um cartucho na câmara. Um dos agentes no balcão do *concierge*, veterano da revolta do Iraque, era o atirador escolhido. Ele planejava abordar o alvo, indivíduo número dois, por trás. Se recebesse ordens do presidente — e se não fosse haver perda de vidas inocentes —, empregaria força letal.

Todos os oitos membros da equipe SWAT ficaram tensos quando as portas do elevador se abriram e as duas mulheres, indivíduos um e dois, saíram. Uma nova câmera as seguiu pelo saguão até o canto do *lobby*. Lá, a loira parou abruptamente e colocou uma das mãos no braço da morena para que ela parasse. Trocaram palavras inaudíveis dentro do CNC, e a loira olhou para o celular. Então, aconteceu algo que ninguém estava esperando — nem as equipes do FBI nem o presidente e seus assessores mais próximos na Sala de Comando, e certamente nem os quatro espiões que assistiam do andar de Operações no CNC. Sem aviso, as duas deram meia-volta no *lobby* e caminharam por um corredor do térreo em direção aos fundos do hotel.

— Elas estão indo para o lado errado — disse Carter.

— Não estão, não — respondeu Gabriel. — Estão indo para o lado que Saladin mandou.

Carter ficou em silêncio.

— Diga às equipes da SWAT para segui-las. Diga para atirarem.

— Não podem — falou Carter asperamente. — Não dentro do hotel.

— Atirem agora, Adrian, porque não vamos ter outra chance.

Nesse momento, o andar de Operações foi iluminado por uma explosão intensa de luz branca. Um instante depois, houve um som como um estrondo sônico que chacoalhou o prédio violentamente. Carter e Paul Rousseau ficaram confusos por um momento; Gabriel e Fareed Barakat, homens do Oriente Médio, não. Gabriel correu para a janela e viu uma nuvem de fogo em formato de cogumelo subindo do principal posto de segurança da instalação. Alguns segundos depois, viu um grande caminhão de carga invadindo em alta velocidade o pátio que separava o CNC do Escritório do Diretor de Inteligência Nacional.

Gabriel se virou e gritou como um louco para quem estava perto da janela correr e se proteger. Olhou brevemente para a tela gigante e viu as duas mulheres, indivíduos um e dois, entrando na garagem subterrânea do Key Bridge Marriott. Então, houve uma segunda explosão, e a tela, como todo o resto, ficou preta.

Na Sala de Comando da Casa Branca, as telas também ficaram pretas, bem como o link de videoconferência com o diretor do CNC.

— O que acabou de acontecer? — perguntou o presidente.

Foi o secretário de Segurança Nacional quem respondeu.

— Obviamente, há algum problema com a transmissão.

— Não posso ordenar as equipes da SWAT a prosseguir se não conseguir ver o que está acontecendo.

— Estamos checando, senhor presidente.

Todos os diretores, vices e assessores na sala também estavam. Foi o diretor da CIA, trinta segundos depois, que informou ao presidente que duas pancadas de som altas, possivelmente explosões, tinham sido ouvidas na área de McLean–Tysons Corner, perto do cruzamento com a Route 123 e o Beltway.

— Ouvidos por quem? — perguntou o presidente.

— Conseguiram ouvir as explosões na sede da CIA, senhor.

— A quase dois quilômetros?

— Na verdade, três, senhor.

O presidente olhou para a tela de vídeo preta.

— O que acabou de acontecer? — perguntou novamente, mas, desta vez, não houve resposta na sala, apenas a pancada de choque de outra explosão, próxima o suficiente para balançar a Casa Branca.

— Que diabos foi isso?

— Checando, senhor.

— Cheque mais rápido.

E quinze segundos depois, o presidente tinha sua resposta. Não veio dos oficiais seniores reunidos na Sala de Comando, mas dos agentes do serviço secreto posicionados no topo da Mansão Executiva. Havia fumaça saindo do Lincoln Memorial.

Os Estados Unidos estavam sendo atacados.

61

LINCOLN MEMORIAL

le chegara a pé, um único homem, cabelos escuros, cerca de 1,72 metro vestindo um casaco de lã grosso contra o frio da noite e carregando uma mochila em um ombro. Mais tarde, o FBI concluiria que um Honda Pilot SUV, placa da Virginia, o deixara na esquina da 23th Street com a Constitution Avenue. O Honda Pilot continuara no sentido norte na 23th Street até a Virginia Avenue, onde virou à esquerda. O homem com o casaco de lã grosso e a mochila fora na direção sul, cruzando a ponta oeste do Washington Mall até o Lincoln Memorial. Vários policiais que faziam a segurança do parque estavam vigiando na base dos degraus. Eles não pareceram se importar nem mesmo notar o homem com a mochila e o casaco largo demais.

O monumento, construído em forma de templo grego dórico, brilhava com uma luz dourada que parecia irradiar de dentro. O homem com a mochila pausou por vários segundos no local onde Martin Luther King fez seu discurso "Eu tenho um sonho", e então subiu os últimos degraus até a câmara central do memorial. Cerca de vinte turistas estavam reunidos em frente à estátua de Lincoln sentado, que tinha quase seis metros. Números iguais estavam nas duas câmaras laterais diante das enormes gravações do Discurso de Gettysburg e do Segundo Discurso de Posse. O homem com o casaco largo colocou a mochila perto da base de uma das colunas jônicas e, tirando um celular do bolso, começou a tirar fotos. Curiosamente, seus lábios estavam se movendo.

Em nome de Deus, o Clemente, o Misericordioso...

Um casal jovem pediu, em um inglês ruim, para o homem tirar uma foto deles em frente à estátua. Ele se recusou e, virando-se abruptamente, correu pelos degraus em direção ao espelho d'água. Tarde demais, uma policial de 28 anos, mãe de dois filhos, notou a mochila abandonada e ordenou que os turistas evacuassem o memorial. Um instante depois, ela foi decapitada pela serra circular de esferas de rolamento que voou da mochila com a detonação, assim como o homem e a mulher que tinham pedido para tirar a foto. O terrorista voou com a força da explosão. Um turista de Oklahoma, 69 anos, veterano do Vietnã, ajudou, sem saber, o assassino a se levantar e, por seu ato benevolente, recebeu um tiro no coração com a pistola Glock 19 que o homem tirou do casaco. Ele conseguiu matar mais seis pessoas antes de ser abatido por policiais ao pé da escada. No total, 28 morreriam.

Quando a bomba explodiu, o Honda Pilot estava freando em frente à entrada principal do centro cultural John F. Kennedy Center for the Performing Arts. Um homem saiu e entrou no Hall dos Estados. Seu casaco era idêntico ao usado pelo homem que atacou o Lincoln Memorial, mas ele não carregava mochila; sua bomba estava amarrada no corpo. Ele passou pelo centro de visitantes e foi até a bilheteria principal, onde detonou o explosivo. Três outros homens saíram do Honda, incluindo o motorista. Todos estavam armados com fuzis semiautomáticos AR-15. Eles massacraram os feridos e moribundos no Hall, e passaram metodicamente do Teatro Eisenhower à Casa de Ópera e à Sala de Concertos, matando indiscriminadamente. Ao todo, mais de trezentos morreriam.

Quando as primeiras unidades da Polícia Metropolitana chegaram, os três terroristas sobreviventes tinham cruzado o Rock Creek e o Potomac Parkway a pé e estavam entrando em Washington Harbor. Lá, foram de restaurante em restaurante, matando sem dó. Fiola Mare, Nick's Riverside Grill, Sequoia: todos foram varridos por tiros. Mais uma vez, os homens não encontraram resistência da Polícia Metropolitana; os americanos, aparentemente, tinham sido pegos de calças curtas. Ou, talvez, pensou o líder da célula de ataque, Saladin os tivesse enganado. Os três homens recarregaram suas armas e seguiram para o coração de Georgetown procurando outras presas.

Foi nesse caos que as duas mulheres — uma morena, outra loira: indivíduos um e dois, como eram conhecidas — entraram na garagem dos fundos do Key Bridge Marriott. Um segundo carro, um Toyota Corolla alugado, estava esperando. Muito depois, ficaria claro que o carro fora deixado ali mais cedo naquele mesmo dia pelo mesmo homem que entregara os coletes suicidas em Tysons Corner Center.

Em geral, era o indivíduo um, a agente israelense, que dirigia, mas desta vez o indivíduo dois, a francesa, passou para trás do volante. Saindo da garagem, ela avançou pela pequena guarita de tijolos da atendente do estacionamento, derrubando a cancela no processo, e se dirigiu à saída da Lee Highway. As equipes disfarçadas da SWAT a postos no estacionamento aberto não empregaram força letal contra a francesa, indivíduo dois, porque não tinham recebido autorização do presidente, nem do FBI. Até as equipes de vigilância do FBI ficaram momentaneamente paralisadas, porque não estavam recebendo instruções do

CNC. Um minuto antes, os observadores tinham ouvido algo em seus rádios que soava como uma explosão. Agora, do CNC, só vinha silêncio.

A saída do hotel para a Lee Highway só dava mão para a direita. A francesa virou à esquerda. Desviou de carros vindos na direção contrária com habilidade considerável, virou na North Lynn Street e, alguns segundos mais tarde, estava correndo pela Key Bridge até Georgetown. As equipes da SWAT e de vigilância do FBI não tiveram escolha a não ser repetir os movimentos impensados dela. Dois veículos tomaram a saída da Lee Highway, e dois outros seguiram pela North Fort Meyer Drive. Quando chegaram à Key Bridge, o Corolla já estava virando na M Street. Ele não tinha radiofarol nem microfones interiores. Do alto da ponte, as equipes do FBI viam luzes azuis e vermelhas piscando na direção de Georgetown.

CENTRO NACIONAL DE CONTRATERRORISMO

Gabriel abriu um olho e depois, dolorosamente, o outro. Ele tinha estado inconsciente, por quanto tempo, não sabia — alguns segundos, alguns minutos, uma hora ou mais. Também não conseguia compreender a atitude de seu próprio corpo. Estava submerso em um mar de escombros, isso ele sabia, mas não conseguia discernir se de barriga para cima ou para baixo, em pé ou de ponta-cabeça. Não sentia pressão diferente na cabeça, o que interpretou como um bom sinal, mas tinha medo de ter perdido a capacidade de ouvir. O último som de que se lembrava era o rugir da detonação e o *vush-tum* do efeito de vácuo. A onda de propulsão supersônica parecia ter remexido seus órgãos internos. Ele sentia dor em tudo — no pulmão, no coração, no fígado, em *tudo*.

Empurrou com as mãos os escombros, que cederam. Através de uma nuvem de poeira, ele enxergou o esqueleto de aço exposto do prédio e as artérias cortadas de cabos de rede e fios elétricos. Choviam faíscas, como se de estalinhos, e por um rasgo no teto ele conseguia ver a constelação de Ursa Maior. O frio gelado de novembro o fez tremer. Um pássaro pousou perto dele, estudou-o desinteressado e voou de novo.

Gabriel afastou mais escombros e, com uma contorção de dor, se sentou. Uma das mesas em formato de feijão tinha caído nas pernas dele. Deitada ao lado, imóvel, coberta de poeira, havia uma mulher. Seu rosto estava sem dano algum, exceto por alguns pequenos cortes de cacos de vidro. Os olhos estavam abertos e fixos com o olhar longínquo da morte. Gabriel a reconheceu: era a analista que trabalhava em uma mesa perto da dele. Seu nome era Jill — ou Jen? Seu emprego era varrer as listas de passageiros que chegavam em busca de pessoas potencialmente perigosas. Era uma jovem inteligente, recém-saída da faculdade, provavelmente de uma cidade tradicional em um lugar como Iowa ou Utah. Tinha vindo a Washington para manter seu país seguro, pensou Gabriel, e agora estava morta.

Ele colocou a mão de leve no rosto dela e fechou seus olhos. Então, empurrou a mesa e se levantou, instável. Instantaneamente, o mundo devastado do andar de Operações começou a girar. Gabriel apoiou a mão nos joelhos até o carrossel parar. O lado direito da cabeça dele estava quente e úmido. Sangue caiu em seus olhos.

Ele enxugou o sangue com a mão e voltou à janela de onde tinha visto o caminhão se aproximando. Não havia corpos, havia pouquíssimos escombros ao lado do prédio; tudo tinha implodido. Também não havia janelas nem paredes externas. Toda a fachada sul do Centro Nacional de Contraterrorismo tinha sido destruída. Gabriel se moveu cuidadosamente em direção à beira do precipício e olhou para baixo. No pátio, havia uma cratera profunda, muito mais profunda do que a deixada em frente ao Centro Weinberg em Paris, um choque de meteoro. A passarela que ligava o CNC ao Escritório do Diretor de Inteligência Nacional tinha sumido, bem como toda a fachada norte do prédio. Dentro de suas salas de reunião e de seus escritórios destruídos não brilhava uma única luz. Um sobrevivente acenou para Gabriel da beira do penhasco de um andar superior. Gabriel, sem saber o que fazer, acenou de volta.

O trânsito na Beltway tinha parado, faróis dianteiros brancos no círculo interno, faróis traseiros vermelhos no círculo externo. Gabriel apalpou a frente de sua jaqueta e descobriu que ainda estava com seu celular. Tirou-o do bolso e ligou-o. Ainda tinha serviço. Discou o número de Mikhail e levou o telefone à orelha, mas só havia silêncio. Ou talvez Mikhail estivesse falando e Gabriel não conseguisse ouvir. Percebeu que não tinha ouvido nada desde que recuperara a consciência — nem uma sirene, nem um grunhido de dor ou grito de ajuda, nem seus passos pelos escombros. Estava em um mundo silencioso. Perguntou a si mesmo se a condição era permanente e pensou em todos os sons que nunca mais ouviria. Nunca mais escutaria os balbucios sem sentido de seus filhos nem se emocionaria com as árias de *La Bohème*. Nem ouviria a batida suave das cerdas de um pincel Winsor & Newton Série 7 em um Caravaggio. Mas o som de que mais sentiria falta era o canto de Chiara. Gabriel sempre brincava dizendo que tinha se apaixonado por Chiara na primeira vez que ela fez *fettuccini* com cogumelos para ele, mas não era verdade. Seu coração tinha sido dela na primeira vez que a ouviu cantar uma musiquinha de amor italiana boba, achando que ninguém estava ouvindo.

Gabriel desligou a ligação para Mikhail e andou com dificuldade pelos escombros do que um momento atrás era o andar de Operações. Precisava dar o braço a torcer: Saladin tinha dado um golpe de mestre. Merecia ser reconhecido. Os mortos estavam por todo canto. Os sobreviventes atordoados, os sortudos, eles estavam se levantando com esforço em meio ao entulho. Gabriel localizou o ponto onde ele estava quando ouviu a primeira explosão. Paul Rousseau sangrava muito devido a várias lacerações e segurava um braço obviamente quebrado. Fareed Barakat, o último sobrevivente, tinha saído sem um arranhão. Parecendo apenas levemente irritado, ele varria com os dedos a poeira de seu terno inglês feito à mão. Adrian Carter ainda estava segurando um telefone à orelha, aparentemente sem perceber que o fone já não estava conectado à base.

Gabriel tirou gentilmente o telefone da mão de Carter e perguntou se Safia Bourihane estava morta. Não conseguiu ouvir o som da própria voz nem a resposta de Carter. Era como se tivessem apertado o botão de mudo. Ele olhou para a tela de vídeo gigante, mas Safia tinha desaparecido. E então, ele percebeu que Natalie também tinha.

GEORGETOWN

Safia obviamente sabia aonde estava indo. Depois de virar à direita na M Street, ela atravessou voando o farol vermelho no fim da 34th e desviou abruptamente para a Bank Street, uma viela de paralelepípedos que subia um pequeno morro até o Prospect. Ignorando a placa de PARE, ela virou à direita e depois, novamente, à esquerda na 33th. Era uma rua de mão única que cortava todo o West Village de Georgetown do sul para o norte, com cruzamentos de quatro ruas a cada quarteirão. Safia voou pela N Street sem desacelerar. Estava segurando o volante firmemente com a mão esquerda. A direita, na qual ficava o detonador, apertava o câmbio.

— Ainda estão atrás de nós?

— Quem?

— Os americanos! — gritou Safia.

— Que americanos?

— Os que estavam vigiando a gente no hotel. Os que seguiram a gente até o shopping.

— Ninguém seguiu a gente.

— Claro que seguiu! E estavam esperando a gente agora no estacionamento do hotel. Mas ele os enganou.

— Quem os enganou?

— O Saladin, é claro! Você não está ouvindo as sirenes? O ataque começou!

Natalie estava ouvindo. Havia sirenes por todos os lados.

— *Alhamdulillah!* — disse, em voz baixa.

— Sim — concordou Safia. — *Alhamdulillah.*

Em frente, um idoso entrou na faixa de pedestres na O Street, seguido por um bassê na coleira. Safia bateu a mão com o detonador na buzina, e ambos, o homem e o cão, saíram do caminho do carro. Natalie olhou por sobre o ombro. Eles pareciam ilesos. Bem atrás delas, um carro dobrou a esquina da Prospect Street em alta velocidade.

— Onde já atacamos? — perguntou Natalie.

— Não sei.

— Qual é o meu alvo?

— Em um minuto.

— Qual é o seu?

— Não importa — o rosto de Safia se alarmou. — Estão vindo!

— Quem?

— Os americanos!

Safia colocou o pé no acelerador e correu pela P Street. Então, em Volta Place, fez outra curva à direita.

— Seu alvo é um restaurante francês na Wisconsin Avenue chamado Bistrot Lepic. Fica a cerca de um quilômetro subindo a rua, do lado esquerdo. Uns diplomatas da Embaixada da França estão dando um jantar privado lá, com pessoas do Ministério das Relações Exteriores de Paris. Vai ter muita gente. Adentre o máximo que conseguir no restaurante e aperte seu detonador. Se for parada na porta, aperte ali mesmo.

— Sou só eu ou tem outros?

— Só você. Nós fazemos parte da segunda onda de ataques.

— Qual é o seu alvo?

— Já disse, não importa!

Safia freou com tudo na Wisconsin Avenue.

— Sai.

— Mas...

— Sai! — Safia balançou o punho cerrado na cara de Natalie, o punho que segurava o detonador. — Sai, senão eu mato nós duas agora mesmo!

Natalie desceu e viu o Toyota acelerar no sentido sul pela avenida. Então, olhou para a extensão de Volta Place. Não havia carro algum na rua. Parecia que Safia conseguira despistar seus perseguidores. Mais uma vez, Natalie estava sozinha.

Ela ficou parada com indecisão por um momento, ouvindo os gritos das sirenes. Todas pareciam convergir para o extremo sul de Georgetown, perto do Potomac. Finalmente, começou a andar para o lado oposto, em direção a seu alvo, e a procurar um telefone. E o tempo todo se perguntava por que Safia insistira que ela usasse o colete suicida com a costura vermelha no zíper.

Cinco minutos decisivos se passaram até o FBI conseguir encontrar o carro. Estava estacionado na esquina da Wisconsin com a Prospect, ilegalmente e muito mal. A roda direita da frente estava no meio-fio, a porta do motorista estava entreaberta, os faróis acesos, o motor ligado. Mais importante, as duas ocupantes, uma morena e uma loira, indivíduos um e dois, tinham desaparecido.

64

CAFÉ MILANO, GEORGETOWN

Safia estava levemente sem fôlego quando entrou no Café Milano. Com a serenidade de um mártir, caminhou pelo saguão até o balcão do *maître*.

— Al-Farouk — anunciou.

— O senhor al-Farouk já chegou. Por aqui, por favor.

Safia seguiu-o até o salão principal e então até a mesa onde Saladin estava sentado sozinho. Ele se levantou lentamente com a perna machucada e deu um beijo de leve em cada bochecha.

— Asma, meu amor — disse, em inglês perfeito. — Você está absolutamente linda.

Ela não entendeu o que ele estava dizendo, então simplesmente sorriu e se sentou. Enquanto voltava ao seu lugar, Saladin olhou em direção ao homem sentado na ponta do bar. O homem com cabelo escuro e de óculos que entrara no restaurante alguns minutos depois de Saladin. O homem, pensou Saladin, que demonstrara grande interesse na entrada de Safia e que segurava um celular com força na orelha. Só podia significar uma coisa: a presença de Saladin em Washington não tinha passado em branco.

Ele levantou os olhos para a televisão do bar. Estava ligada na CNN. O canal apenas começava a captar o tamanho da calamidade que se abatera sobre Washington. Houvera ataques no Centro Nacional de Contraterrorismo, no Lincoln Memorial e no Kennedy Center. O canal também estava ouvindo relatos, ainda não confirmados, de ataques em uma série de restaurantes no complexo de Washington Harbour. Os clientes do Café Milano estavam claramente nervosos. A maioria olhava para o celular, e cerca de uma dezena estava reunida em torno do bar, assistindo à televisão. Mas não o homem de cabelo escuro e óculos. Ele estava tentando de todo jeito não olhar para Safia. Era hora, pensou Saladin, de ir embora dali.

Ele colocou uma mão de leve sobre a de Safia e olhou nos olhos hipnóticos dela. Em árabe, perguntou:

— Você a deixou onde eu mandei?

Ela assentiu.

— Os americanos seguiram você?

— Tentaram. Pareciam confusos.

— Com razão — disse ele, olhando de relance para a televisão.

— Foi tudo bem?

— Melhor do que o esperado.

Um garçom se aproximou. Saladin fez um gesto para ele ir embora.

— Está vendo o homem na ponta do bar? — perguntou ele, em voz baixa.

— O que está falando ao telefone?

Saladin balançou a cabeça positivamente e perguntou:

— Já o viu antes?

— Acho que não.

— Ele vai tentar impedi-la. Não deixe.

Houve um momento de silêncio. Saladin se deu ao luxo de olhar uma última vez ao redor do salão. Este era o motivo para ele ter feito a arriscada viagem a Washington: ver com seus próprios olhos o medo nos rostos dos americanos. Por muito tempo, apenas os muçulmanos tinham sentido medo. Agora, os americanos saberiam como era o gosto. Eles tinham destruído o país de Saladin. Hoje, Saladin começava o processo de destruir o deles.

Ele olhou para Safia.

— Está pronta?

— Sim — respondeu ela.

— Depois que eu sair, espere exatamente um minuto — ele apertou levemente a mão dela, um sinal de encorajamento, e sorriu. — Não tenha medo, meu amor. Você não vai sentir nada. E depois, vai ver o rosto de Alá.

— Que a paz esteja convosco — disse ela.

— E convosco.

Assim, Saladin se levantou e, pegando sua bengala, passou mancando pelo homem de cabelos escuros e óculos até o saguão de entrada.

— Está tudo bem, senhor al-Farouk? — perguntou o *maître*.

— Preciso fazer uma ligação e não quero incomodar os outros clientes.

— Infelizmente, eles já estão incomodados.

— É o que parece.

Saladin saiu para a noite. Na calçada de tijolos, parou um momento para desfrutar do lamento das sirenes. Um Lincoln Town Car preto esperava estacionado. Saladin entrou no banco traseiro e instruiu o motorista, um membro de sua rede, a dirigir alguns metros. Dentro do restaurante, cercada por mais de cem pessoas, uma mulher estava sentada sozinha, olhando para o relógio de pulso. E, embora ela mesma não percebesse, seus lábios estavam se movendo.

WISCONSIN AVENUE, GEORGETOWN

Depois de cruzar a Q Street, Natalie encontrou duas estudantes de Georgetown, ambas apavoradas. Com a voz abafada pelo grito de uma ambulância que passava, explicou que tinha sido roubada e precisava ligar para o namorado para pedir ajuda. As mulheres disseram que a universidade emitira um alerta mandando que todos os alunos voltassem para seus dormitórios e residências para ficarem protegidos. Mas, quando Natalie fez um segundo apelo, uma delas, a mais alta, entregou a ela um iPhone. Natalie segurou o aparelho na palma da mão esquerda e, com a direita, a que segurava o detonador, digitou o número que devia usar apenas em caso de emergência extrema. A ligação tocou na mesa de Operações do boulevard Rei Saul em Tel Aviv. Uma voz masculina atendeu em um hebraico conciso.

— Preciso falar com o Gabriel imediatamente — disse Natalie no mesmo idioma.

— Quem é?

Ela hesitou e então falou seu nome de batismo pela primeira vez em vários meses.

— Onde você está?

— Na Wisconsin Avenue, em Georgetown.

— Está segura?

— Sim, acho que sim, mas estou usando um colete suicida.

— Pode ter um gatilho explosivo. Não tente tirá-lo.

— Não vou.

— Fique na linha.

Duas vezes, o homem da mesa de Operações em Tel Aviv tentou transferir a ligação para o celular de Gabriel. Duas vezes, não houve resposta.

— Parece que há um problema.

— Onde ele está?

— No Centro Nacional de Contraterrorismo, na Virginia.

— Tente de novo.

Uma viatura policial passou correndo, com a sirene ligada. As duas estudantes de Georgetown estavam ficando impacientes.

— Só um minuto — disse Natalie a elas, em inglês.

— Rápido, por favor — respondeu a dona do telefone.

O homem em Tel Aviv tentou o telefone de Gabriel de novo. Ele tocou várias vezes antes de uma voz de homem atender em inglês.

— Quem é? — perguntou Natalie.

— Meu nome é Adrian Carter. Trabalho para a CIA.

— Onde está o Gabriel?

— Está aqui comigo.

— Preciso falar com ele.

— Infelizmente, não vai ser possível.

— Por que não?

— É a Natalie?

— Sim.

— Onde você está?

Ela respondeu.

— Ainda está usando o colete suicida?

— Sim.

— Não toque nele.

— Não vou tocar.

— Pode ficar com esse telefone?

— Não.

— Vamos resgatar você. Ande na direção norte pela Wisconsin Avenue. Fique do lado oeste da rua.

— Vai haver outro ataque. A Safia está em algum lugar aqui perto.

— Sabemos exatamente onde ela está. Comece a andar.

A ligação foi cortada. Natalie devolveu o telefone e foi na direção norte pela Wisconsin Avenue.

Nas ruínas do Centro Nacional de Contraterrorismo, Carter conseguiu comunicar a Gabriel que Natalie estava segura e logo estaria sob custódia do FBI. Surdo, sangrando, Gabriel não tinha tempo para comemorar. Mikhail ainda estava dentro do Café Milano, a menos de dez metros da mesa onde Safia Bourihane estava sentada sozinha com o dedão no detonador e os olhos no relógio. Carter levou o telefone à orelha e novamente ordenou que Mikhail saísse do restaurante imediatamente. Gabriel ainda não conseguia ouvir o que Carter estava dizendo. Ele só esperava que Mikhail ouvisse.

Como Saladin, Mikhail observou o interior do elegante salão de jantar do Café Milano antes de se levantar. Ele também viu o medo nos rostos ao seu redor e, como Saladin, soube que, num instante, muitas pessoas morreriam. Saladin tinha o poder de parar o ataque; Mikhail, não. Mesmo se estivesse armado, o que não estava, as chances de impedir o atentado eram exíguas. O dedo de Safia estava em cima do botão do detonador e, quando ela não estava olhando para o relógio, olhava para Mikhail. Também não era possível lançar nenhum tipo de alerta. Um alerta faria as pessoas correrem em pânico para a porta, e mais gente morreria. Melhor deixar o colete explodir com os clientes onde estavam. Os sortudos nas mesas perto das paredes e janelas talvez sobrevivessem. Os mais próximos de Safia, que tinham sido colocados nas melhores mesas, seriam poupados da notícia de que estavam prestes a morrer.

Lentamente, Mikhail desceu do banco do bar e ficou em pé. Ele não ousou sair do restaurante pela entrada da frente; o caminho o faria passar perto demais da mesa de Safia. Em vez disso, caminhou calmamente pelo bar em direção aos banheiros. A porta do banheiro masculino estava trancada. Ele virou a maçaneta frouxa até ela ceder e entrou. Um homem de 30 e poucos anos com gel no cabelo estava se olhando no espelho.

— Qual é seu problema, cara?

— Você vai saber em um minuto.

O homem tentou sair, mas Mikhail segurou o braço dele.

— Não saia. Vai me agradecer depois.

Mikhail fechou a porta e puxou o homem para o chão.

De seu posto de observação em Prospect Street, Eli Lavon testemunhara uma série de acontecimentos cada vez mais perturbadores. O primeiro foi a chegada de Safia Bourihane ao Café Milano, seguida, alguns minutos depois, pela saída do árabe alto conhecido como Omar al-Farouk. O homem estava agora no banco traseiro de um Lincoln Town Car, estacionado a cerca de cinquenta metros da entrada do Café Milano, atrás de um Honda Pilot azul. O pior de tudo era que Lavon tinha ligado várias vezes para Gabriel no CNC, sem sucesso. Em seguida, ficara sabendo, pelo boulevard Rei Saul e pelo rádio do carro, que o CNC tinha sido atacado por dois caminhões-bomba. Agora, Lavon temia que seu amigo mais antigo do mundo estivesse morto, desta vez de verdade. E temia que, em alguns segundos, Mikhail também fosse morrer.

Então, Lavon recebeu uma mensagem do boulevard Rei Saul dizendo que Gabriel tinha sido levemente ferido no atentado ao CNC, mas ainda estava bem vivo. O alívio de Lavon foi curto, pois, naquele mesmo instante, a trovoada de uma explosão balançou a Prospect Street. O Lincoln Town Car saiu lentamente do meio-fio e passou pela janela de Lavon. Então, quatro homens armados saíram do Honda Pilot e começaram a correr na direção das ruínas do Café Milano.

WISCONSIN AVENUE, GEORGETOWN

Natalie ouviu a explosão enquanto se aproximava da R Street e soube imediatamente que era Safia. Então, voltou-se e olhou pela extensão da Winsconsin Avenue com sua graciosa curva à direita para a M Street e viu centenas de pessoas em pânico caminhando no sentido norte. Lembrou-se das cenas em Washington depois do 11 de Setembro, das dezenas de milhares de pessoas que tinham simplesmente abandonado seus escritórios na cidade mais poderosa do mundo e começado a andar. Mais uma vez, Washington estava sitiada. Desta vez, os terroristas não estavam armados com aviões, só com explosivos e armas. Mas o resultado, parecia, era ainda mais assustador.

Natalie voltou e se juntou ao êxodo no sentido norte. Ela estava ficando cansada com o peso-morto do colete suicida e com o peso de seu próprio fracasso. Ela salvara a vida do monstro que concebera e tramara o massacre e, depois de sua chegada aos Estados Unidos, não tinha conseguido descobrir uma única informação sobre os alvos, os outros terroristas ou o momento do ataque. Tinha sido mantida no escuro por um motivo, estava certa disso.

De repente, houve uma saraivada de tiros vindos da mesma direção da explosão. Natalie atravessou correndo a R Street e continuou no sentido norte, mantendo-se no lado oeste da rua, como instruíra o homem chamado Adrian Carter. "Vamos resgatar você", ele tinha dito. Mas não tinha dito como. De repente, ela ficou feliz de estar usando a jaqueta vermelha. Podia não conseguir vê-los, mas eles conseguiriam vê-la. Ao norte da R Street, a Wisconsin Avenue descia um ou dois quarteirões antes de subir para os bairros de Burleith e Glover Park. À sua frente, Natalie viu um toldo que dizia BISTROT LEPIC & WINE BAR. Era o restaurante que Safia tinha mandado que ela bombardeasse. Ela parou e olhou pela janela. Era um lugar charmoso — pequeno, aconchegante, acolhedor, bem parisiense. Safia tinha dito que estaria lotado, mas não estava. E as pessoas sentadas à mesa não pareciam diplomatas franceses nem oficiais do Ministério das Relações Exteriores em Paris. Pareciam americanas. E, como todo mundo em Washington, pareciam assustadas.

Naquele momento, Natalie ouviu alguém chamando seu nome — não seu nome verdadeiro, mas o nome da mulher que ela tinha se tornado para evitar uma noite como aquela. Ela virou abruptamente e viu que um carro tinha se encostado ao meio-fio atrás dela. Ao volante, estava uma mulher com pele ressecada. Era Megan, a mulher do FBI.

Natalie correu para o banco da frente como se estivesse correndo para os braços de sua mãe. O peso do colete a deixou grudada ao assento; o detonador parecia um animal vivo na palma de sua mão. O carro fez o retorno e se juntou ao êxodo no sentido norte vindo de Georgetown, com sirenes gritando por todo lado. Natalie cobriu os ouvidos, mas não adiantou.

— Por favor, coloque uma música — ela implorou.

A mulher ligou o rádio do carro, mas não havia música em nenhuma estação, só notícias terríveis. O Centro Nacional de Contraterrorismo, o Lincoln Memorial, o Kennedy Center, Harbor Place: temia-se que a contagem de mortos passasse de mil. Natalie só conseguiu ouvir por um ou dois minutos. Esticou a mão para o botão de desligar do rádio, mas parou quando sentiu no braço uma dor aguda, como a picada de uma víbora. Então, olhou para a mulher e viu que ela também segurava algo na mão direita. Mas o dedo não estava em um botão de detonador; estava no êmbolo de uma seringa.

Instantaneamente, a visão de Natalie ficou embaçada. O rosto queimado de sol da mulher se perdeu; uma viatura policial deixou borrões vermelhos e azuis na noite. Natalie gritou um nome, o único de que conseguia se lembrar, antes que uma escuridão caísse sobre ela. Era como a escuridão do *abaya*. Ela se viu caminhando por uma casa árabe de muitos cômodos e pátios. E, no último cômodo, parado sob a luz pastosa de um óculo, estava Saladin.

67

CAFÉ MILANO, GEORGETOWN

Por alguns segundos depois da explosão, só houve silêncio. Era o silêncio de uma cripta, pensou Mikhail, o silêncio da morte. Finalmente, houve um gemido, depois uma tosse, e então os primeiros gritos de agonia e terror. Logo, haveria muitos outros — os que ficaram sem membros, os cegos, os que nunca mais conseguiriam se olhar no espelho. Alguns outros certamente morreriam hoje, mas muitos sobreviveriam. Veriam de novo seus filhos, dançariam em casamentos e chorariam em enterros. E talvez, um dia, conseguissem de novo comer em um bom restaurante sem o medo torturante de que a mulher à mesa ao lado esteja usando um colete suicida. Era o medo com que todos os israelenses tinham convivido durante os negros dias da Segunda Intifada. E agora, por causa de um homem chamado Saladin, aquele mesmo medo tinha chegado aos Estados Unidos.

Mikhail tentou alcançar a maçaneta, mas parou ao ouvir o primeiro tiro. Percebeu que seu telefone estava vibrando no bolso do casaco. Checou a tela. Era Eli Lavon.

— Onde você está, porra?

Sussurrando, Mikhail explicou.

— Quatro homens armados acabaram de entrar no restaurante.

— Estou ouvindo eles.

— Você precisa sair daí.

— Cadê a Natalie?

— O FBI está prestes a resgatá-la.

Mikhail guardou o telefone de volta no bolso. De trás da porta do lavatório veio outro tiro — grosso calibre, nível militar. Depois, houve mais dois: *crack, crack*... A cada um, outro grito silenciava. Claramente, os terroristas estavam determinados a não permitir que ninguém saísse vivo do Café Milano. Não eram jihadistas de videogame. Eram bem-treinados, disciplinados. Estavam caminhan-

A VIÚVA NEGRA

do metodicamente entre as ruínas do restaurante buscando sobreviventes. E a busca, pensou Mikhail, acabaria os levando à porta do lavatório.

O americano com gel no cabelo estava tremendo de medo. Mikhail procurou por algo que pudesse usar como arma, mas não viu nada adequado. Então, com um gesto lateral da cabeça, indicou que o americano se escondesse na cabine. Ele não sabia como, mas o restaurante ainda tinha energia. Mikhail apagou a luz, abafando o som do interruptor, e encostou as costas contra a parede ao lado da porta. Na escuridão, jurou que não morreria naquela noite, em um banheiro de Georgetown, com um homem que não conhecia. Seria uma forma ignóbil de um soldado sair deste mundo, pensou ele, mesmo um soldado secreto.

De trás da porta, houve um som duro de outro tiro, mais próximo que o último, e outro grito foi silenciado. Então, passos no corredor que levava ao banheiro. Mikhail cerrou os dedos de sua mão direita letal. Abra a porta, seu filho da puta, pensou ele. Abra essa porta.

Foi naquele mesmo instante que Gabriel percebeu que sua perda de audição não era permanente. O primeiro som que ouviu foi o mesmo que muitos habitantes de Washington associariam àquela noite, o som das sirenes. Os socorristas estavam correndo para a Tysons McLean Drive na direção do que tinha sido o posto de controle de segurança do Centro Nacional de Contraterrorismo e do Escritório do Diretor de Inteligência Nacional. Dentro dos prédios destruídos, os menos feridos estavam cuidando das vítimas mais graves, em uma tentativa desesperada de parar sangramentos e salvar vidas. Fareed Barakat cuidava de Paul Rousseau, e Adrian Carter tomava conta do que tinha sobrado da operação de Gabriel. Com celulares emprestados, Carter tinha retomado contato com Langley, a sede do FBI, e a Sala de Comando da Casa Branca. Washington estava um caos, e o governo federal estava tendo dificuldade de acompanhar os acontecimentos. Até agora, tinha havido atentados confirmados em Liberty Crossing, no Lincoln Memorial, no Kennedy Center, em Washington Harbour e no Café Milano. Além disso, havia relatos de mais atentados ao longo da M Street. Temia-se que centenas de pessoas tivessem sido mortas.

Naquele momento, porém, Gabriel estava focado em apenas duas pessoas: Mikhail Abramov e Natalie Mizrahi. Mikhail estava preso no banheiro masculino do Café Milano. Natalie estava caminhando no sentido norte no lado oeste da Wisconsin Avenue.

— Por que o FBI ainda não a trouxe de volta? — ele gritou com Carter.

— Não estão conseguindo encontrá-la.

— Não pode ser tão difícil encontrar uma mulher vestindo um colete suicida e uma jaqueta vermelha!

— Estão procurando.

— Diga para procurarem mais.

A porta abriu de um golpe, e a arma entrou primeiro. Mikhail reconheceu a silhueta. Era um AR-15, sem a mira. Ele agarrou o cano quente com a mão esquerda e puxou, e com ela veio um homem. No salão de jantar arruinado, ele tinha sido um guerreiro santo jihadista, mas, nos confins escuros do banheiro masculino, estava indefeso. Com a ponta da mão direita, Mikhail deu dois golpes na lateral do pescoço dele. O primeiro pegou um pouco da mandíbula, mas o segundo foi direto e fez alguma coisa estalar e quebrar. O homem caiu sem fazer barulho. Mikhail tirou o AR-15 das mãos frouxas, atirou na cabeça dele e saiu para o corredor.

Diretamente em frente a ele, no canto de trás do salão, um dos terroristas estava prestes a executar uma mulher cujo braço tinha sido arrancado na altura do ombro. Escondido no corredor escuro, Mikhail derrubou o terrorista com um tiro na cabeça e então caminhou com cuidado para a frente. Não havia outros no salão principal, mas, em um cômodo menor nos fundos do restaurante, um terrorista estava executando sobreviventes encostados contra a parede, um a um, como um homem da SS caminhando à beira de uma fossa sepulcral. Mikhail atirou direto no peito do terrorista, salvando uma dezena de vidas.

Naquele segundo, ele ouviu outro tiro vindo de um cômodo adjacente — o salão de jantar particular que ele vira ao entrar no restaurante. Passou pelo banco do bar caído onde estivera sentado um momento antes, pela mesa virada cheia das vísceras de Safia Bourihane, e chegou ao salão de entrada. O *maître* e as duas *hostesses* estavam mortos. Parecia que tinham sobrevivido à bomba, só para morrer assassinados.

Mikhail passou silenciosamente pelos cadáveres e espiou o salão privativo, onde o quarto terrorista estava em via de executar vinte homens e mulheres bem-vestidos. Tarde demais, o árabe percebeu que o homem parado na porta do salão não era um amigo. Mikhail atirou no peito dele. Então, disparou um segundo tiro, na cabeça, para garantir que estivesse morto.

Tudo tinha levado menos de um minuto, e o celular de Mikhail tinha vibrado intermitentemente durante todo o tempo. Agora, ele o tirou do bolso e olhou para a tela. Era uma ligação de Gabriel.

— Por favor, diga que está vivo.

— Estou bem, mas quatro membros do ISIS estão, agora, no paraíso.

— Pegue os telefones deles e o máximo de equipamentos que conseguir e saia daí.

— O que está acontecendo?

A VIÚVA NEGRA

A ligação foi cortada. Mikhail procurou nos bolsos do terrorista morto a seus pés e encontrou um telefone Samsung Galaxy descartável. Ele encontrou alguns Samsungs idênticos com os terroristas do salão de jantar principal e no cômodo dos fundos, mas o do banheiro aparentemente preferia produtos da Apple. Mikhail tinha todos os quatro telefones consigo quando saiu pela porta dos fundos. Tinha também dois AR-15 e quatro cartuchos de munição extra, embora não entendesse por quê. Correu por um beco escuro, rezando para não encontrar uma equipe da SWAT, e emergiu na Potomac Street. Seguiu por ela até a Prospect, onde Eli Lavon estava sentado ao volante de um Buick.

— Por que demorou tanto? — perguntou ele, enquanto Mikhail pulava no banco do passageiro.

— Gabriel me deu uma lista de compras — Mikhail colocou os AR-15 e os cartuchos no chão do banco traseiro. — Que porra está acontecendo?

— O FBI não consegue encontrar a Natalie.

— Ela está usando uma jaqueta vermelha e um colete suicida.

Lavon fez o retorno e atravessou Georgetown no sentido oeste.

— Você está indo para o lugar errado — disse Mikhail. — A Wisconsin Avenue ficou para trás.

— Não estamos indo para a Wisconsin Avenue.

— Por quê?

— Ela sumiu, Mikhail. Sumiu *mesmo*.

68

BOULEVARD REI SAUL, TEL AVIV

A unidade que trabalhava na Sala 414C do boulevard Rei Saul não tinha nome oficial porque, oficialmente, não existia. Os que tinham sido informados de suas atividades só se referiam a ele como Minyan*, pois a unidade tinha dez pessoas e era exclusivamente composta por homens. Apertando apenas algumas teclas, eles podiam escurecer uma cidade, cegar uma rede de controle aéreo ou fazer as centrífugas de uma planta de enriquecimento nuclear iraniana girarem enlouquecidamente. Três aparelhos Samsung e um iPhone não seriam muito desafiadores.

Mikhail e Eli Lavon enviaram os conteúdos dos quatro telefones a partir da Embaixada de Israel às vinte e quarenta e dois, horário local. Às nove, horário de Washington, o Minyan concluiu que os quatro telefones tinham passado muito tempo durante os últimos meses no mesmo endereço na Eisenhower Avenue em Alexandria, na Virginia. Na verdade, tinham estado lá ao mesmo tempo no começo daquela noite e viajado para Washington na mesma velocidade, pela mesma rota. Além disso, todos os telefones tinham feito inúmeras ligações para uma empresa local de mudanças baseada no mesmo endereço. O Minyan passou a informação a Uzi Navot, que, por sua vez, a passou para Gabriel. Naquele ponto, ele e Adrian Carter tinham saído do CNC bombardeado para o Centro de Operações Globais da CIA, em Langley. Gabriel fez apenas uma pergunta a Carter:

— Quem é o dono da transportadora Dominion, em Alexandria?

Então, quinze preciosos minutos se passaram antes de Carter ter uma resposta. Ele deu um nome e um endereço a Gabriel e disse que ele fizesse todo o possível

---

* Em hebraico, *minyan* é a palavra usada para denominar o mínimo de dez homens adultos necessários para obrigações religiosas. [N.T.]

para encontrar Natalie viva. As palavras de Carter significavam pouco; como vice-diretor da CIA, ele não tinha poder de deixar um serviço de inteligência estrangeiro operar com impunidade em solo americano. Apenas o presidente poderia conceder tal autoridade e, naquele momento, o presidente tinha coisas mais importantes com que se preocupar do que uma espiã israelense sumida. Os Estados Unidos estavam sendo atacados. E, gostasse ele ou não, Gabriel Allon seria o primeiro a retaliar.

Às vinte e uma e vinte, Carter deixou Gabriel no portão principal de segurança da Agência e saiu rapidamente, como se fugindo de uma cena de crime, ou de um crime que logo seria cometido. Gabriel ficou sozinho no escuro, observando ambulâncias e veículos de resgate correndo pela Route 123 para Liberty Crossing, esperando. Era uma forma adequada de terminar sua carreira no campo, pensou. *À espera... Sempre à espera...* À espera de um avião ou de um trem. À espera de uma fonte. À espera de o sol nascer depois de uma noite de matança. À espera de Mikhail e Eli Lavon na entrada da CIA para poder começar sua busca por uma mulher a quem ele tinha pedido que se infiltrasse no grupo terrorista mais perigoso do mundo. Ela fizera isso. Ou será que não? Talvez Saladin tivesse suspeitado dela desde o começo. Talvez tivesse permitido que ela entrasse em sua corte para ele mesmo monitorar e enganar a inteligência ocidental. E talvez a tivesse despachado aos Estados Unidos, como armadilha, um objeto brilhante que ocuparia a atenção dos americanos enquanto os terroristas de verdade — os homens que trabalhavam para uma transportadora em Alexandria, na Virginia — cuidavam dos preparativos tranquilamente. Se não, como explicar o fato de que Safia escondera o alvo de Natalie até o último minuto? Natalie não tinha alvo. Natalie *era* o alvo.

Ele pensou no homem que tinha visto no *lobby* do Four Seasons Hotel. O árabe grande que andava mancando chamado Omar al-Farouk. O árabe grande que saíra do Café Milano alguns minutos antes de Safia detonar seu colete suicida. Era mesmo Saladin? Tinha arriscado uma viagem à América para apreciar sua obra? Por ora, não importava quem ele era, pois, quem quer que fosse, logo estaria morto, bem como todos os associados com a desaparição de Natalie. Gabriel dedicaria sua vida a caçar todos e destruir o ISIS antes que o ISIS conseguisse destruir o Oriente Médio e o que sobrasse do mundo civilizado. Ele suspeitava que o presidente americano estaria disposto a ser seu cúmplice. O ISIS agora estava a duas horas de Indiana.

Então, o celular de Gabriel vibrou. Ele leu a mensagem, colocou o aparelho de volta no bolso e caminhou até o fim da Route 123. Alguns segundos depois, um Buick Regal apareceu e parou só o tempo suficiente para Gabriel entrar no banco traseiro. No chão, estavam dois AR-15 e vários cartuchos de munição. A Segunda Emenda, pensou Gabriel, definitivamente tinha suas vantagens. Ele olhou para o retrovisor e viu os olhos glaciais de Mikhail olhando de volta para ele.

— Para qual lado, chefe?

— Pegue a GW Parkway de volta até a Key Bridge — disse Gabriel.

— O Beltway está um caos.

# HUME, VIRGINIA

Natalie acordou com a sensação de ter dormido por uma eternidade. Sua boca parecia cheia de algodão, sua cabeça tinha caído para o lado e estava encostada na janela fria. Aqui e ali, em varandas e janelas com cortinas de laço, uma luz fraca brilhava, mas fora isso, a atmosfera era de abandono repentino. Era como se os habitantes daquele lugar, tendo ficado sabendo dos atentados em Washington, tivessem feito as malas e fugido para as montanhas.

A cabeça dela palpitava com uma dor insistente como a de uma ressaca. Ela tentou levantar a cabeça, mas não conseguiu. Olhando de relance para a esquerda, observou a mulher que dirigia, a mulher que erroneamente ela acreditara ser Megan do FBI. Ela segurava o volante com a mão esquerda; com a direita, uma arma. O horário, segundo o painel, era vinte e uma e vinte e dois. Em meio à névoa da droga, Natalie tentou reconstruir os acontecimentos da noite — o segundo carro na garagem, a corrida louca até Georgetown, o charmoso restaurante francês que devia ser seu alvo, o colete suicida com a costura vermelha no zíper. O detonador ainda estava em sua mão. Levemente, ela passou a ponta do dedo indicador pelo botão.

Boom, pensou, lembrando seu treinamento em Palmira. *E agora você está a caminho do paraíso...*

Uma igreja apareceu à direita. Logo depois, elas chegaram a um cruzamento deserto. A mulher parou completamente antes de virar, como instruído pelo GPS, em uma rua com o nome de um filósofo. Era muito estreita, de mão única. A escuridão era absoluta; não parecia haver mundo para além do trecho de asfalto iluminado pelos faróis dianteiros do carro. O GPS de repente ficou confuso, aconselhou a mulher a fazer um retorno quando possível e, quando ela não fez, ele caiu em um silêncio de reprovação.

A mulher seguiu na rua por mais oitocentos metros antes de virar em um caminho de terra que as levou através de um pasto, sobre uma serrania de colinas arborizadas até um pequeno vale isolado, onde havia um chalé triangular de madeira com vista para um lago negro. Luzes estavam acesas no chalé e, estacionados do lado de fora, havia três veículos: um Lincoln Town Car, um Honda Pilot e uma BMW sedã. A mulher parou atrás da BMW e desligou o motor. Natalie, com a cabeça contra o vidro, fingiu um coma.

— Consegue andar? — perguntou a mulher.

Natalie ficou em silêncio.

— Vi seus olhos se mexendo. Sei que você está acordada.

— O que você me deu?

— Propofol.

— Onde conseguiu?

— Sou enfermeira — a mulher desceu do carro e abriu a porta de Natalie. — Desça.

— Não consigo.

— Propofol é um anestésico de curta duração — palestrou a mulher, pedante. — Os pacientes que o tomam geralmente conseguem caminhar sozinhos alguns minutos depois de acordar.

Como Natalie não se mexeu, a mulher apontou a arma para a cabeça dela. Natalie levantou a mão direita e colocou o dedão com leveza em cima do botão detonador.

— Você não tem coragem — disse a mulher, e então agarrou o pulso de Natalie e a arrastou para fora do carro.

A porta do chalé estava a uma caminhada de talvez vinte metros, mas o peso do chumbo do colete suicida e o efeito prolongado do propofol fizeram com que parecesse mais de um quilômetro. O cômodo em que Natalie entrou era rústico e charmoso. Consequentemente, seus ocupantes, todos homens, não poderiam parecer mais deslocados. Quatro usavam uniformes militares pretos e estavam armados com fuzis de assalto. O quinto usava um terno elegante e estava esquentando as mãos diante de um fogão a lenha. Ele estava virado de costas para Natalie. Tinha bem mais de 1,80 metro, e seus ombros eram largos. Ainda assim, parecia vagamente enfermo, como se estivesse se recuperando de um ferimento recente.

Enfim, o homem de terno elegante se virou. Seu cabelo estava penteado e arrumado, a barba, feita. Seus olhos castanho-escuros, porém, eram exatamente como Natalie lembrava. O sorriso confiante também. Ele deu um passo em direção a ela, apoiando-se na perna ferida, e parou.

— Maimônides — disse, simpático. — É tão bom vê-la de novo.

Natalie segurou o detonador com força. Sob seus pés, a terra queimava.

70

ARLINGTON, VIRGINIA

Era um duplex pequeno, dois andares, revestimento de alumínio. A unidade da esquerda era pintada de cinza-granito. A da direita, de Qassam el-Banna, era da cor envelhecida de uma camiseta branca que ficara secando tempo demais em um radiador. Cada unidade tinha uma única janela no térreo e uma única janela no segundo andar. Uma cerca de arame dividia o jardim da frente em lotes separados. O da esquerda era um primor, mas o de Qassam parecia ter sido mastigado por bodes.

— Obviamente — observou Eli Lavon, sombriamente, do banco traseiro do Buick —, ele não tem tido muito tempo para jardinagem.

Estavam estacionados do outro lado da rua, em frente a um duplex de construção e condição idênticas. No espaço em frente ao duplex cinza-branco estava um Acura sedã, ainda com a placa da concessionária.

— Belo carro — disse Lavon. — O que o marido dirige?

— Um Kia — respondeu Gabriel.

— Não estou vendo um Kia.

— Nem eu.

— A esposa dirige um Acura, o marido dirige um Kia. O que está errado aí?

Gabriel não ofereceu uma explicação.

— Como se chama a esposa?

— Amina.

— Bonito. Egípcio?

— Parece que sim.

— Filhos?

— Um menino.

— De que idade?

— Dois anos e meio.

— Então, não vai se lembrar do que vai acontecer.

— Não — concordou Gabriel. — Não vai lembrar.

Um carro passou na rua. O motorista tinha o rosto de um nativo da América do Sul — boliviano, talvez peruano. Ele não pareceu notar os três agentes da inteligência israelense sentados no Buick Regal estacionado do outro lado da rua de uma casa cujo proprietário era um jihadista egípcio, que passara despercebido pelas fendas da vasta estrutura de segurança americana do pós-11 de Setembro.

— O que Qassam fazia antes de entrar no negócio de mudanças?

— TI.

— Por que tantos deles trabalham com TI?

— Porque não precisam estudar matérias não islâmicas, como literatura inglesa ou pintura italiana renascentista.

— Todas as coisas que tornam a vida interessante.

— Eles não estão interessados na vida, Eli. Só na morte.

— Será que ele deixou os computadores?

— Certamente espero que sim.

— E se tiver quebrado os HDs?

Gabriel ficou em silêncio. Outro carro passou na rua, com outro sul-americano ao volante. Os Estados Unidos, pensou ele, também tinham suas *banlieues*.

— Qual é o seu plano? — perguntou Lavon.

— Não vou bater à porta e me convidar para uma xícara de chá.

— Mas nada de violência.

— Não — disse Gabriel. — Nada de violência.

— Você sempre diz isso.

— E?

— E sempre tem violência.

Gabriel pegou um dos AR-15 e verificou se estava suficientemente carregado.

— Porta da frente ou dos fundos? — perguntou Lavon.

— Eu nunca entro pela porta dos fundos.

— E se tiverem um cachorro?

— Pensamento desnecessário, Eli.

— O que quer que eu faça?

— Fique no carro.

Sem dizer mais nada, Gabriel saiu e atravessou rapidamente a rua, arma na mão, Mikhail ao seu lado. Era engraçado, pensou Lavon, olhando, mas mesmo depois de tantos anos, ele ainda se movia como o garoto de 22 anos que servira como anjo de vingança de Israel depois de Munique. Ele escalou a cerca de arame com um passo lateral e se lançou em direção à porta dos el-Banna. Houve um ruído agudo de madeira quebrando, seguido pelo grito de uma mulher, abruptamente sufocado. Então, a porta se fechou com força e as luzes da casa se apagaram. Lavon passou para o volante e observou a rua tranquila. Isso porque não ia ter violência, pensou. Sempre tinha violência.

HUME, VIRGINIA

O corpo de Natalie pareceu se liquefazer de medo. Ela apertou o detonador com força, para que não escorregasse de sua mão e afundasse como uma moeda no fundo de um poço. Revisou intimamente os elementos de seu *curriculum vitae*. Era Leila de Sumayriyya, Leila que amava Ziad. Em uma manifestação na Place de la République, dissera a um jovem jordaniano chamado Nabil que queria punir o Ocidente por apoiar Israel. Nabil tinha dado o nome dela a Jalal Nasser, e Jalal a tinha levado a Saladin. Dentro do movimento jihadista global, uma história como a dela era lugar-comum. Mas era só isso, uma história e, de alguma forma, Saladin sabia.

Mas sabia há quanto tempo? Desde o começo? Não, pensou Natalie, não era possível. Os soldados de Saladin nunca teriam permitido que ela ficasse no mesmo cômodo que ele se desconfiassem de sua deslealdade. Nem teriam colocado o destino dele nas mãos dela. Tinham confiado a vida de Saladin a Natalie e, para seu arrependimento, ela a tinha salvado. E, agora, estava diante dele com uma bomba amarrada ao corpo e um detonador na mão direita. "Não fazemos missões suicidas", tinha dito Gabriel. "Não trocamos nossa vida pela deles." Ela colocou o dedão em cima do botão e, testando a resistência, apertou levemente. Saladin, observando-a, sorriu.

— Você é muito corajosa, Maimônides — disse ele, em árabe. — Mas eu sempre soube disso.

Ele colocou a mão no bolso do terno. Natalie, com medo de ele estar pegando uma arma, apertou mais forte o botão. Mas não era uma arma, era o telefone. Ele tocou a tela algumas vezes e o aparelho emitiu um chiado agudo. Natalie percebeu, depois de uns segundos, que o som era água correndo para a pia. A primeira voz que ouviu foi a sua própria.

— *Você sabe quem é aquela mulher? Como ela entrou no país?*

— *Com um passaporte falso.*

— *Por onde ela entrou?*

— *Nova York.*

— *Kennedy ou Newark?*

— *Não sei.*

— *Como ela veio para Washington?*

— *Em um trem da Amtrak.*

— *Qual o nome no passaporte?*

— *Asma Doumaz.*

— *Você já recebeu um alvo?*

— *Não. Mas ela recebeu o dela. É uma missão suicida.*

— *Você sabe o alvo dela?*

— *Não.*

— *Foi apresentada a algum outro membro das células de ataque?*

— *Não.*

— *Cadê seu telefone?*

— *Ela pegou. Não tente me mandar nenhuma mensagem.*

— *Saia daqui.*

Com um toque na tela, Saladin silenciou a gravação. Então, olhou para Natalie por vários segundos insuportáveis. Não havia reprovação nem raiva na expressão dele. Era o olhar de um profissional.

— Para quem você trabalha? — perguntou ele, enfim, novamente se dirigindo a ela em árabe.

— Trabalho para você — ela não sabia de que reserva de coragem inútil tinha tirado essa resposta, mas Saladin pareceu se divertir.

— Você é muito corajosa, Maimônides — repetiu ele. — Corajosa demais para seu próprio bem.

Ela notou, pela primeira vez, que havia uma televisão no cômodo. Estava ligada na CNN. Trezentos convidados de vestidos de gala e *smokings* estavam saindo da Sala Leste da Casa Branca escoltados pelo Serviço Secreto.

— Uma noite para ficar na memória, não acha? Todos os ataques foram bem-sucedidos, menos um. O alvo era um restaurante francês onde vários habitantes importantes de Washington costumam jantar. Por algum motivo, a agente escolheu não executar sua missão. Em vez disso, entrou em um carro dirigido por uma mulher que acreditava ser agente do FBI.

Ele pausou para deixar Natalie responder, mas ela permaneceu em silêncio.

— A traição dela não foi ameaça à operação — continuou ele. — Na verdade, provou-se muito valiosa, porque nos permitiu distrair os americanos durante os últimos dias críticos da operação. Do objetivo — adicionou, ameaçadoramente.

— Você e Safia eram uma simulação, uma armadilha. Eu sou soldado de Alá, mas admiro muito Winston Churchill. E foi Churchill quem disse que, na guerra, a verdade é tão preciosa que sempre deve ser protegida por um guarda-costas de mentiras.

Ele fez esses comentários em direção à tela da televisão. Agora, novamente se virava para olhar Natalie.

— Mas tinha uma questão que nunca conseguíamos responder satisfatoriamente — continuou. — Para quem, exatamente, você estava trabalhando? Abu Ahmed supôs que você era americana, mas não me parecia uma operação americana. Sinceramente, supus que você efosse britânica, porque, como todos sabemos, os britânicos são os melhores no trabalho com agentes vivos. Mas acabou também não sendo isso. Você não estava trabalhando nem para os americanos nem para os britânicos. Estava trabalhando para outra pessoa. E, hoje, finalmente me disse o nome dele.

Mais uma vez, ele tocou na tela do celular, e, mais uma vez, Natalie ouviu um som como água caindo na pia. Mas não era água, era o ruído de um carro fugindo do caos de Washington. Desta vez, a única voz que ela ouviu foi a sua. Estava falando hebraico, e sua voz estava pesada por causa do sedativo.

— *Gabriel... Por favor me ajude... Não quero morrer...*

Saladin silenciou o telefone e o colocou de volta no bolso de seu lindíssimo terno. Caso encerrado, pensou Natalie. Ainda assim, não havia raiva na expressão dele, só pena.

— Você foi idiota de ir para o califado.

— Não — disse Natalie —, fui tola de salvar sua vida.

— Por que fez isso?

— Porque você teria morrido se eu não fizesse.

— E agora — respondeu Saladin — é você que vai morrer. A questão é: vai morrer sozinha ou vai apertar o detonador e me levar junto? Estou apostando que você não tem coragem nem fé para apertar o botão. Só nós, muçulmanos, temos essa fé. Estamos preparados para morrer por nossa religião, mas vocês, judeus, não estão. Vocês acreditam na vida, mas nós acreditamos na morte. E, em qualquer luta, são aqueles que estão preparados para morrer que vencem — ele pausou brevemente. E disse: — Vá em frente, Maimônides, me faça ser um mentiroso. Mostre que estou errado. Aperte seu botão.

Natalie levantou o detonador até a altura do rosto e olhou diretamente nos olhos escuros de Saladin. O botão cedeu com um pequeno aumento da pressão.

— Não se lembra de seu treinamento em Palmira? Usamos um gatilho firme deliberadamente, para evitar acidentes. Você tem que apertar mais forte.

Ela fez isso. Houve um clique, depois silêncio. Saladin sorriu.

— Obviamente — disse ele — um defeito.

72

ARLINGTON, VIRGINIA

Amina el-Banna era residente legal dos Estados Unidos há mais de cinco anos, mas sua compreensão de inglês era limitada. Por isso, Gabriel a questionou em seu árabe, que também era limitado. Ele o fez na minúscula mesa da cozinha, com Mikhail vigiando na porta, e em uma voz que não era alta o suficiente para acordar a criança dormindo no andar de cima. Ele não hasteou uma bandeira falsa fingindo ser americano, pois essa farsa não seria possível. Amina el-Banna, egípcia do Delta do Nilo, sabia muito bem que ele era israelense e, consequentemente, tinha medo dele. Ele não fez nada para tranquilizá-la. O medo era seu cartão de visitas e, em um momento como esse, com uma agente nas mãos do grupo terrorista mais violento já visto pelo mundo, era também seu único recurso.

Ele explicou os fatos a Amina el-Banna da forma como os conhecia. O marido dela era membro da célula de terror do ISIS que acabara de destruir Washington. Ele não era um figurante; era um ativo operacional importante, um planejador que pacientemente tinha encaixado as peças e dado cobertura às células de ataque. Muito provavelmente, Amina seria processada como cúmplice e passaria o resto da vida na cadeia. A não ser, é claro, que cooperasse.

— Como posso ajudar? Eu não sei nada.

— Sabia que Qassam era dono de uma transportadora?

— O Qassam? Uma transportadora? — ela balançou a cabeça, incrédula. — O Qassam trabalha com TI.

— Quando foi a última vez que o viu?

— Ontem pela manhã.

— Onde ele está?

— Não sei.

— Tentou ligar para ele?

— É claro.

— E?

— A ligação vai direto para a caixa postal.

— Por que não ligou para a polícia?

Ela não respondeu. Gabriel não precisava da resposta. Ela não tinha ligado para a polícia, pensou ele, porque achava que seu marido era um terrorista do ISIS.

— Ele tomou providências para você e seu filho irem para a Síria?

Ela hesitou, e então disse:

— Eu falei que não ia.

— Sábia decisão. Os computadores dele ainda estão aqui?

Ela fez que sim com a cabeça.

— Onde?

Ela lançou um olhar para o teto.

— Quantos?

— Dois. Mas estão protegidos e eu não sei a senha.

— Claro que sabe. Toda esposa sabe a senha do marido, mesmo se o marido for um terrorista do ISIS.

Ela não disse mais nada.

— Qual é a senha?

— A *Shahada*.*

— Em inglês ou transliteração árabe?

— Inglês.

— Com espaços ou sem espaços?

— Sem espaços.

— Vamos lá.

Ela o levou pelas escadas estreitas, em silêncio para não acordar a criança, e abriu a porta do escritório de Qassam el-Banna. Era o pesadelo de um oficial de contraterrorismo. Gabriel sentou-se em frente a um dos computadores, acordou a máquina com um pequeno movimento do mouse e colocou os dedos de leve no teclado. Digitou THEREISNOGODBUTGOD** e apertou o *Enter*.

— Merda — disse, baixinho.

O HD tinha sido apagado.

Qassam era muito bom, mas os dez hackers do Minyan eram bem melhores. Depois de alguns minutos do *upload* de Gabriel, tinham descoberto os rastros digitais

---

* Também conhecido como Chacado, é uma frase de testemunho e primeiro entre os pilares do islamismo. [N.T.]

** Em tradução para o português, mandamento islâmico que significa: "Não há outro deus além de Deus". [N.T.]

da pasta de "Documentos" de Qassam. Dentro da pasta, havia outra pasta, trancada e criptografada, cheia de documentos relacionados à transportadora Dominion, de Alexandria — e, entre esses documentos, estava um contrato de aluguel por um ano de uma pequena propriedade perto de uma cidade chamada Hume.

— Não é longe daquele esconderijo secreto da CIA em The Plains — explicou Uzi Navot pelo telefone. — Fica a mais ou menos uma hora da sua localização atual; talvez mais. Se você dirigir até lá e ela não estiver...

Gabriel desligou e ligou para Adrian Carter, em Langley.

— Preciso de uma aeronave com capacidade de fazer imagens térmicas, para voar sobre um chalé perto da Hume Road, em Fauquier County. E nem tente me dizer que não tem.

— Não tenho mesmo. Mas o FBI tem.

— Eles podem me enviar uma?

— Vou descobrir.

Eles podiam. Na verdade, o FBI já tinha uma voando sobre Liberty Crossing — um Cessna 182T Skylane, de propriedade de uma empresa de fachada do Bureau chamada LCT Research, de Reston, na Virginia. O avião monomotor levou dez minutos para chegar a Fauquier County e localizar a pequena casa triangular em um vale ao norte da Hume Road. Dentro dela, havia assinaturas de calor de sete indivíduos. Uma delas, a menor, parecia imóvel. Havia três veículos estacionados no chalé, todos usados recentemente.

— Tem mais alguma assinatura no vale? — perguntou Gabriel.

— Só animais selvagens — explicou Carter.

— Que tipo de animais selvagens?

— Vários veados e alguns ursos.

— Perfeito — disse Gabriel.

— Onde você está agora?

Gabriel respondeu. Estavam indo no sentido oeste pela I-66. Tinham acabado de passar pelo Beltway.

— Qual é a equipe da SWAT ou de resgate de reféns do FBI mais próxima? — perguntou.

— Todas as equipes disponíveis foram enviadas a Washington para lidar com os atentados.

— Quanto tempo conseguem manter o Cessna voando?

— Não muito. O Bureau o quer de volta.

— Peça para fazerem mais um sobrevoo. Mas não baixo demais. Os homens dentro daquela casa conhecem o som de uma aeronave de vigilância quando o ouvem.

Gabriel desligou e observou as imagens do subúrbio americano passando por sua janela. Em sua cabeça, porém, havia apenas números, e eles não eram promissores. Sete assinaturas, dois fuzis de assalto AR-15, um veterano das unidades de elite das forças de operações especiais das Forças de Defesa de Israel, as FDI, um ex-assassino que logo seria chefe da inteligência israelense, um especialista em vigilância que não gostava de violência, dois ursos. Ele olhou para seu celular. Distância até o destino: oitenta e dois quilômetros. Tempo até o destino: uma hora e sete minutos.

— Mais rápido, Mikhail. Você precisa dirigir mais rápido.

73

HUME, VIRGINIA

Ela não teria direito a julgamento, pois não era necessário; ao apertar o botão detonador, tinha admitido sua culpa. Havia apenas a questão da confissão, que seria gravada para a disseminação nas múltiplas plataformas de propaganda do ISIS, e da execução, que seria por decapitação. Tudo podia ter sido concluído muito rapidamente, se não fosse pelo próprio Saladin. O breve atraso não era, de forma alguma, um ato de misericórdia. Saladin ainda era um espião, no fundo. E o que um espião mais deseja não é sangue, mas informação. O sucesso dos atentados em Washington e a expectativa da morte iminente de Natalie tinham tido o efeito de soltar a língua dele. Admitiu que, sim, tinha servido no Mukhabarat iraquiano sob o governo de Saddam Hussein. Sua tarefa principal, explicou, era fornecer apoio material e logístico a grupos terroristas palestinos, em especial aqueles que rejeitavam absolutamente a existência de um Estado judeu no Oriente Médio. Durante a Segunda Intifada, ele cuidara do pagamento de benefícios lucrativos às famílias de homens-bomba palestinos mortos em ação. Abu Nidal, orgulhava-se, era seu amigo próximo. Aliás, tinha sido Abu Nidal, o mais cruel dentre os chamados terroristas rejeicionistas, que dera o codinome a Saladin.

Seu trabalho exigia que ele se tornasse um tipo de especialista no serviço secreto de inteligência israelense. Ele desenvolveu uma admiração rancorosa pelo Escritório e por Ari Shamron, mestre espião que o chefiou, entre idas e vindas, por quase trinta anos. Também passou a admirar as conquistas do famoso pupilo de Shamron, o lendário assassino e agente chamado Gabriel Allon.

— Então, imagine minha surpresa — disse ele a Natalie — quando o vi cruzando o *lobby* do Four Seasons Hotel em Washington, e quando ouvi você falando o nome dele.

Depois de completar sua introdução, ele começou a interrogar Natalie sobre cada aspecto da operação — a vida dela antes de se juntar à inteligência israelense, seu recrutamento, seu treinamento, sua inserção no campo. Sabendo que logo seria decapitada, Natalie não tinha motivo para cooperar a não ser atrasar, em alguns minutos, sua inevitável morte. Era motivo suficiente, pois ela sabia que seu desaparecimento não tinha passado em branco. Saladin, com a curiosidade de um espião, deu a ela a oportunidade de deixar alguns grãos de areia caírem pela ampulheta. Começou perguntando o nome verdadeiro dela. Ela resistiu durante preciosos minutos, até que, em um ataque de fúria, ele ameaçou arrancar a carne dos ossos dela com a mesma faca que usaria para cortar a cabeça.

— Amit — disse ela, enfim. — Meu nome é Amit.

— Amit do quê?

— Meridor.

— De onde você é?

— De Jaffa.

— Como aprendeu a falar árabe tão bem?

— Há muitos árabes em Jaffa.

— E seu francês?

— Morei em Paris muitos anos quando era criança.

— Por quê?

— Meus pais trabalham no Ministério das Relações Exteriores.

— Você é médica?

— Uma médica excelente.

— Quem recrutou você?

— Ninguém. Eu me inscrevi para trabalhar no Escritório.

— Por quê?

— Queria servir meu país.

— Esta é sua primeira operação?

— Não, claro que não.

— Os franceses estavam envolvidos nesta operação?

— Nunca trabalhamos com outros serviços. Preferimos trabalhar sozinhos.

— Azul e branco? — perguntou Saladin, citando um dos slogans das instituições militares e de segurança de Israel.

— Sim — respondeu Natalie, assentindo lentamente. — Azul e branco.

Apesar das exigências da situação, Saladin insistiu que o rosto dela estivesse velado apropriadamente durante o interrogatório. Não havia *abaya* no chalé, então a cobriram com um lençol tirado de uma das camas. Ela podia imaginar como parecia a eles, uma figura tristemente cômica coberta de branco, mas o pano tinha a vantagem de oferecer privacidade. Ela mentiu com a total confiança de que Saladin não podia ver sinais reveladores de trapaça em seus olhos. E conseguiu transmitir um senso de calma interior, até de paz, quando, na verdade, só pensava na dor que sentiria quando a lâmina da faca encontrasse seu pescoço. Com a visão obscurecida, seu sentido de audição ficou aguçado. Ela conseguia ouvir os movimentos sofridos de Saladin pela sala de estar do chalé e discernir a posição dos quatro terroristas armados. E conseguia ouvir, bem acima do chalé, o sobrevoo lento e preguiçoso de um monomotor. Saladin, sentiu ela, também ouvia. Ele ficou em silêncio por um momento até o avião ir embora, e então prosseguiu com seu interrogatório.

— Como você conseguiu se transformar de forma tão convincente em uma palestina?

— Temos uma escola especial.

— Onde?

— Em Negev.

— Há outros agentes do Escritório infiltrados no ISIS?

— Sim, muitos.

— Quais são os nomes deles?

Ela deu seis — quatro homens, duas mulheres. Disse que não sabia a natureza de suas missões. Sabia apenas que, acima do pequeno chalé triangular, o avião tinha voltado. Saladin, pensou ela, também sabia. Ele tinha uma pergunta final. Por quê?, perguntou ele. Por que ela tinha salvado sua vida na casa de muitos cômodos e pátios perto de Mosul?

— Queria ganhar sua confiança — respondeu ela, sinceramente.

— E ganhou — admitiu ele. — E depois a traiu. E, por isso, Maimônides, vai morrer hoje.

Houve silêncio na sala, mas não no céu. Por baixo de sua mortalha, Natalie também fez sua pergunta final. Como Saladin soubera que ela não era um deles de verdade? Ele não respondeu, pois mais uma vez estava ouvindo o barulho da aeronave. Ela seguiu o ritmo de batidas e arrastadas que significava que ele estava atravessando a sala até a porta de entrada do chalé. Foi a última vez que ela ficou sabendo dele.

Ele ficou parado por vários segundos na entrada, com o rosto voltado ao céu. Não havia lua, mas a noite estava brilhante de estrelas e muito silenciosa, exceto pelo avião. Levou algum tempo para localizá-lo, pois as luzes de navegação da ponta das asas estavam baixas. Apenas a batida de seu único propulsor traía sua localização. Estava voando em uma órbita contínua em torno do pequeno vale, a uma altitude de cerca de dez mil pés. Finalmente, quando atingiu o ponto mais ao norte, ela voltou para o oeste, na direção de Washington, e então desapareceu. Instintivamente, Saladin acreditava que o avião era um problema. Seus instintos só lhe tinham traído uma vez, quando disseram que podia confiar e até amar uma mulher chamada Leila, uma médica talentosa que dizia ser palestina. Logo, a mulher receberia a morte que merecia.

O rosto dele ainda estava voltado para o céu. Sim, as estrelas estavam brilhando naquela noite, mas não tanto quanto as estrelas do deserto. Se ele esperava vê-las novamente, tinha que ir embora agora. Logo, haveria outra guerra — uma guerra que terminaria com a derrota dos Exércitos de Roma em uma cidade chamada Dabiq. Não havia maneira de o presidente americano evitar essa guerra, pensou ele. Não depois de hoje.

Ele entrou na BMW, ligou o motor e colocou o destino no GPS, que o aconselhou a prosseguir para uma estrada conhecida. Saladin fez isso, com as luzes baixas como as da aeronave de vigilância, seguindo o caminho de terra até a beira do pequeno vale e através dos pastos até a Hume Road. O GPS o instruiu a virar à esquerda e voltar para a I-66. Saladin, confiando em seus instintos, virou à direita. Depois de um momento, ligou o rádio. Sorriu. Não tinha acabado, pensou. Estava só começando.

74

HUME, VIRGINIA

O último relato do Cessna do FBI foi igual ao primeiro: sete indivíduos dentro do chalé, três veículos do lado de fora. Um dos indivíduos estava inteiramente parado e um parecia estar andando de um lado para outro lentamente. Não havia mais assinaturas humanas no pequeno vale, apenas os ursos, que estavam a cerca de cinquenta metros ao norte do chalé. Por esse motivo, entre outros, Gabriel e Mikhail se aproximaram pelo sul.

Uma única estrada levava ao vale, o caminho privativo que ia da Hume Road ao chalé em si. Eles a usaram apenas como ponto de referência. Mantiveram-se próximos ao pasto; Mikhail liderando, Gabriel um passo atrás. A terra estava molhada e traiçoeira com os buracos deixados por escavações de animais. De vez em quando, Mikhail iluminava o caminho deles com a luz do celular, mas na maior parte do tempo eles caminharam na escuridão.

Na beira do pasto, havia um morro íngreme cheio de carvalhos e árvores de bordo. Galhos caídos estavam por todo o chão, atrapalhando a caminhada. Finalmente, depois de contornar o cume do morro, eles viram o chalé pela primeira vez. Uma coisa tinha mudado desde a partida do Cessna do FBI. Havia dois veículos, em vez de três. Mikhail começou a descer o morro, com Gabriel a um passo atrás dele.

Depois da saída abrupta de Saladin, as preparações para a execução de Natalie realmente começaram. O lençol branco foi removido, as mãos dela foram amarradas atrás das costas. Seguiu-se uma breve discussão entre os quatro homens sobre quem teria a honra de remover a cabeça dela. O mais alto dos quatro venceu. Pelo sotaque, Natalie conseguia notar que ele era do Iêmen. Algo sobre seu comportamento era vagamente familiar. Subitamente, ela percebeu que tinha estado no campo de Palmira ao mesmo tempo em que o iemenita. Na época, ele tinha barba e cabelos longos. Agora, estava com a barba feita e o cabelo bem cortado. Se não fosse pelo uniforme militar preto, poderia ter sido confundido com um vendedor da loja da Apple.

Os quatro homens cobriram o rosto, deixando apenas os olhos impiedosos expostos. Eles não fizeram tentativa alguma de alterar a aparência profundamente americana do cenário — na verdade, pareciam se deleitar com ela. Natalie foi obrigada a se ajoelhar diante da câmera, que era manuseada pela mulher que ela conhecia como Megan. Era uma câmera de verdade, não um celular; o ISIS não ficava devendo a ninguém em valor de produção. Ordenaram que Natalie olhasse diretamente para a lente, mas ela se recusou, mesmo depois de o iemenita bater violentamente em seu rosto. Ela olhou para a frente, na direção da janela atrás do ombro direito da mulher, e tentou pensar em alguma coisa, qualquer coisa que não a lâmina de aço do facão na mão direita do iemenita.

Ele parou diretamente atrás dela, com outros três homens enfileirados à sua direita, e leu uma declaração preparada, primeiro em árabe, depois em uma língua que Natalie, depois de um momento, percebeu ser um inglês muito ruim. Não importava; a equipe de mídia do ISIS certamente adicionaria legendas. Natalie tentou não ouvir, por isso focou sua atenção na janela. Como estava escuro lá fora, o vidro acabava funcionando como um espelho. Ela conseguia ver a cena de sua execução mais ou menos no enquadramento da câmera — uma mulher impotente ajoelhada, três homens mascarados empunhando fuzis automáticos, um iemenita com uma faca falando um idioma desconhecido. No entanto, havia mais alguma coisa na janela, algo menos distinguível que o reflexo de Natalie e seus quatro assassinos. Era um rosto. Instantaneamente, ela soube que era Mikhail. Estranho, pensou. De todos os rostos que poderia conjurar de memória nos segundos antes de sua morte, não esperava ver o dele.

O volume da voz do iemenita aumentou com um floreio de oratória conforme ele concluía seu pronunciamento. Natalie olhou pela última vez seu reflexo na janela, e o rosto do homem que ela poderia ter amado. Vocês estão assistindo?, pensou. O que estão esperando?

Ela teve consciência de um silêncio. Durou um ou dois segundos, durou uma hora ou mais — ela não conseguia dizer. Então, o iemenita voou nela como um animal selvagem, e ela tombou para o lado. Quando a mão dele agarrou sua garganta, ela se preparou para a dor do primeiro contato com a faca. "Relaxe", disse a si mesma. Doeria menos se os músculos e tendões não estivessem tensionados. Mas, então, houve um estrépito, que ela pensou ser do seu próprio pescoço cortado, e o iemenita caiu ao lado dela. Os três outros jihadistas caíram em seguida, um por um, como alvos em uma barraca de tiro ao alvo. A mulher foi a última a morrer. Com um tiro na cabeça, ela caiu como se um alçapão tivesse sido aberto sob seus pés. A câmera deslizou de sua mão e caiu no chão. As lentes, benevolentes, desviaram o olhar do rosto de Natalie. Ela era linda, pensou Gabriel, enquanto cortava a corda dos pulsos dela. Mesmo quando estava gritando.

PARTE QUATRO

NO COMANDO

WASHINGTON–JERUSALÉM

As recriminações começaram antes mesmo de o sol nascer. Um partido culpava o presidente pela calamidade que caíra sobre os Estados Unidos; o outro culpava seu antecessor. Era a única coisa que Washington fazia bem ultimamente — recriminar e distribuir culpa. Tempos atrás, durante os sombrios dias da Guerra Fria, a política externa americana era caracterizada pelo consenso e pela estabilidade. Agora, os dois partidos principais não conseguiam concordar nem sobre como se referir ao inimigo, quanto mais em como combatê-lo. Não era surpreendente, portanto, que um ataque à capital da nação fosse mais uma ocasião para bate-bocas partidários.

Enquanto isso — no Centro Nacional de Contraterrorismo, no Lincoln Memorial, no Kennedy Center, em Harbor Place, em uma série de restaurantes na M Street e no Café Milano —, estavam contando os mortos: 116 no CNC e no Escritório do Diretor de Inteligência Nacional, 28 no Lincoln Memorial, 312 no Kennedy Center, 147 em Harbor Place, 62 ao longo da M Street e 49 no Café Milano. Entre os mortos no renomado restaurante de Georgetown, estavam os quatro atiradores do ISIS. Todos tinham sido assassinados. Mas, imediatamente depois dos atentados, houve confusão sobre quem precisamente tinha atirado. A Polícia Metropolitana disse que foi o FBI. O FBI disse que foi a Polícia Metropolitana.

A terrorista suicida foi identificada como uma mulher de quase 30 anos, loira. Em pouco tempo, foi concluído que ela tinha voado de Paris a Nova York com um passaporte francês e passado uma única noite no Key Bridge Marriott, em Arlington, em um quarto registrado para certa dra. Leila Hadawi, também cidadã francesa. O governo francês, então, foi obrigado a reconhecer que a mulher-bomba, identificada pelo passaporte como Asma Doumaz, era na verdade Safia Bourihane, a mulher que atacara o Centro Weinberg, em Paris. Mas como a mulher mais procurada do mundo, um ícone jihadista, tinha conseguido entrar de volta na França, embarcar em um voo internacional e entrar nos Estados Unidos? No Capitólio, membros de ambos os partidos políticos pediram a renúncia do secretário de Segurança Nacional e do diretor de Alfândega e Proteção da Fronteira. Recriminações e distribuição de culpa: o passatempo favorito de Washington.

Mas quem era a dra. Leila Hadawi? O governo francês alegava que ela tinha nascido na França de pais palestinos e era funcionária do sistema de saúde estatal. Segundo registros de passaporte, tinha passado o mês de agosto na Grécia, mas oficiais do serviço de segurança e inteligência francês agora suspeitavam que ela tivesse viajado clandestinamente à Síria para ser treinada. Curiosamente, o ISIS parecia não conhecê-la. Seu nome não era mencionado em nenhum dos vídeos comemorativos nem nas postagens de mídias sociais que inundaram a internet nas horas que se seguiram aos atentados. Quanto à sua localização atual, era desconhecida.

A mídia de ambos os lados do Atlântico começou a chamar isso de "Conexão Francesa" — as ligações desconfortáveis entre o atentado em Washington e cidadãs do aliado mais antigo dos Estados Unidos. O jornal *Le Monde* revelou uma "conexão" adicional ao noticiar que um oficial sênior da DGSI chamado Paul Rousseau, o herói da campanha secreta contra a Ação Direta, tinha sido ferido no atentado ao Centro Nacional de Contraterrorismo. Mas por que Rousseau estava lá? A DGSI alegava que ele estava envolvido com as medidas de segurança rotineiras relacionadas à visita do presidente francês a Washington. O *Le Monde*, porém, discordou educadamente. Rousseau, segundo o jornal, era chefe de algo chamado Grupo Alpha, uma unidade de contraterrorismo ultrassecreta conhecida por suas armadilhas e seus truques sujos. O ministro do Interior negou a existência do Grupo Alpha, bem como o chefe da DGSI. Ninguém na França acreditou neles.

Naquele ponto, ninguém nem se importava, pelo menos não nos Estados Unidos, onde a ordem do dia era a vingança sangrenta. O presidente imediatamente ordenou ataques aéreos em massa contra todos os alvos conhecidos do ISIS na Síria, no Iraque e na Líbia, mas fez questão de garantir ao mundo islâmico que a América não estava em guerra contra ele. Também rejeitou os apelos por uma invasão americana ao califado. A reação americana, disse o presidente, seria limitada a ataques aéreos e operações especiais para matar ou capturar líderes seniores do ISIS, como o homem ainda não identificado que planejara e executara o atentado. Os críticos do presidente ficaram furiosos. O ISIS, cujo maior desejo era uma batalha final apocalíptica com os Exércitos de Roma em um local chamado Dabiq, também. O presidente se recusava a conceder o desejo do Estado Islâmico. Ele tinha sido eleito para pôr fim às inacabáveis guerras no Oriente Médio, não para começar outra. Desta vez, os Estados Unidos não reagiriam de forma excessiva. Sobreviveriam ao atentado a Washington, disse ele, e sairiam mais fortes daquilo.

Entre os primeiros alvos da reação militar americana estavam um prédio de apartamentos perto do Parque al-Rasheed, em Raqqa, e uma grande casa com muitos cômodos e pátios a oeste de Mosul. Internamente, porém, a mídia americana estava focada em uma casa muito diferente, um chalé triangular de madeira perto da cidade de Hume, na Virginia. O chalé tinha sido alugado para uma empresa de fachada baseada em Northern Virginia, de propriedade de um cidadão egípcio chamado Qassam el-Banna. O mesmo Qassam el-Banna tinha sido encontrado em um pequeno lago na propriedade, no banco da frente de seu Kia sedã, com quatro tiros à queima-roupa. Cinco outros corpos foram achados dentro do chalé, quatro soldados do ISIS vestindo uniformes militares pretos e uma mulher, que mais tarde seria identificada como Megan Taylor, uma convertida ao islã originalmente de Valparaíso, em Indiana. O FBI concluiu que todos os cinco tinham sido mortos por balas 5,56×45 mm disparadas por dois fuzis de assalto AR-15. Mais tarde, uma análise de balística determinaria que esses mesmos AR-15 tinham estado envolvidos no atentado ao Café Milano, em Georgetown. Mas *quem* exatamente tinha atirado? O diretor do FBI disse não saber a resposta. Ninguém acreditava nele. Pouco depois da descoberta na área rural da Virginia, o FBI prendeu Amina el-Banna, esposa do homem encontrado no lago, para interrogá-la. E foi nesse ponto que a história teve uma reviravolta intrigante, pois, imediatamente após sua liberação, a senhora el-Banna contratou os serviços de um advogado de uma organização de direitos civis com ligações conhecidas com a Irmandade Muçulmana. Seguiu-se, em breve, uma coletiva de imprensa conduzida no jardim em frente ao pequeno duplex dos el-Banna em Eighth Place, em Arlington. Falando em árabe, com seu advogado como intérprete, a senhora el-Banna negou que seu marido houvesse sido membro do ISIS ou tivesse tido qualquer papel no atentado a Washington. Além disso, alegou que, na noite do atentado, dois homens invadiram sua casa e a interrogaram brutalmente. Ela descreveu um dos homens como alto e magro. O outro era de altura e compleição medianas, com têmporas grisalhas e os olhos mais verdes que ela já vira. Ambos eram, obviamente, israelenses. Ela alegou que eles tinham ameaçado matar a ela e seu filho — nunca mencionou que este se chamava Mohamed Atta — a não ser que ela desse a eles as senhas dos computadores de seu marido. Depois de salvar os conteúdos das máquinas, tinham ido embora rapidamente. Não, admitiu, ela não tinha relatado o acontecimento à polícia. Teve medo, disse, por ser muçulmana.

As alegações da senhora el-Banna poderiam perfeitamente ter sido ignoradas se não fosse a descrição de um dos homens que invadiram sua casa — o homem de altura e compleição medianas, com têmporas grisalhas e olhos verdes vívidos. Antigos habitantes do mundo secreto o reconheciam como o notável agente israelense chamado Gabriel Allon, e alguns disseram isso na televisão. Apontaram rapidamente, porém, que Allon não podia de forma alguma ter estado presente na casa da senhora el-Banna porque tinha sido morto em um atentado na Brompton Road, em Londres, quase um ano antes. Ou será que tinha mesmo? O embaixador de Israel em Washington, sem querer, embaralhou as coisas ao se recusar a declarar categórica e inequivocamente que Gabriel Allon de fato não estava mais entre os vivos.

— O que quer que eu diga? — dissera, perdendo a paciência, durante uma entrevista. — Que ele *ainda* está morto?

Então, escondendo-se atrás da antiga política de Israel de se recusar a comentar assuntos de inteligência, o embaixador pedira que o entrevistador mudasse de assunto. E, assim, começou a lenta ressurreição de uma lenda.

Rapidamente apareceram na imprensa relatos de muitas aparições em Washington, todos de procedência e confiabilidade duvidosas. Ele tinha sido visto entrando e saindo de uma grande casa de estilo federal na N Street, ou assim dizia um vizinho. Tinha sido visto tomando café em uma doceria na Wisconsin Avenue, ou assim dizia a mulher que estivera sentada à mesa do lado. Tinha sido visto até jantando no Four Seasons na M Street, como se o grande Gabriel Allon, com sua infinita lista de inimigos mortais, fosse ousar comer em público. Havia também um relato de que, como Paul Rousseau, ele estava dentro do Centro Nacional de Contraterrorismo no momento do atentado. O embaixador de Israel, que quase nunca ficava sem palavras, não retornou ligações nem mensagens de texto, bem como sua porta-voz. Ninguém nem tentou pedir comentários do CNC. Seu assessor de imprensa tinha morrido no atentado, bem como seu diretor. Para todos os efeitos, não havia mais CNC.

E ali poderia ter morrido a questão, se não fosse uma repórter investigativa do *The Washington Post*. Muitos anos antes, pouco depois do 11 de Setembro, ela tinha revelado a existência de uma cadeia de centros de detenção da CIA — as chamadas prisões secretas — onde terroristas do grupo al-Qaeda eram sujeitos a interrogatórios violentos. Agora, procurava responder a muitas questões em torno do atentado a Washington. Quem era a dra. Leila Hadawi? Quem tinha matado os quatro terroristas no Café Milano e os cinco terroristas no chalé em Hume? E por que um homem considerado morto, uma lenda, estaria dentro do CNC quando um caminhão-bomba de quinhentos quilos explodiu?

A matéria da repórter saiu exatamente uma semana depois do atentado. Dizia que a mulher conhecida como dra. Leila Hadawi era, na verdade, uma agente do serviço secreto de inteligência de Israel que conseguira se infiltrar na rede de um misterioso mentor terrorista chamado Saladin. Ele estivera em Washington durante o atentado, mas conseguira escapar. Agora, supostamente, estava de volta ao califado, escondendo-se do bombardeio aéreo americano e da coalizão. Gabriel

Allon, escreveu ela, também estava se escondendo — e bastante vivo. Ao ser questionado, o primeiro-ministro de Israel só conseguiu dar um sorriso amarelo. Então, misterioso, sugeriu que teria mais a dizer sobre o assunto em breve. *Muito em breve.*

No antigo bairro de Nachlaot, em Jerusalém, há muito pairavam dúvidas sobre as circunstâncias da morte de Allon, especialmente na arborizada rua Narkiss, onde se sabia que ele havia morado em um prédio residencial de calcário com uma árvore de eucalipto no jardim da frente. Na noite em que a matéria saiu no site do *The Washington Post,* ele e sua família foram vistos jantando no Focaccia, na rua Akiva — ou assim dizia o casal sentado à mesa ao lado. Allon, alegaram, tinha pedido fígado de galinha e purê de batatas; já sua esposa, italiana de nascimento, optara por uma massa. As crianças, a algumas semanas de completar seu primeiro aniversário, tinham se comportado exemplarmente. Mãe e pai pareciam relaxados e felizes, embora seus guarda-costas estivessem claramente alarmados. Toda a cidade estava. Naquela mesma tarde, perto do Portão de Damasco, três judeus tinham morrido esfaqueados. A polícia tinha atirado várias vezes no assassino, um jovem palestino de Jerusalém Oriental que morreu na divisão de trauma do Centro Médico Hadassah, apesar dos esforços heroicos para salvar sua vida.

Na tarde seguinte, Allon foi visto almoçando com um velho amigo, o famoso arqueólogo de assuntos bíblicos Eli Lavon, em um café no shopping Mamilla Mall, e às quatro da tarde, estava na pista de pouso do Aeroporto Ben Gurion, onde deu como voo diário da Air France vindo de Paris. Documentos foram assinados, e um grande caixote de madeira, achatado e retangular, foi colocado cuidadosamente no banco detrás de sua SUV blindada pessoal. Dentro do caixote estava o pagamento à vista por um trabalho não finalizado: *Marguerite Gachet à sua penteadeira,* óleo sobre tela, de Vincent van Gogh. Uma hora mais tarde, depois de uma jornada em alta velocidade pelo Bab al-Wad, a tela foi colocada sobre um cavalete no laboratório de restauração do Museu de Israel. Gabriel parou diante dela, uma mão no queixo, a cabeça inclinada levemente para o lado. Ephraim Cohen estava a seu lado. Por muito tempo, nenhum dos dois falou.

— Sabe — disse Cohen, enfim —, não é tarde demais para mudar de ideia.

— Por que eu faria uma coisa dessas?

— Porque ela queria que *você* ficasse com ele — depois de uma pausa, Cohen completou: — E porque vale mais de cem milhões de dólares.

— Me dá os papéis, Ephraim.

Eles estavam dentro de uma pasta de couro convencional, com o logo do museu estampado em alto-relevo. O contrato era breve e direto. Daqui em diante, Gabriel Allon renunciava toda e qualquer propriedade do Van Gogh; este último agora pertencia ao Museu de Israel. Havia, porém, uma cláusula inviolável. A pintura não podia nunca, sob circunstância alguma, ser vendida ou emprestada para outra instituição. Enquanto houvesse um Museu de Israel — na verdade, enquanto houvesse Israel —, *Marguerite Gachet à sua penteadeira* ficaria pendurada nele.

Gabriel assinou o documento com um floreio indecifrável e voltou a contemplar a tela. Por fim, esticou a mão e passou um dedo levemente pelo rosto de Marguerite. Ela não precisava de mais restauração, pensou; estava pronta para sua grande apresentação. Ele só desejava poder dizer o mesmo sobre Natalie. Ela precisava de alguns "retoques". Natalie era uma obra em andamento.

NAHALAL, ISRAEL

Eles a levaram de volta para o local onde tudo tinha começado, a fazenda no antigo *moshav* de Nahalal. Seu quarto estava como ela deixara, exceto pelo volume de poesia de Darwish, que tinha desaparecido, bem como as fotografias ampliadas do sofrimento palestino. As paredes da sala de estar agora estavam cheias de pinturas.

— Você que fez? — perguntou ela, na noite da chegada.

— Algumas — respondeu Gabriel.

— Quais?

— As que não têm assinatura.

— E as outras?

— Minha mãe.

Os olhos dela passaram pelas telas.

— Ela obviamente teve uma grande influência em você.

— Na verdade, influenciamos um ao outro.

— Vocês competiam?

— Muito.

Ela foi até as portas francesas e olhou pelo vale escuro na direção das luzes da vila árabe no topo do morro.

— Quanto tempo posso ficar aqui?

— Quanto tempo quiser.

— E depois?

— Isso — respondeu Gabriel — é uma decisão completamente sua.

Ela era a única ocupante da fazenda, mas nunca estava verdadeiramente sozinha. Um destacamento de segurança monitorava todos os seus movimentos, e câmeras e microfones que registravam os sons horríveis de seus terrores noturnos. Saladin aparecia frequentemente em seus sonhos. Às vezes, era o homem ferido e impotente que ela encontrara na casa perto de Mosul. E, às vezes, era a figura forte e vestida de forma elegante que tão alegremente a sentenciara à morte em um chalé à beira do Shenandoah. Safia também vinha a Natalie em sonhos. Ela nunca usava um hijab nem um *abaya*, só a jaqueta cinza de cinco botões que tinha usado na noite de sua morte, e seu cabelo sempre era loiro. Era a Safia que poderia ter sido se o islã radical não tivesse cravado suas garras nela. Era Safia, a garota influenciável.

Natalie explicou tudo isso à equipe de médicos e terapeutas que a examinava a cada punhado de dias. Eles prescreviam remédios para dormir, que ela se recusava a tomar, e ansiolíticos, que a deixavam se sentindo entorpecida e apática. Para ajudar sua recuperação, ela se forçava a fazer corridas de treinamento nas estradas rurais do vale. Como antes, cobria seus braços e suas pernas; agora não por devoção, mas porque era o fim do outono e estava bastante frio. Os seguranças sempre a vigiavam, assim como os outros moradores de Nahalal. Era uma comunidade próxima, com muitos veteranos das FDI e dos serviços de segurança. Passaram a considerar Natalie uma responsabilidade de todos. Também passaram a acreditar que era sobre ela que tinham lido nos jornais. Era ela que tinha se infiltrado no mais cruel grupo terrorista já visto no mundo. Ela que tinha ido para o califado e sobrevivido para contar.

Os médicos não eram os únicos a visitá-la. Seus pais vinham frequentemente, às vezes passavam a noite, e, a cada início de tarde, ela tinha uma sessão com seus antigos treinadores. Desta vez, a tarefa era desfazer o que tinham feito antes, tirar do sistema de Natalie a hostilidade palestina e o zelo islâmico, torná-la israelense de novo. Mas não israelense *demais*, alertou Gabriel a eles. Ele investira muito tempo e esforço transformando Natalie em um de seus inimigos. Não queria perdê-la por causa de alguns minutos assustadores em um chalé da Virginia.

Ela também era visitada por Dina Sarid, que, em seis sessões intermináveis, todas gravadas, interrogou Natalie muito mais detalhadamente do que antes — sobre seu tempo em Raqqa e no campo em Palmira, seu interrogatório inicial nas mãos de Abu Ahmed al-Tikriti, as muitas horas passadas sozinha com o ex-oficial de inteligência iraquiano que chamava a si mesmo de Saladin. Todo o material acabaria nos volumosos arquivos de Dina, pois ela estava sempre se preparando para a próxima batalha. Saladin, tinha avisado ao Escritório, não tinha terminado. Um dia, em breve, ele atacaria Jerusalém.

No fim da última sessão, depois de Dina desligar o computador e guardar suas anotações, as duas sentaram em silêncio por muito tempo enquanto a noite caía pesada sobre o vale.

— Devo um pedido de desculpa a você — disse Dina, por fim.

— Pelo quê?

— Por convencê-la a aceitar. Não devia ter feito isso. Eu estava errada.

A VIÚVA NEGRA

— Se não fosse eu — falou Natalie —, seria quem?

— Outra pessoa.

— Você teria feito?

— Não — respondeu Dina, ganhando créditos infinitos aos olhos de Natalie.

— Acho que não teria. No fim, não valeu a pena. Ele venceu.

— Desta vez — disse Natalie.

Sim, pensou Dina. *Desta vez...*

Mikhail esperou quase uma semana antes de aparecer pela primeira vez na fazenda. A demora não era ideia dele; os médicos tinham medo de que sua presença pudesse complicar ainda mais a já complicada recuperação de Natalie. Sua primeira visita foi breve, pouco mais de uma hora, e inteiramente profissional, exceto por uma conversa íntima no jardim enluarado, o que escapou aos ouvidos aguçados dos microfones.

Na noite seguinte, assistiram a um filme — francês, com legendas em hebraico —, e na noite seguinte, com a aprovação de Uzi Navot, saíram para comer pizza em Cesareia. Depois disso, enquanto caminhavam pelas ruínas romanas, Mikhail contou para Natalie sobre os piores minutos de sua vida. Tinham ocorrido, curiosamente, em sua terra natal, em uma casa de campo, uma *datcha* a muitos quilômetros de Moscou. Uma operação de resgate de reféns tinha dado errado, ele e dois outros agentes estavam prestes a ser mortos. Mas outro homem trocou a vida pela deles, e os três sobreviveram. Uma das agentes recentemente tinha dado à luz um casal de gêmeos. E o outro, disse ele em tom nefasto, logo seria chefe do Escritório.

— O Gabriel?

Ele assentiu suavemente.

— E a mulher?

— Era a esposa dele.

— Meu Deus — caminharam em silêncio por um momento. — Então, qual é a moral dessa história horrível?

— Não tem moral — respondeu Mikhail. — É só o que fazemos. E depois tentamos esquecer.

— Você já conseguiu esquecer?

— Não.

— Pensa muito nisso?

— Toda noite.

— Acho que você estava certo, afinal — falou Natalie, depois de um momento.

— Sobre o quê?

— Sou mais parecida com você do que imagino.

— Agora, é.

Ela pegou a mão dele.

— Quando? — sussurrou ela no ouvido de Mikhail.

— Isso — disse Mikhail, sorrindo — é uma decisão completamente sua.

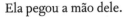

Na tarde seguinte, quando Natalie voltou de sua corrida pelo vale, encontrou Gabriel esperando na sala de estar da fazenda. Estava vestindo um terno cinza e uma camisa social com o colarinho aberto; parecia muito profissional. Na mesa de centro diante dele havia três pastas. A primeira, disse, era o relatório final da equipe de médicos de Natalie.

— O que diz?

— Diz — respondeu Gabriel, com a voz controlada — que você está sofrendo de transtorno do estresse pós-traumático, o que, considerando o que você passou na Síria e nos Estados Unidos, é totalmente compreensível.

— E meu prognóstico?

— É muito bom, na verdade. Com medicação adequada e terapia, você vai conseguir se recuperar completamente. Aliás — completou Gabriel —, todos achamos que você pode ir embora daqui quando quiser.

— E as outras duas pastas?

— Uma escolha — respondeu ele, sem objetividade.

— Que tipo de escolha?

— Relacionada ao seu futuro.

Ela apontou para uma das pastas.

— O que está naquela?

— Um contrato de rescisão.

— E na outra?

— O exato oposto.

Houve silêncio entre eles. Foi Gabriel quem o quebrou.

— Suponho que tenha ouvido os boatos sobre minha promoção iminente.

— Pensei que você estivesse morto.

— Parece que os relatos sobre o meu falecimento foram muito exagerados.

— Sobre o meu também.

Ele sorriu afetuosamente. Então, sua expressão ficou séria.

— Alguns chefes têm a sorte de servir em épocas relativamente tranquilas. Cumprem seus mandatos, recebem seus louvores e vão para o mundo ganhar dinheiro. Tenho certeza de que não terei essa sorte. Os próximos anos prometem ser tumultuosos para o Oriente Médio e para Israel. Vai ser responsabilidade do Escritório determinar se vamos sobreviver nesta terra — ele olhou para o vale, o vale de sua infância. — Eu estaria sendo negligente se deixasse uma pessoa tão obviamente talentosa quanto você escapar.

Ele não disse mais nada. Natalie ficou pensando.

— O que foi? — perguntou ele. — Mais dinheiro?

— Não — respondeu ela, balançando a cabeça. — Estava pensando sobre a política do Escritório sobre relacionamentos entre funcionários.

— Oficialmente, desencorajamos.

— E não oficialmente?

— Somos judeus, Natalie. Casamenteiros por natureza.

— Você conhece bem o Mikhail?

— Conheço-o de formas que apenas você seria capaz de entender.

— Ele me contou sobre a Rússia.

— Contou? — Gabriel franziu a sobrancelha. — Foi uma demonstração de insegurança da parte dele.

— Foi a serviço de uma boa causa.

— E que causa era essa?

Natalie pegou a terceira pasta, que continha o contrato de emprego.

— Você trouxe uma caneta? — perguntou.

PETAH TIKVA, ISRAEL

O fim estava próximo, era óbvio. Na quinta-feira, Uzi Navot foi visto carregando várias caixas de papelão de seu escritório, incluindo um estoque vitalício de seus amados biscoitos amanteigados, um presente de despedida do diretor baseado em Viena. No dia seguinte, durante a reunião de equipe sênior das nove da manhã, ele agiu como se um grande peso tivesse sido tirado de seus ombros robustos. E naquela tarde, antes de sair para o fim de semana, passeou lentamente pelo boulevard Rei Saul, do último andar aos retiros subterrâneos do Arquivo, apertando mãos, dando tapinhas em ombros e beijando algumas bochechas úmidas. Curiosamente, evitou a cova escura e proibitiva ocupada pela equipe de Recursos Humanos, lugar onde carreiras eram enterradas.

Navot passou o sábado atrás das paredes de sua casa no subúrbio de Petah Tikva, em Tel Aviv. Gabriel sabia disso porque os movimentos do *ramsad*, abreviação oficial para designar o chefe do Escritório, eram monitorados constantemente pela mesa de operações, como também eram os seus. Ele decidiu que era melhor aparecer sem avisar, preservando, assim, o elemento-surpresa. Desceu de sua SUV oficial em meio a uma tempestade e apertou o botão do interfone no portão de entrada. Vinte segundos longos e molhados se passaram antes de uma voz atender. Infelizmente, era Bella.

— O que você quer?

— Preciso dar uma palavrinha com o Uzi.

— Já não fez o suficiente?

— Por favor, Bella. É importante.

— Sempre é.

Outra demora prolongada se seguiu antes de as travas abrirem com um estalo inóspito. Gabriel abriu o portão e correu pelo caminho do jardim até a entrada, onde Bella o esperava. Ela estava usando um terninho coloquial de seda bordada e sandálias douradas. O cabelo tinha acabado de ser feito, e a maquiagem no rosto estava discreta, mas inteiramente feita. Ela parecia estar dando uma festa. *Sempre* parecia. As aparências sempre tinham sido importantes para Bella, e por isso Gabriel nunca entendera a decisão dela de se casar com um homem como Uzi Navot. Talvez, pensou, ela o tivesse feito simplesmente por crueldade. Gabriel sempre tinha achado que Bella parecia o tipo de pessoa que gostava de arrancar asas de moscas.

Friamente, ela apertou a mão de Gabriel. Suas unhas eram vermelho-sangue.

— Você parece muito bem, Bella.

— Você também. Mas imagino que fosse de se esperar.

Ela fez um gesto na direção da sala de estar, onde Navot estava lendo a última edição da revista *The Economist*. A sala era um exemplo notável de design asiático, com janelas do chão ao teto com vista para as fontes e as árvores bem-cuidadas do jardim. Navot parecia um dos trabalhadores que Bella tinha aterrorizado durante a longa reforma da casa. Ele usava calças de malha amassadas e um pulôver de algodão esgarçado, e a barba grisalha por fazer tomava o queixo e as bochechas. Sua aparência desleixada surpreendeu Gabriel. Bella nunca tinha permitido, por parte de Navot, nenhuma negligência em relação a asseio e vestimentas, nem nos finais de semana.

— Quer beber alguma coisa? — perguntou ela.

— Um hemlock.

Franzindo o cenho, Bella saiu. Gabriel olhou pela enorme sala. Era três vezes maior que a sala de estar do pequeno apartamento na rua Narkiss. Talvez, pensou, fosse hora de um *upgrade*. Ele se sentou diretamente em frente a Navot, que agora estava olhando para uma televisão no mudo. Mais cedo naquele dia, os americanos tinham lançado um ataque de drone em uma casa no Iraque ocidental, onde pensavam que Saladin estava escondido. E vinte e duas pessoas tinham sido mortas, incluindo várias crianças.

— Acha que conseguiram pegá-lo? — perguntou Navot.

— Não — respondeu Gabriel, assistindo a um corpo sem vida sendo tirado dos escombros. — Acho que não.

— Também acho que não — Navot desligou a televisão. — Ouvi falar que você conseguiu convencer a Natalie a trabalhar no Escritório em tempo integral.

— Na verdade, foi Mikhail que fez isso por mim.

— Acha que a relação deles é séria?

Gabriel deu de ombros.

— O amor é mais difícil no mundo lá fora do que no mundo secreto.

— Nem me diga — murmurou Navot. Ele pegou um biscoito de arroz de baixa caloria em uma tigela na mesa de centro. — Andei ouvindo também que o Eli Lavon vai voltar.

— É verdade.

— Em que posição?

— Nominalmente, ele vai supervisionar os observadores. Na realidade, vou usá-lo como achar melhor.

— Quem fica com Operações Especiais?

— O Yaakov.

— Boa decisão — disse Navot —, mas o Mikhail vai ficar decepcionado.

— O Mikhail não está pronto. O Yaakov está.

— E o Yossi?

— Chefe de Pesquisa. A Dina vai ser a número dois.

— E a Rimona?

— Vice-diretora de Planejamento.

— Uma mudança total. Suponho que seja o melhor — Navot olhou sem expressão para a tela da televisão desligada.

— Ouvi um boato sobre você quando estava no escritório do primeiro-ministro outro dia.

— Ah, é?

— Dizem que você vai mudar para a Califórnia e trabalhar para um fornecedor militar. Dizem que vai ganhar mais de um milhão de dólares por ano, além dos bônus.

— Quando estiver atrás da verdade — disse Navot, filosoficamente —, o último lugar em que deve procurar é o escritório do primeiro-ministro. — Navot pegou mais um punhado de biscoitos da tigela. — Além disso, e daí se for verdade? Que diferença faz?

— Eu preciso de você, Uzi. Não consigo fazer esse trabalho sem você.

— O que eu seria? O que eu faria na prática?

— Você vai chefiar o lugar e cuidar da política enquanto eu cuido das operações.

— Um gerente?

— Você é melhor que eu com pessoas, Uzi.

— Essa — disse Navot — é a maior verdade que você já falou.

Gabriel olhou pela janela. A chuva estava castigando o jardim de Bella.

— Como você pode ir para a Califórnia numa hora dessas? Como pode ir embora de Israel?

— Olha quem fala. Você morou fora por anos, e juntou um dinheirão restaurando todas aquelas pinturas. É minha vez, agora. Além disso — adicionou Navot, ressentido —, você não precisa de mim de verdade.

— Eu não estou oferecendo porque tenho coração bom, Uzi. Meus motivos são puramente egoístas — Gabriel baixou a voz e completou: — Você é a coisa mais próxima de um irmão que eu tenho, Uzi. Você e o Eli Lavon. As coisas vão ficar difíceis. Preciso dos dois ao meu lado.

— Não tem vergonha de jogar tão baixo?

— Aprendi com o melhor, Uzi. E você também.

— Sinto muito, Gabriel, mas é tarde demais. Já aceitei o emprego.

— Diga que mudou de ideia. Diga que seu país precisa de você.

Navot mordiscou um biscoito, pensativo. Era um sinal encorajador, pensou Gabriel.

— O primeiro-ministro aprovou?

— Ele não teve muita escolha.

— Onde vai ser meu escritório?

— Em frente ao meu.

— Secretária?

— A gente divide a Orit.

— No minuto em que você tentar me deixar de fora de algo — avisou Navot —, eu vou embora. Posso falar com você quando e onde eu quiser.

— Você vai enjoar de mim logo, logo.

— Nisso, eu acredito.

Os biscoitos de arroz tinham acabado. Navot suspirou pesadamente.

— O que foi, Uzi?

— Só estou pensando em como vou falar para a Bella que recusei um emprego de um milhão de dólares ao ano na Califórnia para ficar no Escritório.

— Tenho certeza de que você vai pensar em algo — disse Gabriel. — Você sempre foi bom com pessoas.

78

JERUSALÉM

Quando Gabriel voltou à rua Narkiss, encontrou Chiara vestida em um terninho e as crianças já nas cadeirinhas dentro do carro. Juntos, os dois dirigiram por Jerusalém Ocidental até o Hospital Psiquiátrico Monte Herzl. Antigamente, antes de se casar novamente, antes de seu status indesejado de celebridade, Gabriel conseguia entrar e sair da instituição sem ser notado, em geral tarde da noite. Agora, chegava com a sutileza de um presidente estrangeiro em visita oficial, com um círculo de guarda-costas protegendo-o e Raphael se debatendo em seus braços. Chiara andava silenciosamente a seu lado segurando Irene, os saltos batendo nas pedras do calçamento do pátio. Ele não a invejava neste momento. Apertou a mão dela de leve, enquanto Raphael puxava sua orelha. No *lobby*, um médico gorducho que parecia um rabino, de quase 60 anos, os aguardava. Ele tinha aprovado a visita — aliás, Gabriel lembrou a si mesmo, o médico tinha *sugerido* a visita. Agora, não parecia estar tão certo de que era uma boa ideia.

— Quanto ela sabe? — perguntou Gabriel, enquanto seu filho tentava pegar os óculos do médico.

— Contei que ela ia ter visitas. Fora isso... — ele deu de ombros. — Achei que seria melhor se você mesmo explicasse a ela.

Gabriel entregou Raphael a Chiara e seguiu o médico por um corredor de calcário de Jerusalém até a porta de um quarto coletivo. Só havia uma paciente. Ela estava sentada na cadeira de rodas, imóvel como uma figura em uma tela, enquanto atrás dela uma televisão brilhava silenciosamente. Na tela, Gabriel viu brevemente seu próprio rosto. Era uma foto tirada há séculos, depois de ele voltar da Operação Ira de Deus. Ele pareceria uma criança, se não fossem os cabelos grisalhos na têmpora. *Os borrões das cinzas no príncipe de fogo...*

— *Mazel tov* — disse o médico.

— Condolências seriam mais apropriadas — respondeu Gabriel.

— Estamos em uma época desafiadora, mas tenho certeza de que você vai dar conta. E lembre: se precisar conversar com alguém... — ele bateu no ombro de Gabriel — ... sempre estou disponível.

O rosto de Gabriel saiu da tela. Ele olhou para Leah. Ela não tinha se mexido nem piscado. *Mulher em cadeira de rodas*, óleo sobre tela, de Tariq al-Hourani.

— Você tem algum conselho para mim?

— Seja sincero com ela. Ela não gosta quando você tenta enganá-la.

— E se for doloroso demais?

— Vai ser. Mas ela não vai lembrar durante muito tempo.

Com um empurrãozinho, o médico deixou Gabriel por si mesmo. Lentamente, ele cruzou o quarto coletivo e sentou-se em uma cadeira que tinha sido colocada ao lado de Leah. O cabelo dela, outrora longo e volumoso como o de Chiara, agora estava institucionalmente curto. Suas mãos eram retorcidas e cheias de cicatrizes antigas. Eram como pedaços de tela em branco. Gabriel ansiava por repará-los, mas não podia. Leah estava além de reparação. Ele beijou suavemente o rosto dela e esperou que ela tomasse consciência de sua presença.

— Olhe a neve, Gabriel — disse ela, de repente. — Não é linda?

Gabriel olhou pela janela, onde um sol forte brilhava sobre um pinheiro-manso no jardim do hospital.

— Sim, Leah — disse ele, distraidamente, com a visão borrada pelas lágrimas. — É linda.

— A neve absolve os pecados de Viena. A neve cai sobre Viena enquanto os mísseis chovem em Tel Aviv.

Gabriel apertou a mão de Leah. Eram algumas das últimas palavras que ela falara na noite do atentado em Viena. Ela sofria de uma combinação particularmente aguda de depressão psicótica e transtorno do estresse pós-traumático. Às vezes, experimentava momentos de lucidez, mas, na maior parte do tempo, era prisioneira do passado. Viena passava incessantemente em sua cabeça como uma gravação em *looping* que ela não conseguia pausar: a última refeição que fizeram juntos, o último beijo, o incêndio que matara seu único filho e queimara a pele de seu corpo. A vida dela tinha sido reduzida a cinco minutos, e ela os vivia repetidamente há mais de vinte anos.

— Vi você na televisão — falou ela, repentinamente lúcida. — Parece que você não morreu, afinal.

— Não, Leah. Foi só algo que tivemos que dizer.

— Por causa do trabalho?

Ele balançou a cabeça positivamente.

— E agora estão dizendo que você vai ser o chefe.

— Em breve.

— Achei que o Ari era o chefe.

— Não é mais há muitos anos.

— Quantos?

Ele não respondeu. Era deprimente demais pensar nisso.

— Ele está bem? — perguntou Leah.

— O Ari?

— Sim.

— Tem dias bons e dias ruins.

— Que nem eu — comentou Leah.

A expressão dela tornou-se sombria. As lembranças estavam se acumulando. Ela conseguiu lutar contra elas.

— Não consigo acreditar que você vai mesmo ser o *memuneh*.

Era uma palavra antiga que significava "aquele que está no comando". Não havia um *memuneh* verdadeiro desde Shamron.

— Eu também não consigo — admitiu Gabriel.

— Você não é um pouco jovem para ser *memuneh*? Afinal, você só tem...

— Estou mais velho agora, Leah. Nós dois estamos.

— Você está exatamente como eu lembrava.

— Olhe mais de perto, Leah. Você vai conseguir ver as rugas e os cabelos brancos.

— Graças ao Ari, você sempre teve cabelos brancos. Eu também — ela olhou pela janela. — Parece inverno.

— E é.

— Em que ano estamos?

Ele disse.

— Quantos anos têm seus filhos?

— Vão fazer um ano amanhã.

— Vai ter uma festa?

— Na casa dos Shamron em Tiberíades. Mas eles estão aqui agora, se você estiver se sentindo bem para vê-los.

O rosto dela se iluminou.

— Como eles se chamam?

Ele tinha dito a ela várias vezes. Agora, disse de novo.

— Mas Irene é o nome da sua mãe — ela protestou.

— Minha mãe morreu há muito tempo.

— Desculpa, Gabriel. Às vezes, eu...

— Não tem importância.

— Traga eles para mim — disse ela, sorrindo. — Quero vê-los.

— Tem certeza?

— Sim, claro.

Gabriel se levantou e foi até a recepção.

— E então? — perguntaram Chiara e o médico ao mesmo tempo.

— Ela diz que quer ver as crianças.

— Como devemos fazer? — perguntou Chiara.

— Um de cada vez — sugeriu o médico. — Senão, pode ser demais.

— Concordo — disse Gabriel.

Ele pegou Raphael do colo de Chiara e voltou ao quarto coletivo. Leah estava olhando cegamente pela janela de novo, perdida em memórias. Com delicadesa, Gabriel colocou seu filho no colo dela. Os olhos focaram e a mente voltou ao presente por um momento.

— Quem é este? — perguntou ela.

— É ele, Leah. É meu filho.

Ela olhou para a criança, enfeitiçada, segurando-a forte com as mãos destruídas.

— Ele é idêntico...

— A mim — interveio Gabriel, às pressas. — Todo mundo diz que ele é igual ao pai.

Leah passou um dedo retorcido pelo cabelo do menino e encostou os lábios na testa dele.

— Olhe a neve — sussurrou. — Não é linda?

JERUSALÉM-TIBERÍADES

Às dez horas da manhã seguinte, o Museu de Israel anunciou que tinha adquirido uma obra de Vincent van Gogh até então desconhecida — *Marguerite Gachet à sua penteadeira*, óleo sobre tela, 104 × 60 cm — do espólio de Hannah Weinberg. Mais tarde, o museu seria forçado a admitir que, na realidade, tinha recebido a pintura de um doador anônimo, que, por sua vez, a tinha herdado de *mademoiselle* Weinberg depois de seu trágico assassinato em Paris. O museu viria a sofrer enorme pressão para revelar a identidade do doador, mas sistematicamente se recusaria, assim como o governo da França, que permitira a transferência da pintura do solo francês a Israel, para o horror dos editorialistas e da elite cultural. Era, diziam, outro golpe ao orgulho francês, e esse era culpa deles mesmos.

Naquele domingo de dezembro, porém, a pintura logo foi esquecida. Pois, exatamente ao meio-dia, o primeiro-ministro anunciou que Gabriel Allon estava vivo e seria o próximo chefe do Escritório. Não houve muita surpresa; a imprensa estava cheia de boatos e especulações há dias. Ainda assim, o país levou um choque ao ver o anjo em carne e osso, parecendo, para o mundo todo, um mero mortal. As roupas dele para a ocasião tinham sido escolhidas com cuidado: uma camisa branca de tecido Oxford, uma jaqueta de couro preta, calças cáqui justas, um par de sapatos estilo brogue de camurça com solas de borracha que não faziam barulho quando ele caminhava. Incisivamente, o primeiro-ministro se referiu a ele não como *ramsad*, mas como *memuneh*, aquele que está no comando.

Os flashes das câmeras eram como o brilho de suas lâmpadas halógenas de trabalho. Ele ficou imóvel, com as mãos unidas atrás das costas como um soldado em descanso, enquanto o primeiro-ministro emitia uma versão altamente higienizada de suas conquistas profissionais. Então, ele convidou Gabriel a falar. Seu mandato, prometeu, olharia para o futuro, mas estaria enraizado nas grandes tradições do passado. A mensagem era inconfundível. Um assassino tinha sido colocado no comando do serviço de inteligência de Israel. Quem tentasse prejudicar o país ou seus cidadãos enfrentaria consequências graves, possivelmente letais.

Quando os repórteres tentaram questioná-lo, ele sorriu e seguiu o primeiro-ministro para o gabinete, onde falou por bastante tempo sobre seus planos e prioridades e os muitos desafios, alguns imediatos, alguns em longo prazo, do Estado judeu. O ISIS, disse ele, era uma ameaça que não podia mais ser ignorada. Também deixou claro que o *ramsad* anterior continuaria no Escritório.

— Em que posição? — perguntou o ministro de Relações Exteriores, incrédulo.

— Na posição que eu achar melhor.

— Isso é algo sem precedentes.

— Pode se acostumar.

O chefe do Escritório não faz um juramento; ele só assina seu contrato. Quando a burocracia estava terminada, Gabriel foi ao boulevard Rei Saul, onde fez um pronunciamento para a equipe e se encontrou brevemente com a equipe sênior que estava saindo. Depois, ele e Navot foram na mesma SUV blindada para a casa de Shamron em Tiberíades. A subida íngreme estava tão congestionada que eles tiveram de deixar o veículo bem longe da entrada. Quando chegaram ao terraço com vista para o lago, houve uma grande comemoração, com gritos capazes de cruzar as Colinas de Golã até a Síria. Parecia que todo mundo do passado confuso de Gabriel tinha viajado para lá: Adrian Carter, Fareed Barakat, Paul Rousseau, até Graham Seymour, vindo de Londres. De lá, também vinham Julian Isherwood, o *marchand* que providenciara o disfarce de Gabriel como restaurador de arte, e Samantha Cooke, repórter do *The Telegraph* que tinha intencionalmente vazado a história da morte dele.

— Você me deve uma — disse ela, beijando-o na bochecha.

— O cheque está no correio.

— Quando vai chegar?

— Em breve.

Havia muitos outros, é claro. A viagem de Timothy Peel, o garoto de Cornwall que morava ao lado de Gabriel quando este estava se escondendo em Helford Passage, tinha sido paga pelo Escritório. A de Sarah Bancroft, historiadora de arte e curadora americana que Gabriel usara para se infiltrar nas cortes de Zizi e Ivan, também. Ela apertou friamente a mão de Mikhail e fuzilou Natalie com os olhos, mas, fora isso, a noite passou sem problemas.

Maurice Durand, o ladrão de arte mais bem-sucedido do mundo, veio de Paris e conseguiu de alguma forma evitar esbarrar em Paul Rousseau, que certamente teria se lembrado dele da *brasserie* na rue de Miromesnil. Monsignor Luigi Donati, secretário particular de Sua Santidade papa Paulo VII, estava lá, assim como

Christoph Bittel, o novo aliado de Gabriel dentro do serviço de segurança suíço. Metade do Knesset tinha vindo, junto com vários oficiais seniores das FDI e os chefes de todas as outras agências de inteligência israelenses. E, olhando tudo isso, sorrindo feliz como se toda a produção tivesse sido arranjada para seu contentamento pessoal, estava Shamron. Gabriel nunca o tinha visto tão feliz. O trabalho de sua vida estava completo. Gabriel estava casado novamente, era pai e chefe do Escritório. O restaurador estava restaurado.

Mas a noite era mais que uma comemoração da promoção de Gabriel; era também a primeira festa de aniversário das crianças. Chiara acendeu as velas, enquanto Gabriel, fazendo o papel de pai orgulhoso, gravava o evento em seu celular protegido. Quando todas as pessoas ali irromperam em uma versão barulhenta do *Parabéns pra você*, Irene chorou histericamente. Então, Shamron sussurrou um pouco de bobagens em sotaque polonês no ouvido dela, que passou a rir com gosto.

Às dez da noite, os primeiros carros estavam saindo lentamente da entrada, e à meia-noite a festa acabou. Depois, Shamron e Gabriel se sentaram no lugar de sempre no canto do terraço, um aquecedor a gás ligado entre eles, enquanto os fornecedores do bufê limpavam o que restou da da comemoração. Shamron evitou fumar porque Raphael estava dormindo profundamente nos braços de Gabriel.

— Você impressionou muito as pessoas no anúncio hoje — disse Shamron.
— Gostei da sua roupa. *E* do seu título.

— Quis passar um recado.

— E que recado é esse?

— Que pretendo ser um chefe operacional. — Gabriel pausou, então completou: — Que dá para andar e mascar chiclete ao mesmo tempo.

Com o olhar nas Colinas de Golã, Shamron disse:

— Acho que você não tem muita escolha.

O garoto se mexeu nos braços de Gabriel e então caiu no sono novamente. Shamron girou seu velho isqueiro Zippo nas pontas dos dedos. *Duas voltas para a direita, duas voltas para a esquerda...*

— É assim que você acha que vai acabar? — perguntou, depois de um momento.

— Como eu acho que o que vai acabar?

— Eu e você — Shamron olhou para Gabriel e completou: — Nós.

— Do que você está falando, Ari?

— Eu estou velho, meu filho. Estive me segurando para não morrer antes desta noite. Agora que acabou, posso ir — ele sorriu tristemente. — Está tarde, Gabriel. Estou muito cansado.

— Você não vai a lugar nenhum, Ari. Preciso de você.

— Não precisa, não — respondeu Shamron. — Você é eu.

A VIÚVA NEGRA

— Engraçado ter acontecido assim.

— Você parece pensar que foi um acaso. Mas não foi. Era tudo parte de um plano.

— Plano de quem?

— Talvez fosse meu, talvez fosse de Deus — Shamron deu de ombros. — Que diferença faz? Estamos do mesmo lado no que diz respeito a você, eu e Deus. Somos cúmplices.

— Quem tem a palavra final?

— Quem você acha? — Shamron colocou sua mão enorme sobre Raphael. — Lembra o dia em que fui buscar você em Cornwall?

— Como se fosse ontem.

— Você dirigiu que nem um louco pelas cercas-vivas da península. Comemos omeletes em um pequeno café no topo das Colinas. Você me tratou — Shamron completou, com uma ponta de amargura — como um cobrador de dívidas.

— Eu lembro — respondeu Gabriel, distante.

— Como acha que sua vida teria sido se eu não tivesse ido aquele dia?

— Muito boa.

— Duvido. Você ainda estaria restaurando pinturas para o Julian e velejando aquele barco velho pelo Helford até o mar. Nunca teria voltado para Israel nem conhecido a Chiara. E não estaria segurando esse menino lindo agora.

Gabriel não discordou da descrição de Shamron. Ele era uma alma perdida naquela época, um homem quebrantado e amargo.

— Nem tudo foi ruim, foi? — perguntou Shamron.

— Eu podia ter passado a vida sem ver o interior da prisão de Lubyanka.

— E aquele cachorro nos Alpes Suíços que tentou arrancar seu braço?

— Eu me vinguei dele, no fim.

— E aquela moto que você bateu em Roma? Ou a galeria de antiguidades que explodiu na sua cara em St. Moritz?

— Bons tempos — disse Gabriel, sombriamente. — Mas perdi muitos bons amigos no caminho.

— Como a Hannah Weinberg.

— Sim — confirmou Gabriel. — Como a Hannah.

— Talvez esteja na hora de uma boa e velha vingança.

— O negócio está fechado.

— Quem vai cuidar dele?

— Gostaria de fazer isso pessoalmente, mas provavelmente não é sábio no momento.

Shamron sorriu.

— Você vai ser um ótimo chefe, meu filho.

80

BETHNAL GREEN, LONDRES

Jalal Nasser, caça-talentos talentoso, recrutador, braço direito de Saladin, era o homem que ninguém queria. No mesmo dia da posse de Gabriel, os observadores britânicos e israelenses em Londres ficaram sabendo que o jordaniano planejava fugir para o califado, e essa foi sua destruição. Uma prisão estava fora de questão; um julgamento exporia não apenas a operação de Gabriel, mas também a incompetência dos serviços de segurança britânico e francês. A deportação também não era uma opção atraente, pois nem Sua Majestade nem Fareed Barakat queriam Jalal de volta. Se ele voltasse à Jordânia, iria direto aos porões da Fábrica de Unhas — e de lá, muito provavelmente, para um túmulo de indigente em uma vala comum.

Havia uma solução simples, típica de Shamron. Só exigia a conivência do serviço local, o que, por todos os motivos listados, não seria difícil de obter. Na verdade, o negócio foi fechado durante uma conversa particular na cozinha de Shamron, na noite da festa. Muito depois, essa seria considerada a primeira decisão oficial de Gabriel como chefe.

A outra parte do acordo era Graham Seymour, do MI6, mas a operação não podia seguir em frente sem a cooperação de Amanda Wallace, colega de Seymour no MI5. Ele conseguiu isso tomando martínis no escritório de Amanda na Thames House. Não foi difícil convencê-la; os observadores do MI5 já estavam cansados há muito tempo de seguir Jalal pelas ruas de Londres. Para Amanda, foi uma simples decisão de recursos humanos. Tirando Jalal de sua lista, ela teria mais gente para usar contra seu alvo principal, os russos.

— Mas sem bagunças — alertou.

— Sim — concordou Seymour, balançando vigorosamente a cabeça grisalha.

— Sem bagunça alguma.

A VIÚVA NEGRA

Em quarenta e oito horas, Amanda mandou parar toda a vigilância do indivíduo em questão, o que mais tarde ela descreveria como mera coincidência. Graham Seymour então ligou para Gabriel no boulevard Rei Saul e informou que ele podia ir para o campo. Secretamente, ele desejava poder mesmo, mas não teria sido apropriado, não para um chefe. Naquela noite, ele levou Mikhail ao Aeroporto Ben Gurion e o colocou em um voo para Londres. Dentro do passaporte russo falso de Mikhail, Gabriel escondeu um bilhete. Tinha apenas três palavras, as três palavras do décimo primeiro mandamento de Shamron:

Não seja pego...

Ele tinha reservado uma rota tortuosa para a terra prometida do islã: uma balsa para a Holanda, um trem para Berlim, um voo barato para Sofia, um calhambeque alugado para levá-lo à Turquia. Passou seu último dia em Londres da mesma forma que passara os cem dias anteriores, aparentemente alheio ao fato de que estava mais queimado que carvão. Fez compras na Oxford Street, vagueou pela Leicester Square, rezou na mesquita de East London. Depois, tomou chá com um recruta em potencial. Gabriel encaminhou o nome do recruta a Amanda Wallace. Era o mínimo que podia fazer, pensou.

Naquela noite, Jalal fez as malas e limpou os computadores. Nesse ponto, as câmeras e os microfones já tinham sido tirados de seu apartamento em Chilton Street, dando à equipe a única opção de observá-lo como antigamente, com binóculos e uma câmera com lente telefoto. De longe, ele parecia um homem totalmente despreocupado. Talvez fosse uma performance. Mas a explicação mais provável era que Saladin não tinha informado seu agente de que os britânicos, os americanos, os israelenses e os jordanianos sabiam de sua ligação com a rede e com os atentados em Paris, Amsterdã e Washington. No boulevard Rei Saul — e em Langley, em Vauxhall Cross e num prédio antigo elegante na rue de Grenelle —, isso era visto como um sinal positivo. Significava que Jalal não tinha segredos para divulgar, que a rede, pelo menos por agora, estava dormente. Para Jalal, porém, significava que ele era descartável, que é a pior coisa que um terrorista pode ser quando seu mestre é alguém como Saladin.

Às sete daquela noite, o jordaniano esticou um colchão no chão de sua sala minúscula e rezou pela última vez. Então, às dezenove e vinte, ele foi até o Noodle King na Bethnal Green Road, onde, sozinho, comeu uma última refeição de arroz frito e asinhas de frango picantes, observado por Eli Lavon. Ao sair do restaurante, ele passou no Saver Plus para comprar uma garrafa de leite e então foi em direção a seu apartamento, sem saber que Mikhail estava alguns passos atrás dele.

Mais tarde, a Scotland Yard determinaria que Jalal chegara à sua porta doze minutos depois das oito. Determinaria ainda que, enquanto procurava as chaves no bolso do casaco, derrubou-as no chão. Ao agachar, notou Mikhail parado na rua. Deixou as chaves onde estavam e, lentamente, se levantou. Estava segurando a sacola de compras defensivamente em frente ao peito.

— Olá, Jalal — disse Mikhail, calmamente. — É tão bom conhecê-lo finalmente.

— Quem é você? — perguntou o jordaniano.

— Sou a última pessoa que você vai ver na vida.

Ágil, Mikhail tirou a arma das costas, uma Beretta calibre .22. Não havia silenciador. Era uma arma naturalmente silenciosa.

— Estou aqui por Hanna Weinberg — disse ele, em voz baixa. — E por Rachel Lévye Arthur Goldman e todas as outras pessoas que você matou em Paris. Estou aqui pelas vítimas em Amsterdã e nos Estados Unidos. Sou a voz dos mortos.

— Por favor — sussurrou o jordaniano. — Posso ajudar. Eu sei coisas. Sei os planos para o próximo ataque.

— Sabe mesmo?

— Sei, eu juro.

— Onde vai ser?

— Aqui em Londres...?

— Qual é o alvo?

Antes que o jordaniano pudesse responder, Mikhail atirou pela primeira vez. A bala quebrou a garrafa de vidro e parou no peito de Jalal. Lentamente, Mikhail caminhou para a frente, atirando mais nove vezes em rápida sucessão, até Jalal estar imóvel na entrada, em uma poça de sangue e leite. A arma estava vazia. Mikhail colocou um novo cartucho, encostou o cano na cabeça de Jalal e atirou uma última vez. A décima primeira. Atrás dele, uma moto encostou no meio-fio. Ele subiu na garupa e, em um segundo, se foi.

NOTA DO AUTOR

A viúva negra é uma obra de entretenimento e não deve ser lida como nada além disso. Os nomes, personagens, lugares e acontecimentos retratados na história são produto da imaginação do autor ou foram usados ficticiamente. Qualquer semelhança com pessoas reais, vivas ou mortas, empresas, acontecimentos ou locais é inteiramente coincidência.

Visitantes da rue des Rosiers, no quarto *arrondissement* de Paris, procurarão em vão o Centro Weinberg para o Estudo do Antissemitismo na França. A neta de Isaac, a fictícia Hannah Weinberg, criou o centro no fim de *A mensageira*, primeiro romance no qual ela apareceu. A pintura de Van Gogh sob posse de Hannah, *Marguerite Gachet à sua penteadeira*, também é fictícia, embora sua origem trágica seja obviamente inspirada nos terríveis eventos da Quinta-Feira Negra e da captura de judeus em Paris em julho de 1942.

Gostaria de poder dizer que os atentados contra judeus descritos no primeiro capítulo de *A viúva negra* foram completamente inventados, mas, infelizmente, também foram inspirados pela verdade. O antissemitismo na França, boa parte emanando das comunidades muçulmanas, forçou milhares de judeus a sair de suas casas e imigrar para Israel. De fato, oito mil foram embora nos doze meses após o brutal assassinato de quatro judeus no mercado *kosher* Hypercacher em janeiro de 2015. Muitos judeus franceses passam suas tardes na Independence Square, em Netanya, no Chez Claude ou em outro dos cafés que recebem uma clientela cada vez mais francófona. Não consigo pensar em nenhuma outra minoria religiosa ou em um grupo étnico que esteja fugindo de um país europeu ocidental. Além disso, os judeus da França estão nadando contra a maré, saindo do Ocidente para a região mais perigosa e volátil do planeta. Fazem isso por um único motivo: sentem-se mais seguros em Israel do que em Paris, Toulouse, Marselha ou Nice. Essa é a condição da França moderna.

O Grupo Alpha, unidade secreta de contraterrorismo da DGSI descrita em *A viúva negra*, não existe, embora eu espere, para o bem de todos nós, que exista algo parecido. Para constar, estou ciente de que a sede do serviço secreto de inteligência de Israel não está mais localizada no boulevard Rei Saul, em Tel Aviv. Escolhi manter a sede de meu serviço fictício ali em parte porque gosto do nome da rua muito mais do que do endereço atual, que não mencionarei aqui. Há, de fato, um prédio de apartamentos de calcário na rua Narkiss, 16, em Jerusalém, mas Gabriel Allon e sua família não moram lá. Durante uma visita recente a Israel, fiquei sabendo que o prédio agora é uma parada em pelo menos uma visita guiada da cidade. Minhas sinceras desculpas aos residentes e vizinhos.

Já houve uma vila na Galileia Ocidental chamada al-Sumayriyya, e sua condição atual está representada de forma precisa nas páginas de *A viúva negra*. Leitores fiéis da série de Gabriel Allon sabem que ela apareceu pela primeira vez nos Estados Unidos em *Prince of fire (Príncipe de fogo)*, em 2005, como lar de uma terrorista chamada Fellah al-Tamari. Deir Yassin foi de fato local de um massacre notório que ocorreu durante os negros dias do conflito sectário de 1948, que deu origem tanto ao moderno Estado de Israel quanto à crise de refugiados palestinos. A antiga vila agora sedia o Centro de Saúde Mental Kfar Shaul, um hospital psiquiátrico que utiliza alguns dos antigos prédios e casas abandonados pelos originais residentes árabes de Deir Yassin. O Kfar Shaul é afiliado ao Centro Médico Hadassah e especializado no tratamento da síndrome de Jerusalém, uma doença de obsessão e delírios religiosos que começa com a visita à cidade fraturada de Deus no topo de um morro. A condição de Leah Allon é muito mais séria, bem como seus ferimentos físicos. Sempre fui um pouco vago sobre o endereço exato do hospital onde ela está internada. Agora, sabemos sua localização aproximada.

Não há Gallerie Mansour no centro de Beirute, mas as ligações do Estado Islâmico com o comércio de antiguidades saqueadas são bem documentadas. Explorei pela primeira vez esse conceito de terroristas levantando dinheiro com a venda de antiguidades escavadas roubadas ou ilícitas em *Anjo caído*, de 2012. Naquela época, não havia prova, ao menos não de conhecimento geral, de que terroristas estivessem de fato enchendo os bolsos com a venda de tesouros do passado; era só algo que eu suspeitava estar ocorrendo. Não sinto satisfação em estar certo, especialmente no caso de gente como o ISIS.

Mas o ISIS não se contenta em apenas vender antiguidades; ele também as destrói, especialmente se estiverem em conflito com a interpretação do islã do grupo. Depois de varrer Palmira em maio de 2015, os guerreiros santos do Estado Islâmico prontamente destruíram vários templos romanos da cidade. Forças leais ao regime de Assad recapturaram Palmira enquanto eu estava finalizando a primeira versão de *A viúva negra*. Tendo jurado, no início, que não perseguiria as areias movediças do conflito, escolhi manter o capítulo 39 como originalmente escrito. São os perigos de tentar alcançar a história enquanto ela acontece. Sinto dizer que acredito de que a guerra civil na Síria continuará por anos, se não por décadas, como a guerra que quase destruiu seu vizinho, o Líbano. Territórios serão conquistados e perdidos, capturados e abandonados. Milhares mais se tornarão refugiados. Muitos mais morrerão.

Fiz o máximo para explicar as origens e o crescimento explosivo do ISIS com precisão e imparcialmente, mas tenho certeza de que, dada a política dividida e cada vez mais disfuncional nos Estados Unidos, algumas pessoas terão críticas ao meu retrato. Não há dúvida de que a invasão americana do Iraque em março de 2003 plantou a semente da qual nasceu o ISIS. E também não há dúvida de que o fracasso em deixar uma força residual americana no Iraque em 2011, combinado com a eclosão da guerra civil na Síria, permitiu que o grupo prosperasse e se espalhasse dos dois lados de uma fronteira cada vez mais insignificante. Desprezar o grupo como "não islâmico" ou "não um Estado" é uma ilusão e, no fim, algo contraproducente e perigoso. Como apontou o jornalista e pesquisador Graeme Wood em um estudo inédito sobre o ISIS na revista *The Atlantic*: "A realidade é que o Estado Islâmico é islâmico. Muito islâmico." E está rapidamente assumindo muitas das funções de um Estado moderno, emitindo a seus cidadãos desde cartas de motorista até licenças para pescar.

Pelo menos quatro mil ocidentais foram seduzidos pelas trombetas que chamam ao califado, incluindo mais de quinhentas mulheres. Uma base de dados mantida pelo Instituto para o Diálogo Estratégico, de Londres, descobriu que a maioria delas é adolescente ou está no começo dos 20 anos, e tem grande probabilidade de ter ficado viúva jovem. Outras enfrentam a possibilidade bastante real de perder suas próprias vidas no mundo violento do califado. Em fevereiro de 2015, três adolescentes radicalizadas de Bethnal Green, em East London, saíram do Reino Unido em um voo com direção a Istambul e chegaram até a cidade de Raqqa, capital não oficial do califado. Em dezembro de 2015, com a cidade sofrendo ataques aéreos dos russos e dos americanos, qualquer contato com as garotas foi perdido. Hoje, suas famílias temem que elas estejam mortas.

Muitos recrutas ocidentais do ISIS, homens e mulheres, voltaram para casa. Alguns ficaram desiludidos; outros continuam comprometidos com a causa do califado; outros, ainda, estão preparados para deflagrar atos de terror e de assassinato em massa em nome do islã. Em curto prazo, a Europa Ocidental é a mais ameaçada, em grande medida por causa da enorme e irrequieta população muçulmana vivendo dentro de suas fronteiras abertas. O ISIS não precisa inserir terroristas na Europa Ocidental porque os terroristas em potencial já estão lá. Eles vivem nas *banlieues* da França e nos bairros muçulmanos de Bruxelas, Amsterdã, Copenhague, Malmö, East London e Luton. Na época em que este livro foi escrito, o ISIS tinha cometido atentados devastadores em Paris e Bruxelas. Os responsáveis, na maior parte, haviam nascido no Ocidente e carregavam passaportes europeus em seus bolsos. Certamente, haverá mais atentados, pois os serviços de segurança da Europa Ocidental se provaram lamentavelmente despreparados — especialmente a Sûreté belga, que permitiu a criação de um porto-seguro do ISIS no coração de Bruxelas.

O solo americano, porém, é o alvo final do ISIS. Enquanto eu pesquisava para este romance, fiquei impressionado com o número de vezes que ouvi alguém dizer que um atentado a uma cidade americana é iminente, não vai demorar. Também me impressionei com o número de vezes que um oficial de alta patente do governo me disse que o estado das coisas é "o novo normal" — que devemos aceitar o fato de que, ocasionalmente, bombas explodirão em nossos aeroportos e metrôs; de que não podemos mais esperar estar totalmente seguros em um restaurante ou em uma sala de concertos, por causa de uma ideologia e fé nascidas no Oriente Médio. O presidente Barack Obama pareceu expressar esse ponto de vista após o ataque à revista satírica *Charlie Hebdo* e o cerco no mercado Hypercacher. Alertando para uma reação excessiva, ele desprezou os responsáveis como "um bando de fanáticos violentos e depravados que cortam cabeças ou atiram aleatoriamente em um monte de gente numa *delicatessen* em Paris". Não era uma *delicatessen*, é claro; era um mercado *kosher*. E as quatro vítimas não eram "um monte de gente". Eram judeus. E só por este motivo viraram alvo e foram cruelmente massacradas.

Mas como o Ocidente chegou até aqui? No posfácio de *Retrato de um espião*, avisei sobre o que ia acontecer se os Estados Unidos e seus aliados lidassem de forma errada com a chamada Primavera Árabe. "Se as forças da moderação e da modernidade prevalecerem", escrevi em abril de 2011, "é possível que a ameaça do terrorismo recue gradualmente. Mas, se clérigos muçulmanos radicais e seus fiéis conseguirem tomar o poder em países como Egito, Jordânia e Síria, podemos muito bem acabar olhando com carinho para os primeiros anos turbulentos do século XXI como a era dourada das relações entre o islã e o Ocidente". Infelizmente, a promessa da Primavera Árabe foi quebrada e o mundo árabe está em revolta. Com a era do petróleo acabando, seu futuro é lúgubre. Se a história é um guia, um líder de sorte pode surgir do caos. Talvez, ele venha do berço bíblico da civilização, perto das margens de um dos quatro rios que fluíam do Jardim do Éden. E, talvez, se tiver essa inclinação, ele se refira a si mesmo como Saladin.

AGRADECIMENTOS

D evo muito a minha esposa, Jamie Gangel, que ouviu pacientemente enquanto eu trabalhava na trama de *A viúva negra* e depois habilmente editou a enorme pilha de papel cuspida de minha impressora após sete meses de escrita intensa. Ela esteve ao meu lado desde o início da série de Gabriel Allon, em uma manhã ensolarada em Georgetown quando, pela primeira vez, eu tive a ideia de transformar um assassino israelense em restaurador de arte. Agora, o homem moroso e de luto que encontramos pela primeira vez em *O artista da morte* é chefe do serviço secreto de inteligência israelense. É um desfecho que eu nunca poderia ter imaginado, e não teria chegado a ele sem o apoio constante de Jamie. Também não teria sido possível sem o amor de meus dois filhos, Lily e Nicholas. A cada dia, de formas grandes e pequenas, eles me lembram de que há coisas mais importantes na vida do que palavras e parágrafos e reviravoltas inteligentes.

Escrever dezesseis livros sobre um homem de Israel exigiu que eu passasse muito tempo lá. Viajei pelo país de cabo a rabo, e conheço partes dele tão bem quanto conheço meu próprio país. Ao longo do caminho, fiz muitos amigos. Alguns são diplomatas ou acadêmicos; outros são soldados e espiões. Todos trataram minha família com enorme gentileza e generosidade, uma dívida que paguei colocando pequenos traços deles em minhas tramas e personagens. A fazenda histórica de um amigo no *moshav* de Nahalal eu transformei em um esconderijo secreto onde preparei uma mulher para uma missão que ninguém em sã consciência aceitaria. E, quando penso na linda casa de Uzi Navot no subúrbio de Petah Tikva, em Tel Aviv, estou na verdade vendo o lar de um amigo que mora ali perto. Também penso na inteligência de meu amigo, em seu senso de humor afiado, sua humanidade e sua incrível esposa, que não tem absolutamente nada a ver com a controladora Bella.

Também fui convocado de uma hora para outra para o velho hotel em Ma'ale Hahamisha — não por Ari Shamron, mas por Meir Dagan, décimo diretor do Mossad, que morreu enquanto eu estava finalizando este romance. Meir pintava no tempo livre e, como Ari, amava o norte da Galileia, onde viveu na cidade histórica de Rosh Pinah. O Holocausto nunca estava longe de seus pensamentos. Em seu escritório na sede do Mossad, havia uma fotografia sombria de seu avô tirada segundos antes de ele ser morto por um tiro de oficiais da SS. Agentes do Mossad tinham de olhá-la uma última vez antes de sair para missões em outros países. Naquela tarde em Ma'ale Hahamisha, Meir me mostrou um mundo que eu nunca esquecerei e gentilmente me repreendeu por algumas escolhas que eu fizera em minhas tramas. A cada poucos minutos, um israelense em trajes de banho parava em nossa mesa para cumprimentar Meir. Espião por natureza, ele parecia não gostar da atenção. Seu senso de humor era autodepreciativo. "Quando fizerem o filme sobre Gabriel", disse ele, com seu sorriso impenetrável, "peça, por favor, para me deixarem mais alto."

O general Doron Almog e sua linda esposa Didi sempre abrem sua casa a nós quando vamos a Israel e, como Chiara e Gilah Shamron, preparam muito mais comida do que seríamos capazes de comer. Eu não conhecia Doron quando criei a aparência física de Gabriel, mas certamente ele era o molde no qual meu personagem se baseava. Nunca se sabe quem pode aparecer à mesa de jantar de Doron. No fim de uma noite, um general muito antigo das FDI parou para tomar um drinque. Mais cedo naquele mesmo dia, em um porto europeu, uma ameaça à segurança de Israel tinha sido eliminada de forma silenciosa e arguta. Quando perguntei ao general se ele tivera algo a ver com aquilo, ele sorriu e disse:

— Merdas acontecem.

A incrível equipe do Centro Médico Hadassah me permitiu passear pelo hospital, do heliporto às novas salas de cirurgia de ponta bem abaixo do nível do solo. O dr. Andrew Pate, importante anestesiologista, me ajudou a salvar a vida de um terrorista em circunstâncias menos que ideais. Graças a suas instruções precisas, agora sinto que, numa emergência, eu poderia tratar um hemopneumotórax.

Estou para sempre endividado com David Bull, que, diferentemente do fictício Gabriel, é mesmo um dos melhores restauradores de arte do mundo. Um agradecimento de coração à minha equipe jurídica, Michael Gendler e Linda Rappaport, por seu apoio e seus sábios conselhos. Louis Toscano, meu querido amigo e editor de longa data, fez melhorias incontáveis ao meu original, e minha preparadora de textos pessoal com olhos de lince, Kathy Crosby, garantiu que não houvesse erros tipográficos nem gramaticais.

Somos abençoados de ter muitos amigos que enchem nossas vidas de amor e risadas em momentos críticos durante o ano de escrita, em especial Betsy e Andrew Lack, Caryn e Jeff Zucker, Nancy Dubuc e Michael Kizilbash, Pete

Williams e David Gardner, Elsa Walsh e Bob Woodward. Um agradecimento especial também a Deborah Tyman, dos Yankees de Nova York, por apostar em um destro com um ombro machucado. Vale dizer que eu não deixei a bola quicar.

Consultei centenas de livros, artigos de jornal e de revista e sites enquanto preparava o original deste livro, um número grande demais para relacionar aqui. Seria negligência, porém, não mencionar a extraordinária reportagem de Joby Warrick, Paul Cruickshank, Scott Shane e Michael Weiss. Cumprimento todos os corajosos repórteres que ousaram entrar na Síria e contar para o mundo os horrores que viram ali. Jornalismo — o *verdadeiro* jornalismo — ainda é importante.

Nem seria preciso dizer que este livro não poderia ter sido publicado sem o apoio de minha equipe na HarperCollins, mas direi mesmo assim, pois são os melhores no que fazem. Um agradecimento especial a Jonathan Burnham, Brian Murray, Michael Morrison, Jennifer Barth, Josh Marwell, Tina Andreadis, Leslie Cohen, Leah Wasielewski, Robin Bilardello, Mark Ferguson, Kathy Schneider, Carolyn Bodkin, Doug Jones, Katie Ostrowka, Erin Wicks, Shawn Nicholls, Amy Baker, Mary Sasso, David Koral e Leah Carlson-Stanisic.

Por fim, um agradecimento especial à equipe do Café Milano, em Georgetown, que sempre cuida bem de nossa família e de nossos amigos quando temos a sorte de conseguir uma mesa. Por favor, perdoem os desagradáveis acontecimentos fictícios no clímax de *A viúva negra*. Esperamos que uma noite assim nunca chegue a acontecer.

PUBLISHER

Omar de Souza

GERENTE EDITORIAL

Mariana Rolier

EDITORA

Clarissa Melo

ESTAGIÁRIOS

Bruno Leite

Lara Freitas

TRADUÇÃO

Laura Folgueira

COPIDESQUE

Hugo Reis

REVISÃO

Marco Pace

Mariana Oliveira

Camilla Savoia

DIAGRAMAÇÃO

Abreu's System

CAPA

Desenho Editorial

Este livro foi impresso pel Edigráfica, em 2019,
para a HarperCollins Brasil.
A fonte usada no miolo é Fournier MT Std, corpo 11,5/14,1.
O papel do miolo é Chambril Avena 80g/m², e o da capa é cartão 250g/m².